정복자 펠레

정복자 펠레

올파소 레인보우 북클럽 10

정복자 펠레

지은이 마르틴 안데르센 넥쇠
옮긴이 정해영
그린이 최창훈
기획자문위원 권선 지윤희 홍인기

1판 1쇄 발행 2009년 4월 5일
1판 2쇄 발행 2010년 6월 4일

펴낸이 김영곤
교육문화사업본부장 이유남
책임편집 박현주
기획편집 배소라 탁수진 정혜원 김연정
마케팅 이희영 김태균 정원지 민안기 오하나
디자인 씨디자인 **외부스태프** 가이드 집필 김영욱 교정교열 김현국

펴낸곳 (주)북이십일 을파소
출판등록 2000년 5월 6일 제10-1965호
주소 경기도 파주시 교하읍 문발리 파주출판문화정보산업단지 518-3 (413-756)
연락처 031-955-2723(마케팅) 031-955-2412(기획편집) 031-955-2177(팩스)
이메일 eulpaso@book21.co.kr **홈페이지** http://www.book21.com

값 11,000원
ISBN 978-89-509-1773-9 44850
      978-89-509-1636-7 (세트)

잘못 만들어진 책은 구입하신 서점에서 교환해 드립니다.

정복자 펠레

마르틴 안데르센 넥쇠 지음

정해영 옮김 | 최창훈 그림

을파소

| 차례 |

입항

1877년 5월 1일 새벽.

안개가 수면 위에 회색 자취를 남기며 바다에서 뭍으로 밀려왔다. 안개 속에서 군데군데 움직임이 보였다. 안개는 걷히는 듯하다가 어느덧 다시 다가와서, 바닷가에 거꾸로 엎어 놓은 낡은 배 두 척만 남기고 주위를 완전히 포위해 버렸다. 몇 걸음 뒤로 세 번째 배의 뱃머리와 방파제의 일부가 안개 속에 희미하게 드러났다. 안개를 뚫고 부드러운 회색 파도가 바스락거리는 조약돌 위로 미끄러져 들어왔다가 다시 밀려나가곤 했다. 마치 안개 속에 거대한 짐승이 숨어서 육지를 핥고 있는 것 같았다.

배고픈 까마귀 한 쌍이 퉁퉁 불어 오른 시커먼 물체 주위에서 분주히 움직였다. 아마도 죽은 개인 듯싶었다. 파도가 밀려올 때마다 날아오르는 까마귀들은 마치 눈에 보이지 않는 줄에 연결된 것처럼 전리품을 향해 다리를 쭉 뻗은 채 몇 발짝 위에서 빙빙 맴돌았다. 물이 빠지면 까마귀들은 다시 아래로 내려와 부패한 고기에 머리를 처박았지만, 다음번 파도가 밀려오기 전에 날아오르기 위해 날개를 접지 않았다. 이 과정이 시계추처럼 규칙적으로 반복되었다.

항구에서 어떤 외침 소리가 메아리치며 들려왔고, 잠시 후 묵직하게 노 젓는 소리도 들렸다. 그 소리는 점점 더 멀어지더니 마침내 사라졌다. 이번에는 종소리가 울리기 시작했다. 방파제 끝에서 울리는 것이 분명했다. 노 젓는 소리가 사라진 저편에서 화답하는 경적 소리가 들려왔고, 두 소리는 몇 분 동안 계속해서 서로에게 화답했다.

교회 담 아래의 벤치에는 선원들이 바다를 물끄러미 바라보며 앉아 있었다. 선원들은 몸을 앞으로 웅크리고 무릎 사이에 손을 끼운 채 담배를 피우고 있었다. 세 명 모두 추위나 다른 불행을 막기 위해 귀마개를 하고 있었다. 마치 다른 사람들과 조금이라도 다르게 보일까 봐 두려운 것처럼 하나같이 똑같은 자세로 앉아 있었다.

한 떠돌이 상인이 여관에서 어슬렁거리며 나와서 어부들에게 다가왔다. 그는 차가운 아침 공기에 외투 깃을 세우고 몸을 떨었다.

"무슨 문제라도 있는 건가요?"

상인은 모자를 벗으면서 정중하게 물었다. 목소리가 쉰 것 같았다.

어부들 중에 한 명이 자기 모자를 향해 손을 살짝 움직였다. 그는 어선의 선장이었다. 다른 사람들은 꿈쩍도 하지 않고 똑바로 앞만 바라보았다.

"종소리가 울릴 때 수로안내선*에서 경적을 울려서 말이죠."

떠돌이 상인이 말을 계속했다.

"곧 배가 들어온다는 신호인가요?"

"글쎄요. 난들 알겠소." 선장이 퉁명스럽게 대답했다.

이방인은 심한 모욕감을 느낀 것 같았지만 가까스로 분을 억눌렀다. 그건 이 사람들 특유의 비밀주의, 그러니까 자기네 사투리를 쓰지 않고 자기네와 똑같아 보이지 않는 사람들에 대한 뿌리 깊은 불신의 표현이었다.

어부들은 겉으로는 아무 감정도 없어 보였지만 내심 불안한 마음으로 앉아 있었다. 그들은 이방인이 보지 않을 때 그를 살짝살짝 훔쳐보면서 그가 어서 사라져 주기를 바랐다. 상인은 이 사람들을 조금 놀려 주고 싶은 충동을 느꼈다.

"이런! 아마 비밀인가 보군요." 그가 웃으며 말했다.

"난 아는 바 없소." 어부가 조심스럽게 말했다.

"물론 공짜로 듣자는 생각은 아니었소. 입도 아프실 테니 말이오. 얼마면 되겠소?"

상인이 선원들을 모욕할 속셈으로 지갑을 꺼냈다. 다른 어부들은 선장에게 몰래 시선을 던졌다. 제발 선장이 실망시키지 않기를!

선장은 입에 물고 있던 파이프를 빼고, 선원들 쪽으로 몸을 돌렸다.

*뱃길을 이끌어 주기 위한 배.

"이런! 내가 말했지? 하는 일 없이 돌아다니면서 괜히 똑똑한 척하는 사람들이 있다고 말이야."

그는 나무처럼 굳은 표정을 하고 동료들과 눈빛을 교환했다. 어부들은 고개를 끄덕였다. 상인은 그들의 의뭉스러운 모습을 보고 그들이 그 상황을 즐기고 있다는 사실을 알 수 있었다.

떠돌이 상인은 화가 났다. 마치 눈앞에 없는 사람 취급을 받고 웃음거리가 되다니!

"빌어먹을! 정중한 질문에 정중한 답을 해줄 만큼도 배우지 못한 거요?" 그가 분통을 터뜨리며 말했다.

어부들은 암묵적으로 의논을 하기 위해 서로를 바라보았다.

"못 배웠지만, 내가 말해 주리다. 조만간 들어올 거요."

마침내 우두머리가 말했다.

"뭐가요?"

"물론 증기선이죠. 대체로 이맘때쯤 오니까. 이제 알았소?"

"불론이죠! 하지만 그런 대단한 정보를 남들이 다 듣도록 큰 소리로 얘기하다니 현병하지 못한 것 아니오?" 상인이 비아냥거렸다.

어부들은 그에게 등을 돌리고 파이프 담배에서 담뱃재를 긁어냈다.

"우린 누구처럼 한가하게 잡담이나 하고 있을 수 없어. 밥벌이를 해야 하니까." 선장이 다른 선원들을 보며 말했다.

그들은 투덜거리며 그 말에 동의했다.

이방인이 항구 언덕을 걸어 내려가자 어부들은 안도하며 눈으로 그의 뒤를 쫓았다.

"거참, 되게 말 많네!" 한 선원이 말했다.

"아마 잘난 척을 하고 싶었겠지만 선장님이 맛을 보여 준 거죠. 아마 쉽게 잊지 못할 거예요."

"그래, 꽤나 속이 쓰릴걸."

선장이 자랑스럽게 대답했다.

"가장 경계해야 할 게 바로 저런 고상한 양반들이라고."

항구 언덕 중턱에 선술집 주인이 하품을 하며 문 앞에 서 있었다. 아침부터 어슬렁거리던 그 떠돌이 상인은 선술집 주인에게 같은 질문을 했고, 즉시 답을 받아 냈다. 과연 대도시 사람이었다.

"오늘 위스타드에서 노예들, 그러니까 값싼 스웨덴 노동자들을 실은 증기선이 들어올 겁니다. 그 사람들은 검은 빵과 절인 청어만 먹고도 세 사람 몫의 일을 한다는군요. 게다가 불에 달군 줄 같은 걸로 매질을 당하고 농장주들한테 짐승 같은 짓도 당한다죠. 참, 술 한잔 하겠소?"

"아니요. 됐습니다. 아직 너무 일러서요."

"그럼, 좋으실 대로 하시구려."

저 아래 항구에는 벌써 많은 농부들의 짐마차가 대기하고 있었고, 계속해서 새로운 짐마차가 속속 도착했다. 새로 온 짐마차들은 자기 말들을 최대한 앞쪽으로 끌고 와서 이웃의 말들을 못마땅한 눈으로 뜯어보았다. 그러다가 털 달린 외투 깃을 귀까지 올린 채 자리를 잡고 반쯤은 졸음 상태로 빠져들었다.

유니폼을 입은 세관원과 마치 괴물 펭귄처럼 보이는 수로안내인들이 귀를 쫑긋 세우고 바다를 보며 쉴 새 없이 이리저리 돌아다녔다. 방파제 끝에서 종이 울릴 때마다, 저 바다 안개 속 어딘가에서 수로안내선의 경적이 뚜뚜 소리로 화답했다. 그 소리는 마치 괴로워하는 짐승의 울부짖음처럼 길고 지루하게 들렸다.

"저게 무슨 소리죠?"

방금 도착한 농부가 두려운 듯 고삐를 움켜쥐고 말했다. 농부의 두려움이 말에게도 전달되었는지, 말들은 두 눈 가득 영문 모를 공포를 담고 바다를 향해 머리를 든 채 귀를 쫑긋 세우고 떨고 있었다.

"그냥 큰 바다뱀일 뿐이에요." 한 세관원이 대답했다.

"놈은 이런 안개 낀 날이면 바람 때문에 괴로워합니다. 녀석은 바람을 빨아들이죠."

그러면서 세관원들은 머리를 맞대고 장난스러운 미소를 지었다.

아이슬란드 조끼를 입고 양털 장갑을 낀 덩치 큰 수로안내인이 손에 확성기를 쥐고 불안한 곰처럼 가만히 있지 못하고 으르렁거리며 돌아다녔다. 이따금 그는 방파제 위로 기어 올라가서 확성기를 입에 대고 바다 저편을 향해 포효하듯 외치곤 했다.

"들-립-니-까?"

그 포효 소리는 일렁이는 물결 위에서 오랫동안 울려 퍼졌고, 그 뒤로 답답한 고요함을 남겼다. 그러다가 갑자기 위쪽 읍내에서 알아들을 수 없는 옹알이처럼 메아리가 울려 퍼져 사람들을 웃게 했다.

“아-니-요!”

잠시 후 바다에서 가느다랗고 길게 늘어지는 외침 소리가 들려왔다. 그리고 또 다시 경적이 울렸다. 파도에 실려 넘실넘실 다가오다가 선창에 부딪쳐 그르렁그르렁 토해 내는 길고 쉰 듯한 소리였다.

농부들은 이런 상황과 동떨어져 있었다. 그들은 앉아서 잠시 졸거나 채찍을 이리저리 흔들며 시간을 보냈다. 그러나 다른 사람들은 모두 불안에 휩싸였다. 많은 사람들이 차츰 항구 주위로 모여들었다. 어부들이며 일자리를 찾는 선원들, 조급한 마음에 작업장에서 기다리지 못하고 나와 있는 직공들까지. 직공들은 가죽 앞치마를 두른 채로 나와서 이 상황에 대해 이야기하기 시작했다. 그들은 선원의 말투였는데, 대부분 젊은 시절을 바다에서 보낸 사람들이었다.

증기선의 입항은 늘 사람들을 항구로 불러 모으는 큰 사건이었다. 더구나 오늘은 증기선에 유난히 많은 사람이 타고 있는 데다, 도착이 벌써 한 시간이나 지연되고 있었다. 위험천만한 안개가 긴장감을 더욱 고조시켰다. 그러나 시간이 지날수록 그러한 흥분은 점차 음울한 중압감으로 바뀌어 갔다.

안개는 뱃사람들의 가장 큰 적이었고, 많은 불길한 가능성들이 존재했다. 최선의 가정은 증기선이 포구 북쪽으로 너무 올라갔거나 남쪽으로 너무 내려가서, 바다 위 어딘가에서 움직일 엄두를 내지 못하고 뚜뚜 뱃고동을 울리면서 측연*을 던져 수심을 재고 있다는 것이었다. 선장이 고함치고 선원들이 고양이처럼 유연하고 민첩하게 이리저리 뛰어다니는 모습을 상상할 수 있었다. 정지! 반속력 전진! 정지! 반속력 후진! 일등기관사가 불안과 긴장으로 안색이 창백해져 명령을 내리고 있을 것이다. 아래층 기관실에 있는 사람들은 영문을 모른 채 무슨 소리라도 듣기 위해 고통스럽게 귀를 쫑긋 세우지만 아무 소용이 없을 것이다. 그러나 갑판 위에서는 생사의 위험 속에 바짝 긴장하고 있을 것이다. 배를 조종하는 조타수는 땀으로 흠뻑 젖은 선장의 모든 손놀림을 초조하게 응시하고, 바다를 살피는 견시원은 앞갑판에서 안개를 바라보며 귀를 기울여 보지만 결국 자신의 심장 뛰는 소리만 듣고 있을 것이다. 그런 긴장감 속에 갑판 위의 모든 사람들은 초조함에 휩싸여 있을 것이고 안개경적**이 경고음을 울렸을 것이다. 혹은 지금쯤 배가 이미 바다 밑으로 가라앉았을지도 모른다!

모두들 그런 상황을 알고 있었고, 이곳 사람들은 불을 때는 화부건 급사건 선장이건 요리사건, 어떤 식으로든 이러한 압도적인 긴장감을 겪어 보았다. 농부들만이 이 상황에 아무런 영향을 받지 않고 꾸벅꾸벅 졸다가 깜짝 놀라 깨서는 큰 소리로 하품을 하곤 했다.

뱃사람과 농부들은 평화로운 관계를 유지하기 힘들었다. 그들은 바다와 육지처럼 서로 달랐다. 게다가 오늘 같은 날은 농부들의 무심한 태도에 뱃사람들은 속이 부글부글 끓었다. 뚱뚱한 수로안내원은 농부

들이 거치적거린다는 이유로 이미 몇 차례 실랑이를 했다.

그때 전화기에서 들리는 가느다란 금속성 목소리처럼 바다에서 희미한 소리가 들려왔다.

"뱃고동 소리가 들린다!"

수로안내인은 방파제로 달려갔다. 그는 농부 옆을 지나쳐 가면서 말을 주먹으로 쳐서 말이 앞발을 들고 서게 만들었다.

남자들은 정박장 주변 공간을 비우고 재빨리 다리를 끌어다 놓았다. 마치 소를 싣고 가기 위해 온 것처럼 건초를 잔뜩 실은 짐마차들은 갈곳도 없이 움직이기 시작했다. 모든 것이 움직였다. 일꾼을 구하러 와서 선술집에서 몸을 녹이며 기다리던 자들은 코가 빨개져서 교활한 눈빛을 희번덕거리며 부랴부랴 내려왔다.

그러다 갑자기 거대한 손이 가로막은 것처럼 다시 모든 움직임이 정지했다. 모두들 잔뜩 긴장한 채 소리를 들으려 애쓰고 있었던 것이다. 저 멀리 어딘가에서 뱃고동의 조그만 메아리 소리가 애처로이 울렸다. 사내들은 부산하게 움직이는 짐마차들을 못마땅한 눈으로 쳐다보며 무리 지어 귀를 쫑긋 세웠다. 실제 소리일까, 아니면 많은 사람들의 절실한 소망이 만들어 낸 환청일까? 어쩌면 그 순간 배가 바다 속으로 가라앉고 있음을 모두에게 알리는 경고는 아니었을까?

바다는 나쁜 짓을 할 때마다 항상 신호를 보낸다. 집안의 가장을 데려갈 때면, 가족들은 덧문이 삐거덕거리는 소리나 바다를 향한 창문을 세 번 두드리는 소리를 듣곤 했다. 그 외에도 바다가 신호를 보내는 방법은 많았다.

하지만 그때 다시금 소리가 들렸다. 이번에는 소리가 작은 물결에 실려서 들려왔다. 꼬리 긴 오리들이 솟아오를 때 나는 소리처럼 차분한 울림이 있는 뱃고동 소리였다. 배는 무사한 듯했다. 안개경적이 항로에서 화답했고 방파제 꼭대기에서 종이 울렸다. 그런 다음 경적이 다시 한 번 울리고 멀리서 뱃고동이 울렸다. 육지와 저 밖의 불명확한 회색 안개 사이는 길을 안내하는 소리로 이어져 있었다. 이곳 육지에서는 사람들이 그 소리로 어떻게 배가 길을 더듬어 오고 있는지 똑똑히 느낄 수 있었다. 쉰 듯한 뱃고동 소리가 서서히 커지면서 남쪽으로 울렸다 북쪽으로 울렸다 했지만, 아무튼 꾸준히 커지고 있었다. 그리고 다른 소리도 들리기 시작했다. 쇠끼리 마찰을 일으키는 커다란 소리, 그리고 프로펠러가 전진했다 후진하는 소리…….

수로안내선이 안개 속에서 미끄러지듯 빠져나왔다. 안내선은 끊임없이 경적을 울리면서 항로 중앙을 지키며 천천히 안쪽으로 움직였다. 안내선은 소리로 보이지 않는 세계를 끌고 들어왔다. 그곳에서는 고함 소리와 뗑그렁 소리, 발자국 소리의 와중에 수백 명의 목소리가 웅성웅성 울렸다. 아주 가까운 거리에 떠 있는 보이지 않는 세계였다. 그리고 안개 속에서 누구도 예상치 못한 그림자가 나타나기 시작하더니, 작은 증기선 한 척이 항구 입구 한가운데 모습을 드러냈다. 갑자기 나타난 증기선은 첫눈으로 보기에도 무척 커보였다.

그 순간 마지막 남은 긴장 한 자락이 흩어졌다. 모두들 압박감에서 벗어나기 위해 뭔가 하려 했다. 누구는 말의 머리를 잡고 뒤로 밀었고, 누구는 박수를 쳤으며, 누구는 농담을 던져 보았고, 누구는 그저 포장된 바닥을 쿵쿵 밟으며 시끄럽게 웃어 댔다.

"여행 괜찮았나요?" 몇 십 명의 목소리가 동시에 물었다.

"아무 문제도 없었죠." 선장이 쾌활하게 말했다.

이제 선장도 악몽을 벗어 버리고 지시를 내리기 시작했다. 배가 부두 쪽으로 뱃전을 돌리는 동안, 프로펠러가 물을 휘젓고 굵은 밧줄이 공중에 날아다녔으며, 뗑그렁 소리와 함께 증기가 뿜어져 나왔다.

앞갑판과 선교 사이, 상갑판 아래, 그리고 선미에 사람들이 우글우글했다. 마치 서로의 등을 올라타려는 양 떼들처럼 멍청해 보였다.

"짐승 떼가 따로 없군요!"

뚱뚱한 수로안내인이 나무 밑창이 깔린 구두로 방파제를 흥겹게 밟으며 선장을 향해 소리쳤다. 양가죽 모자와 낡은 군용 모자, 볼품없이 색 바랜 낡은 모자, 말끔한 여성용 검은 손수건도 보였다. 배에 탄 사람들의 얼굴도 각양각색이었다. 돼지가죽처럼 주름진 늙은 얼굴에서 익어 가는 사과처럼 젊은 얼굴까지. 그러나 궁핍함과 기대와 동물적인 탐욕은 어느 얼굴에서나 찾을 수 있었다.

사람들은 이런 상황에 익숙하지 않은 탓에 서로 밀치며 앞으로 나오려 했고, 어떤 사람들은 까치발을 하고 앞 사람의 머리 너머로 입을 떡 벌린 채 임금이 그토록 높고 브랜디가 그토록 독하다는 땅을 바라보았다. 이들은 털옷을 입은 살찐 농부들을 보았다. 농부들은 노동자를 고용하려고 내려왔다. 그들은 어쩔 줄 모르고 계속 거치적거렸다. 선원들은 욕설을 내뱉으며 배의 이쪽저쪽으로 사람들을 쫓아내거나, 한 마디 경고도 없이 짐 꾸러미를 그들의 발치에 던졌다.

"조심해, 스웨덴 놈아!" 쇠문을 열어야 하는 선원이 외쳤다.

현문이 내려지고 250여 명의 승객들이 우르르 몰려나왔다. 석공과 인부들, 하인, 남녀 날품팔이들, 마부와 목동들, 그리고 간혹 어린 외톨이 목동이나 남들과 멀찌감치 떨어져 있는 말쑥한 차림의 재단사들도 있었다. 이 섬의 젊은이보다 더 체격 좋고 건장한 젊은이도 있었고, 고생과 가난에 지쳐서 도무지 이곳에 있기에 적합할 것 같아 보이지 않는 불쌍한 늙은이들도 있었다. 이들 가운데는 악의 어린 표정을 띠고 있는 얼굴도, 활력이 넘치는 얼굴도, 커다란 흉터 때문에 혐오스러워 보이는 얼굴도 있었다.

대부분은 작업복 차림이었고, 옷이라고는 지금 입고 있는 것이 전부였다. 간혹 삽이나 쇠지레 같은 도구를 어깨에 짊어진 사람도 있었다. 수하물이 있는 경우 세관원이 그것을 뒤집어 내용물을 펼쳤다. 스웨덴에서는 직물류가 무척 쌌다. 이따금 몸집이 풍만한 젊은 여자는 세관원의 상스러운 조롱을 참아야 했다.

예를 들어 알 만한 사람은 다 아는 예쁜 사라가 그랬다. 심리스함 출신인 그녀는 가을마다 집에 갔다가 봄이 되면 세관원들의 농담의 표적이 될 만한 몸매가 되어 다시 돌아왔다. 평소 성마르고 입바른 사라였지만 오늘만큼은 조심스럽게 눈을 내리깔았다. 그녀는 옷 속에 13미터

나 되는 천을 둘둘 말아 숨겨 들어오고 있었던 것이다.

농부들은 이제 잠이 완전히 깼다. 겁 없는 사람들은 말을 놔두고 사람들 틈으로 걸어갔고, 어떤 사람들은 일꾼들을 골라서 불러냈다. 사람마다 일꾼을 고르는 기준이 있었는데, 예를 들어 넓은 가슴, 얌전한 태도, 딱해 보이는 모습 따위였다. 그러나 흉터가 있는 험악한 얼굴은 하나같이 두려워했고, 그런 사람들은 대형 농장의 농장감독 차지가 되도록 남겨 두었다. 제안이 이루어지고 조건이 확정되고, 1분에 한두 명씩 스웨덴 일꾼들이 짐마차 뒤의 건초더미로 기어 올라가서 그곳을 떠났다.

조그만 소년이 한 노인 옆에 서 있었다. 왜소한 체구에 허리가 구부정한 노인은 등에 자루를 짊어지고 여덟 살이나 아홉 살 정도 된 소년의 손을 잡고 있었다. 두 사람 옆에는 초록색 궤짝이 놓여 있었다. 두 사람은 열심히 눈앞에서 벌어지고 있는 광경을 지켜보았다. 짐마차가 몇몇 고향 사람들을 태우고 가버릴 때마다 소년은 초조하게 노인의 손을 붙잡았고, 노인은 소년을 안심시키는 대답을 했다. 노인은 초조한 마음으로 농부들을 하나하나 뜯어보았는데, 그럴 때마다 입술이 움직이곤 했다. 노인은 생각을 하고 있었다. 너무 오래 바라본 탓인지 속눈썹 없는 빨간 눈에 연신 눈물이 고였다. 그는 조잡하고 더러운 자루 주둥이로 눈물을 닦아 냈다.

갑자기 노인이 사과처럼 얼굴이 빨간 땅딸막한 농부를 가리키며 소년에게 물었다.

"저기 저 사람 보이지? 저 사람이 아이들에게 친절할 것 같구나. 우리 한번 운을 떼어 볼까?"

소년은 제법 진지하게 고개를 끄덕였고, 그들은 곧장 그 농부에게로 갔다. 그러나 농부는 두 사람이 함께 가야 한다는 말을 듣고는 고개를 절레절레 흔들었다. 일을 하기에는 소년이 너무 어렸기 때문이다. 매번 마찬가지였다. 그들은 위스타드 지구의 토멜릴라에서 온 라세 칼손과 그의 아들 펠레였다.

이 광경은 라세에게 낯설지 않았다. 그는 십여 년 전에 이 섬에 온 적이 있었다. 하지만 그때는 지금보다 젊었고 혈기 왕성했으며, 절대로 떨어져선 안 될 조그만 소년의 손을 잡고 있지도 않았다. 그것은 큰 차이였다. 소가 흙구덩이에 빠져 죽고, 그의 아내 벵타가 출산을 준비하던 해였다. 상황이 좋지 않아 보였지만 라세는 모든 것을 한 방에 걸고 소가죽을 팔아 마련한 크로네 은화 두 닢을 가지고 보른홀름에 왔다. 가을에 그가 돌아갔을 때 먹여 살려야 할 입은 셋이 되었지만, 그래도 그의 손엔 겨울을 날 돈 100크로네가 있었다.

그때 라세는 고난을 이겨 냈고, 아직도 그때의 일을 생각하면 굽은 어깨가 곧게 펴지곤 했다. 그 이후로 식량이 부족할 때마다 그는 모든 것을 팔아 치우고 영원히 보른홀름으로 떠나겠다고 말하곤 했다. 그러나 노산 이후 벵타의 건강이 악화되었다. 아내가 8년간 시름시름 앓다가 올봄에 세상을 떠날 때까지 라세는 속수무책으로 머물러 있을 수밖에 없었다.

라세는 가구를 팔아 100크로네를 마련했지만 그 돈은 오랜 병치레에 다 들어갔고, 집과 땅은 지주의 소유였다. 벵타의 혼수였던 초록색 궤짝이 그가 가진 유일한 재산이었다. 라세는 그 안에 소지품과 벵타의 소소한 물건들 몇 가지를 챙겨 넣고 말 거래상에게 맡겨서 항구로 미리 보냈다. 그리고 누구도 거들떠보지 않을 몇 가지 허섭스레기를 자루에 쑤셔 넣은 뒤, 자루를 짊어지고 소년의 손을 꼭 쥔 채 뢰네 행 증기선이 있는 위스타드로 걸어가기 시작했다. 가진 돈이라곤 간신히 뱃삯을 치를 정도의 동전 몇 닢이 전부였다.

오는 도중에 라세는 자신에 차 있었고, 아들에게 앞으로 살게 될 나라에 대해 목청 높여 이야기했다. 그곳은 벌이가 너무나 좋고 어떤 곳에서는 빵에 곁들여 고기와 치즈까지 먹을 수 있으며, 가을철 급수차는 소 떼를 위한 것일 뿐 노동자들에게 줄 물이 없어서 항상 맥주가 제공된다고 말했다. 그리고 값이 싸서 진을 물 대신 마셔도 되지만 워낙 독해서 세 잔만 마시면 뻗어 버릴 것이라고 했다. 술은 상한 감자가 아니라 멀쩡한 곡물로 만들고, 사람들은 식사 때마다 술을 마신다고 했다. 그리고 춥지도 않을 거라고 했다. 그곳 사람들은 바람이 숭숭 통하는 이런 부실한 리넨이 아니라 양털로 만든 내의로 입고, 자기 밥벌이를 하는 노동자는 하루에 2크로네쯤은 쉽게 벌 수 있다고도 말했다. 고향에서 땅주인이 주는 80외레*라는 인색한 임금에다 모든 의식주를 자

---

* 외레는 크로네의 1/100.

기가 해결해야 하는 상황과는 사뭇 다른 것이었다.

펠레는 아버지와 그 섬에 가본 많은 이웃사람들로부터 전에도 종종 같은 얘기를 들었다. 이들이 살던 작은 고향 마을에서는 서리와 눈과 가난한 이들의 궁핍함만 가득한 겨울이 오면 그 섬에 관한 얘기 외에 다른 이야깃거리가 없었다. 그리고 그 섬에 가보지 않고 얘기만 들은 사람들의 마음속에 생성된 이미지는 창문에 낀 서리가 그려 낸 격자 문양만큼이나 환상적이었다.

펠레는 그곳에서는 가장 가난한 소년들도 항상 좋은 옷을 입고, 고기 국물을 얹은 달콤한 빵을 언제든지 먹을 수 있다는 것을 알고 있었다. 그곳에는 돈이 마치 길거리의 흙처럼 널려 있어서, 보른홀름 사람들은 굳이 몸을 구부려 돈을 주우려고 하지 않는다고 했다. 하지만 펠레라면 당장 돈을 주울 것이다. 그리고 아버지에게 자루 속 잡동사니들을 꺼내고 초록색 궤짝에 자물쇠로 잠긴 부분을 비워서 돈을 담을 자리를 마련하게 할 것이다. 어쩌면 그것으로도 충분하지 않을 것이다. 일단 시작만 할 수 있다면! 아이는 아버지의 손을 초조하게 흔들었다.

"알았다, 알았어. 조급하게 굴지 마라."

라세는 망설이면서 주위를 두리번거렸다. 그는 지금 이 모든 찬란함의 한가운데서 자신과 아들을 위한 누추한 자리조차 찾지 못하고 있었다. 이해할 수 없었다. 세상이 전부 바뀌어 버린 것일까? 마지막 짐마차가 떠나자 손가락 끝까지 떨렸다. 한동안 라세는 떠나는 짐마차를 망연자실 바라보며 서 있었다. 그리고 초록색 궤짝을 담 쪽으로 옮겨 놓고는 아이의 손을 잡고 읍내를 향해 터벅터벅 걸었다.

걷는 동안 라세의 입은 계속 움직였다. 라세는 생각을 하고 있었다. 평소 같으면 큰 소리로 혼잣말을 하며 가장 희망적인 생각을 했을 것이다. 하지만 오늘은 모든 정신력이 바닥 나서 입술을 움직이는 것만으로도 벅찼다. 터벅터벅 걷고 있노라니 머릿속에서 변명이 들려왔다. 라세는 어깨에 걸친 자루를 더 높이 끌어당기며 소리쳤다.

"빌어먹을! 빨리 뽑혀 간다고 좋은 게 아니야. 라세가 외국에 온 건 이번이 처음이 아니라고! 아시다시피 제일 좋은 건 늘 마지막에 오는 거야."

펠레는 아버지의 말에 별로 관심을 기울이지 않았다. 펠레는 이미 마음이 편안해졌다. 이 소년에게 제일 좋은 일자리가 기다리고 있을 거라는 아버지의 말은, 이 세상이 전부 그들의 것이 될 것이라는 위대한 진실에 대한 아주 미약한 표현에 불과했다. 펠레는 이미 입을 벌린 채 세상을 정복하는 상상에 빠져 있었다.

소년은 크고 작은 배와 속이 빈 듯한 거대한 목재 더미들이 널려 있는 항구를 통째로 집어삼킬 듯이 바라보았다. 이곳은 놀기에 안성맞춤이었다. 하지만 남자 애들이 없잖아! 이곳 아이들이 고향 마을 아이들과 비슷할지 궁금했다. 아직 여기에서 사내아이는 한 명도 보지 못했다. 어쩌면 이곳 아이들은 싸우는 방식이 다를지도 모른다. 하지만 한번에 한 명씩 덤비기만 한다면 문제없이 감당할 수 있을 것이다. 커다란 배 한 척이 땅 위에 서 있었다. 사람들이 배의 바깥 판을 벗겨 내고 있었다. 아하, 배도 소처럼 갈비뼈가 있구나!

항구의 광장 한복판에 있는 나무 오두막에서 라세는 자루를 내려놓고 아이에게 빵 한 덩이를 꺼내 주었다. 그리고 짐을 잘 보고 있으라고 말하고 혼자 위쪽으로 걸어가더니 사라져 버렸다. 배가 몹시 고팠던 펠레는 두 손으로 빵을 쥐고 게걸스럽게 우적우적 씹어 먹었다.

웃옷에 떨어진 마지막 빵 부스러기까지 주워 먹고 나서야, 비로소 주위를 살펴볼 여유가 생겼다. 저 커다란 항아리 속에 있는 검은 물질은 타르였다. 펠레는 타르를 잘 알고 있었지만 한꺼번에 이렇게 많은 타르를 본 것은 처음이었다. 만일 저 타르가 펄펄 끓고 있을 때 항아리 속으로 떨어지면 지옥의 유황 구덩이보다 끔찍하겠지! 그리고 커다란 낚싯바늘들이 있었는데, 뱃머리 콧구멍에 늘어진 굵은 쇠사슬에 달려 있는 것과 같은 종류였다. 저런 낚싯바늘로 낚시를 할 수 있는 거인들이 아직도 살고 있는지 궁금했다. 천하장사 요한도 저 낚싯바늘은 다루지 못할걸?

펠레는 목재 더미가 진짜로 속이 뚫려 있는 것을 눈으로 확인하고 흡족해졌다. 만일 끌고 갈 자루만 없다면 바닥으로 쉽게 내려갈 수 있을 것이었다. 하지만 아버지가 자루를 잘 보고 있으라고 했기 때문에 한순간도 자루를 손에서 놓은 적이 없었다. 자루는 펠레가 들기에는 너무 무거워서 질질 끌고 다녀야 했다.

펠레는 작은 배 한 척을 발견했다. 한 사람이 간신히 누울 수 있을 정도로 작은 배였는데, 바닥과 옆면에는 구멍이 잔뜩 뚫려 있었다. 펠레는 조선공들의 커다란 맷돌을 꼼꼼히 살펴보았다. 사람 키만큼이나 큰 맷돌이었다. 흰 널빤지들도 놓여 있었는데, 거기에는 고향 마을 관리의 말을 묶어 놓는 새 말뚝만큼이나 큰 못이 박혀 있었다. 배를 묶어 놓은 물건은 사람들이 묻어 놓은 진짜 대포가 아닐까?

펠레는 눈으로 보고, 침을 뱉어 보고, 발로 차보고, 주머니칼로 긁어 보고, 적절한 방식으로 모든 사물들을 관찰했다. 만일 작은 머리로 이해할 수 없는 어떤 신기한 것을 발견하면, 그 위에 걸터앉아 버렸다.

이곳은 전혀 새로운 세상이었고, 펠레는 이 세상을 제 것으로 만드는 일에 몰두하고 있었다. 단 한 점도 남겨 놓지 않을 기세였다. 만일 토멜릴라에서 함께 놀던 친구들을 만난다면 이 모든 것들을 그 아이들에게 설명해 줄 텐데. 그 애들이 얼마나 눈이 휘둥그레질까? 스웨덴 고향 마을로 돌아가면 아이들에게 모두 얘기해 주리라. 녀석들은 거짓말이라고 하겠지?

펠레는 목재 저장소를 따라 참나무 버팀목 위에 길게 가로놓인 거대한 돛대 위에 걸터앉았다. 돛대 밑으로 늘어뜨린 양발을 서로 부딪쳤다. 옛날에 말 아래에서 그렇게 발을 부딪쳤다는 기사들의 이야기가 생각났다. 그리고 고리를 붙잡고 말 위로 올라타는 상상을 했다. 새롭게 발견한 세상 한복판에서 펠레는 자랑스러운 정복자가 되어 얼굴에 홍조를 띤 채 말 등에 앉아 손바닥으로 말의 허리를 때리고 발꿈치로 말 옆구리를 차고 있었다. 그리고 최대한 목청 높여 힘차게 노래를 불렀다.

한바탕 떠들썩한 흥겨움에 빠져 있던 펠레는 눈을 들자마자 갑자기 겁에 질린 외마디 소리와 함께 톱밥 더미에 떨어졌다. 아버지가 자신을 남겨 두고 떠났던 오두막 꼭대기에 시커먼 남자 한 명과 입을 벌린 검은 지옥의 개 두 마리가 서 있었다. 남자는 위협적인 자세로 지붕 마룻대 너머로 몸을 반쯤 구부리고 있었다. 사실 그것들은 뱃머리를 장식하는 나무 조각상일 뿐이었지만, 펠레는 그런 건방진 노래를 부른 자신을 혼내 주러 온 악마라고 생각했다.

펠레는 언덕 위로 달리기 시작했다. 하지만 조금 올라가다 발길을 멈추어야 했다. 자루를 두고 온 것이 생각났던 것이다. 자기만 생각하면 자루 따위는 상관없었다. 그냥 버려두고 와도 얻어맞지는 않을 것이다. 아버지는 결코 손찌검을 하는 법이 없으니까. 그리고 다시 그곳으로 내려간다면 그 무시무시한 악마가 자신을 집어삼킬 것이다. 펠레는 악마와 개의 콧구멍이 얼마나 빨갛게 빛나는지 뚜렷하게 볼 수 있었다.

그럼에도 펠레는 망설였다. 아버지는 그 자루를 무척 아껴서 만일 잃어버리면 무척 아쉬워할 것이다. 어쩌면 어머니를 잃었을 때 그랬던 것처럼 엉엉 울어 버릴지도 몰랐다. 난생처음으로 소년은 인생의 심각한 시험에 직면한 것이었다. 남들이 그랬던 것처럼 자신을 희생할 것이냐, 아니면 남을 희생시킬 것이냐 하는 선택의 기로에 선 것이다. 아버지를 향한 사랑과 천진한 자존심, 그리고 늘 가난한 사람들의 몫인 책임감이 복합적으로 작용하여 소년의 선택을 결정했다.

펠레는 시험을 견뎌 냈지만, 결코 용감하게 해낸 것은 아니었다. 소년은 내내 큰 소리로 울부짖으며 악마와 지옥의 개에게 눈을 떼지 못한 채 그 자리로 돌아갔다가 자루를 끌고 헐레벌떡 거리로 뛰어나왔다. 아마도 위험에서 벗어나기 전까지는 누구도 영웅이 될 수 없을 것이다.

그러나 위험에서 벗어난 그 순간에도 펠레는 자신의 용기에 기쁨을 느낄 기회가 없었다. 검은 악마의 손아귀에서 벗어나자마자 또 다른 두려움이 엄습했다. 도대체 아버지는 어떻게 된 거지? 다시 돌아오지 않으면 어쩌나! 어쩌면 골칫거리에다 일자리를 구하는 데 방해만 되는 어린 자식을 떼어 놓기 위해 멀리 달아난 것인지도 몰랐다.

펠레는 절망적인 기분이 되어 그렇게 된 것이 틀림없다고 생각했다. 그래서 흐느끼며 자루를 질질 끌고 걸었다. 이런 일은 펠레가 잘 아는 다른 아이들에게도 일어난 적이 있었다. 하지만 그 애들은 빵집으로 가서 살게 되어 제법 행복하게 지냈다. 펠레는 어쩌면 자신도 왕을 만나 궁전으로 가서 함께 놀 어린 왕자들과 지내게 될지 모른다고 생각했다. 하지만 아버지는 아무것도 가진 게 없다. 펠레는 여전히 주체할 수 없이 흐느끼고 있었지만, 화가 치밀고 복수심에 불탔다. 아버지가 궁전 문 앞에서 들여보내 달라고 사정해도 3일 동안 문밖에 세워 둘 것이다. 그리고 아버지가 울기 시작하면 그때에야 비로소!

아니다. 즉시 집으로 들여야 한다. 아버지가 우는 모습을 보는 건 세상 그 무엇보다 가슴이 아플 테니까. 하지만 목재소에서 주머니에 가득 채워 온 못들은 하나도 주지 말아야지. 그리고 아침에 두 사람이 일어나기 전에 왕비가 아침 커피를 가져오면…….

그러나 눈물도 행복한 상상도 여기서 끝났다. 길 꼭대기에 있는 선술집에서 아버지 라세가 걸어 나왔던 것이다. 라세는 기분이 매우 좋은 것 같았고 손에 술병을 쥐고 있었다.

"덴마크 브랜디란다!" 라세가 병을 흔들며 소리쳤다.

"덴마크 브랜디에 모자를 벗어 인사하렴! 그런데 왜 울고 있는 거냐? 무서웠니? 뭐가 무섭단 말이냐? 네 아비가 누구냐? 라세 칼손 아니냐. 네 아비는 누구와 티격태격할 남자가 아니야. 누가 시비를 걸면 호되게 패줄 사나이지. 이 라세가 어린 녀석들을 혼내 주러 왔다! 녀석들은 조심하는 게 좋을 거야. 세상이 온통 악마들로 가득해도, 라세가 여기 있으니 두려워할 필요 없다!"

이렇게 열심히 말을 쏟아 놓으며, 라세는 눈물로 얼룩진 소년의 뺨과 코를 거친 손으로 부드럽게 닦아 주고는 다시 어깨에 자루를 짊어졌다.

허풍으로 아들을 위로하며 아들의 손을 잡고 다시 항구로 터벅터벅 걸어 내려가는 그의 구부정한 모습에는 어쩐지 측은함이 배어 있었다. 라세는 장화를 신고 비틀비틀 걸었는데, 옆으로 튀어나온 커다란 신발 끈은 펠레의 귀와 놀라울 만큼 닮아 있었다. 낡은 겨울 외투의 벌어진 주머니 한쪽에는 빨간 손수건이, 다른 한쪽에는 술병이 삐져나와 있었다. 게다가 아까보다도 무릎이 더 풀린 탓에, 자루의 무게를 이기지 못하고 몸이 앞으로 쏠려서 떠밀리듯 언덕길을 빠른 속도로 내려와야 했다. 그는 쇠약해 보였다. 어쩌면 자랑삼아 떠벌린 말들이 이런 효과를 더욱 부추긴 건지도 몰랐다. 그러나 라세의 눈만은 자신감으로 빛났다. 그는 옆에서 따라오는 소년을 보며 미소 지었다.

오두막 가까이에 다다랐을 때, 펠레는 다시 공포로 오싹해졌다. 그 시커먼 남자가 여전히 거기 서 있었기 때문이다. 펠레는 아버지의 반대편 손 쪽으로 돌아가서는, 항구 광장에서 되도록 넓은 곡선을 그리며 아버지를 끌고 나가려 했다.

"아직도 있어요." 아이가 울먹거렸다.

"널 쫓아다닌 게 저거였구나, 그렇지?" 라세가 껄껄 웃으며 말했다.

"그런데 저건 나무로 만들어졌구나! 넌 정말이지 내가 아는 가장 용감한 아이다! 손에 작대기 한 개만 있으면 꼬챙이에 꿰어 구운 닭과 싸울 수도 있겠는걸!"

라세는 계속 웃으며 온화하게 소년의 몸을 흔들었다. 그러나 펠레는 부끄러워서 땅 속으로 꺼지고 싶은 심정이었다.

세관 근처까지 내려갔을 때, 그들은 너무 늦게 도착하는 바람에 일꾼을 한 사람도 고용하지 못한 농장감독과 마주쳤다. 그는 짐마차를 멈추고 라세에게 일자리를 찾느냐고 물었다.

"그렇습니다. 우리 두 사람 다요. 우리는 같은 농장에 있고 싶습니다." 라세가 활기차게 대답했다.

농장감독은 덩치가 크고 건장한 사람이었다. 펠레는 저런 사람에게 그처럼 대담하게 말할 수 있는 아버지가 무척 존경스러웠다.

커다란 남자가 소탈하게 웃었다.

"그럼 이 꼬마가 감독이 되겠구먼."

그가 채찍으로 펠레를 가리키며 말했다.

"아무렴요. 언젠가는 꼭 그렇게 될 겁니다."

라세가 확신에 차서 말했다.

"아이는 당분간 공밥을 먹어야겠군. 좋아. 난 소를 칠 사람을 찾고 있는데, 일 년에 100크로네 주겠소. 내가 아는 한 당신이 어디 가도 그 돈을 벌기는 힘들 거요. 아이에게도 빵을 주겠소. 물론 이 애가 할 수 있는 허드렛일은 해야 하오. 그런데 이 애는 손자인가보군."

"맹세코 이 아이는 제 아들입니다." 라세가 자랑스럽게 대답했다.

"어, 그렇소? 만일 당신이 이 아이를 정상적으로 얻은 거라면, 아직도 뭔가는 할 수 있다는 얘기군. 하지만 당신한테 뭐가 이로운지 안다면 어서 올라타시오. 여기서 꾸물거리고 있을 시간이 없으니까. 이런 제안은 날이면 날마다 받을 수 있는 게 아니란 말이오."

펠레가 생각하기에 100크로네면 대단한 액수였다. 하지만 나이도 많고 세상 물정을 아는 라세는 그 액수가 턱없이 적다고 느꼈다. 그러나 그걸 모르는 바는 아니지만, 라세는 아침의 쓰라린 경험 때문에 앞날에 대한 희망이 무척 어둡게 느껴졌다. 게다가 아까 마신 술 덕택에 마음이 한껏 후해지고 무모해져 있었다. 그는 손을 흔들며 말했다.

"까짓것 그럽시다. 하지만 감독님이 알아 둘 게 있는데, 삼시 세 끼를 절인 청어와 풀죽만 먹는 건 사양이오. 마땅한 침실도 있어야 하고, 또 일요일에는 쉴 겁니다."

그는 자루와 아이를 짐마차로 올려 주고 자신도 올라탔다.

농장감독이 웃었다.

"영감은 전에도 이곳에 와본 적이 있나 보군. 영감은 때마다 건포도를 박은 돼지고기 구이와 후추를 뿌린 대황* 젤리를 먹게 될 거요."

그들은 궤짝을 찾으러 부두로 내려갔다가 시골길로 향했다. 라세는 아는 것이 나올 때마다 소년에게 시시콜콜 설명하며 이따금 술병을 꺼내 마셨지만, 농장감독은 보지 못한 것이 분명했다. 펠레는 추워서 짚단 속으로 파고들며 아버지 옆으로 기어갔다.

정오 무렵에 그들은 목적지에 도착했다. 라세는 돌로 포장된 넓은 뜰로 마차가 들어갈 무렵 잠에서 깨어 짚단 속을 기계적으로 더듬거렸다. 그러다 문득 이곳이 어딘지 떠오르자 정신이 퍼뜩 들었다. 이곳은 그들의 새로운 보금자리이며, 이 땅에서 그들이 머물 수 있고 뭔가를 기대할 수 있는 유일한 곳이었다. 마침 점심식사를 알리는 종이 울려서 수많은 문에서 하인과 인부들이 넓은 뜰로 나오고 있는 모습을 보고 있으려니 모든 자신감이 사라졌다. 절망적인 무력감이 덮쳐 왔고 아들에 대한 걱정으로 얼굴에 경련이 일었다. 마차에서 기어 내려오는 손이 부들부들 떨렸다.

라세는 커다란 집 지하실로 내려가는 계단에 서 있는 사람들의 호기심 어린 시선에 내맡겨진 채 우물쭈물 서 있었다. 사람들은 벌써 라세

* 파이나 젤리를 만드는 데 주로 사용하는 시고 향기가 있는 채소.

와 소년에 대해 이야기하며 웃고 있었다. 이런 혼돈 속에서 라세는 사람들에게 최대한 좋은 첫인상을 심어 주기로 결심하고 모자를 벗어 한 명 한 명에게 인사했다. 소년도 아버지 옆에 서서 똑같이 따라했다. 두 사람은 마치 축제에서 공연하는 광대들 같았다. 지하실 계단 주위에 모인 남자들은 크게 웃으면서 두 사람을 흉내 내어 절을 하고는 그들을 부르기 시작했다. 그러나 농장감독이 다시 마차로 나오자 사람들은 계단 아래로 순식간에 사라졌다. 그때 저택 건물에서 끊이지 않는 아득하고 단조로운 소리가 들려왔다. 그 소리는 알게 모르게 이 부자에게 우울한 마음을 더해 주었다.

"바보같이 거기 서 있지 말고 다른 사람들 있는 곳에 가서 뭘 좀 드시오. 바보짓을 보여 줄 시간은 앞으로도 얼마든지 있으니까."

농장감독이 날카롭게 말했다. 이 말에 기운을 얻어 노인은 소년의 손을 잡고 지하실 계단으로 걸어갔다. 가슴에는 절망감을 안고, 내심 고향을 그리워하면서…….

펠레는 겁에 질려 아버지 옆에 바싹 붙어 있었다. 미지의 세계가 갑자기 두 사람의 상상 속에서 사악한 괴물로 변했다. 지하실 통로로 내려가자 그 끊임없는 이상한 소리가 더욱 커졌다. 이제 두 사람은 그것이 여자의 울음소리였다는 것을 알았다.

앞으로 라세와 펠레가 살게 될 스톤 농장은 보른홀름 섬에서 가장 오래된 농장 가운데 하나였다. 하지만 노인들은 자신들의 조부모가 어렸을 때는 그곳이 겨우 말 두 필뿐이었던 한 소농의 오두막이었다는 사실을 알고 있었다. 당시 그곳은 보른홀름을 해방시킨 옌스 코포드의 손자 베베스트 콜레르라는 사람의 소유였다. 그가 사는 동안 오두막은 농장이 되었다. 그는 죽도록 일했으며, 자신에게도 남에게도 먹을 것을 베푸는 데 인색했다. 그리고 이 두 가지, 즉 궁핍한 생활과 땅에 대한 악착같은 집착은 집안 내력이 되었다.

불과 몇 세대 전만 해도 이 지역의 밭들은 돌과 덤불이 가득한 황무지였다. 가난한 사람들은 땅을 개간해서 경작할 수 있는 상태로 만들기 위해 몸뚱이가 닳도록 일했다. 스톤 농장 주변 사람들은 전부 소농들과 달랑 말 두 필만 가진 사람들뿐이었다. 이들은 고된 노동과 굶주림의 대가로 땅을 얻은 사람들이었고, 자신들의 조그만 토지를 처분하는 것을 부모의 무덤을 팔아먹는 것처럼 생각할 사람들이요, 자신들이 죽거나 어떤 불행이 닥칠 때까지는 끝까지 그 땅을 포기하지 않을 사람들이었다.

그러나 스톤 농장 가족은 늘 토지를 사들여 확장하고자 했으며, 그들에게 기회는 오직 이웃의 불행을 통해서만 찾아왔다. 흉작이나 질병, 또는 불운이 닥쳐서 누군가 휘청거릴 때마다 콜레르네 사람들은 토지를 사들였다. 그래서 스톤 농장은 점점 더 커졌고, 그 과정에서 수많은 건물들과 막대한 영향력을 획득했다.

농장은 농부들의 땅덩어리를 하나하나 집어삼키면서 바다처럼 강력한 이웃이 되었고, 이것을 막기 위해 할 수 있는 일은 아무것도 없었다. 첫 번째 토지가 삼켜지고 다음 토지도 삼켜졌다. 모두들 언젠가 자신의 차례도 오리라는 것을 알았다. 누구도 '바다'를 고소하지는 않았지만, 그 가난한 사람들의 삶에 덮친 불행과 고난은 모두 스톤 농장에서 비롯된 것이었다. 그곳에는 어둠의 힘이 도사리고 있었고, 겁에 질린 사람들은 늘 그곳을 향해 손가락질했다.

"비옥한 땅이지!"

마을 사람들은 저주를 담은 특이한 억양으로 이렇게 말하곤 했지만, 그 이상의 어떤 시도를 하지는 않았다.

콜레르 가문은 마음 약한 사람들이 아니었다. 그들은 겁에 질린 사람들이 내뿜는 불길한 빛이 농장을 휘감고 있는 와중에도 보란 듯이 번

창했고, 그것을 권력이라고 느꼈다. 남자들은 술꾼인 데다 도박을 좋아했지만 결코 시력이나 감각이 무뎌질 만큼 마시지는 않았으며, 저녁나절에 말 한 필을 잃으면 밤사이엔 두 필을 따곤 했다.

라세와 펠레가 스톤 농장에 왔을 때, 늙은 노동자들은 그들이 어린 시절에 농장주였던 야누스 콜레르라는 사람을 기억했다. 야누스는 농장을 늘리기 위해 누구보다 많은 것을 한 사람이었다. 야누스가 젊었을 때의 일인데, 어느 날 그는 한밤중에 교회 첨탑 속에서 악마와 싸워서 이겼다. 그때부터 그가 하는 일마다 행운이 따라 주었다. 이유가 무엇이건 확실히 야누스의 시대에 이웃들이 하나하나 망해 갔고, 그는 돌아다니면서 그들의 땅을 자신의 것으로 만들었다. 말 한 마리가 더 필요하면 카드놀이를 해서 땄으며, 다른 것들도 전부 그런 식이었다.

야누스의 가장 큰 즐거움은 야생마를 길들이는 것이었다. 크리스마스이브 자정에 태어난 사람들의 눈에는 마부석에서 야누스 옆자리에 고삐를 쥐고 있는 악마의 모습이 또렷이 보였다. 벌써 예상했을지도 모르지만, 야누스는 결국 끔찍한 불행을 당했다. 어느 날 아침 일찍 말들이 미친 듯 질주하여 농장으로 달려왔고, 그는 나무에 부딪혀 머리가 으깨진 채 길가에 누워 있는 상태로 발견되었다.

야누스의 아들은 콜레르 가문 출신의 마지막 스톤 농장 주인이었다. 그는 천하의 망나니였지만 좋은 점도 많은 사람이었다. 그는 자신과 의견이 다른 사람을 보면 당장 때려눕히곤 했다. 그러나 곤경에 빠진 사람들을 늘 도와주었다. 이처럼 누구도 농장을 떠나지 않았다. 그리고 그 역시 농장 확장을 좋아하는 집안 내력을 물려받은지라, 황무지와 돌밭을 부지런히 사들였다. 그러나 그는 영리하게도 구입한 땅을 원래 상태대로 내버려 두었다. 그는 사람들에게 도움을 베풀어서 많은 사람들을 농장에 붙들어 두었고, 그들이 농장에 너무도 의존한 나머지 다시 자유로워질 엄두를 내지 못하게 만들었다. 소작인들은 그가 부르면 자기 일을 내팽개치고 달려와야 했으며, 덕분에 그는 값싼 노동력이 아쉽지 않았다. 그가 제공하는 음식은 인간이 먹을 만한 것이 아니었지만, 그 역시 늘 사람들과 같은 음식을 먹었다. 그리고 마지막 순간을 맞을 때엔 목사님과 함께했다. 그러니 그가 이 세상을 떠날 때 딱히 흠 잡을 일은 없었다.

그는 두 번 결혼했지만 자식이라고는 두 번째 부인에게서 본 딸 하나뿐이었다. 그녀에게는 특별히 문제될 점이 없었다. 그녀는 어린 소녀였고 모든 사람들에게 붙임성 있게 굴었다. 그러나 아버지의 총구가 두려워서 누구도 감히 그녀를 쳐다보지 못했다. 나중에 그녀는 딴판으로 변해서, 집안일로 분주하게 보내는 대신 남자처럼 옷을 입고 돌밭을 이리저리 돌아다녔고 누구도 가까이 오지 못하게 했다.

스톤 농장의 현재 주인인 콩스트루프는 약 20년 전에 이 섬에 왔는데, 아직도 그가 어떤 사람인지 아는 사람이 없었다. 처음 왔을 때 콩스트루프는 농장주의 딸처럼 하는 일 없이 황야를 배회하곤 했다. 그래서 그가 사고를 치는 바람에 그녀와 결혼하게 된 것은 별로 놀랍지도 않았다. 그러나 결과는 끔찍했다.

콩스트루프는 별난 사람이었다. 하지만 어쩌면 그가 원래 살던 곳에서는 사람들이 다 그런지도 모를 일이었다. 그는 계속해서 이것저것 아이디어를 냈다. 예를 들어 아무도 요구하지 않는데도 임금을 올려 주었고, 계약 노동으로 돌 캐내는 작업을 시작했다. 그는 처음부터 얼빠진 계획을 계속 시도하여, 농장 노동자들이 마음 내킬 때에만 농장에 와서 일할 수 있게 해주었다. 심지어 비가 올 때 노동자들을 집으로 돌려보내 그들의 옥수수를 수확하도록 해주는 바람에 정작 자신의 농사는 망쳐 버리기도 했다. 당연히 예상할 만한 일이지만, 모든 계획이 실패로 돌아갔다. 점차 그는 두 손을 들고 그 바보 같은 구상들을 포기해야 했다.

그 지역 사람들은 불평 없이 이러한 의존 관계에 복종했다. 그들은 마치 그곳의 하인이라도 되는 양, 아버지에서 아들까지 스톤 농장을 드나들며 시키는 일을 의무적으로 하는 것에 익숙했다. 그 대신 온갖 비극적 분위기와 삶의 공포와 음울한 미신이 스톤 농장 주위를 맴돌게 했다. 그들은 악마가 그 근처를 얼쩡거리며 사람들과 영혼을 건 내기를 한다고 믿기 시작했다. 하지만 그들은 스톤 농장 사람들을 보면 어느 누구에게보다도 공손하게 모자를 벗어 인사했다.

세월이 지나면서 이 모든 것들이 조금씩 변해서 미신의 날카로운 칼 끝은 조금 무뎌졌다. 그러나 원래 많은 사람들이 소유해야 마땅한 땅을 독식해서 이루어진 대규모 토지가 으레 그러하듯, 음울한 기운이 스톤 농장에도 묵직하게 감돌았다. 그러한 기운은 사람들이 내린 심판이요, 그들의 유일한 복수였다.

라세와 펠레는 사람들에게서 억눌린 분위기를 즉시 감지했고, 들은 말이 별로 없었을 때도 사람들의 눈 속에 반쯤 서려 있는 두려움을 알아보기 시작했다. 특히 라세는 늘 그들을 둘러싸고 있는 중압감 때문에 이곳 생활이 결코 행복하지 못하리라고 예감했다. 그리고 누구도 설명할 수 없는 그 울음소리!

낮이 길고 환했음에도 불구하고 스톤 농장 안채에서는 구슬픈 민요의 후렴구처럼 울음소리가 새어 나왔다. 라세는 아래 뜰에서 허드렛일을 하느라 분주했다. 마침내 울음소리가 그쳤음에도 라세는 여전히 귀에서 그 소리가 들리는 듯했다. 그것은 슬픈, 너무도 슬픈, 마치 자식을 잃었거나 능욕을 당하고 혼자 남겨진 여자의 멈추지 않는 울음소리처럼 들렸다. 이곳에서 대체 무슨 울 일이 있단 말인가? 수백 에이커의 땅을 소유하고 창문이 스무 개나 달린 대궐 같은 집에 살면서!

라세는 퇴비 더미를 정리하고 있었다. 외양간에서 낮일을 끝낸 참이었으니 서두를 것은 없었다. 그것이 그가 틈틈이 하는 유일한 일이었다. 가끔은 높다란 창문들을 부질없이 올려다보며 일에 조금 더 힘을 쏟아 보려 했지만, 밀려오는 피로에 맥을 추지 못했다. 잠시 낮잠을 자고 싶었지만 그럴 엄두가 나지 않았다. 농장은 온통 고요했다. 펠레는 주방 여인들을 위해 마을 상점으로 심부름을 갔고, 남자들은 모두 끝물인 봄 옥수수 밭에 있었다. 스톤 농장은 옥수수 수확이 늦었다.

콩스트루프가 계단으로 나와서 한동안 날씨를 살피며 서 있었다. 그러더니 외양간으로 걸어갔다. 어찌나 덩치가 크던지! 그는 외양간 입구를 거의 꼭 채웠다. 라세는 쇠스랑을 내리고 혹시 자신이 필요할까 봐 서둘러 외양간으로 들어갔다.

농장주가 친절하게 물었다.

"좀 어때요, 영감? 일은 할 만하오?"

"아, 예, 잘 돼갑니다. 하지만 한 사람이 돌보기에는 가축 수가 너무 많은 것 같습니다." 라세가 말했다.

콩스트루프는 소의 엉덩이를 쓰다듬으며 서 있었다.

"영감을 돕는 아이가 한 명 있잖소. 어디 갔소? 안 보이는군."

"그 애는 여자들 심부름으로 마을 상점에 갔습죠."

"그래요? 누가 심부름을 시켰소?"

"아마 주인마님이 직접 시키신 것 같습니다."

"음, 그 애가 간 지 오래 됐소?"

"좀 됐습죠. 돌아올 때가 됐는데요."

"그 애가 돌아오면 사온 물건을 들려서 내게 보내요."

심부름에서 돌아온 펠레는 사무실로 올라가야 한다는 말에 조금 겁을 먹었다. 게다가 안주인은 병을 옷 속에 잘 감춰 오라고 당부했던 것이다.

방은 천장이 무척 높았고 벽에는 번쩍거리는 총들이 걸려 있었으며 선반 위에는 마치 담배 가게처럼 시가 상자가 천장까지 켜켜이 쌓여 있었다. 그러나 무엇보다 이상한 것은 5월 중순인데도 아직까지 난로에 불을 지폈고, 창문이 활짝 열려 있다는 사실이었다. 맨발로 문 안으로 들어갔을 때 긴장해서 감히 눈을 들지 못하는 와중에도 펠레는 이 모든 것들을 관찰했다. 그때 농장주가 의자를 돌리고 펠레의 옷깃을 잡아 자기 가까이로 끌어당겼다.

"옷 속에 있는 게 뭔지 보여 다오, 꼬마야!" 그가 상냥하게 말했다.

병을 끄집어내며 펠레가 말했다.

"브랜디예요. 마님께서 아무도 못 보게 가져오랬어요."

"영리한 아이로구나."

콩스트루프가 펠레의 볼을 톡톡 두드리며 말했다.

"넌 언젠가 꼭 출세할 거다. 병을 내게 주면 내가 아무도 모르게 마님께 가져다주마."

그는 호탕하게 웃었다. 펠레는 그에게 병을 건넸다. 책상에는 수북이 쌓인 돈더미가 있었다. 두꺼운 원형의 2크로네 은화가 서로 포개져 있었다. 그런데 왜 아버지는 저 돈을 집어가지 않는 걸까?

그때 안주인이 들어왔고 주인은 즉시 일어서서 창문을 닫았다. 펠레는 나가고 싶었지만 그녀가 막아섰다.

"너 내게 줄 게 있지?" 안주인이 말했다.

"내가 받았소. 아이가 돌아가면 당신한테 주지."

그러나 안주인은 여전히 문 앞에 버티고 있었다. 그녀는 소년을 붙들어 두려 했다. 목격자를 만들어서 남편이 부엌에서 쓸 물건을 건네주지 않았다는 것을 모두에게 알리려는 속셈이었다.

콩스트루프는 아무 말도 없이 방 안을 왔다 갔다 했다. 펠레는 그가 아내를 때릴 거라고 생각했다. 그녀가 그에게 욕을 했기 때문이다. 토멜 릴라에서 아버지가 얼근하게 취해서 집으로 돌아왔을 때 어머니가 퍼부었던 것보다 훨씬 더 심한 욕이었다. 하지만 그는 그저 웃을 뿐이었다.

"이제 그만 하지."

그는 이렇게 말하며 아내를 문에서 비키게 하고 소년을 보내 주었다.

라세는 실망스러웠다. 그는 소 떼를 돌보는 일로 펠레가 필요할 때 사람들이 아이를 써먹지 못하도록 주인이 중재해 줄 것이라고 기대했다. 그런데 일이 엉뚱하게 되다니!

"그래, 그게 브랜디였단 말이지! 이제 알 만하구나. 하지만 마님은 잘못은 자기가 해놓고 왜 남편을 공격하는 건지 모르겠구나. 주인은 사람이 좋은가 보다."

"하지만 주인님도 술 마시는 걸 좋아해요."

펠레가 사람들에게 언뜻 주워들은 얘기를 했다.

"그래, 하지만 안주인은 여자잖아! 그건 다른 문제다. 기억해 두렴. 어쨌든 그 사람들은 좋은 사람들이야. 우리보다 나은 사람들의 흉을 보는 건 우리에게 어울리지 않아. 우리는 제 앞가림하기에도 충분히 바쁘단 말이다. 그저 마님이 다시는 너를 심부름 보내지 않기를 바랄 뿐이지. 안 그러면 우린 죽도 밥도 안 될 테니까."

라세는 일을 계속했다. 사료를 꺼내면서 그는 한숨을 쉬며 고개를 저었다. 기분이 썩 유쾌하지 않았다.

농장에서의 나날

모든 공간을 가득 채우고 있으면서도 열기를 품지 않은 풍요로운 햇살에는 기분을 들뜨게 하는 무언가가 있다. 봄의 습기가 대기에서 사라졌지만 여름의 뜨거운 아지랑이는 아직 나타나지 않았고 오직 빛만이 존재했다. 푸른 벌판과 바다 너머까지 펼쳐진 빛! 파란 하늘을 배경으로 풍경들을 선명한 선으로 그려 내며 부드럽고 기분 좋은 따스함을 내뿜는 빛!

6월 초순의 어느 날이었다. 진정한 여름이 시작되는 첫날이자 일요일이었다. 스톤 농장은 햇빛을 담뿍 받고 있었다. 선명한 금색의 빛이 모든 곳을 관통했고, 햇빛이 닿지 않는 곳은 어두운 빛깔들이 마치 빛 속으로 뜨겁고 은밀한 입김을 내뿜는 것처럼 흔들렸다. 햇빛 속에서 열린 창과 문들은 베일로 가려진 눈처럼 보였고, 그늘져 있을 때의 지붕은 비단 같은 모습이었다. 오늘은 저택 안이 조용했다. 말다툼도 쉬는 날이었다.

　넓은 뜰은 울타리에 의해 두 부분으로 나뉘어 있었다. 아래 쪽 뜰은 김을 뿜어내는 커다란 똥 무더기가 큰 부분을 이루었는데, 그 위에 널빤지들이 가로질러 있고 꼭대기에는 뒤집힌 손수레 몇 대가 있었다. 돼지 두어 마리가 퇴비 속에 반쯤 묻혀 있고, 분주한 암탉 떼는 아침에 정리해 놓은 퇴비 더미에서 열심히 말똥을 헤치고 있었다. 암탉 떼 한 가운데에서 커다란 수탉 한 마리가 마치 농장감독처럼 작업을 지시하며 서 있었다.

　위쪽 뜰에서는 흰 비둘기 떼가 깨끗한 포장길 위에서 옥수수를 쪼아 먹고 있었다. 열려 있는 마차 차고 문 밖에서 마부 한 명이 이륜마차를 점검했고, 안쪽에서는 다른 마부가 제일 좋은 마구를 정성스레 갈고 닦고 있었다.

　이륜마차 앞에 있는 남자는 와이셔츠 차림에 방금 광을 낸 승마화를 신고 있었다. 그는 젊고 탄력 있는 몸을 가졌고, 일할 때의 몸가짐이 우아했다. 남자는 뒤통수에 모자를 걸쳐 쓰고 있었는데, 바퀴 안팎을 청소하는 동안 부드럽게 휘파람을 불며 아래쪽 세탁실을 살짝살짝 훔쳐보았다.

　소젖을 짜는 덩치 큰 하녀 카르나가 두 개의 커다란 양동이를 들고 마부를 지나쳐 펌프로 갔다. 여자는 돌아오면서 마부의 신발에 물을 튀겼다. 마부가 눈을 치켜뜨며 욕설을 내뱉자 카르나는 짓궂게 웃었다.

　"잠을 통 못 잔 모양이지, 구스타우?"

"그럼 아줌마 잘못은 없다는 얘기군. 오늘 내 평상복 바지를 기워 줄래요?" 그가 거칠게 물었다.

"아니, 사양하겠어! 입에 발린 소리나 듣자고 남의 옷을 수선해 줄 생각은 없어."

"그럼 놔두시든지! 아줌마 말고도 해줄 사람은 많으니까."

이렇게 말하고 마부는 일을 하기 위해 다시 몸을 굽혔다.

"시간이 있나 한번 볼게. 하지만 오늘 오후에는 해야 할 일이 산더미야. 다들 외출을 나갈 거라서."

"알아요. 보딜이 씻고 있더군요."

구스타우가 담배 때문에 색이 변한 침을 세탁실 창문을 향해 뱉었다.

"그렇게 목욕재계를 하는 걸 보니 누굴 만나려나 봐."

카르나가 얄미운 표정으로 말했다.

"교회에 가고 싶으니 자리를 비우게 해달라고 말했다는데. 보딜이 교회에 간다고? 아니, 보딜은 마을에 있는 재단사의 집에 갈 거야. 거기서 고향 사람이라는 말름베르를 만나겠지. 도대체 유부남과 무슨 할 일이 있는지 모르겠지만 말이야."

"누구하고 놀아나건 그건 보딜 자유죠. 난 상관없어요."

구스타우가 마지막 마차 바퀴를 발로 차 제자리에 넣으며 대답했고, 카르나는 그런 그의 모습을 온화하게 지켜보았다. 그러나 다음 순간 그녀는 위층 창문의 커튼 뒤로 얼굴 하나를 발견하고는 양동이를 들고 허겁지겁 가버렸다. 구스타우는 경멸스러운 듯 그녀를 향해 이빨 사이로 침을 뱉었다. 열일곱 살인 구스타우에게 카르나는 너무 늙었다. 그녀는 적어도 마흔 살은 되었을 것이다. 구스타우는 보딜에게 다시 한 번 긴 시선을 던지며 기름통과 열쇠를 들고 마차 차고로 갔다.

위쪽 뜰 끝에 있는 높다란 하얀 집은 다른 건물들 틈에 지어져 있지 않았고, 두 줄의 나무 울타리만 제외하면 다른 건물들과 연결되는 부분 없이 멀찌감치 떨어져 위풍당당하게 서 있었다. 건물 양쪽에는 삼각형 지붕이 있었고 반지하에는 하인들의 방이며 하녀들의 침실, 세탁실, 다림질실, 거대한 창고 따위가 있었다. 뜰 쪽을 향한 삼각 지붕에는 죽은 시계가 달려 있었다. 펠레는 그 건물을 궁전이라고 불렀고, 그 건물 지하에 들어갈 수 있는 것에 적지 않은 자부심을 느꼈다. 그러나 다른 사람들은 그곳에 그렇게 멋진 이름을 갖다 붙이지 않았다.

펠레는 그 저택에 대해 악의 없이 순수한 경외심을 가진 유일한 인물이었다. 다른 사람들은 그곳을 적의 요새라고 생각했다. 포장된 위쪽 뜰을 걷다 보면 누구라도 무의식적으로 베일에 가려진 높다란 창문을 올려다보게 되는데, 그 창문 너머에는 밑에서 무슨 일이 벌어지는지 감시하는 비밀스러운 눈이 있었다. 그 집은 마치 총구 앞을 지나가는 것처럼 다리가 후들거리게 만들었고, 사람들은 꼭 필요할 때가 아니면 깨끗하게 포장된 그 뜰을 걸어가려 하지 않았다. 반면 다른 한쪽 뜰은 저택에서 잘 내려다보이기는 매한가지였지만, 그래도 사람들이 자유롭게 돌아다녔다.

농장 바깥쪽에는 크고 작은 바깥채들이 많았다. 송아지 외양간과,

돼지우리, 공구실, 짐마차 차고, 대장간 같은 것들이었다. 건물들은 하나같이 알쏭달쏭했다. 어떤 뚜껑 문은 사탕무와 감자를 저장하는 칠흑같이 어두운 지하 저장소로 통했는데, 물론 또 그 저장소에서 이상한 지하 장소로 통하는 비밀 통로를 찾을 수 있었다. 그리고 어떤 뚜껑 문들은 캄캄한 다락방으로 통했고, 그곳에서는 최고로 멋진 보물들이 낡은 잡동사니 모양을 하고 간직되어 있었다.

불행히도 펠레는 이런 곳에 들어갈 시간이 별로 없었다. 매일 아버지를 도와 소 떼를 돌봐야 했기 때문이었다. 그리고 소들이 워낙 많아서 일이 힘에 부쳤다. 잠깐이라도 숨 돌릴 시간이 생기면 어김없이 누군가 자신을 찾으러 왔다. 소년은 세탁실 여자들을 위해 물을 날라야 했고, 견습감독의 신발을 광내야 했으며, 남자들의 술이나 담배 심부름을 위해 마을 가게로 뛰어가야 했다. 놀 거리는 많았지만 펠레가 노는 꼴을 봐주는 사람이 없었다. 사람들은 마치 펠레가 개라도 되는 것처럼 늘 호각을 불어 찾아 대곤 했다.

펠레는 일을 놀이처럼 바꾸어서 이런 상황을 만회하려 했고, 많은 경우 그것이 가능하기도 했다. 예를 들어 아버지가 뜰에 서서 펌프질을 하고 소년은 그저 이 여물통에서 저 여물통으로 물길의 방향을 잡기만 하면 되는 경우, 소 떼에게 물주는 일은 진짜 놀이보다 더 재미있었다. 일에 몰두하고 있으면 자기가 마치 대단한 기술자라도 된 기분이었다. 그러나 대부분의 다른 일들은 즐기기에는 너무 힘들었다.

소년은 아무도 자기를 찾는 사람 없는 바깥채들을 돌아다니고 있었다. 외양간 문이 열려 있어서 소들이 계속해서 여물을 씹는 소리를 들을 수 있었다. 그 소리는 이따금씩 끊기곤 했는데, 소가 만족스러워 코로 숨을 들이쉬거나 기둥에다 목을 긁느라 사슬이 한 번씩 덜그럭거릴 때였다. 여물 주는 통로를 왔다 갔다 하는 아버지의 나막신 소리에는 안정감이 있었다.

작은 바깥채에 달려 있는 열린 반토막짜리 문에서 송아지와 돼지의 기분 좋은 냄새와 함께 후끈한 김이 뿜어져 나왔다. 돼지는 모두들 열심이었다. 긴 돼지우리 전체에서 돼지들은 사료를 우적우적 씹고 쪽쪽거리며 입맛을 다시고 있었다. 아래쪽 연못에는 오리와 거위가 머리를 물속에 처박고 붉은 다리를 공중에서 휘두르고 있었다. 그리고 갑자기 오리 떼와 거위 떼 전체가 햇빛 속에서 어지러운 환희로 발작한 듯 꽥꽥거리며 이 둑에서 저 둑으로 물을 튀기며 돌아다니다가, 마지막 마무리로 우스꽝스럽게 꼬리를 흔들며 물 위로 미끄러졌다.

펠레는 오후 일을 할 시간이 될 때까지 아버지가 허락해 준 자신만을 위한 이 몇 시간 동안 무엇을 할 것인지에 대해 스스로에게 많은 약속들을 했었다. 하지만 이제 그 엄청난 가능성들에 압도되어 어찌해야 할지 당황스러워졌다. 열십자형으로 얹은 두 개의 널빤지를 타고 연못을 항해하는 게 제일 재미있을까? 아니면 들어가서 작은 송아지들과 놀까? 아니면 대장간에서 낡은 풀무*를 가지고 대포 쏘기를 할까? 바

*불을 피울 때 바람을 일으키는 기구.

람구멍에 젖은 흙을 채우고 힘껏 풀무질을 하면 제법 근사하게 총알이 튀어나오겠지?

펠레는 사람들 눈에 띄지 않으려 조심하며 움직이기 시작했다. 그런데 농장주가 가까이에 와 있었다. 그는 햇빛을 가리기 위해 한 손을 이마에 대고 비탈진 땅과 바다를 내려다보고 있었다. 농장주는 펠레를 보자 표정을 바꾸지 않고 고개를 끄덕이며 말했다.

"날씨 좋구나, 꼬마야. 어떻게 지내냐?"

그는 계속해서 보던 곳을 바라보고 있었고, 말하면서 자신이 지팡이 끝으로 펠레의 어깨를 건드렸다는 사실조차 모르는 것 같았다. 농장주는 종종 반쯤 조는 상태로 돌아다녔다.

그러나 펠레는 그것을 성스러운 존재가 쓰다듬는 것처럼 느꼈고, 즉시 자신에게 일어난 일을 얘기하고 싶어 외양간으로 뛰어갔다. 마치 기사 작위라도 수여받은 것처럼 어깨에서 의기양양한 기운과 함께 여전히 지팡이의 감촉이 느껴졌다. 그곳에서 흥분의 열기가 펠레의 작은 몸을 통해 흘러나와 머리를 모험심으로 가득 채우고 마음을 자긍심으로 부풀게 했다. 어쩌면 농장주가 자신을 양자로 들일지도 모른다는 막연하고 아찔한 기대와 함께 상상력이 하늘로 치솟았다.

하지만 펠레는 다시 냉정을 찾았다. 외양간에는 일요일이면 해야 하는 목욕이 기다리고 있었기 때문이다. 일요일 목욕은 펠레가 평생 안고 살아야 할 불만거리였다. 다른 일들은 모두 한 번 일어나면 그뿐이지만 일요일 목욕만은 늘 다시 찾아오곤 했다. 펠레는 목욕이 싫었고, 특히 귓속을 씻어야 하는 게 제일 끔찍했다. 게다가 이제 자신을 도와줄 자상한 엄마는 없었다. 라세는 차가운 물 양동이와 깨진 항아리 조각 위에 놓인 물컹한 비누를 들고 대기하고 서 있었고, 소년은 스스로 옷을 벗어야 했다. 게다가 목욕도 모자라서 깨끗한 셔츠로 갈아입어야 했다. 하지만 다행히 이건 두 주에 한 번씩이면 되었다. 하지만 그러고 나면 모든 게 좋았다. 한 번 겪으면 한동안은 다시 일어나지 않는 일처럼.

펠레는 밤송이머리에 깨끗한 셔츠 차림으로 바지 주머니에 손을 찔러 넣은 채 한껏 거만한 자세를 하고서 뜰로 통하는 외양간 문 앞에 서 있었다. 이마에는 흔히들 행운의 징표라고 말하는 '소가 핥은 머리' 가 물결치고 있었다. 펠레는 안짱다리를 하고 몸을 앞뒤로 흔들면서, 구스타우가 정문 계단 위에서 고삐를 쥐고 주인 내외를 기다리면서 하는 동작들을 바라보고 있었다.

안주인은 농장주와 함께 나타났고, 하녀가 조그만 발판사다리를 들고 마차 앞으로 달려가서 마차에 타는 것을 거들었다. 주인은 아내가 자리에 앉을 때까지 계단 위에 서 있었다. 안주인은 걷는 것조차 힘들어했다. 하지만 그 눈은! 펠레는 안주인이 뜰 쪽으로 얼굴을 숙이자 급히 시선을 돌렸다. 남자들은 안주인이 마음만 먹으면 단지 바라보는 것만으로 누구에게든 불행을 가져올 수 있다고 수군거렸다. 주인이 말을 뜰 밖으로 몰고 나가자 구스타우는 목줄에 묶여서 짖고 있던 개를 풀어 주었다.

어쨌든 주중에는 이처럼 햇빛이 비치지 않았다. 흰 비둘기가 마치 햇빛 속에서 펄럭이는 하얀 종이처럼 규칙적으로 돌면서 떼를 지어 뜰 위로 날아갈 때는 참으로 눈이 부셨다. 비둘기 날개에서 반사되는 빛이 퇴비 더미 위에 반짝여서 돼지들은 호기심으로 꿀꿀거리며 머리를 들었다. 남자들은 방에서 카드놀이를 하거나 나막신 앞창을 덧대고 있었다. 구스타우는 손풍금으로 〈늙은 노아〉를 연주하기 시작했다.

펠레는 위쪽 뜰을 가로질러 커다란 개집이 있는 곳까지 갔다. 개집은 바람에 따라 방향을 돌릴 수 있게 되어 있었다. 펠레는 개집의 지붕 모서리에 걸터앉아 울타리가 보일 때마다 발로 밀어내어 개집을 회전목마처럼 돌게 만들었다. 문득 자기 자신이 모든 사람들의 개이며 차라리 숨어 버리는 게 좋겠다는 생각이 들었다. 그래서 얼른 내려가서 개집 속으로 기어들어 '앞발' 사이에 머리를 두고 짚단 위에서 몸을 웅크렸다. 거기서 한동안 울타리를 바라보며 입 밖으로 혀를 길게 빼고 헐떡거렸다. 그때 갑자기 어떤 생각이 머릿속에 떠올랐고, 조심성 따위는 모두 잊어버렸다. 다음 순간 펠레는 정문 계단 난간을 미끄럼 타 내려오고 있었다.

펠레가 열일곱 번을 이렇게 하고 나서 한 쉰 번은 해야겠다는 생각에 깊이 빠져 있는데, 커다란 마차 차고 문에서 날카로운 호각 소리가 들렸다. 그곳에서 견습감독이 펠레에게 오라고 손짓했다. 펠레는 풀이 죽어서 아무 생각 없이 행동한 것을 깊이 후회하며 명령에 복종했다. 이제 아마도 모든 사람들의 구두에 광을 내야 할 것이다.

견습감독은 펠레를 안으로 끌고 들어가더니 문을 닫았다. 안이 어두워서 아무것도 분간할 수 없었다. 그러다가 형체 없는 윤곽선들이 차츰 눈에 들어오기 시작하며 무서운 상상이 엄습했다. 어둠 속에서 웃음소리와 으르렁대는 목소리들이 혼란스럽게 들렸고, 거대해 보이는 손이 펠레를 끌어당겼다. 공포가 엄습하면서 앞뒤가 맞지 않는 온갖 강도와 살인에 대한 얘기들이 미친 듯 떠올랐다. 소년은 공포에 질려 비명을 지르기 시작했다. 커다란 손이 얼굴 전체를 덮었고, 억눌린 비명 뒤로 찾아온 침묵 속에 재미있는 구경거리가 있다고 소리치는 목소리가 문밖에서 들렸다.

펠레는 공포로 마비되어 자신에게 무슨 일이 벌어지고 있는지 알지 못한 채, 도대체 저 밖의 햇빛 속에서 무슨 재미있는 일이 벌어지고 있는지 막연히 궁금했다. 내가 과연 햇빛을 다시 볼 수 있을까? 펠레는 생각했다.

그런 생각에 대답이라도 하듯, 그 순간 문이 열렸다. 빛이 쏟아져 들어와서 비로소 자신을 둘러싸고 있는 얼굴들을 알아볼 수 있었다. 펠레는 바지가 발까지 내려지고 셔츠가 조끼 속으로 말려 올라간 채 반나체 상태로 서 있는 자신을 발견했다. 견습감독이 한쪽에 서서 손에 든 채찍으로 소년의 벗은 몸을 가볍게 때리며 명령조로 "뛰어!" 하고 소리쳤다.

공포와 혼란으로 눈이 뒤집힌 펠레는 뜰로 뛰어나갔다. 하지만 밖에는 하녀들이 서 있었다. 하녀들은 깔깔거리며 비명을 질러 댔다. 소년은 다시 차고 안으로 되돌아올 수밖에 없었다. 그러나 곧 채찍을 만났고, 어쩔 수 없이 캥거루처럼 팔짝팔짝 뛰면서 또 다시 햇빛 속으로 뛰어나가야 했다. 또 한바탕 웃음 섞인 비명이 터져 나왔다. 소년은 하녀들의 입에서 나온 온갖 상스러운 말들의 세례 속에 그저 속절없이 울면서 서 있었다. 이제 더 이상 채찍은 보이지 않았고 펠레는 몸을 감추려 웅크리고 앉았다. 그리고 경련을 일으키듯 흐느끼더니 갑자기 돌로 포장된 길 위로 맥없이 쓰러졌다.

그때 카르나 아줌마가 급히 지하실에서 뛰어 올라왔다. 그녀는 분노로 시뻘게진 얼굴로 사람들을 비난하며 굵은 팔다리로 무리 속을 헤치고 걸어왔다. 목과 팔은 지난 번 소젖을 짤 때 소 꼬리가 남긴 갈색 흔적 때문에 얼룩덜룩했는데, 마치 어설픈 문신처럼 보였다. 카르나는 슬리퍼를 견습감독의 얼굴에 집어던지고 펠레에게 다가가서 결이 거친 앞치마로 소년을 감싸 지하실로 데리고 내려갔다.

아들에게 일어난 일을 들었을 때 라세는 망치를 집어 들고 견습감독을 죽이겠다고 나섰다. 노인의 눈빛이 위낙 단호해서 아무도 말리려 들지 않았다. 견습감독은 이럴 때는 피하는 것이 상책이라고 생각했다. 라세는 분노의 분출구를 찾지 못하자 미친 듯 부들부들 떨며 흐느끼기 시작했다. 그리고 진짜로 몸이 아파져서 사람들이 그를 다시 소생시키느라 술을 한 입 가득 마시게 해야 했다.

그러자 즉시 효과가 나타나서 라세는 다시 정신을 차리고 겁에 질려 흐느끼는 펠레에게 위로하듯 고개를 끄덕이며 말을 건넸다.

"괜찮다, 아가야! 괜찮아. 누구도 그런 짓을 하고 무사히 넘어가지는 못하는 법이다. 이 아비가 그 악마의 긴 다리를 분질러 놓고 코뼈가 튀어나오도록 만들어 줄 테니 내 말을 믿어."

강력한 보상을 받게 되리라는 희망에 펠레의 얼굴이 밝아졌다. 소년은 외양간 다락으로 기어 올라가서 소들에게 점심으로 줄 건초를 아래로 집어던졌다. 기어오르는 것을 좋아하지 않는 라세는 칸막이 사이의 긴 통로를 걸어 다니며 건초를 나눠 주었다. 그는 뭔가 궁리를 하고 있었고, 펠레는 아버지가 내내 혼잣말을 하는 것을 들을 수 있었다. 먹이 주는 일을 마치고 라세는 초록색 궤짝이 있는 곳으로 가서 아내 벵타의 소지품 가운데 제일 좋은 주일 외출용 실크 손수건을 꺼냈다. 그리고 엄숙한 표정으로 펠레를 불렀다.

"카르나에게 달려가 이걸 받아 달라고 하거라. 우리는 남의 친절을 빈손으로 넘겨 버릴 만큼 빈곤하지는 않다. 아무도 보지 못하게 해라. 혹시라도 남들이 좋아하지 않을지도 모르니까. 무덤에 있는 네 엄마도 화내지 않을 거다. 말을 할 수 있다면 오히려 먼저 그러자고 제안했을 거야. 하지만 네 엄마의 입은 흙으로 가득 차 있으니. 불쌍한 사람!"

라세는 깊이 한숨짓더니 펠레에게 넘겨주기 전에 손수건을 한동안 손에 꼭 쥐고 있었다. 그는 벵타가 과연 자기가 말한 것처럼 했을지 확신할 수 없었지만, 자기 자신과 아들의 마음속에서 아내에 대한 기억을 아름답게 간직하고 싶었다.

오후 내내 농장은 조용했다. 남자들은 대부분 선술집에 갔건 채석공들과 함께 채석장에 갔건, 아무튼 어디론가 외출을 했다. 주인과 안주인 역시 밖에 나갔다. 주인은 점심을 먹은 직후에 마차를 대기시켜 읍내로 나갔고, 한 시간 뒤에 그의 아내가 조랑말 마차를 타고 남편을 감시하러 나갔다고 사람들이 말했다.

라세는 외양간 빈 칸에 앉아서 펠레의 옷을 수선했고, 소년은 여물 주는 통로를 왔다 갔다 하며 놀았다. 소년은 목동 방에서 장화를 벗을 때 쓰는 나무틀을 발견하고는, 마치 그것이 의족이라도 되는 양 무릎 밑에 놓고 계속해서 신나게 재잘거렸다. 하지만 아버지처럼 그렇게 크게 혼잣말을 하지는 않았다. 아침의 기억이 여전히 마음속에 생생했고, 그것이 펠레를 차분하게 만들었다. 마치 자신이 대단한 행동을 한 것 같았고, 이제 초조하지 않았다. 펠레를 이렇게 진지하게 만든 데는 또 다른 상황도 작용했다. 농장감독이 다음날 가축들이 나갈 것이라고 말하러 왔었는데, 펠레가 어린 소들을 돌보게 되어 있었다. 그러니까 오늘이 어쩌면 여름 내내 펠레가 쉴 수 있는 마지막 날이 될지도 몰랐다.

펠레는 아버지가 앉아 있는 칸막이 밖에서 멈추었다.

"견습감독을 어떻게 죽이실 거예요, 아빠?"

"아마 망치겠지."

"정말로 죽여 버릴 거예요? 죽은 개처럼?"

"그래, 진짜로 죽이고 말 테다!"

"하지만 그럼 누가 우리를 위해 소 이름을 읽어 주죠?"

노인은 생각에 잠긴 듯 고개를 끄덕였다.

"그래, 정말 그렇구나!"

그러더니 낭패스러운 듯 여기저기를 긁적거렸다. 소의 이름이 칸막이 위의 칠판에 적혀 있는데, 라세도 펠레도 글을 읽을 줄 몰랐다. 농장감독이 한 번은 읽어 줄 수도 있지만, 펠레가 아무리 비상한 기억력을 지닌 소년이라 할지라도 단 한 번 듣고 50마리나 되는 소의 이름을 기억하는 것은 불가능했다.

라세가 견습감독을 죽이면 이름을 알 수 있도록 누가 도와줄 것인가! 농장감독은 그들이 찾아가서 부탁하는 것을 두 번씩 참아 주지는 않을 것이다.

"아쉽지만 혼쭐을 내주는 걸로 만족해야 할 것 같구나."

소년은 한동안 놀러 나갔다가 다시 라세가 있는 곳으로 돌아왔다.

"아빠, 스웨덴 사람들은 세상 모든 사람들을 혼쭐낼 수 있다고 생각하지 않으세요?"

노인은 신중해 보였다.

"아무렴. 그렇게 생각하지."

"스웨덴은 세상 전체보다도 크니까요. 그렇죠?"

"그래, 크지."

라세가 얼마나 큰지 상상하며 말했다. 스웨덴에는 24개의 지방이 있는데 말뫼후스는 그중 하나일 뿐이고, 위스타드 지구는 거기에서도 조그만 한 부분이며, 그 위스타드 한 구석에 그들이 살던 토멜릴라가 있었다. 그리고 한때는 무척 크다고 생각했던, 자신이 소작했던 땅은 사실 5에이커의 땅으로 토멜릴라의 작은 한 조각에 불과했다. 그렇다. 스웨덴은 컸다. 물론 세상 전체보다 클 수는 없고 그것은 어린아이의 헛소리에 불과했지만, 그래도 세계의 나머지를 합한 것보다는 컸다.

"그래, 그렇지! 뭘 하고 있는 거냐?"

"한 쪽 다리에 총을 맞은 군인처럼 보이지 않아요?"

"어, 절름발이 상이군인 흉내를 내는 거로구나, 그렇지? 하지만 아서라. 하느님은 그런 걸 좋아하지 않으시니까. 그러다 진짜 절름발이가 될지도 몰라. 그럼 얼마나 끔찍하겠니."

"못 보실 거예요. 하느님은 오늘 교회에 계시잖아요!"

소년이 대답했다. 하지만 안전을 위해 그만두는 게 낫겠다고 생각했다. 소년은 외양간 문에 자리를 잡고 호각을 불다가 갑자기 무척 흥분해서 달려왔다.

"아빠, 저기 견습감독이 있어요! 내가 가서 매질을 해줄까요?"

"아니다. 그냥 놔두는 게 좋겠다. 그러면 녀석은 죽을지도 몰라. 저런 고상한 녀석들은 채찍질 한 대도 못 견딜걸? 겁에 질려서 죽어 버릴 수도 있어."

라세가 불안한 눈으로 소년을 쳐다보았다.

펠레는 많이 실망한 것처럼 보였다.

"하지만 다시 그런 짓을 하면 어떻게 해요?"

"절대 그럴 리 없어. 녀석을 단단히 겁줘서 보낼 테니까. 내가 그놈을 집어 들고 공중에 대롱대롱 매달고는 살려 달라고 할 때까지 놔주지 않을 거야. 그러고 나서 조용하게 다시 내려놔야 해. 라세는 화내는 게 싫으니까. 라세는 점잖은 사람이거든.”

“그런 다음에 보내 주는 척하다가 다시 공중에 높이 쳐드는 거예요. 그럼 그놈이 비명을 지르고 자기는 죽겠구나 생각할 테니까요. 사람들이 와서 그 꼴을 보고 웃을 거예요.”

“안 된다, 안 돼. 아비를 부추길 생각 마라. 그랬다간 그놈을 내던지고 싶은 생각이 들지도 모르니까. 그건 살인이고 종신형을 받게 될 거야! 아니야. 난 그냥 단단히 혼만 내줄 거야. 그런 고상한 녀석들한테는 그게 잘못을 가장 절실하게 깨닫게 하는 길이야.”

“좋아요. 그러면 그놈을 학 다리 촌놈이라고 불러야 해요. 농장감독이 화났을 때 그놈을 그렇게 불러요.”

“아니. 그것도 별로 도움이 되지 않을 거야. 하지만 놈이 쉽게 잊어버리지 못하도록 따끔하게 얘기하마.”

펠레는 그런대로 만족스러웠다. 아버지 같은 사람은 없었다. 물론 아버지는 사람들에게 호통 치는 것도 다른 모든 것처럼 잘 할 것이다. 아직까지 아버지가 누군가에게 호통 치는 걸 본 적은 없지만…….

갑자기 지붕 아래에서 그림자가 어른거렸다. 돌아보니 밭으로 통하는 입구에 서 있는 낯선 소년이 보였다. 소년은 펠레와 비슷한 키였지만 머리는 거의 어른 머리처럼 컸다. 언뜻 보면 대머리처럼 보였지만 소년이 햇빛 속에서 움직이자 모자를 쓰지 않은 머리가 은비늘로 덮인 듯 반짝였다. 소년의 머리는 얼굴과 다른 부분 전체에 얇고 골고루 분포된 가느다란 은색 털로 덮여 있었다. 피부는 핑크색이었고 눈은 흰색이었다. 강렬한 햇빛 속에서 보아서인지 소년의 얼굴은 온통 주름이 잡혀 있었고, 뒤통수가 불균형하게 튀어나와 있어서 너무 무거워 보였다.

펠레는 손을 바지 주머니에 찔러 넣고 소년에게 걸어갔다.

"이름이 뭐니?"

펠레가 이렇게 물으며 구스타우가 습관적으로 하는 것처럼 앞니 사이로 가래침을 뱉으려 했다. 하지만 불행히도 그 시도는 실패했고, 공연히 침만 아래턱으로 흘러 버렸다. 낯선 소년이 웃었다.

"루드야."

소년은 마치 혀가 두꺼워서 마음대로 움직일 수 없는 것처럼 불분명하게 말했다. 소년은 펠레의 바지 주머니를 부러운 듯 바라보았다.

"네 아버지니?"

소년이 라세를 가리키며 물었다.

"물론이지!"

펠레가 뽐내며 말했다.

"아빠는 누구든지 혼내 줄 수 있어."

"하지만 우리 아빠는 누구든지 돈으로 살 수 있어. 저기에 사니까."

루드는 커다란 집을 가리켰다.

"어, 정말? 그럼 넌 왜 거기서 함께 살지 않아?"

펠레가 믿을 수 없다는 듯 물었다.

"그게, 난 사생아거든. 엄마가 그렇게 말했어."

그때 밖에서 목소리가 들렸다.

"오호라. 너 이 녀석!"

소년들은 깜짝 놀라 외양간 속으로 더 깊이 숨어들었다. 덩치가 큰 뚱뚱한 여자가 입구에 나타나서 희미한 빛 속에서 화가 난 듯 두리번거렸다. 그녀는 루드를 발견하자 계속해서 야단치기 시작했다. 말소리를 들어 보니 스웨덴 억양이었다.

"그래, 네가 도망쳤겠다. 이 멍청한 자식! 그렇게 도망치면 다신 집으로 돌아올 생각 마. 너 같은 후레자식을 버리러 나가느라 옷을 챙겨 입을 필요도 없으니 잘됐네. 아무 걱정 말고 썩 꺼져 버려!"

그러다 라세를 발견하자 그녀는 갑자기 말을 끊고 물었다.

"그런데 저 사람이 저 애의 아버지니?"

라세가 조용히 대답했다.

"그렇소. 그리고 댁은 토멜릴라에서 학교 선생님을 하시던 요한 필 씨의 딸 요한나가 분명하군. 스웨덴을 거의 20년 전에 떠난……"

"그리고 댁은 슐리텔마에서 온 대장장이의 호색꾼 아들이 분명하군요. 재작년에 늙어빠진 나무토막한테 쌍둥이를 얻었다는……"

그녀는 라세의 말투를 흉내 내며 되받아쳤다.

"알았소. 당신이 누군지는 내게 중요하지 않아!"

라세가 불쾌한 목소리로 말했다.

"난 경찰 끄나풀이 아니니까."

"말하는 걸 보면 꼭 경찰 끄나풀 같은데요. 그런데 소 떼가 언제 나가게 되는지 알아요?”

“별 일 없으면 내일. 펠레에게 안내를 해줄 애가 당신 아들인가? 농장감독이 누가 펠레와 함께 나가서 목장을 보여 줄 거라고 하던데.”

“그래요, 루드예요. 이리 나와 봐. 제대로 좀 보게. 녀석이 가버렸군요. 그건 그렇고, 당신도 가끔 아들을 때려 주나요?”

“물론 가끔은 그렇지.”

라세는 자신이 아들을 절대로 혼내지 않는다는 게 창피스러워 거짓말을 했다.

“나도 아들한테 매를 아끼지 않죠. 그런 어리석은 녀석을 사람 만들려면 뭔가 해야 하니까요. 그리고 잘못하면 벌로 먹을 것을 반으로 줄여요. 그럼 내일 아침에 저 애를 올려 보내죠. 하지만 그 애가 뜰에 나타나지 않도록 주의하세요. 안 그러면 소동이 끝이 없을 테니까.”

“안주인이 저 애를 보는 걸 못 참는가 보군.”

“바로 맞혔어요. 안주인은 저 허깨비를 만든 것과는 아무런 상관이 없어요. 당신이야 뭐 그렇게 질투할 게 있나 생각하겠지만요. 저 위에서 잘난 척 뻐기는 작자가 나를 꼬드기지만 않았다면 난 지금쯤 한 농장주의 아내가 되었을 수도 있었죠. 믿을 수 있겠어요? 낡은 구두 가죽 같은 양반?”

그녀가 라세의 무릎을 치면서 웃으며 물었다.

“믿다마다. 당신은 고향을 떠날 때 예쁜 처녀였으니까.”

“흥, 그건 댁의 ‘고향’이죠.”

"아마 어떤 흔적도 남기고 싶지 않은 모양인가 보군. 그럼 모르는 사람인 척해 주지. 당신이 어렸을 때 내 무릎 위에서 놀긴 했지만 말이야. 하지만 어머니가 임종을 앞두고 있는 건 아나?"

"어머, 아니요! 몰랐어요!"

그녀는 비명을 지르며 일그러져 가는 얼굴로 라세를 바라보았다.

"고향을 떠나기 한 달 전에 당신 어머니에게 작별 인사를 하러 갔었는데 많이 편찮으셨지. 그리고 이렇게 말했어. '잘 가요, 라세. 그 오랜 세월 동안 좋은 이웃으로 있어 줘서 고마워요. 그리고 거기 가서 혹시 요한나를 만나면 내 사랑을 전해 주세요. 들은 얘기로는 그 애의 상황이 아주 안 좋아졌다고 하더군요. 하지만 내 사랑을 전해 주세요. 요한나, 내 아기. 내 어린 것!' 어머니는 이렇게 말했지. 아마 지금쯤 돌아가셨는지도 몰라. 그때처럼 가엾게 말이야."

요한나 필은 감정을 주체할 수 없어 보였다. 요한나는 우는 데 익숙하지 않은 것이 분명했다. 그녀의 흐느낌은 그녀를 갈기갈기 찢어 놓는 것 같았다. 눈물은 나오지 않았지만 여물통 가장자리에 앉아 몸을 흔들며 "어머니! 불쌍한 어머니!" 하고 중얼대며 고통스러워했다.

"당신 엄마가 유품으로 전해 달라고 부탁한 게 있지. 기억나서 다행이군!"

라세는 요한나에게 꾸러미 하나를 건네주고, 그녀가 꾸러미를 여는 모습을 흐뭇하게 지켜보았다. 찬송가책이었다.

"아름답지? 금색 십자가와 걸쇠도 있어. 게다가 어머니 것이잖아."

“이게 내게 무슨 소용이죠? 난 찬송가를 부르지 않아요.”

“찬송가를 부르지 않는다고?” 라세가 상심하며 말했다.

“하지만 어머니는 당신이 어릴 적부터 신앙을 지켜 온 줄로만 알고 계시는데. 그러니 이번만은 어머니를 이해해야 해.”

“내게 줄 건 이게 전부인가요?”

요한나는 책을 무릎에서 밀어내며 말했다.

“그래.”

라세가 떨리는 목소리로 말하고는 책을 집어 들었다.

“그럼 나머지는 누가 갖게 되죠?”

“음. 집은 임대이고, 남을 게 별로 없었어. 생각해 봐. 부친이 돌아가시고 긴 세월이 지났잖아. 원래 당신이 있어야 할 자리를 남들이 대신했지. 아마 어머니를 돌보던 사람들이 남은 걸 갖게 되겠지. 하지만 첫 증기선을 타고 돌아간다면 당신에게도 시간이 있을지 몰라.”

“아뇨, 사양하겠어요! 고향에 돌아가서 온갖 따가운 시선을 받으며 참회자 행세를 하라고요? 아뇨, 됐어요. 남들이 유품을 갖는 편이 낫겠어요. 그리고 엄마…… 음, 엄마가 여태 내 도움 없이 살아왔다면, 나 없이 죽을 수도 있을 거예요. 참, 집에 가봐야겠어요. 장차 스톤 농장의 주인이 될 녀석은 어디 간 거지?”

요한나는 커다랗게 웃었다.

라세는 그녀가 제법 맑은 정신이라고 생각했지만, 외양간을 뒤로 하고 아들을 찾으러 가는 걸음걸이는 불안해 보였다. 찬송가책을 가져가지 않겠냐는 질문이 목구멍까지 올라왔지만 꾹 참았다. 요한나는 지금 그럴 기분이 아니었고, 어쩌면 신을 조롱할지도 모를 일이었다. 그래서 라세는 조심조심 책을 싸서 다시 초록색 궤짝 속에 치워 두었다.

＊＊

　　외양간의 한 쪽 구석에는 널빤지들로 분리해 놓은 공간이 있었다. 문도 없고 널빤지들 사이는 틈이 3센티미터쯤 벌어져 있어서 나무 궤짝처럼 보였다. 이곳이 목동의 방이었다. 공간의 대부분은 거친 널빤지를 짜 맞추어 만든 다리 없는 널찍한 침대가 차지하고 있었고, 지탱할 돌바닥 외에는 아무것도 없었다. 그 위로 두툼한 호밀 짚단 위에는 침구들이 어지럽게 쌓여 있었다. 굵은 줄무늬가 있는 담요는 마른 소똥이 묻은 부분에 깃털과 지푸라기가 붙어서 뻣뻣했다.

　　펠레는 솜털 누비이불을 턱까지 올리고 침대 한가운데에 쭈그린 채 누워 있었고, 라세는 가장자리에 앉아 초록색 궤짝 속 물건들을 뒤적거리며 혼잣말을 하고 있었다. 그는 풍비박산 난 고향 집에서 가져온 잡다한 물건들을 하나하나 꺼내며 자신만의 주일 의식을 치르는 중이었다. 하나같이 실 뭉치와 헝겊 조각 같은 순전히 실용적인 물건들이었다. 라세 자신과 아들의 옷을 수선할 때 사용하는 것이지만 물건 하나하나가 그에게는 조심스럽게 다뤄야 할 유품이었고, 물건이 떨어질 때마다 라세의 마음은 슬퍼졌다. 물건들을 모두 펼쳐 놓고, 라세는 벵타가 죽어 가면서 했던 말을 천천히 되뇌었다. 그녀는 남편과 아들을

64

위해 모든 것을 정리하려 했다.

"이건 펠레의 회색 양말을 만들 양털이고, 이건 주일 외출복 소매를 늘일 때 쓸 헝겊들이에요. 스타킹을 손보지 않고 너무 오래 신지 않도록 주의하세요."

이것이 죽어 가던 여인의 마지막 소망이었다. 그리고 세세한 설명이 이어졌다. 라세는 기억력이 형편없었지만 그 말을 하나도 빼놓지 않고 기억했다.

그리고 벵타 자신의 물건들도 있었다. 모두 축제나 휴일의 행복한 기억을 간직한 싸구려 장신구들이었는데, 라세는 몽상을 할 때 그런 행복한 순간들을 떠올리며 중얼거리곤 했다. 펠레는 귀 기울여 듣거나 대답할 필요가 없는 이 나지막한 중얼거림이 좋았다. 졸음을 부르는 나른하고 기분 좋은 소리였다. 펠레는 피곤함과 뭔가 불쾌했던 지난 일에 대한 막연한 느낌 속에서 졸린 눈으로 밝은 하늘을 내다보며 누워 있었다.

그때 외양간 문이 열리는 소리와 함께 여물 주는 긴 통로에서 사람의 발자국 소리가 들렸다. 견습감독이었다. 펠레는 그 지긋지긋한 발자국 소리를 단번에 알아들었다. 그리고 한껏 흥분되기 시작했다. 이제 저놈은 사람을 한 손으로 들고 꾸짖을 수 있는, 농장감독보다 훨씬 더 힘센 아버지의 아들에게 아무 짓도 해서는 안 된다는 것을 깨닫게 될 것이다. 펠레는 일어나 앉아서 간절한 눈빛으로 아버지를 쳐다보았다.

"라세!" 탁자 끝에서 목소리가 들렸다.

갑작스런 자극에 불쾌해진 라세는 무뚝뚝하게 투덜거릴 뿐 일어서지 않았다.

"라세!"

잠시 후 조급한 목소리가 다시 들렸다. 명령조의 목소리였다.

"여기 있어요."

라세가 천천히 일어나 나가면서 말했다.

"불렀는데 대답도 못하나, 이 천한 스웨덴 영감탱이? 늙어서 귀라도 먹었어?"

"물론 얼마든지 대답할 수 있지요."

라세가 떨리는 목소리로 말했다.

"하지만 견습감독님이 그러시면 안 되죠. 난 아버지란 말입니다. 아버지의 마음이란 게……."

"영감이 산모 간호사래도 난 상관없어. 하지만 영감은 부르면 대답을 해야 해. 안 그러면 농장감독에게 혼내 주라고 할 테니까. 내 말 알아들어?"

"그럼요, 그럼요! 한 번만 봐주세요. 제가 못 들었습니다."

"좋아. 그럼 내일 아스파시아는 목장에 나가지 않는다는 걸 기억해 두라고."

"아스파시아가 송아지를 뱄나요?"

"당연하지. 그럼 망아지를 뱄겠어?"

라세가 의무적으로 웃고는 견습감독을 따라갔다.

이제 때가 되었구나! 펠레는 이렇게 생각하고 귀를 쫑긋 세우고 앉았다. 하지만 아버지가 또 한 차례의 변명을 한 뒤 문을 닫고 느린 걸음으로 터벅터벅 걸어오는 소리만 들었을 뿐이었다. 펠레는 울음을 터트리며 누비이불 속으로 깊숙이 기어 들어갔다.

라세는 한동안 투덜거리며 서성이다가, 마침내 다가와서 아들의 머리에서 누비이불을 끌어내렸다. 하지만 펠레는 침구 속에 얼굴을 묻었다. 아들의 얼굴을 자신을 향해 돌렸을 때, 라세는 절망적이고 이해할 수 없다는 눈빛과 마주쳤다. 그 눈빛은 라세를 잠 못 이루게 하고 방 안을 서성이게 했다.

"그래, 울 테면 울어라. 하지만 아스파시아를 어디에 두었는지도 모르는 이상 얌전히 굴어야 하잖니."

일부러 언짢은 목소리로 라세가 말했다.

"난 아스파시아가 어디 있는지 잘 알아요. 문에서 세 번째 칸에 있잖아요."

소년이 흐느끼며 말했다.

라세는 그 말을 받아치려 했지만 슬퍼하는 소년이 안쓰러워 완전히 무너지고 말았다. 그는 자신의 이마가 아이의 이마에 닿을 때까지 몸을 숙이고 무력하게 말했다.

"그래, 라세는 한심한 작자야. 늙고 가난하지. 모든 사람의 조롱거리가 될 만해. 더 이상 화를 내지도 못하고 주먹에 힘도 없으니, 움켜쥐어 봐야 무슨 소용일까! 그 한심한 작자는 모든 걸 참아야 하고 이리저리 치이며 살지. 게다가 고맙다는 말까지 한다고. 늙은 라세는 그렇게 되었어. 하지만 네가 기억할 게 있다. 내가 놀림감이 되는 건 순전히 너를 위해서야. 너만 아니라면 내 비록 늙었지만 당장 가방을 짊어지고 떠나 버릴 거다. 하지만 네 아버지가 녹슬어 가는 곳에서 넌 자라날 수 있단다. 그러니 이제 울음을 그쳐야 해!"

라세는 누비이불로 소년의 젖은 눈을 닦아 주었다.

펠레는 아버지의 말을 이해하지 못했지만, 왠지 마음이 가라앉아서 금세 잠에 빠져들었다. 그러나 잠이 들면서도 한참을 흐느꼈다.

라세는 여전히 침대 가장자리에 앉아 소년이 잠든 모습을 바라보았다. 참으로 한심한 일요일이었다. 침대로 돌아가 눕자 슬픈 생각이 다시 찾아와 잠을 이룰 수 없었다. 보통 때 같으면 라세는 자리에 눕자마자 나무토막처럼 잠들곤 했다. 하지만 오늘은 일요일이었고, 이제 자신의 인생도 저물고 있다는 생각에 괴로웠다. 그는 이 섬에서 스스로에게 많은 것을 약속했었다. 그런데 지금 그에게는 고된 노동과 걱정거리와 문제만 있을 뿐, 다른 것은 아무것도 없었다.

"그래, 라세는 늙었다!"

라세는 크게 한 번 말하고 잠이 들 때까지 비슷한 말을 되풀이했다.

"라세는 늙고 한심한 작자다. 지칠 대로 지친 늙은이야."

이 말이 모든 것을 표현했다.

소몰이 펠레

새벽 4시. 라세와 펠레는 주섬주섬 옷을 챙겨 입고 밭쪽으로 난 외양간 문을 열었다. 대지가 하얗게 덮인 밤안개의 장막을 서서히 걷어 내며, 마치 예언이라도 하듯 아침이 밝아 오고 있었다. 라세는 문가에 서서 하품을 하며 그날 날씨가 어떨지 점치고 있었다. 펠레는 자극적인 바람의 부드러운 음색과 종달새의 노래가 어린 가슴에서 고동치도록 몸을 맡기고 있었다. 소년은 입을 벌린 채 상상할 수 없는 가능성으로 가득한 새로운 날들이 우리 앞에 펼쳐 놓는 미지의 것들을 의심스러운 눈으로 바라보았다.

"오늘은 코트를 가져가거라. 낮에 비가 올 테니까."

라세는 이렇게 말하곤 했고, 그러면 펠레는 하늘을 올려다보며 아버지가 어디에서 그런 지식을 얻는지 알아내려 했다. 그런 예언은 대체로 잘 맞았다. 두 사람은 외양간에서 배설물을 치우기 시작했다. 펠레는 소들이 서 있는 바닥을 긁어내서 오물을 한쪽에 쓸어 놓았고, 라세는 그것을 손수레에 담아 밖으로 끌고 나갔다. 5시 반에 그들은 아침으로 청어와 죽을 먹었다.

그런 뒤 펠레가 어린 소 떼를 데리고 출발했다. 팔에는 점심 도시락 꾸러미를 걸치고 목에는 채찍을 몇 바퀴 돌려 감고 있었다. 소년의 아버지는 끄트머리에 고리가 달린 짧고 굵은 작대기를 만들어 주었다. 소들을 야단치며 휘두를 수 있게 하기 위해서였다. 하지만 펠레는 아직 그걸 사용할 만큼 강하지 않아서 채찍이 더 좋았다.

펠레는 작았고 처음에는 자신이 맡은 힘센 녀석들에게 강한 인상을 심어 주기도 어려웠다. 소년의 목소리는 소 떼를 겁먹게 할 만큼 위협적이지 못해서, 농장을 나서서부터 고전을 면치 못했다. 특히 밭길 양쪽으로 옥수수가 높이 서 있는 농장 근처에서는 더욱 힘들었다. 아침에 소들은 배가 고팠고, 수소들은 일단 옥수수 밭에 코를 박고 나면 움직이려 들지 않았던 것이다. 그래서 펠레는 그 자리에 서서 손잡이가 짧은 소몰이용 채찍으로 놈들을 때렸다.

3미터가 넘는 길이의 채찍은 숙달된 손에 맡겨지면 짐승의 가죽에 작은 삼각형 자국들을 남기지만, 펠레는 그 도구를 제대로 다룰 수가 없었다. 나막신을 신은 발로 소의 머리를 차보아도 녀석은 그저 눈을 지그시 감고 펠레에게 엉덩이를 돌린 채 평화로이 풀을 뜯을 뿐이었다. 그러면 펠레는 절망적으로 고함을 치기 시작하거나, 광분에 휩싸여 무턱대고 소에게 달려들어 눈을 공격하려 했다. 하지만 그조차 아무 소용이 없었다. 펠레는 항상 송아지의 꼬리를 비틀어서 움직이게 했지만, 그렇게 하기에 수소의 꼬리는 너무 강했다.

그러나 펠레는 그런 실패에 오래 연연하지는 않았다. 어느 날 펠레는 아버지에게 나막신에 징을 박아 달라고 했다. 그 뒤부터 펠레의 발길질이 먹히기 시작했다. 일부는 펠레 자신의 노력으로, 그리고 일부는 친구 루드의 도움으로, 펠레는 가축들이 공격을 당했을 때 가장 아파하는 부위를 알게 되었다. 암송아지 떼와 두 마리의 수송아지 모두 특히 약한 부위가 있었고, 뿔을 제대로만 가격하면 커다란 수소들도 고통을 이기지 못해 큰 소리로 울었다.

소를 몰고 나가기는 힘들었지만 소를 치는 일 자체는 쉬웠다. 일단 소 떼가 조용히 풀을 뜯고 있으면 펠레는 마치 자신이 장군이라도 된 느낌으로 목초지에 쉴 새 없이 목소리를 쩌렁쩌렁 울려 댔고, 그럴 때면 그 작은 몸이 자긍심과 권력 의식으로 부풀어 오르는 듯했다.

하지만 아버지와 떨어져 있는 것이 펠레에게는 고역이었다. 소년은 점심도 집으로 돌아가서 먹을 수 없었고, 그래서 한참 놀이에 빠져 있다가도 종종 절망감이 엄습하여 아버지에게 무슨 일이 생겼거나 커다란 황소가 아버지를 받아 버리는 상상을 하곤 했다. 그럴 때면 펠레는 모든 것을 버려두고 울면서 집을 향해 뛰어가곤 했지만, 그때마다 농장감독의 회초리를 기억해 내고는 터벅터벅 되돌아갔다. 그러다가 이런 그리움을 해결할 묘안을 발견했다. 풀밭 위쪽으로 올라가 아버지가 젖소들을 몰러 나올 때마다 아버지를 바라보는 것이었다.

펠레는 조각하는 법을 익혀서 조그만 배와 갈퀴와 괭이를 깎고 지팡이에 무늬를 새겼다. 펠레는 칼 다루는 재주가 있었고, 열심히 그 재주를 써먹었다. 펠레는 또한 몇 시간이고 돌기둥 꼭대기에 서 있곤 했는데, 그것이 문기둥이라고 생각했다. 그리고 소몰이용 채찍을 내리쳐서 총소리 비슷한 소리를 내려 했다. 채찍이 땅에 닿지 않으려면 높은 곳까지 기어올라야 했다.

정오가 가까워지면 루드가 굶주린 사냥꾼처럼 뛰어 올라왔다. 그 애의 엄마가 식사 시간이 다가오자 아들을 집밖으로 내보냈던 것이다. 펠레는 도시락을 루드에게 나눠 주는 대신 음식을 먹을 때마다 일정한 횟수만큼 가축들을 불러 모으게 했다. 두 소년은 온종일 붙어 있었다. 마치 두 마리 강아지처럼 들판을 여기저기 굴러다녔고, 하루에도 몇 번씩 다퉜다가 화해했다. 소년들은 서로에게 온갖 무서운 복수를 맹세했다가도 다음 순간이면 함께 어깨동무를 하고 있었다.

스톤 농장과 바다 사이에는 모래 언덕들이 1킬로미터 가까이 퍼져 있었다. 이 모래 언덕 안쪽은 돌이 많아 풀을 뜯기에 좋지 않았지만, 개울 양쪽으로 모래 언덕들 사이에 기다란 형태의 푸른 목초지가 뻗어 있었다. 이곳은 꼬마 전나무와 거머리말이 덮여서 모래가 휩쓸려 내려가지 못하도록 단단히 붙잡고 있었다. 풀을 뜯기에 최적의 장소는 이 목초지였지만, 그 사이로 개울이 흐르고 있어서 양쪽에 신경 써야 하는 것은 여간 힘든 일이 아니었다.

조금만 실수해도 모래가 떠내려갈 수 있어서 단 한 마리의 소도 모래 언덕에 발을 들여놓지 못하게 해야 한다는 경고와 위협을 단단히 받은 탓에 소년은 바짝 긴장하고 있었다. 펠레는 그 경고를 곧이곧대로 받아들였고, 소 한 마리가 모래 언덕을 밟자마자 폭발이 일어나서 모든 것을 공중으로 날려 버리는 상상에 여름 내내 시달렸다.

루드와 함께 놀고 싶을 때, 펠레는 일부러 풀이 많지 않지만 뛰어놀 공간이 많은 위쪽 들판으로 소들을 몰고 갔다. 태양이 내리쬘 때면 소년들은 벌거벗은 채로 달렸다. 농장감독이 두려워서 감히 바다까지 뛰어가지는 못했다. 농장감독이 저택 다락방에 서서 늘 망원경으로 그들을 감시할 것이라고 소년들은 확신했다. 대신 그들은 개울에서 멱을 감으며 몇 시간 동안 함께 물속을 들락날락거렸다.

큰 비가 내린 뒤에는 개울이 불었고, 그러면 더 위쪽에 있는 둑에서 휩쓸려 온 고령토 때문에 물이 뿌옇게 되었다. 그 뿌연 물질은 아마도 이 섬 훨씬 위쪽에 있는 커다란 농장에서 흘러 내려온 우유일 것이라고 소년들은 생각했다. 바다의 수위가 높을 때는 바닷물이 역류해서 개울을 부패한 해초로 채우며 물을 진홍색으로 물들였다. 이것은 바다에 빠져 죽은 사람들의 피가 틀림없었다.

멱을 감는 중간 중간, 소년들은 모래언덕 밑에 누워 햇볕에 몸을 말렸다. 이들은 자신들의 몸을 찬찬히 살피며 다양한 부위의 목적과 용도에 대해 이야기했다. 머리로 말할 것 같으면 루드가 월등히 컸고, 그래서 선생의 역할을 맡았다. 소년들은 두 사람 중 누가 어떤 면에서 제일인지, 그러니까 한마디로 누가 더 큰지를 놓고 자주 언쟁을 벌였다.

예를 들어 펠레는 루드의 불균형적으로 큰 머리를 부러워했다.

펠레는 작지만 체격이 다부졌고 스톤 농장에 온 이래로 살집도 제법 붙었다. 햇볕에 그을린 윤기 있는 피부가 소년의 몸 전체를 매끄럽게 덮고 있었다. 루드는 머리에 비해 목이 가늘었고 각진 이마는 흉터로 덮여 있었는데, 머리가 무거워 툭하면 넘어진 탓이었다. 게다가 팔다리를 온전히 제 마음대로 통제하지 못해서 자기 팔다리에 맞아 멍들기 일쑤였다. 그래서 온몸에는 시퍼렇고 검푸른 자국들이 있었고, 이런 상처들은 쉽게 없어지지 않았다. 치유력이 약한 피부를 타고났기 때문이었다.

하지만 루드는 펠레처럼 자신의 부러움을 드러내 놓지 못했다. 루드는 마치 자신의 결점이 대단한 장점이라도 되는 양 자랑했고, 그래서 펠레는 결국 마음속 깊이 루드의 모든 것을 부러워하게 되었다. 루드는 펠레처럼 빠르게 배우지는 못했지만, 대신 직감이 강했고 어떤 점에서는 펠레가 경험을 통해서만 배우는 것을 예측하는 능력이 제법 있었다. 또한 벌써 탐욕스러운 구석이 있었고, 명확한 근거도 없으면서 의심이 많았다. 음식도 늘 더 큰 것을 먹었고, 일하는 것을 요리조리 피할 다양한 수법을 알고 있었다.

소년들의 놀이 뒤에는 아주 유치한 형태의 주도권 다툼이 있었다. 그리고 현재로서는 펠레가 2인자였다. 루드는 비상시에 항상 자기의 장점을 내세우고 그것을 자기에게 유리하게 이용하는 법을 알고 있었다. 그럼에도 불구하고 두 사람은 세상에서 둘도 없는 친구였고, 서로 떨어질 수 없었다. 펠레는 혼자 있을 때면 항상 루드네 오두막 쪽을 쳐다보았고, 루드는 기회가 생길 때마다 집에서 도망치곤 했다.

＊＊

라세의 예언대로 아침나절에 소나기가 쏟아졌다. 펠레는 흠뻑 젖었다. 이제 검푸른 구름이 바다에서 서서히 걷히고 있었고, 배들이 바다 한가운데서 붉은 돛을 모두 올린 채 아직 움직이지 않고 떠 있었다. 젖은 표면에 햇빛이 닿아 번쩍거렸고 모든 것이 환하게 보였다. 펠레는 젖은 옷을 말릴 요량으로 꼬마 전나무 위에 널었다. 소년은 추워서 되새김질을 하고 있는 제일 큰 수소 가까이로 기어갔다. 수소는 김을 내뿜었지만 그 온기는 추위로 얼어붙은 펠레의 팔다리까지 전달되지 않았다. 이빨이 딱딱 부딪혔고 몸이 부들부들 떨렸다.

이런 상황에도 펠레를 편안하게 놔두지 않는 암소 한 마리가 있었다. 수소 밑에 딱 달라붙어서 몸이 살짝 녹기 시작할 때마다 녀석은 북쪽 경계선 밖으로 벗어나곤 했다. 지금 거기에는 모래밖에 없었지만 녀석이 송아지였을 때는 그곳에 여러 가지 작물을 섞어서 재배하는 땅 한 떼기가 있었고, 녀석은 아직 그것을 기억하는 것이었다. 젖이 나오지 않아 젖소 떼에서 쫓겨난 두 마리 암소 가운데 하나였다. 녀석들은 성미가 사납고 늘 불만에 차서 이런저런 못된 짓을 저질렀다. 그래서 펠레는 녀석들이 정말로 싫었다.

두 놈은 고약한 왈패였고 채찍질조차도 소용없었다. 한 놈은 야만스

75

러운 야수와 같아서 한참 풀을 뜯다가도 갑자기 미친 소처럼 발을 구르며 울어 대기 시작했다. 그리고 펠레가 가까이 가면 뿔로 받아 버리려 했다. 게다가 기회만 생기면 펠레의 도시락을 싼 보자기를 먹어 버렸다. 다른 한 마리는 늙은 놈으로, 휘어진 뿔이 제 눈을 향해 안쪽으로 굽어 있었고 한 쪽 눈동자가 희었다.

지금 문제를 일으키고 있는 녀석은 시끄러운 쪽이었다. 펠레는 2분에 한 번씩 일어나서 소리쳐야 했다.

"블라카, 이 천하의 악랄한 짐승아! 당장 돌아오지 못해?"

펠레는 분노로 목이 쉬어 있었다. 그리고 마침내 인내심이 바닥나서 커다란 방망이를 집어 들고 암소를 쫓기 시작했다. 펠레의 의도를 알아차리자마자 암소는 농장을 향해 뛰기 시작했고, 녀석을 다시 무리들 틈으로 돌려보내기 위해 펠레는 커다란 원을 그리며 한 바퀴 돌아야 했다.

녀석은 이제 다른 가축들 틈에서 있는 힘껏 뛰었고, 가축 무리는 혼란스러워서 이리저리 뛰었다. 펠레는 소들을 다시 불러 모으는 동안 잠시 블라카 쫓는 일을 접어 둬야 했다. 하지만 소들을 다 모으고 나자 즉시 추적을 다시 시작했다. 펠레는 분노로 끓어올라 고무공처럼 튀어 올랐고, 벌거벗은 몸을 번쩍이며 푸른 풀밭 위에서 원을 그리며 뛰어다녔다. 이제 녀석은 겨우 몇 미터 앞에 있지만, 거리는 계속 좁혀지지 않았다. 이날은 좀처럼 녀석을 따라잡을 수 없었다.

펠레는 호밀밭 옆에 멈춰 섰고, 거의 동시에 암소도 섰다. 녀석은 힘없는 목소리로 날카롭게 울더니 어디로 가야 할지 방향을 잡기 위해 고개를 천천히 움직였다. 몇 발짝을 힘차게 뛰어서 펠레는 드디어 암소에게 손을 뻗어 꼬리를 붙잡았다. 그리고 방망이로 녀석의 주둥이를 때렸다. 녀석은 재빨리 호밀밭에서 벗어나서, 뼈가 돌출된 부분에 방망이 세례를 맞으며 다른 가축들을 향해 날듯이 빠른 걸음으로 뛰었다. 내리칠 때마다 마치 나무의 몸통을 강타하는 것처럼 모래 언덕에서 소리가 쿵쿵 울렸고, 펠레는 자랑스러웠다. 암소는 달리면서 펠레를 떼어 내려 했지만 펠레는 암소를 붙잡고 떨어지지 않았다. 녀석은 갈팡질팡하며 튀어 올라 개울을 건넜다. 펠레는 거의 공중에 매달려 있을 지경이 되었지만 그래도 방망이질을 계속했다. 암소는 이제 지쳐서 걸음을 늦추기 시작하더니, 마침내 기침을 하며 멈춰 서서 모든 것을 체념하고 매질에 몸을 맡겼다.

펠레는 풀밭에 얼굴을 대고 납작하게 엎드려서 헐떡거렸다. 이 소동에 몸이 따뜻해졌다. 이제 저 짐승은……. 그러다 펠레는 깜짝 놀라서 몸을 굴려서 옆으로 누웠다. 농장감독이다! 그러나 다시 보니 바로 위에서 자신을 엄숙한 눈으로 내려다보며 서 있는 것은 수염이 달린 낯선 사람이었다. 그 낯선 남자는 한동안 아무 말 없이 계속 소년을 바라보았고, 펠레는 자신을 뜯어보는 남자의 눈빛에 점점 더 불안해졌다. 자신도 그 남자를 똑바로 쳐다본다면 눈에 햇빛이 들어올 것이었다.

"농장감독이 뭐라고 하겠니?" 마침내 남자가 조용히 말했다.

"보지 못했을 거예요." 펠레가 머뭇머뭇 주위를 살피며 속삭였다.

"하지만 하느님이 보셨지. 그분은 모든 것을 다 보시니까. 그리고 그분은 아직 시간이 있을 때 네 안에 있는 사악함을 멈추게 하라고 나를 이리로 인도하셨지. 하느님의 아들이 되고 싶지 않니?"

남자는 펠레의 옆에 앉아 한 쪽 손을 잡았다.

펠레는 옷을 입고 있었으면 좋았겠다고 생각하며 풀을 쥐어뜯으면서 일어나 앉았다.

"하느님은 네가 하는 일을 전부 보고 있다는 걸 잊지 말아야 한다. 캄캄한 밤에도 보고 계시지. 우리는 늘 하느님의 눈앞에서 걷고 있는 거란다. 이리 와라. 벌거벗고 뛰어다니는 건 볼썽사나우니까!"

남자는 펠레의 손을 잡고 옷이 있는 곳으로 데려갔다. 그리고 펠레가 옷을 입는 동안 북쪽으로 올라가서 소 떼를 모아들였다. 망나니 암소는 이미 위쪽으로 다시 올라가 있었고, 다른 소들 몇 마리도 그 뒤를 따라가고 있었다. 펠레는 놀라운 눈으로 남자를 바라보았다. 남자는 돌을 사용하지도 소리를 지르지도 않고 조용히 동물들을 몰아서 돌아오게 했다. 남자가 돌아오기 전에 블라카는 또 한 번 경계를 넘었지만, 남자는 전과 마찬가지로 점잖게 녀석을 데려왔다.

"다루기 쉬운 소는 아니구나. 하지만 네게는 젊은 다리가 있잖아. 우리 이걸 태워 버리고 대신 손으로 할 일을 하면 어떻겠니?"

남자가 굵은 방망이를 집어 들며 물었다.

"네가 어려움에 처할 때마다 하느님은 늘 너를 도와주실 거다. 그리고 네가 진정한 하느님의 아들이 되고 싶다면, 오늘 저녁에 농장감독에게 네가 무슨 짓을 했는지 말하고 벌을 받아야 돼."

남자는 펠레의 머리에 손을 얹고는 견딜 수 없는 눈빛으로 바라보았다. 그리고 방망이를 가지고 떠났다.

오래도록 펠레는 눈으로 남자를 쫓았다. 하느님이 경고를 하기 위해 보낸 사람은 저런 모습이로구나! 이제 하느님은 알고 계신다. 그리고 앞으로 한동안은 암소를 그렇게 쫓지 못할 것이다. 하지만 농장감독에게 가서 실토를 하고 맨 종아리에 채찍 자국을 내라고? 싫어! 하느님이 설사 알고 있더라도. 그보다 하느님이 정말로 모든 것을 보신다면 꼭 화를 내서야 할까? 물론 그것이 농장감독보다 더 끔찍하진 않지만.

아침 내내 펠레는 말이 없었다. 무슨 일을 할 때마다 그 남자가 자신을 보고 있는 것처럼 느껴져서 점점 자신이 없어졌다. 펠레는 조용히 앉아 물건들을 조사하며 모든 것을 새로운 시선으로 보았다. 항상 하느님이 지켜보고 계신다면 시끄럽게 하지 않는 게 상책일 것이다. 펠레는 더 이상 소몰이 채찍을 휘둘러서 큰 소리를 내지 않았고, 그것마저 태워 버려야 하나 잠시나마 생각했다.

그러나 정오가 되기 조금 전에 루드가 나타나면서 그 사건은 전부 잊혀졌다. 루드는 조그만 나무토막을 담배처럼 피우고 있었다. 엄마가 난로 연통을 청소할 때 쓰던 작대기에서 잘라 온 것이었다. 펠레는 연기 몇 모금과 점심 도시락의 일부를 교환했다. 처음에 소년들은 되새김질을 하고 있는 수소 큐피드 위에 올라탔다. 큐피드는 눈을 감은 채 조용히 되새김질을 하고 있었는데 루드가 뻘겋게 달아오른 나무토막을 꼬리 끝에 갖다 대자 녀석은 황급히 일어섰고, 그 바람에 두 소년은 녀석의 머리 너머로 굴러 떨어졌다.

소년들은 깔깔댔고 검은딸기를 따러 높은 곳으로 올라가면서 서로에게 재주넘는 솜씨를 과시했다. 그곳에서 그들은 조그만 전나무 속에 자리 잡은 새집을 찾아다녔고, 마지막으로 최고의 놀이인 쥐 둥지 파기를 시작했다.

펠레는 목초지에 있는 쥐구멍이라는 쥐구멍은 전부 알고 있었고, 두 소년은 엎드려서 그것들을 주의 깊게 관찰했다.

"여기 쥐가 들어 있는 구멍이 있다! 이것 봐, 똥 더미도 있어!"

루드가 말했다.

"그래, 쥐 냄새야. 풀잎이 바깥쪽으로 누우니까 오래된 구멍들이 드러나는 거야." 펠레가 구멍에 코를 대고 말했다.

소년들은 펠레의 칼로 주변의 풀밭을 깎아 내고 두 개의 항아리 조각으로 열심히 땅을 파기 시작했다. 서로 웃으며 이야기를 주고받는 동안 흙이 계속해서 머리 주위로 날아왔다.

"세상에! 우리가 얼마나 빠르게 팠는지 봐!"

"그러게. 스톰도 이렇게 빠르게 일하지는 못할걸!"

스톰은 다른 가을철 농장 일꾼들보다 하루에 25외레나 더 받는 유명한 일꾼으로, 그의 이야기는 일꾼들이 열심히 일하도록 부추기기 위한 본보기로 종종 이용되었다.

"우리는 곧 땅 속으로 들어갈 거야."

“그런데 거긴 찌는 듯이 더울 텐데.”

“이런, 말도 안 돼. 정말이야?”

펠레는 불안하게 땅을 파던 손길을 멈추었다.

“그래, 학교 선생님이 그렇게 말했어.”

소년들은 망설이다가 손을 구멍 속에 집어넣었다. 사실이었다. 바닥은 뜨거웠다. 소년들은 잠시 생각하다 다시 구멍을 긁어 내기 시작했다. 마치 자신들의 생사가 달린 것처럼 조심스럽게.

잠시 후 통로에 지푸라기가 나타났다. 한순간 내부의 열 따위는 잊었다. 그리고 1분도 못 돼서 둥지를 찾았고, 조그만 분홍빛 생쥐를 꺼내서 풀밭 위에 내려놓았다. 꼭 부화하기 전의 새처럼 보였다. 사실 펠레는 생쥐를 잡기 싫었지만 못한다고 말하기가 창피했다.

“못생겼다. 만지니까 감촉이 두꺼비보다 훨씬 더 역겨워. 분명 독이 있는 것 같아.”

루드는 두 손가락으로 쥐새끼를 꼬집었다.

“독이라고? 멍청한 소리 집어치워! 애들은 아직 이빨도 없다고! 뼈도 전혀 없어. 아마 먹을 수도 있을 거야!”

“쳇! 짐승!”

펠레가 땅에 침을 뱉었다.

“난 요놈들을 깨무는 게 무섭지 않아. 넌 어때?”

루드가 쥐새끼를 들어 올려 입 쪽으로 가져갔다.

“무섭다고? 물론 안 무서워. 하지만…….”

펠레는 망설였다.

"넌 무서울걸. 왜냐하면 넌 스웨덴 출신이니까. 하지만 무서우면 그저 눈을 질끈 감으면 돼. 그리고 입을 벌리는 거야. 그리고 생쥐를 입속으로 넣는 시늉을 해봐. 그리고는……."

루드가 입을 크게 벌리고 손을 입 가까이로 가져갔다. 펠레는 루드의 위세에 눌려 그의 동작을 따라했다. 그때 루드가 펠레의 손을 쳐서 생쥐가 목구멍 중간까지 내려갔다. 펠레는 구역질을 하고 침을 뱉었다. 그런 다음 손으로 풀밭을 더듬어 돌을 찾았다. 그러나 일어서서 돌을 던지려 할 때쯤 루드는 이미 저만큼 달아난 후였다.

혼자 있는 것을 좋아하지 않는 펠레는 즉시 협상을 하기로 결정했다. 펠레는 화해를 원한다는 진지한 마음을 보여 주기 위해 돌을 버리고 악의를 품지 않겠다고 엄숙하게 맹세해야 했다. 그러자 루드가 킥킥거리며 돌아왔다.

"난 생쥐를 가지고 너한테 재미있는 걸 보여 주려고 했어. 그런데 네가 바보처럼 그걸 꼭 붙들고 있었잖아."

루드는 펠레에게 아주 가까이 오지는 않고 펠레의 움직임을 살피며 서 있었다. 모든 것이 끝난 상황에서 루드가 그저 재미있는 것을 보여 주려고 했다고 말한다면, 그것은 사실일 것이다. 하지만 루드가 미덥지 않은 것은 왜일까?

펠레가 단호하게 말했다.

"좀 더 가까이 와도 돼. 어차피 마음만 먹으면 널 잡는 건 식은 죽 먹기니까."

루드가 다가왔다.

"이제 우리는 큰 쥐를 잡는 거야. 그게 더 재미있을 거야."

소년들은 펠레의 우유병을 비우고 쥐 둥지 사냥에 나섰다. 이 근처에서 쥐 둥지는 두 개뿐인 것 같았는데, 하나는 목초지 위에 있었고 다른 하나는 개울 기슭으로 가는 중간에 있었다. 그들은 병 입구를 찔러 넣어 목초지에 있는 쥐구멍을 넓히고, 교대로 한 명은 병을 지켜보고 다른 한 명은 모자에 물을 담아 다른 구멍으로 실어 날랐다. 오래지 않아 쥐 한 마리가 튀어나와 병 속으로 들어갔고, 소년들은 병뚜껑을 닫았다.

이제 그 쥐로 무엇을 할 것인가? 펠레는 놈을 길들이고 훈련시켜서 조그만 농기구를 끌게 하자고 제안했다. 하지만 늘 그렇듯 루드가 우겨서 쥐에게 항해를 시키기로 했다. 소년들은 개울이 방향을 틀면서 바닥을 후벼 파서 큰 웅덩이를 이룬 곳에 경사진 면을 만들고, 배를 띄우듯 거꾸로 세운 병을 물속으로 미끄러뜨렸다. 소년들은 병이 물속에서 곡선을 그리는 것을 지켜보았다. 그러다가 병은 곧 비스듬히 올라오더니 목을 세우고 물 위에서 위아래로 뒤뚱거리며 섰다. 쥐는 밖으로 나가려고 마개를 향해 팔짝팔짝 뛰었고, 소년들은 즐거워서 풀밭 위에서 팔짝팔짝 뛰었다.

"자기가 들어간 길을 제법 잘 아네!"

그들은 쥐가 뛰어오르는 모습을 흉내 내다가 정신없이 웃으며 데굴

데굴 굴렀다. 그러나 마침내 그 재미도 시들해졌다.

"마개를 뽑자!" 루드가 제안했다.

"그래, 그러자!"

펠레는 물속으로 재빨리 들어가서 쥐를 놓아주려 했다.

"잠깐, 이 멍청아!"

루드가 병을 낚아채더니 물속으로 다시 집어넣었다.

"이제 재미있는 걸 구경하게 될 거야!"

얼마 지나지 않아 쥐는 입구가 열린 것을 발견하고 팔짝팔짝 뛰기 시작했다. 탈출은 성공하지 못했고 병이 요동치는 바람에 두 번째 도약도 삐딱하게 옆으로 튕겨져 나갔다. 그러나 또다시 가볍고 빠른 도약으로 쥐는 병에서 빠져나와 머리부터 물속으로 탈출했다.

"와, 굉장하다! 몸을 오므려서 정확하게 빠져나오다니!"

펠레가 팔을 양 옆으로 펼친 채 풀 위에서 팔짝팔짝 뛰며 소리쳤다.

쥐는 수영해서 땅까지 갔지만, 루드가 거기에 버티고 있다가 발로 쥐를 다시 밀어 넣었다. 쥐는 이번에는 반대편 둑을 향해 헤엄쳐 갔다.

"그 녀석 도망가지 못하게 해!"

루드가 고함치자 펠레는 앞으로 달려와 쥐를 멀리 차버렸다. 쥐는 양쪽 기슭에 다다를 때마다 춤추고 있는 두 형체 중 하나를 만났고, 그렇게 끝없이 이리 차이고 저리 차이면서 어쩔 줄 모르고 물 한가운데서 갈팡질팡 헤엄쳤다. 털이 점점 무거워지면서 몸을 끌어당기자 쥐는 점점 깊이 가라앉았고, 결국 수면 바로 밑에서 헤엄치게 되었다. 그러더니 갑자기 경련을 일으키며 몸을 쭉 뻗더니 마치 크게 포옹을 하듯 사지를 쫙 벌리고 바닥으로 가라앉았다.

펠레는 놀라서 어찌할 바를 몰랐다. 쥐의 마지막 몸부림을 보고 펠레는 작은 소리를 내지르며 눈물을 터뜨렸다. 그리고 조용히 물속으로 걸어 들어가서 죽은 쥐를 발로 쳐올렸다. 소년들은 혹시나 쥐가 살아나지 않을까 하는 마음에 양지바른 돌 위에 올려놓았다. 하지만 그 방법이 실패하자 펠레는 고향에서 호수에 빠져 죽었다가 대포를 발사하자 다시 깨어났다는 사람들의 이야기를 떠올렸다. 소년들은 손을 움푹하게 만들어 쥐 위에서 크게 박수를 쳤다. 그러나 이 방법 역시 소용이 없자 결국 죽은 쥐를 묻어 주기로 결정했다.

마침 루드는 스웨덴에 계시는 외할머니가 지금쯤 땅에 묻힐 것이라는 얘기가 떠올랐고, 그것이 그들을 엄숙하게 만들었다. 소년들은 성냥 상자로 관을 만들고 이끼로 장식한 뒤 엎드려서, 관이 뒤집히지 않도록 조심스럽게 끈으로 묶어 무덤 속으로 집어넣었다. 작업을 마친 뒤 루드가 망자를 위해 기도하는 동안 펠레는 모자를 벗고 고개를 숙였다. 그들은 흙으로 관을 덮어 무덤을 만들었다. 그러고는 봉분을 장식하고 묘비를 세웠다.

"죽었어! 이제 하느님과 함께 그분의 영광 안에 있을 거야. 저 높은, 저 높은 곳에서 말이야."

펠레가 엄숙하고 단호하게 말했다. 그러나 루드는 경멸스럽다는 듯 코웃음을 쳤다.

"이런 바보! 쥐가 저 위로 기어 올라갈 수 있다고 생각하니?"

"그럼, 쥐가 기지 못한다는 말이야?"

펠레는 성질이 났다.

"기긴 기지. 하지만 공중으로 기지는 못해. 그건 새들이나 할 수 있는 일이야."

펠레는 자기가 졌다는 생각이 들자 앙갚음을 해주고 싶었다.

"그럼 네 할머니도 하늘나라에 없어!" 펠레는 단호히 선언했다.

아직 생쥐 사건으로 인한 유감이 완전히 가시지 않았던 것이다. 그러나 이건 루드로서는 도저히 참을 수 없는 일이었다. 그 말은 가족의 자존심을 건드렸다. 루드는 팔꿈치로 펠레의 옆구리를 깊이 찔렀다.

다음 순간 두 소년은 서로의 머리칼을 부여잡고 풀밭을 구르며, 주먹으로 서로의 코를 때리려는 어설픈 시도를 하고 있었다. 그들은 한 덩어리로 구르며 엎치락뒤치락했다. 쉰 목소리로 소리치고 으르렁거리며 있는 힘껏 용을 썼다.

"코피 터지게 만들어 줄 거야."

펠레가 적 위에 올라타 성내며 말했다. 그러나 다음 순간 펠레는 다시 밑에 깔렸고, 루드가 위에서 눈을 멍들게 하겠다는 둥 별이 보이게 해주겠다는 둥 무서운 위협을 퍼부었다. 두 소년의 목소리는 격분으로 탁해져 있었다.

그러다 갑자기 그들은 풀밭 위에 서로 마주보고 앉아서 그냥 웃어 버릴까 고민했다. 루드가 혀를 내밀었고, 펠레는 한 술 더 떠서 웃기 시작했다. 그들은 또 다시 둘도 없는 친구가 되었다. 소년들은 전투 중에 넘어진 묘비를 다시 세우고는 한바탕 폭풍이 지나간 뒤의 휴식을 취하기 위해 손을 잡고 평소보다 조금 더 조용히 앉아 있었다.

하지만 펠레로서는 꼭 짚고 넘어가야 할 문제가 있었다. 심각한 표정이 소년의 눈에 감돌았고, 그는 조심스럽게 입을 열었다.

"하지만 할머니가 다리가 마비되었다고 네 입으로 말했잖아!"

"그래서?"

"그럼 하늘로 기어 올라가지 못하잖아."

"이 멍청이! 하늘로 올라가는 건 영혼이야."

"그럼 쥐의 영혼도 잘 올라갈 수 있어."

"아니, 못해. 쥐는 영혼이 없으니까."

"영혼이 없다고? 그럼 어떻게 숨을 쉬지?"*

루드에게 한 방 날리는 질문이었다. 문제는 루드가 주일 학교에 다닌다는 것이었다. 루드는 또 한 번 주먹을 날리고 싶었지만, 조만간 펠레가 자신보다 싸움을 잘하게 될 것이라는 직감이 그런 충동을 막아섰다. 그리고 어쨌든 외할머니의 명예는 지켜 냈으니까…….

루드가 악을 쓰듯 말했다.

"그래. 분명 쥐는 숨 쉴 수 있지. 그럼 아까 묘비를 넘어뜨린 건 하늘로 날아올라가는 그 녀석의 영혼인가 보지. 그래, 그렇게 된 거야!"

* 덴마크어로 '영혼'은 'aand', '숨 쉬다'는 'aande'이다.

멀리서 소리가 들려왔다. 저 멀리 오두막 근처에서 살찐 여인이 위협하듯 손짓하는 모습이 보였다.

"암퇘지가 널 부른다."

펠레가 말했다. 두 소년은 루드의 엄마를 암퇘지라고 불렀다.

루드는 가야 했다. 펠레는 점심 도시락에서 자신보다 더 많은 몫을 챙겨 주었고, 루드는 달리면서 음식을 먹었다. 오늘은 너무 바빠서 점심을 먹을 시간도 없었다.

펠레는 언덕들 사이에 앉아 점심을 먹었다. 루드와 함께 있는 날에는 늘 그렇듯 하루가 어떻게 지나갔는지 몰랐다. 새들이 노래를 멈췄고, 아직까지 누워 있는 소는 한 마리도 없었다. 적어도 5시는 된 게 분명했다.

저 위의 농장은 짐마차를 타고 들어오는 사람들로 분주했다. 일꾼들은 전속력으로 농장을 들락날락했다. 남자들이 짐마차 위에 서서 채찍으로 말을 후려치고 있었고, 그 안에 실린 곡식들이 밭길을 따라 흔들거리며 가고 있었다. 말 한 필이 끄는 마차가 농장을 빠져나와 빠른 속도로 읍내로 통하는 큰길로 접어들었다. 농장주였다. 그토록 빨리 마차를 모는 것을 보니 또 흥청거리러 읍내로 가는 것이 분명했다.

아버지가 물수레를 몰고 나가고 있었다. 그렇다면 5시 반이다. 새들이 기분 좋은 햇살처럼 부드러우면서도 활기 넘치는 소리로 저녁 지저귐을 시작하는 것으로도 시간을 알 수 있었다. 기중기들이 하늘을 찌를 듯 서 있는 채석장 위로 이따금 발파 연기가 피어나고 돌 조각들이 튀어 올랐다. 그러고 나면 뒤늦게 폭발음이 연달아 들려왔다. 마치 누군가가 길을 따라 달리면서 벙어리장갑으로 자기 허벅지를 찰싹찰싹 때리는 소리 같았다.

마지막 몇 시간은 늘 길었다. 태양은 더디게 움직였다. 그리고 그 시간을 때울 만한 일도 없었다. 펠레 자신도 피곤했고 저녁의 고요함이 펠레의 목소리를 더욱 가라앉혔다. 그때 위에서 사람들이 우유를 짜기 위해 몰려나왔고, 소 떼가 농장 쪽 목초지 가장자리를 따라 풀을 뜯기 시작했다. 이제 때가 가까워진 것이다.

펠레는 목초지 위쪽 끝에 서서 집으로 가는 방향에서 떠돌고 있는 가축 떼를 불러 모았다. 가축을 불러들이는 일이 끝나자 펠레는 소를 몰며 한 쪽으로 걷기 시작했다. 소들은 종종 머리를 쭉 빼고 특유의 걸음걸이로 달렸다. 풀들의 그림자가 지면을 따라 길고 가느다란 줄을 그렸고, 소들의 그림자는 끝이 없었다. 이따금 송아지가 음매 하며 갑자기 돌진했다. 녀석들은 집이 그리운 것이다. 그리고 펠레도 집이 그리웠다.

온 마음이 벌써 집으로 들어가 있었다. 펠레는 아버지를 향한 거의 고통에 가까운 그리움을 느꼈다. 그리고 마침내 소 떼를 몰고 모퉁이를 돌았을 때, 언저리가 빨간 눈으로 행복하게 미소 짓고 서 있는 아버지를 발견했다. 우리 문을 열고 들어가면서 소년은 자신을 주체하지 못하고 울면서 아버지의 품속으로 뛰어 들었다.

"무슨 일이냐, 아들아? 무슨 일이야?"

노인은 목소리에 걱정을 가득 담고 떨리는 손으로 아이의 얼굴을 쓰다듬으며 물었다.

"누가 너에게 고약하게 굴었니? 아니야? 그럼 다행이구나! 사람들이 조심하는 게 좋을 거야. 행복한 아이들은 하느님이 직접 돌보시니까. 만일 그랬다가는, 이 라세가 가만 두지 않을 거다. 그럼 이 아버지가 보고 싶었던 모양이구나? 네 어린 마음에 아버지가 있다니 기쁘구나. 그렇다면 라세는 행복할 따름이다. 하지만 이제 가서 저녁을 먹자꾸나. 이제 그만 울어라."

아버지는 거칠고 굽은 손가락으로 아이의 코를 닦아 주고, 천천히 식당 쪽으로 데려갔다.

세상의 중심

펠레가 그 엄숙하고 꾸짖는 듯한 눈빛의, 하느님이 보내 주셨다고 생각했던 남자의 정체를 알게 되기까지는 그리 오래 걸리지 않았다. 알고 보니 그 남자는 그저 일요일에 예배당에서 교리를 가르치는 아랫마을 땅딸보 구두장이에 불과했다. 그리고 그 남자의 아내는 주정뱅이라고 했다. 그 사람은 가난했고 남다른 것이 하나도 없었다.

펠레에게는 모든 존재의 근원이라서 어떤 질문도 있을 수 없고 어떤 의심도 있을 수 없는 단 하나의 대상이 있었는데, 그건 바로 아버지 라세였다. 아버지는 단순히 거기에 있었다. 아버지는 사람들이 행하는 모든 것 뒤에 든든한 벽처럼 서 있었다. 아버지는 진정한 신의 섭리였으며, 선과 악에 있어서 마지막 은신처였다. 아버지는 원하는 것은 무엇이든 할 수 있었다. 아버지 라세는 전지전능했다.

그리고 세상의 중심이 하나 있었는데, 그건 바로 펠레 자신이었다.

모든 것이 그를 중심으로 모였고, 모든 것이 그를 위해 존재했다. 모든 것은 펠레가 함께 놀기 위해, 펠레가 몸서리치기 위해, 펠레가 찬란한 미래를 위해 간수해 두기 위해 필요한 것들일 뿐이었다. 심지어 펠레의 손이 미친 적 없는 풍경 속 저 멀리에 있는 나무와 말과 바위도 호의적이건 적대적이건 펠레에게 어떤 태도를 취하고 있었고, 새로운 것이 시야에 등장할 때마다 펠레는 그것과 자신과의 관계를 신중하게 결정해야 했다.

펠레의 세계는 작았다. 이 소년은 이제 막 자신의 세계를 창조하기 시작했을 뿐이다. 사방으로 팔을 벌려 닿는 범위에는 단단한 육지가 있었지만 그것을 벗어나면 가공되지 않은 혼돈의 바다였다. 그러나 펠레는 이미 자신의 세계가 거대하다는 것을 발견했고, 그 세계를 무한하게 만들고 싶었다.

펠레는 만족을 모르는 욕구로 모든 것을 공략했고, 빠른 인지력으로 사정거리 안에 들어오는 모든 것을 포착했다. 펠레는 끝없는 호기심으로 이곳저곳을 돌아다녔고 가장 익숙한 것들에 대해서도 늘 기대하는 태도를 품었다. 그 익숙한 것들이 어떤 놀라움을 가져다줄지 누가 알겠는가!

예를 들어 펠레는 바지 단추가 짐승의 뼈로 만들어졌고, 구멍이 다섯 개라고 여태 철석같이 믿고 있었다. 가운데 큰 구멍 하나에 그 둘레로 작은 구멍 네 개가 더 나 있는 것이다. 그런데 어느 날 읍내에서 한 남자가 6펜스짜리 동전보다 조금 작은 단추가 달린 색다른 바지를 입고 나타났다. 그 단추는 금속으로 만들어졌고 구멍이 네 개뿐인 데다, 예전 단추처럼 실이 가운데 구멍에서 바깥쪽으로 나오는 게 아니라 네 개의 구멍들을 서로 교차하고 있었다.

아니면 펠레가 여름 내내 그토록 궁금하게 생각했던 일식을 예로 들어 보자. 어른들은 모두 일식이 세상의 멸망을 가져올 것이라고 말했다. 펠레는 일식을 고대했는데, 특히 멸망이라는 부분이 궁금했다. 그것은 모험적인 사건일 것이다. 그리고 마음 한구석에는 적어도 자신과 관련해서는 모든 게 잘될 것이라는 일말의 믿음이 있었다.

일식은 예정대로 찾아왔다. 마치 최후 심판의 날처럼 날이 점점 어두워졌다. 새들은 지저귐을 멈추었고 소들은 음매 하며 집으로 달려가려 했다. 하지만 그때 날이 다시 환해졌고 아무 일도 일어나지 않았다.

또 사람에게는 피와 심장과 영혼이 있다. 펠레가 발견한 자신의 심장은 새장에 갇힌 작은 새였다. 하지만 영혼은 한 마리 뱀처럼 욕망이 점령하고 있는 어떤 부위로도 뚫고 들어갔다. 개초장이 홀름 영감은 도둑질을 멈추지 못하는 어떤 남자의 엄지손가락에서 가느다란 실처럼 영혼을 뽑아낸 적이 있다고 했다. 펠레 자신의 영혼은 눈동자 속에 있어서, 라세가 펠레의 눈동자를 들여다볼 때마다 라세의 모습을 비추었다.

피는 가장 안 좋은 것이었다. 그래서 라세는 뭔가 문제가 있을 때마

<hr>

갈대나 짚으로 지붕을 만드는 기술자.

다 자신의 몸에 피를 내곤 했다. 나쁜 기운이 빠져나가야 하기 때문이었다. 어린 마부 구스타우는 피에 대해 이상한 생각을 많이 했다. 구스타우는 자신이 성숙했는지 보기 위해 손가락을 베었다.

어느 날 저녁 그는 외양간으로 와서 검붉은 피가 흐르는 손가락을 보여 주었다.

"난 이제 어른이라고!"

구스타우는 호언장담했지만 하녀들은 비웃으며 그가 아직 콩 여덟 말도 다락으로 올려 가지 못한다고 말할 뿐이었다.

아래쪽 목초지에서는 한여름 밤에 도깨비불이 이리저리 튀었다. 마치 뭔가를 찾아다니는 것처럼. 개울 옆에는 도깨비불이 항상 있었는데, 목초지 한가운데에 놓인 자그만 돌무더기 위에서 춤추곤 했다. 몇 년 전 어느 날 밤 한 젊은 여자가 그곳 모래 언덕 사이에서 아기를 낳았는데, 아기의 아버지에게 어떻게 말해야 할지 몰라 개울이 돌면서 만들어진 웅덩이에 아기를 빠뜨려 죽게 했다. 착한 사람들이 그 장소가 잊히지 않도록 그곳에 조그만 돌무더기를 쌓았는데, 해마다 그맘때면 한밤중에 그 돌무더기 위에서 아기의 영혼이 타오르곤 했다. 펠레는 그 아기가 돌무더기 밑에 묻혀 있다고 믿었고, 그래서 이따금 전나무 가지로 묘를 장식하곤 했다. 그러나 그쪽 개울가에서는 놀지 않았다.

여자는 바다 건너로 보내져 몇 년의 징역형에 처해졌다. 사람들은 아기의 아버지가 누구인지 물었다. 여자는 남자의 이름을 대지 않았지만, 그게 누구인지 모두들 알았다. 아기의 아버지는 아랫마을에 사는 젊고 부유한 어부였고, 여자는 더없이 가난한 집 딸이었다. 그래서 그들의 결혼은 가능성이 없었다. 여자는 아기 문제로 남자에게 구걸하거나 세상 사람들의 손가락질을 받으며 사생아와 함께 마을에서 사느니 차라리 이 방법을 택했을 것이다. 많은 경우 이런 일이 생기면 남자가 부끄러워서 긴 여행을 떠나는 것이 보통이지만, 그 남자는 이 문제에 대해 철저히 뻔뻔한 얼굴을 했다.

여자가 감옥에 가고 2년이 지난 여름, 그 어부는 어느 날 그물을 짊어지고 집에 가려고 해안을 따라 걸어갔다. 남자는 겁이 없는 성격이라 주저 없이 목초지를 가로지르는 지름길을 택했다. 그러나 모래 언덕 사이로 들어섰을 때, 남자는 자신을 따라오는 도깨비불을 보았고 점점 두려워져서 달리기 시작했다. 도깨비불이 그를 따라잡기 시작했고, 남자가 개울을 뛰어넘었을 때 도깨비불이 그물을 잡았다. 남자는 대경실색해서 하느님을 목 놓아 부르며 정신없이 도망쳤다. 다음날 아침 해 뜰 무렵 남자와 남자의 아버지가 그물을 가지러 갔을 때, 그것은 돌무더기에 걸려서 개울 양쪽에 걸쳐져 있었다.

그 뒤로 그 젊은이는 개신교도가 되었고, 그의 아버지도 방종한 생활을 접고 아들의 뒤를 따랐다. 아침저녁으로 개신교 모임에서 젊은 어부를 찾을 수 있었고, 그는 죄인처럼 머리를 축 늘어뜨리고 돌아다니며 여자가 감옥에서 나와 결혼할 수 있는 날만을 기다렸다. 펠레는 그 일을 알고 있었다. 여자들이 긴긴 여름밤 동안 애기하는 것을 들었던 것이다.

하루는 펠레가 풀밭에 엎드려 노래를 부르고 있는데, 돌무더기 옆에 서 있는 한 남자의 모습이 눈에 들어왔다. 남자는 주머니에서 돌멩이를 꺼내서 그 위에 올려놓더니 그 앞에 무릎을 꿇었다.

"지금 뭐 하시는 거예요?"

펠레는 그곳이 자신의 영역이라는 생각에 대담하게 물었다.

"기도하시는 건가요?"

남자는 아무 대답 없이 계속 무릎을 꿇은 채 있었다.

"나는 우리 모두를 심판하실 분에게 기도하고 있단다."

남자가 펠레를 지그시 쳐다보며 말했다. 그리고 돌무더기 위에 있는 돌을 옮기기 시작했다.

"다치게 하면 안 돼요." 펠레가 단호하게 말했다.

"그 밑에 아기가 묻혀 있으니까요."

젊은 남자가 이상한 눈으로 펠레를 쳐다보았다.

"그렇지 않아." 그가 탁한 목소리로 말했다.

"아기는 교회의 신성한 땅에 누워 있단다."

"오-호, 그래요?"

펠레가 아버지의 느릿한 말투를 흉내 내며 말했다.

"하지만 난 아기를 익사시키고 여기 묻은 게 부모들이라는 걸 안다고요."

펠레는 자신의 지식이 너무 자랑스러워서 말 한 마디 못하고 물러설 수 없었다.

남자가 한 대 칠 것 같아서 펠레는 뒤로 물러섰다. 하지만 달리기라면 자신 있었기 때문에 보란 듯이 웃었다. 그러나 상대방은 더 이상 펠레의 존재를 의식하고 있는 것 같지 않았다. 그는 멍하니 돌무더기 너머를 보고 서 있었다. 펠레는 또 다시 가까이 다가갔다.

남자는 펠레의 그림자에 깜짝 놀라서 깊은 한숨 소리를 냈다.

"또 너냐?" 남자는 펠레를 보지도 않고 무감각하게 말했다.

"왜 나를 혼자 내버려두지 않지?"

"여긴 제 땅이에요." 펠레가 말했다.

"여기서 소를 몰고 있으니까요. 하지만 아저씨가 저를 때리지만 않는다면 여기 계셔도 좋아요. 그리고 돌무더기도 건드리지 마세요. 밑에 아기가 묻혀 있으니까요."

그 남자가 갑자기 앞으로 고꾸라져서 흐느껴 울었기 때문에 펠레는 깜짝 놀랐다.

"그 여자는 자기 아기를 죽여서 감옥에 가야 했어요. 하지만 그렇다고 아저씨가 울 필요는 없잖아요."

"아니다. 울어야 해. 그 여자는 아무 짓도 하지 않았으니까. 아이를 죽인 건 그 애 아버지였다. 그 끔찍한 일을 저지른 건 바로 나야. 그래, 고백하건데 난 살인자다! 이제 제가 제 잘못을 충분히 솔직하게 인정하지 않았나요?" 남자는 마치 신에게 얘기하듯, 얼굴을 들어 하늘을 보며 말했다.

저녁이 되어 펠레는 평소와 다름없이 아버지와 그날 있었던 일을 이야기했다. 그리고 자신의 마음을 불편하게 만드는 한두 가지 사실들을 이해하게 되었다. 아버지의 목소리는 그때까지 소년이 완전히 이해하는 유일한 인간의 목소리였다.

"사악하구나. 어디에나 사악함이 있어. 돌아보는 곳마다 슬픔과 골칫거리가 있지! 그 젊은이는 그 여자 대신 평생 감옥에 갈 마음이 있지만, 이제 너무 늦었구나! 그래서 네가 그렇게 말하니까 그 젊은이가 달아났단 말이지? 그래, 그래. 양심에 찔린다면 하느님의 말씀에 저항하는 것이 쉽지는 않겠지. 하지만 이제 네가 발을 씻었는지 보자, 아들아."

세상에는 펠레를 괴롭히는 것들도 많이 있었다. 일하고 투쟁하고 두려워해야 할 것들이 너무도 많았다. 하지만 이런 것들보다 더 괴로운 것은 이따금씩 엿보게 되는 인간성의 심연이었다. 그 앞에 서면 아직 어린 펠레의 두뇌는 무력해졌다.

어째서 안주인은 그토록 슬피 울고 몰래 술을 마시는 걸까? 저택 창문 너머에서 무슨 일이 벌어지는 걸까? 펠레로서는 이해할 수 없었다. 그런 생각으로 조그만 머리가 어지러울 때마다 모든 창문 유리에서 누군가 자신을 노려보는 것 같은 불편한 느낌이 엄습했고, 가끔은 알 수 없는 공포에 휩싸였다.

그러나 태양은 하늘 높이 걸려 있었고, 백야 때문에 밤은 환했다. 어둠은 땅 속에서 웅크리고 있어서 힘이 없었다. 다행히 펠레에게는 아이답게 모든 것을 빨리, 그리고 깨끗이 망각하는 재능이 있었다.

정당한 싸움

펠레는 생기와 활력이 넘치는 아이여서 쉼 없이 돌진하며 늘 뭐든 앞지르려 했다. 다른 경쟁 상대가 없을 때는 시간 자체가 그 대상이 되었다. 이제 호밀을 모두 거둬들여서 호밀밭에는 마지막 낟가리도 사라졌고, 그림자가 날마다 조금씩 길어졌다. 그리고 어느 날 저녁 갑자기 백야가 끝나 잠자리에 들기도 전에 어둠이 몰려왔다. 이것이 펠레를 진지하게 만들었다. 펠레는 더 이상 시간을 재촉하지 않았다.

언제부터인가 남자들의 점심 휴식 시간이 사라져 버렸다. 남자들은 점심을 먹자마자 다시 마구를 채웠고, 여물 써는 일을 저녁으로 미루었다. 여물 절단기를 돌리기 위해 누군가 말을 몰며 돌아야 했다. 하지만 아무도 캄캄한 밤에 밖에 나가서 그 일을 하려 들지 않았다. 그래서 결국 그 일은 펠레의 차지가 되었다. 라세는 항의하며 농장주에게 말하겠다고 협박했지만 소용이 없었다. 매일 저녁 펠레는 두어 시간 동안 밖에 나가야 했다. 이 시간은 펠레에게 가장 소중한 시간이었는데 그들이 앗아가 버린 것이다.

그 시간은 펠레와 라세가 외양간에서 빈둥거리며 그날 하루 동안 겪은 일에서부터 두 사람의 밝은 미래에 이르기까지 이런저런 이야기를 두런두런 나누던 시간이었다. 그래서 펠레는 울었다. 달이 구름을 멀리 몰아내어 주변을 뚜렷이 볼 수 있을 때면 펠레는 눈물을 주룩주룩 흘렸다. 하지만 캄캄한 저녁에는 조용히 숨을 죽이고 있었다.

이따금 비라도 오면 너무도 캄캄해서 농장을 비롯해 모든 것이 사라졌다. 그리고 바로 그때 평소에는 빛에 가려져서 보이지 않던 수많은 것들이 보였다. 그것들은 어둠 속에서 나타났는데, 무시무시한 덩치로 배를 바닥에 깔고 펠레가 있는 곳까지 미끄러져서 왔다. 그것들을 볼 때면 펠레는 몸이 뻣뻣해지고 다른 곳으로 눈을 돌릴 수 없었다. 펠레는 벽 밑에 숨어서 그곳에서 말을 구슬려 움직이게 했고, 어느 날은 안으로 뛰어 들어가기도 했다. 하지만 사람들은 펠레를 다시 밖으로 쫓아냈고, 그러면 순순히 쫓겨나야 했다. 밖에 있는 존재들보다 안에 있는 사람들이 더 두려웠기 때문이다.

하지만 칠흑같이 어둡던 어느 날 밤, 자신의 유일한 위안이었던 말마저 두려움에 떠는 것을 발견한 펠레는 모든 것을 내팽개치고 다시 안으로 뛰어 들어갔다. 이번에는 어떤 위협도 펠레를 밖으로 몰아내기에 역부족이었고, 매를 들어 봐도 소용이 없었다. 남자들 중 한 명이 펠레를 들어서 밖으로 데려갔지만, 펠레는 이성을 잃고 말이 부들부들 떨

때까지 비명을 질러 댔다.

사람들이 펠레와 씨름하고 있는데 농장주가 나왔다. 자초지종을 들은 농장주는 몹시 화가 나서 작업반장을 호되게 꾸짖었다. 그런 다음 펠레의 손을 잡고 외양간으로 내려갔다.

"너 같은 사나이가 그까짓 어둠을 두려워하다니! 넌 어둠을 이기려고 노력해야 해. 하지만 사람들이 또 널 괴롭히거든 나한테 오너라."

온종일 쟁기가 밭을 오르락내리락하며 땅의 빛깔을 짙게 만들었다. 나뭇잎은 여러 가지 색깔로 물들었고, 종종 진눈깨비도 날렸다. 소들은 가죽이 두꺼워졌고, 털도 길어져 등 위에서 꼿꼿이 일어섰다. 펠레는 참아야 할 것이 많았고, 생활 자체도 녹록치 않아졌다.

날씨가 추워져도 펠레의 옷은 소들의 것처럼 두껍고 따뜻해지지 않았다. 하지만 펠레에게는 채찍이 있어서 제대로만 휘두르면 작은 총성 같은 소리를 낼 수 있었다. 또한 억울한 일이 있으면 루드에게 채찍을 휘두를 수 있었고, 개울의 가장 좁은 부분을 점프해서 건널 수 있었다. 그렇게 하면 몸에 온기가 돌았다.

이제 가축들은 경작지에서 풀을 뜯었고, 암소들은 어디에서나 매여 있었다. 젖소는 이제 실내에 있거나 농장 각자의 소택지 안쪽으로 들어갔다. 여기서 펠레는 다른 농장에서 온 목동들을 알게 되었고, 또 다른 세계를 목격했다. 농장감독과 견습감독과 채찍질이 지배하지 않고, 모두들 같은 식탁에서 밥을 먹고, 여주인이 몸소 목동들의 스타킹을 만들 양모를 잣는 세계였다. 그러나 펠레는 그곳으로 들어갈 수 없었다.

작은 농장에서는 스웨덴 사람들을 받아들이지 않았고, 섬사람들이 스웨덴 사람과 함께 근무하려 하지 않았기 때문이었다. 펠레에게는 무척 아쉬운 일이었다.

밭에서 가을 쟁기질이 시작되자마자, 오랜 전통에 따라 소년들은 경계 울타리를 허물고 가축들이 모두 함께 풀을 뜯게 했다. 가축들이 서로를 알게 되기까지 서로 싸우는 바람에 처음 며칠은 목동들이 할 일이 더 많아졌다. 가축들은 서로 완전히 섞이는 법이 없었고, 같은 농장 가축들끼리 떼를 지어 군데군데에서 풀을 뜯었다. 돌아가면서 한 명씩 가축 떼 전체를 지키고 점심 도시락도 함께 먹었다. 다른 소년들은 바위들 틈에서 도적 놀이를 하기도 하고 숲속이나 물가를 뛰어다녔다. 심하게 추울 때는 모닥불을 피우거나 납작한 돌로 화덕을 만들어 농장에서 훔쳐온 사과나 달걀을 구워 먹었다.

참으로 멋진 나날들이었고 펠레는 행복했다. 목동들 가운데 펠레가 가장 어린 데다 스웨덴 출신이라는 것이 약점으로 작용하는 것은 사실이었다. 다른 소년들은 함께 놀다가 종종 펠레의 말투를 흉내 내곤 했고, 펠레가 화를 내면 왜 칼을 뽑아들지 않느냐고 약을 올렸다. 하지만 다른 한편으로 펠레는 가장 큰 농장에서 왔고, 황소가 있는 소 떼를 모는 유일한 목동이었다. 게다가 육체적인 능력에서도 남들에게 뒤지지 않았고, 펠레만큼 조각을 잘하는 소년은 한 명도 없었다. 펠레는 언젠가 덩치가 커지면 소년들을 전부 패줄 생각이었다.

한편 펠레는 환경에 순응해야 했고, 이들과의 관계에 문제가 생길 때마다 덩치 큰 소년의 비위를 맞춰야 했으며, 고분고분하게 굴어야 했다. 남들보다 당번도 자주 서야 했고, 덕분에 식사 시간을 망치곤 했다. 펠레는 그것을 피할 수 없는 일로 받아들이고 현재 상황에서 얻을 수 있는 최선의 것을 얻기 위해 모든 노력을 집중했다. 하지만 앞에서 말했듯이 펠레는 더 커지면 자신이 당한 것을 톡톡히 갚아 주겠다고 스스로에게 다짐했다.

한두 번은 너무 화가 나서 무리를 떠나 혼자 있기도 했지만 곧 다른 소년들에게 돌아가곤 했다. 펠레의 조그만 몸은 운명에 맞서 살아갈 용기로 충만했기 때문에 운명 앞에서 움츠러들 수 없었다. 펠레는 모든 것을 운에 맡기고 자신에게 주어진 상황을 끝까지 감수해 낼 것이다.

하루는 채석장 너머에 있는 두 농장에서 소몰이 소년 두 명이 새로 왔다. 알프레드와 알비누스라는 이름의 쌍둥이였다. 두 소년 모두 키가 큰 말라깽이였고, 어려서 피죽도 못 얻어먹은 것처럼 보였다. 피부에는 푸르스름한 빛이 감돌았고 추위노 심하게 탔다. 하지만 동작이 빠르고 활동적이어서 제 아무리 빠른 송아지라도 따라잡을 수 있었고, 물구나무서서 걸으면서 담배를 피울 수도 있었다. 게다가 단지 점프만 하는 것이 아니라 실제로 장애물을 뛰어넘을 수 있었다. 하지만 싸움은 그다지 잘하지 못했고, 용기가 부족해서 위기에 처하면 능력을 발휘하지 못했다.

두 형제에게는 웃기는 점이 있었다.

"쌍둥이래요, 열두둥이래요."

형제가 처음 나타난 날 아침, 목동들 전체가 그들을 맞으며 외쳐 댄 소리였다.

"지난해부터 집에 아기가 몇이나 태어났니?"

그 소년들은 형제가 열둘인 집안 출신이었는데, 형제들 중에는 쌍둥이도 두 쌍이나 있었다. 이 사실 하나만으로도 끊임없는 놀림감이 되었다. 게다가 이들은 절반은 스웨텐 사람이었다. 펠레와 같은 불리함을 가진 것이다. 그러나 어떤 것도 형제에게 영향을 주지 못하는 것 같았다. 그들은 만사를 웃어넘겼고, 놀림을 받을수록 더욱 거리낌 없이 자신들의 모습을 공개했다.

하루는 목동들이 집요하게 "열두둥이!" 하고 불러 댔는데, 그들은 웃으면서 어머니가 곧 열세 번째 아이를 출산할 것이라고 말했다. 상처받을 줄 모르는 소년들 같았다. 하지만 그들 형제가 자기 부모들을 놀림감이 되도록 내버려 둘 때마다 펠레는 마음이 아팠다. 부모에 대한 펠레 자신의 감정은 그 어떤 감정보다 신성했기 때문이었다. 아무리 이해하려 해도 펠레는 쌍둥이 형제를 이해할 수 없었다. 그래서 어느 날 저녁 이 문제를 아버지에게 얘기했다.

"그래, 그 애들이 자기 부모를 조롱하고 웃음거리로 만들었단 말이지? 그렇다면 그 애들은 결코 이 땅에서 성공하지 못할 거다. 사람은 부모를 존경해야 하니까. 착한 부모님은 고통을 겪으며 자식을 이 세상에 태어나게 해주고, 자식을 먹이고 입히느라 힘든 노동과 굶주림을 겪으며 많은 걸 인내하고 살았을 텐데 이런 치욕스러운 일을 봤나!

그런데 그 애들의 성이 우리처럼 칼손이라고 했니? 채석장 뒤쪽 황무지에 살고 있다고? 그럼 내 동생 칼레의 아들이겠구나! 이런, 세상에 이런 일이! 믿을 수가 없구나! 내일 가서 그 애들에게 혹시 아버지 오른쪽 귀에 흉터가 있는지 물어보렴. 우리가 어렸을 때 어느 날 칼레가 사람들 앞에서 나를 놀리는 바람에 내가 홧김에 말발굽으로 때려서 상처를 냈거든. 칼레도 그 두 아이들과 똑같은 성격이었다. 하지만 다른 뜻이 있었던 건 아니야. 심성이 나쁜 아이는 아니었단다."

쌍둥이의 아버지는 오른쪽 귀에 상처가 있었다. 그러니까 펠레와 쌍둥이는 사촌 간이었다. 쌍둥이와 그 부모가 놀림감이 되는 방식은 우습기도 했고 슬프기도 했다. 어떤 면에서 라세 역시 그 조롱에 포함되는 셈이었고, 그러한 생각을 하면 펠레는 참기가 힘들었다.

다른 소년들은 재빨리 펠레의 약점을 찾아내서 자신들에게 유리하도록 그것을 이용했다. 펠레는 아이들이 아버지의 얘기를 입에 올리지 않도록 하기 위해 모든 것을 참아야 했다. 그러나 그런 노력이 늘 성공하는 것은 아니었다. 기분 내킬 때면 소년들은 서로의 집안에 대해 바보 같은 얘기들을 했다. 진지하게 받아들이라고 한 얘기는 아니었지만 펠레는 그런 식의 농담을 이해하지 못했다.

어느 날 덩치가 제일 큰 축에 속하는 소년이 와서 말했다.

"너희 할머니가 애를 낳게 만든 게 네 아버지라는 거 아니?"

펠레로서는 이 상스러운 농담 속에 숨은 말장난을 이해할 수 없었고, 그때 남들의 웃음소리가 들렸다. 의미를 이해하고 분노에 눈이 먼 펠레는 그 덩치 큰 소년에게 달려들어 배를 걷어찼다. 얼마나 세게 찼는지, 걷어차인 소년은 며칠 동안 침대에 누워 있어야 했다.

그 며칠 동안 펠레는 두려움에 떨며 다녔다. 아버지에게는 무슨 일이 있었는지 말할 엄두가 나지 않았다. 그랬다가는 자기 입으로 그 소년의 추악한 말을 되풀이해야 하기 때문이었다. 그래서 끔찍한 결과가 생길까 봐 두려워하며 다녀야 했다. 다른 소년들은 혹시 무슨 일이 생겼을 때 자신들에게까지 불똥이 튈까 봐 펠레에게 거리를 두었다. 문제의 소년은 그 무리에서 유일한 농장주의 아들이었다.

어느 날 아침, 그 문제의 소년이 어느 아저씨와 함께 소 떼를 몰고 나타냈다. 옷차림이나 다른 모든 것으로 판단해 볼 때 펠레는 그 남자가 농장주일 것이라고 생각했다. 그렇다면 저 아이의 아버지일까? 그들은 목동들이 있는 곳에서 잠시 이야기를 나누었고, 아들의 손을 잡은 아버지가 펠레를 향해 걸어왔다. 패거리 전체가 그 뒤를 따랐다.

온몸의 모든 땀구멍에서 땀이 배어나오기 시작했다. 펠레는 두려워서 도망치고 싶었지만 꿋꿋이 자리를 지켰다. 그때 부자가 함께 손을 움직였고, 펠레는 이들이 동시에 귀싸대기를 갈길 것에 대비하여 양쪽 팔꿈치를 올렸다.

하지만 이들은 그저 손을 내민 것뿐이었다.

"너한테 사과할게."

소년이 펠레의 한쪽 손을 잡으며 말했다.

"나도 사과하마."

소년의 아버지도 펠레의 나머지 한쪽 손을 꼭 잡으며 말했다. 펠레는 어리둥절해서 두 사람을 번갈아 쳐다보며 서 있었다. 처음에 펠레는 이 사람이 하느님이 보냈다는 남자와 같은 사람인 줄 알았다. 하지만 같은 것은 눈뿐이었다. 그 이상한 눈. 펠레는 갑자기 눈물이 났고, 끔찍한 불안감에서 해방되었다는 안도감으로 인해 다른 건 모두 잊었다. 두 사람은 친절한 말을 몇 마디 건넨 후, 펠레가 혼자 있도록 조용히 자리를 떠났다. 이 사건 이후 펠레와 페테르 쿠레는 친구가 되었다.

분명한 것이 하나 있었다. 그것은 그 무엇보다도, 심지어 자신이 승리했다는 것보다도 더 중요한 사실이었다. 펠레는 자기보다 크고 힘센 소년과 맞붙어 싸웠고, 난생 처음으로 물불 안 가리고 덤빈 끝에 결국 승리를 쟁취했다. 싸우고 싶다면 가장 아픈 곳을 걷어차야 한다. 그렇게만 한다면, 그리고 싸움의 이유가 정당하기만 하다면, 누구와도 싸울 수 있었다. 비록 상대가 농장주의 아들이라 해도. 이 두 가지는 현재로서는 그 무엇도 찬물을 끼얹을 수 없는 만족스러운 발견이었다. 그리고 펠레는 아버지를 지켜 냈다. 그것은 펠레의 인생에 있어서 새롭고도 중요한 사건이었다.

미가엘 축일*에는 소 떼를 안으로 들였고, 마지막 남은 일용 노동자들이 농장을 떠났다. 여름 동안 농장의 정식 하인들이 몇 명 바뀌었지만 계약 만기일인 지금은 아무도 바뀌지 않았다. 스톤 농장에서는 좀

---

* 9월 29일.

처럼 계약 만기일에 하인들을 바꾸지 않았다.

펠레는 다시 아버지를 도와 안에서 사료 주는 일을 했다. 펠레는 당연히 벌써 학교에 다녔어야 할 나이였고 학교 당국이 농장주에게 이 사실을 은근히 알렸지만, 아이는 농장에서 꽤나 쓸모가 있었다. 소 떼를 돌보는 일이 한 사람이 하기에는 너무 벅찼기 때문이었다. 펠레 역시 취학이 미루어지는 것이 기뻤다. 여름 내내 학교에 대해 많은 생각을 하면서 너무 낯설고 거창한 이미지를 덧칠해 놓은 탓에 이제 학교가 두려워졌던 것이다.

칼레 삼촌

크리스마스이브는 대단히 실망스러웠다. 목동들은 집에서 나와서 여름 동안 일했던 농장에서 크리스마스를 보내는 것이 관습이었다. 그리고 펠레는 다른 목동들에게서 크리스마스에 맛보는 온갖 즐거움들에 대해 이야기를 들었다. 구운 고기에 달콤한 음료, 크리스마스 게임, 그리고 생강 비스킷과 케이크에 등, 크리스마스이브 전날부터 '성 크누트가 크리스마스를 퇴장시키는' 1월 7일까지 먹고 놀고 마시는 일의 연속이었다. 작은 농장들에서는 모두 그랬다. 차이가 있다면 신앙심이 깊은 사람들은 카드놀이를 하지 않고 대신 찬송가를 부른다는 것뿐이었다. 하지만 음식만큼은 마찬가지로 잘 먹었다.

크리스마스 며칠 전부터 펠레는 새벽 두어 시에 일어나서 여자들이 거위며 닭 등을 잡는 것과 개초장이 홀름 영감이 화덕에 불을 지피는 것을 도와야 했다. 그러나 이것으로 펠레에게 크리스마스의 즐거움은 끝이었다. 크리스마스이브에 식탁에 올라온 것은 말린 대구와 쌀죽이었다. 음식 맛은 괜찮았지만, 그 외에는 아무것도 없었다. 식탁 위에는 남자들을 위한 브랜디가 두어 병 놓여 있었지만 그게 다였다. 남자들은 불만에 차서 투덜거렸다. 그들은 우유와 쌀죽을 카르나가 뜨고 있는 스타킹 속에 부어 버려서, 그녀가 저녁 내내 노발대발하게 만들었다. 그러고는 각자 여자를 한 명씩 무릎에 앉히고 모든 것에 대해 악담을 해댔다. 크리스마스 식사에 초대받아 온 늙은 농장 노동자들과 그 아내들은 죽음과 세상의 모든 불행에 대해 얘기했다.

위층에서는 큰 파티가 열렸다. 안주인의 친척들이 모두 초대되었던 것이다. 사람들은 거위 구이를 뜯고 있었다. 뜰 안은 마차들로 가득했다. 농장에서 유일하게 신바람이 난 하인은 손님들이 주는 팁을 모두 챙기는 작업반장뿐이었다. 구스타우는 기분이 엉망이었다. 보딜이 위층에 올라가서 시중을 들고 있기 때문이었다.

구스타우는 손풍금을 가져와서 사랑 노래를 연주했다. 덕분에 사람들의 기분은 좀 나아졌고, 눈에서 불만스러운 기색이 사라지기 시작했다. 그들은 한 사람씩 노래를 부르기 시작했고, 지하실도 분위기가 좋아지기 시작했다. 하지만 바로 그때 이층에서 조용히 하라는 지시가 내려왔고, 모임은 해산되었다. 나이 든 사람들은 집으로 돌아갔고, 젊은 사람들은 마음 맞는 사람끼리 짝을 이뤄 사라졌다. 라세와 펠레는 잠을 자러 갔다.

"크리스마스는 뭐 때문에 있는 거죠?" 펠레가 물었다.

라세는 마땅한 대답을 궁리하며 허벅지를 긁었다.

"크리스마스는 있어야 한다."

그러더니 망설이며 대답했다.

"암, 있어야 하고말고. 크리스마스는 한 해가 바뀌면서 다음 해로 넘어가는 시기잖니! 물론 아기 예수가 태어난 밤이기도 하고 말이다."

이 마지막 대답을 생각해 내기까지 꽤 오랜 시간이 걸렸지만, 막상 대답을 할 때는 확고하게 말했다. 그리고 잠시 후 이렇게 덧붙였다.

"이래저래 꼭 필요한 날이지."

크리스마스 다음날, 아랫마을에 사는 사업 수완 좋은 한 소농의 집에서 입장료를 받는 파티가 열렸다. 커플 당 2.5크로네면 밤새도록 음악과 샌드위치와 술이 제공되고, 거기에다 새벽녘에 커피까지 마실 수 있었다. 구스타우와 보딜도 그곳에 갔다.

다음날 아침 펠레와 라세는 구스타우가 외양간 문 옆의 땅바닥에 누워 있는 것을 발견했다. 그는 완전히 인사불성이었고 좋은 옷도 엉망이 되어 있었다. 보딜은 그와 함께 있지 않았다. 구스타우를 부축해서 안으로 데려오며 라세가 말했다.

"불쌍한 친구! 겨우 열일곱 살인데 벌써 마음에 상처를 입다니! 이 친구는 조만간 여자 때문에 신세 망치게 될 거다!"

한낮에 농장 노동자의 아내들이 우유를 짜러 왔을 때, 라세의 추측은 사실로 확인되었다. 보딜은 마을에 사는 재단사 도제에게 마음이 있어서 한밤중에 그와 함께 사라진 것이었다. 사람들은 구스타우를 동정하며 비웃었고, 구스타우는 한동안 망신거리가 되어 사람들의 조롱을 견뎌야 했다.

라세는 아직까지 채석장 너머에 있는 동생을 방문할 기회가 없었지만, 새해의 둘째 날 방문하기로 한 상태였다. 크리스마스와 설날 사이에 사람들은 해가 지면 아무 일도 하지 않았고, 어디서나 목동의 저녁 일을 돕는 것이 관습이었다. 그러나 스톤 농장에서는 그런 관습이 전혀 통하지 않았다. 라세는 너무 늙어서 자신의 권리를 주장하지 못했고, 펠레는 너무 어렸다. 밖에 나간 남자들 몫까지 여물을 주지 않아도 되는 것을 오히려 다행스럽게 여겨야 할 판이었다.

하지만 드디어 외출 계획이 실현되는 날이 다가왔다. 저녁 일은 구스타우와 키다리 올레가 하기로 한 것이다. 펠레는 일어나자마자 나갈 순간이 어서 오기를 고대했다. 펠레가 매일 일어나는 시각은 새벽 3시 반쯤이었다. 그러나 라세가 종종 말하던 '아침을 먹기 전에 노래를 하면 밤이 되기 전에 울게 된다'는 속담이 입증되고 말았다.

점심을 먹고 나서 구스타우와 올레는 아래쪽 뜰에서 작두를 갈았다. 여물통이 새서 펠레가 오래된 양동이로 숫돌 위에 물을 부어 주어야 했다. 펠레의 얼굴은 기쁨으로 반짝이고 있었다.

"뭐가 그리 좋니? 눈이 꼭 어둠 속의 고양이 눈처럼 반짝반짝한데?"

구스타우가 물었다.

"네가 못 가게 되는 건 아닐까 걱정이구나."

올레가 구스타우에게 눈을 찡긋하며 말했다.

“언제 이 작두를 갈아서 여물을 다 썰고 먹이를 줄 수 있을지 모르 겠다. 게다가 이 숫돌은 돌리기가 너무 어려워. 손잡이돌리개만 부러 지지 않았다면!”

펠레가 귀를 쫑긋 세웠다.

“손잡이돌리개요? 그게 뭔데요?”

구스타우가 숫돌 주변을 껑충껑충 뛰면서 재미있어 죽겠다는 듯 허 벅지를 때렸다.

“세상에, 어떻게 그렇게 멍청하니? 손잡이돌리개도 모른단 말이야? 그건 말이다, 숫돌 위에 얹어서 숫돌이 저절로 돌게 만드는 물건이란 다. 코세 농장에 여벌이 하나 더 있긴 한데 너무 멀어서 말이야.”

“그거 무거워요?”

펠레가 낮은 목소리로 물었다. 그 대답에 모든 것이 달려 있었다.

“제가 들 수 있어요?”

목소리가 떨렸다.

“아니, 그렇게 무겁지는 않아. 너도 들고 올 수 있어. 하지만 아주 조 심조심 다뤄야 해.”

“제가 뛰어가서 가져올게요. 아주 조심조심 가져올게요.”

펠레가 진지한 얼굴로 그들을 쳐다보았다.

“그래 알았어. 하지만 그걸 담아 올 자루를 가져가. 그리고 아주 조 심해서 가져와야 해. 굉장히 비싼 물건이니까.”

펠레는 자루를 찾아서 들판을 가로질러 뛰어갔다. 마치 어린 양처럼 들떠서 뛰다가 보이는 것은 죄다 잡아당겼고, 옆걸음으로 경중경중 뛰어서 까마귀들을 놀라게 했다. 행복이 밀려왔다. 펠레는 아버지와 자기 자신을 위해 이번 외출 계획을 지켜 내는 중이었다. 구스타우와 올레는 참 좋은 사람들이다! 그들이 더 이상 숫돌 때문에 고생하지 않도록 최대한 빨리 돌아와야지.

"이런, 벌써 돌아왔어?"

그들은 눈을 동그랗게 뜨고 이렇게 말하겠지.

"그럼 오는 도중에 그 귀중한 기계를 깨뜨렸겠구나!"

그리고 자루에서 조심조심 꺼내서, 그것이 멀쩡하다는 걸 알고는 이렇게 말하겠지.

"넌 정말 대단한 아이로구나! 완벽한 왕자님이야!"

펠레가 코세 농장에 갔을 때, 사람들은 자루에 기계를 집어넣으며 펠레에게 들어와서 크리스마스 식사를 하라고 권했다. 하지만 펠레는 계속 "아니요"라고 대답했다. 그럴 시간이 없었다. 그래서 사람들은 혹시나 손님 대접이 형편없어서 펠레가 크리스마스를 몰고 가버리지 않도록, 계단에서 차가운 사과를 펠레의 손에 쥐어 주었다. 모두들 즐거워 보였다. 펠레가 자루를 등에 짊어지고 집으로 출발할 때 모두들 밖으로 나왔다. 그들 역시 아주 조심해야 한다고 당부했고, 마치 펠레가 자신이 운반하고 있는 것이 뭔지 모를까 봐 불안해하는 듯했다.

두 농장은 거리가 꽤 멀었지만, 한 시간 반 만에 집에 도착했다. 펠레는 완전히 녹초가 되었다. 잠시 쉬고 싶어도 물건을 내려놓을 엄두가 나지 않아 한 발 한 발 비틀거리면서 걸어갔다. 그러다 돌담에 기대어 딱 한 번 쉬었을 뿐이었다.

마침내 펠레가 비틀거리며 뜰로 들어오자 모두들 이웃 농장의 새 손잡이돌리개를 보러 올라왔다. 펠레는 올레가 등에서 자루를 들어 올렸을 때, 자기 자신이 얼마나 중요한 존재인지를 의식했다. 그러고 나서 다시 균형을 찾을 때까지 한동안 벽을 향해 몸을 구부리고 있어야 했다. 짐을 벗어 버리고 나니 땅이 너무 이상해서 한참동안 발을 내딛을 수 없었다. 마치 땅이 자신을 밀어내는 것 같았다. 하지만 얼굴만큼은 환하게 빛났다.

구스타우는 단단히 동여매진 자루를 열고는 돌바닥 위에 내용물을 꺼내 놓았다. 그 속에 든 것은 벽돌 몇 장과 쟁기 날, 그리고 다른 비슷한 것들이었다. 펠레는 마치 다른 행성에서 방금 떨어진 사람처럼, 당황과 두려움 속에 그 허섭스레기들을 바라보았다. 그리고 사방에서 웃음이 터져 나왔을 때, 그것이 무슨 의미인지 알았다.

펠레는 쭈그리고 앉아 두 손으로 얼굴을 감추었다. 울지는 않을 것이다. 절대로 저들에게 그런 만족을 줄 수는 없다. 펠레는 마음속으로는 울고 있었지만 여전히 입술을 꼭 다물었다. 분노 때문에 온몸이 따끔거렸다. 저 짐승들! 사악한 악마들!

갑자기 펠레는 구스타우의 다리를 걷어찼다.

"아하, 요 녀석이 나를 찼겠다?"

구스타우가 펠레를 공중에 들어 올리며 말했다.

"여러분, 스몰란에서 온 꼬마 도깨비를 보실래요?"

펠레는 팔로 얼굴을 가리고 내려오려고 발버둥 쳤다. 그리고 구스타우를 깨물려는 시도도 했다.

"게다가 깨물기까지 하네요, 이 조그만 녀석이!"

구스타우는 펠레를 제압하기 위해 단단히 붙들어야 했다. 그는 펠레의 멱살을 잡고 손마디로 소년의 목을 눌러서 숨통을 조이며 조롱 섞인 말투로 부드럽게 말했다.

"이런 발칙한 어린 것을 봤나! 이제 겨우 배내옷을 벗은 주제에 벌써부터 싸움을 하려 드네!"

구스타우는 계속해서 펠레를 괴롭혔다. 마치 힘의 우위를 과시하려는 것처럼 보였다.

"그래, 이제 네가 제일 센 놈이라는 것을 알았으니 그만 아이를 내려 줘."

마침내 작업반장이 입을 열었다. 구스타우가 즉시 말을 듣지 않자, 어깨뼈 사이에 주먹이 날아왔다. 소년은 풀려나서 라세가 있는 외양간으로 뛰어 갔다.

라세는 모든 것을 보고 있었지만 감히 다가가지 못했다. 자신은 아무것도 할 수 없었고, 자신이 그곳에 있으면 오히려 해가 될 뿐이었을 것이다.

"그래도 우린 외출 계획이 있잖아."

라세가 아들을 위로하면서 변명하듯 설명했다.

“구스타우 같은 애송이야 내가 얼마든지 흠씬 두들겨 줄 수 있지. 하지만 그랬다가는 우리가 오늘 저녁에 나갈 수가 없을 거야. 그 녀석이 우리 일을 해주지 않을 테니까. 다른 사람들도 모두 마찬가지지. 모두들 한통속이니까. 하지만 너라면 할 수 있어! 애비는 네가 그 나쁜 녀석의 굽은 다리를 제대로 차주었을 거라고 믿는다. 그래, 그래. 잘했어. 하지만 넌 힘을 낭비하지 말아야 해. 수고한 보람이 없으니 말이다!”

그러나 이번에는 쉽게 위로가 되지 않았다. 상처의 기억이 마음속 깊이 자리 잡아 고통스러웠다. 펠레는 그토록 진실한 마음으로 행동했는데, 사람들은 남을 잘 믿는 자신에게 상처를 준 것이었다.

그 사건은 또한 펠레의 자존심도 건드렸다. 펠레는 함정 속으로 스스로 걸어 들어가 남들의 조롱거리가 된 것이다. 그 사건은 펠레의 마음에 깊이 새겨져 이후의 성장에 지대한 영향을 주었다. 펠레는 사람의 말을 항상 믿을 수는 없다는 것을 알아 버렸다. 그래서 거짓을 꿰뚫어 보려고 시도했고, 이제 누구도 무작정 믿지 않기로 했다

이제 펠레는 그 비밀을 어떻게 알 수 있는지 발견했다. 사람들이 말할 때 그들의 눈을 쳐다보기만 하면 된다. 돌이켜 생각해 보면 이곳에서도 코세 농장에서도, 사람들은 손잡이돌리개 얘기를 할 때 뭔가 이상해 보였다. 마치 속으로 웃고 있는 것 같았다. 농장감독도 돼지고기구이와 대황 젤리를 매일 먹게 해주겠다고 약속할 때 웃고 있었다. 그리고 실제로는 청어와 죽 외에는 먹은 것이 거의 없었다. 사람들은 두 개의 입으로 말했다. 아버지만이 그렇게 하지 않는 유일한 사람이었다.

펠레는 자신의 얼굴에 신경 쓰기 시작했다. 진실을 말하는 것은 입이 아니라 얼굴이었다. 일전에 매질을 피하려고 악의 없는 거짓말을 했을 때 문제가 더 심각해진 것도 바로 그 때문이었다. 오늘의 불행은 펠레의 얼굴 탓이었다. 행복을 느낄 때, 그 감정을 겉으로 드러내면 안 된다. 펠레는 자신의 마음을 훤히 드러내는 것이 얼마나 위험한지 알게 되었고, 펠레의 작은 신체는 중요한 부위를 덮을 두꺼운 각질을 키우느라 여념이 없었다.

저녁을 먹고 나서, 라세와 펠레는 여느 때와 마찬가지로 서로 손을 잡고 들판을 가로질러 행선지를 향해 출발했다. 평소에는 단 둘이 있을 때면 펠레가 쉴 새 없이 뭔가를 지껄였지만, 오늘 저녁은 조용했다. 오후에 있었던 사건이 아직도 마음속에 남아 있는 데다, 친척을 방문한다는 것이 왠지 엄숙한 느낌을 주었던 것이다.

라세는 손에 빨간색 꾸러미를 들고 있었는데, 그 안에는 전날 읍내에 나가는 페르 올센에게 사다 달라고 부탁한 산머루 럼주 병이 들어 있었다. 술을 사는 데 66외레가 들었다. 펠레는 마음속으로 뭔가를 곰곰이 생각했지만, 그 생각이 용납될 것인지 알지 못했다.

마침내 펠레가 입을 열었다.

"아빠! 제가 조금만 들고 가면 안돼요?"

"맙소사! 미쳤니, 애야? 이게 얼마나 비싼 물건인데! 떨어뜨릴 수도 있어."

"떨어뜨리지 않을 거예요. 그럼 잠깐 들고만 있으면 안 돼요? 네? 아빠, 그렇게 해주세요!"

"도대체 무슨 생각인지! 널 그대로 두었다가는 장차 어떻게 될지 모르겠구나. 너 어디가 아픈 게로구나. 이렇게 성가시게 구는 걸 보니."

라세는 한동안 뿌루퉁해서 계속 걷다가, 멈춰 서서 소년에게 몸을 숙였다.

"그럼 들어 봐라, 이 어리석은 꼬마야. 하지만 조심해야 한다! 그리고 그걸 들고 한 발짝도 움직여선 안 돼!"

펠레는 두 팔로 술병을 끌어안고 몸에 바짝 붙였다. 자기 손을 믿을 수 없기 때문이었다. 그리고 배를 최대한 내밀어 병을 받쳤다. 라세는 혹시 떨어지면 잡으려고 술병 밑에 두 손을 뻗치고 있었다.

"그것 봐라! 이제 그만!"

라세가 걱정스럽게 말하며 병을 빼앗았다.

"정말 무거워요!"

펠레가 감탄스러운 듯 말하고는 다시 아버지의 손을 잡고 뿌듯한 마음으로 걷기 시작했다.

"칼레 삼촌은 부자죠?" 펠레가 물었다.

"부자라고는 할 수 없지만, 땅 주인이기는 하단다. 그것만 해도 결코 작은 일은 아니지!"

라세 자신은 평생 땅을 빌려 농사를 짓는 것 이상의 부를 얻어 본 적이 없었다.

"내가 어른이 되면, 커다란 농장을 가질 거예요."

펠레가 결연하게 말했다.

"그래, 틀림없이 그럴 거다." 라세가 웃으며 대답했다.

그 역시 소년이 큰 농장의 주인은 아니더라도 뭔가 되리라는 기대가 없지는 않았다. 하지만 딱히 뭐라고는 말할 수 없었다. 어쩌면 어떤 농장주의 딸과 사랑에 빠지게 될지도 몰랐다. 라세 가문의 남자들은 대체로 여자들이 보기에 매력이 있었다. 몇 명은 그 매력을 입증했는데, 예를 들어 라세의 형제 중 한 명은 교구 목사 사모님의 마음에 들었다. 그렇다면 펠레는 상대방 가족이 결합을 반대하지 못하도록 기회를 최대한 활용해야 할 것이다. 그리고 펠레는 충분히 괜찮은 소년이었다. 펠레는 이마에 '소가 핥은 머리'라고들 말하는 곤추선 머리와 뒷목에 잔털, 그리고 엉덩이에 반점이 있었는데, 세 가지 모두 행운을 부른다는 특징들이었다.

라세는 걸어가면서 장차 아들이 벌어들일 엄청난 재산을 어림으로 계산하며 계속 혼잣말을 했다. 자신에게도 부스러기가 떨어질 것이다. 왜냐하면 펠레의 미래가 얼마나 대단하건, 그 미래는 말년의 라세가 함께 공유하고 즐길 수 있을 시간 내에 이루어질 테니까 말이다.

그들은 돌제방과 눈 덮인 도랑을 따라 산사나무와 노간주나무 덤불을 헤치면서 들을 가로질러 채석장을 향해 걸어갔다. 덤불 너머에는 바위와 '황무지'가 있었다. 그들은 채석장으로 바로 들어가서, 어둠 속에서 돌 부스러기가 쌓여 있는 곳을 찾으려 했다. 그런 곳에서 돌을 깨는 작업이 계속되고 있을 것이기 때문이었다.

위쪽에서 망치 소리가 났고 여기저기에서 불빛이 보였다. 비스듬하게 친 짚으로 짠 발에는 등불이 매달려 있었고, 그 아래에 웬 땅딸한 남자가 돌덩이에 망치질을 하며 앉아 있었다. 그 남자는 아주 독특하고 활기찬 방식으로 일하고 있었다. 세 번을 내려치고 돌들을 한쪽으로 밀고, 또 세 번 치고 또 한쪽으로 밀어냈다. 한 손으로는 돌조각을 밀어내면서 다른 한 손으로는 돌판 위에 새로운 돌덩이를 올려놓았다. 작업은 마치 시계 소리처럼 쉴 새 없이 규칙적으로 이루어졌다.

"혹시 거기 앉아 있는 게 칼레 아닌가?"

라세가 마치 이 만남이 천국에서 내려 준 기적인 것처럼 놀란 목소리로 말했다.

"잘 있었나, 칼레 칼손! 그동안 잘 지냈는가?"

돌을 깨던 남자가 얼굴을 들었다.

"아이고, 라세 형님 아니쇼!"

남자가 힘겹게 일어나며 말했다. 두 사람은 바로 어제 만난 사람들처럼 서로를 맞았다. 둘이 이야기를 하는 동안 칼레는 연장을 주섬주섬 챙기고 짚으로 된 발을 내려 그 위에 덮었다.

"그래 자네도 돌을 깨나? 그럼 벌이가 좀 돼?" 라세가 물었다.

"많지는 않아요. 한 길*에 12크로네를 받는데, 아침저녁으로 등불을 켜고 일하면 일주일에 반 길 정도 깰 수 있죠. 그걸로는 맥주 값도

*183센티미터.

안 되지만, 우리는 그럭저럭 살고 있어요. 하지만 끔찍하게 추운 일이라우. 일을 하면서 체온을 유지할 수가 없어요. 차가운 돌 위에 열다섯 시간을 앉아 있으려면 몸이 다 뻣뻣해질 지경이라니까요. 꼭 송장처럼 말이에요.”

칼레는 두 사람 앞에서 뻗정다리로 걸으며 황무지를 가로질러 야트막한 곱사등이 모양의 오두막을 향해 갔다.

“저기 달이 뜨는구먼. 이제 필요 없지만.”

칼레가 한층 고조된 기분으로 말했다.

“이런, 이런 늦은 잠꾸러기 같은 모양새 좀 보소! 형님은 천국에서 설날을 맞이해야 하겠구려!”

“넌 옛날과 마찬가지로 여전히 쾌활하구나.” 라세가 말했다.

“그래요. 돈 안 주고도 얻을 수 있는 건 좋은 성격뿐이잖우?”

오두막의 벽이 한 쪽으로 커다랗고 둥근 덩어리처럼 튀어나와 있었다. 펠레는 튀어나온 부분을 만져 보기 위해 다가갔다. 반대쪽에 무엇이 있을지 궁금했다. 혹시 비밀의 방?

펠레는 궁금해서 아버지의 손을 잡아끌었다.

“그거? 빵 굽는 화덕이다. 공간을 좀 더 넓게 쓰려고 거기에 만든 거지.” 라세가 말했다.

칼레는 안으로 들어가자고 말한 뒤 부엌에서 외양간으로 통하는 문으로 고개를 들이밀었다.

“이봐, 마리아! 어서 나와 봐! 여기 산파가 왔어!”

그가 낮은 목소리로 말했다.

“도대체 산파가 왜 온다는 거예요? 이 실없는 영감탱이가 또 얘기를 꾸며 대는군!”

그리고 다시 들통에 우유를 쏟아 붓는 소리가 들렸다.

“꾸며 댄다고? 아니야. 당신은 어서 침대로 가서 애 낳을 준비나 해. 산파가 하는 말이 지금이 딱 애 낳기 좋은 시기라는군. 당신이 올해는 너무 오래 끌고 있잖아. 말조심하라고.”

칼레가 외양간에 대고 속삭였다.

“정말로 산파가 와 있으니까! 빨리빨리 나와 봐!”

그들은 방으로 올라갔다. 칼레는 양초에 불을 붙이려고 더듬거렸다. 두 차례나 성냥을 집어 들었다가 떨어뜨린 끝에 불을 붙였지만, 토탄*이 잘 타지 않았다.

“매일 손님이 찾아오는 건 아니라서 말이에요.”

그가 마침내 불을 붙이며 의연하게 말했다.

“자네 처가 덴마크 사람이라지? 소도 한 마리 갖고 있고…….”

라세가 감탄하며 말했다.

“그래요, 이곳에서는 집이 제법 큰 편이죠. 고양이도 한 마리 있고, 고양이가 먹을 쥐들도 얼마든지 있어요.”

칼레가 일어서며 말했다. 그때 그의 아내가 숨을 헐떡이며 나타나서

---

*덜 탄화된 질 나쁜 석탄.

놀란 눈으로 손님을 쳐다보았다.

칼레가 말했다.

"산파가 또 가버렸네. 오늘은 시간이 없대. 다른 날로 미뤄야겠어. 하지만 이 낯선 사람들은 중요한 사람들이야. 그러니 손가락으로 코나 풀고 손을 내밀라고."

"이런 허풍쟁이 영감탱이! 날 속일 생각은 집어치워요. 이분들은 물론 라세 아주버님과 펠레 조카겠군요."

그러면서 마리아는 손을 내밀었다. 그녀 역시 남편처럼 땅딸막했고, 남편처럼 늘 웃는 얼굴에다 활처럼 휜 다리를 가지고 있었다. 힘든 노동과 쾌활한 성격이 두 사람의 외모를 둥글둥글하게 만들었다.

"여기에는 아이들이 끝이 없구먼."

라세가 주위를 둘러보며 말했다.

창문 밑 접이식 침대에 세 명의 아이들이 있었는데, 한 쪽에는 어린 아이 두 명이, 다른 쪽에는 열두 살 쯤 된 키다리 소년이 어린 여자애들 머리 사이로 시커먼 발을 뻗고 있었다. 의자 위와 오래된 반죽 통 속, 그리고 바닥 위에도 잠자리가 만들어져 있었다.

"그래요. 어쩌다 보니 그렇게 됐네요."

칼레가 손님들이 앉을 만한 물건을 찾아 보려 했지만 소용이 없었다. 물건들을 죄다 침대로 쓰고 있었던 것이다.

"그냥 바닥을 치우고 앉아야겠네요." 그가 웃으며 말했다.

그때 마리아가 빨래 통과 빈 맥주 통을 들고 들어왔다.

"여기 앉으세요. 죄송해요. 하지만 이 많은 애들을 어딘가에 눕혀야 해서요."

그녀가 테이블 주위에 앉을 것을 놓으며 말했다.

칼레는 몸을 오그려 접이식 침대 틀 가장자리에 앉아 다시 말했다.

"어쩌다 보니 이렇게 됐지 뭐유. 아직 힘이 있을 때 노년을 준비해야 해요. 우리는 열둘을 만들었고, 곧 다음 아이도 생길 거예요. 꼭 우리가 의도했던 건 아니지만, 애들 엄마가 덜컥덜컥 임신을 해버리니 어쩌겠수."

칼레가 뒤통수를 긁적이며 자포자기한 모습을 보였다.

"이번에도 쌍둥이가 아니길 바라야죠." 마리아는 웃으며 말했다.

"왜 그래? 쌍둥이면 크게 절약하는 셈인데. 어쨌든 우리는 산파를 불러야 하니까. 사람들이 말하기를 어머니가 침대 위에 애들을 눕히고 모두 다 있는지 확인하기 위해 손가락으로 세야 한다고들 하는데, 그건 말이 안 돼. 왜냐하면 손가락으론 열 이상 셀 수가 없거든."

그때 한쪽 구석에 있던 아기가 울기 시작했고, 아이 엄마는 아기를 안고 접이식 침대 가장자리에 걸터앉아 아기를 달랬다.

"얘가 막내라우."

칼레가 아기를 라세에게 내밀며 말했다.

라세는 굽은 손가락을 아기의 턱 밑에 갖다 댔다.

"어이구, 토실토실하구나! 그래, 이름이 뭐지?"

아이들을 좋아하는 라세가 부드럽게 물었다.

"도제나 엔디나*라우. 그 애가 태어났을 때 우린 이 녀석이 마지막 아이일 거라고 생각했거든요. 그런데 그 애도 동생을 보게 되었네요."

"도제나 엔디나라! 정말 예쁜 이름이로구나!"

라세가 탄성을 질렀다.

"꼭 공주 이름 같다."

"그래요. 그리고 그 애 바로 위의 아이는 엘렌(Ellen)인데, 물론 열한 번째라는 뜻으로 지은 이름이에요. 반죽 통 안에 있는 이 녀석이죠."

칼레가 말했다.

"그 바로 위의 아이는 텐티우스(Tentius), 그 다음은 니나(Nina), 그리고 오토(Otto)예요. 하지만 그 위로는 그런 식의 이름이 아니에요. 그때는 아이를 그렇게 많이 낳게 될 줄 몰랐으니까. 그게 다 애들 엄마 탓이라고요. 내 작업복 바지를 깁기만 하면 갑자기 일이 잘못된다니까."

"그렇게 남 핑계 대지 말고 자기 자신이나 부끄러워하세요."

마리아가 그에게 손가락을 흔들며 말하더니 라세에게 고개를 돌렸다.

"다른 애들 이름에 관해서는 불평할 게 없어요. 알베르트, 안나, 알프레드, 알비누스, 안톤, 알마, 알빌다. 어디 보자. 그래요. 정말 많죠. 애들 중에 누구도 불공평한 대우를 받는다고 말할 수 없을 거예요. 애들 아버지가 모두 A를 선택했죠. 모두 A로 시작되는 이름이에요. 저이는 타고난 시인인가 봐요."

* '엔디나(endina)'는 '마지막'을 뜻하는 덴마크어.

그녀는 남편을 감탄스러운 눈으로 바라보았다.

칼레는 겸연쩍은 듯 눈을 껌뻑거렸다.

"그게 아니라, A는 알파벳 첫 글자잖아요. 소리도 참 예쁘고 말이우." 그가 겸손하게 말했다.

"그런 걸 생각해 내다니 참 똑똑하지 않아요? 저 양반은 학교에 다녔어야 하는 건데. 제 머리는 그런 면으로는 당최 젬병이랍니다. 사실 저이는 A로 시작해서 A로 끝나는 이름을 짓고 싶어 했지만, 사내애들 이름은 그게 안 되더라고요. 그래서 포기해야 했어요. 하지만 그때 저이는 글공부라고는 해본 적이 없었거든요."

"이런, 그게 아니지! 난 포기하지 않았어. 첫째 아들에게 A로 시작해서 A로 끝나는 이름을 지어 줬잖아. 하지만 그때 목사님과 교회 서기가 반대하는 바람에 포기할 수밖에 없었던 거예요. 그 사람들은 도제나 엔디나도 반대했지만, 이번에는 내가 꿈쩍도 하지 않았어요. 나를 너무 오래 짜증나게 하면 폭발해 버리는 수가 있으니까. 나는 늘 모든 것에 뭔가를 연결 짓고 의미를 붙이는 것을 좋아하죠. 자세히 살펴봐야 발견할 수 있는 뭔가가 있다는 건 나쁘지 않거든요. 혹시 형님은 이 이름들 중에 특별한 점 두 가지를 발견했수?"

"글쎄. 그런 쪽으로는 머리가 돌아가지 않아서 말이야."

라세가 주저하며 대답했다.

"자, 여길 봐요! 안나(Anna)와 오토(Otto)는 바로 읽으나 거꾸로 읽으나 똑같은 이름이 돼요. 아주 똑같지요. 내가 보여 줄게요."

칼레는 벽에 걸려 있던 아이의 석판과 석필 조각을 꺼내서 열심히 이름을 쓰기 시작했다.

"자, 여길 봐요."

"난 글을 못 읽어. 하지만 정말로 어떻게 읽건 똑같이 된다는 말인가? 이런! 그렇다면 정말 대단하구먼!"

라세는 놀라움을 금할 수 없었다.

"하지만 더 놀라운 건 이제부터 시작이라고요."

마치 만물을 연구하는 학자 같은 눈빛으로, 칼레는 석판 너머로 형을 쳐다보며 말했다.

"양쪽으로 읽을 수 있는 오토는 물론 8을 뜻하죠. 하지만 이렇게 8이라는 숫자를 그려 보면, 그 숫자는 거꾸로 뒤집어도 같은 숫자가 된다고요. 여길 봐요!"

그는 석판에 8을 썼다. 라세는 석판을 거꾸로 뒤집고 자세히 들여다보았다.

"그러게, 이거 참, 정말로 똑같구먼! 여길 봐라, 펠레! 이건 어떻게 떨어뜨리건 사뿐히 두 발로 내려서는 고양이 같구나. 세상에! 글을 안다는 것이 얼마나 좋은 일인지! 그런데 자네는 어떻게 글을 배웠나?"

"어, 그거요? 애들 엄마가 애들에게 ABC를 가르칠 때 옆에 앉아서 조금 지켜보았죠. 머리만 괜찮다면 그건 아무것도 아니에요."

칼레가 우쭐하는 목소리로 말했다.

"펠레는 곧 학교에 갈 거라네." 라세가 생각에 잠긴 듯 말했다.

"그럼 어쩌면 나도 할 수 있겠군. 그럼 좋을 거야. 하지만 내가 공부하는 머리가 있을 것 같지는 않아. 아니, 그런 쪽으로 머리가 없을 게 뻔해." 그는 꽤나 절망적인 목소리로 되풀이했다.

칼레는 라세의 말을 부인할 마음이 없어 보였다. 하지만 펠레는 언젠가 아버지가 칼레 아저씨보다 더 잘 읽고 쓸 수 있도록 글을 가르쳐 주리라 결심했다.

"그나저나 깜박 잊고 있었구먼. 우리가 크리스마스 술을 가져왔다네." 라세가 손수건을 풀며 말했다.

"이런 멋진 형님을 봤나!"

칼레가 환호하며 신이 나서 술병이 서 있는 테이블 주위를 서성거렸다.

"이보다 더 좋은 선물은 없을 거예요, 형님. 세례식 파티 때 쓰면 좋겠군! 금테가 있는 '산머루 럼주'라! 정말로 멋지네요!"

그는 라벨을 들어서 불빛에 비추고 흐뭇한 눈으로 병을 돌려 가며 바라보았다. 그러더니 머뭇거리며 벽 속에 있는 찬장을 열었다.

"여보, 손님들도 가져오신 술을 맛봐야 하잖아요."

마리아가 말했다.

"그래서 문제라는 말이야!"

칼레가 곤란한 듯 웃으며 뒤돌아보았다.

"당연히 맛을 봐야지. 하지만 코르크를 뽑아내면, 술이 어떻게 사라지는지 당신도 알지?"

그는 천천히 못에 걸려 있는 코르크 따개를 향해 손을 뻗었다.

하지만 라세는 그 말을 들으려 하지 않았다. 절대로 그 술을 맛보지 않을 참이었다. 산머루 럼주가 자기 같은 가난뱅이가 개시할 술이던가? 그것도 주중에? 절대 아니다!

"그래, 그럼 세례식 파티 때 꼭 와요. 물론 두 사람 다 말이야."

칼레가 안도한 듯 말하며, 찬장에 병을 집어넣었다.

"하지만 우리는 '쿠쿠'*를 마실 거예요. 크리스마스이브 때 마시던 술이 조금 남아 있으니까. 그리고 집사람이 커피를 가져다 줄 거예요."

"커피 대령하지요." 마리아가 쾌활하게 말했다.

"저런 마누라를 본 적이 있어요? 필요한 건 뭐든 척척 준비하는 여자죠!"

펠레는 목동 친구인 알프레드와 알비누스가 어디에 있는지 궁금했다. 그 아이들은 자기들 몫의 크리스마스 파티 음식을 먹으러 여름에 일하던 농장으로 갔는데, 성 크누트 축일까지는 돌아오지 않을 것이라고 했다.

"하지만 여기 무시할 수 없는 녀석이 하나 있지요. 이 녀석을 한번 볼까?"

칼레가 접이식 침대에 누워 있는 길쭉한 소년을 가리키며 지푸라기 하나를 꺼내서 소년의 코를 간질였다.

---

* 브랜디를 탄 커피.

"일어나라, 우리 착한 안톤. 말에 마구를 채워서 이륜마차로 데려가자! 우리는 외출을 나갈 거야."

소년은 일어나 앉아 눈을 비비기 시작하여 칼레를 기쁘게 했다. 마침내 소년은 그곳에 낯선 사람들이 있음을 발견하고는 베고 있던 옷을 주섬주섬 걸쳤다. 펠레와 소년은 금세 좋은 친구가 되었다. 그러자 칼레는 다른 아이들도 함께 놀게 하자는 생각이 들었고, 그래서 두 소년과 함께 돌아다니며 여섯 아이 모두를 간지럼 태워 깨우기 시작했다. 마리아는 말렸지만 그리 단호한 것은 아니었다. 그녀는 "아이고, 이게 무슨 짓이람! 정말이지 내 이런 사람은 처음 봤어!"라고 하면서도 시종일관 웃으며 아이들이 옷 입는 것을 도와주었다. 그러더니 갑자기 이렇게 덧붙이며 구석에 있던 막내를 끄집어냈다.

"그렇다면 이 애도 빼놓으면 안 되죠."

"그럼 여덟이로구먼." 칼레가 손가락으로 무리를 가리키며 말했다.

"애들이 다 일어나니 방이 꽉 차죠? 보시다시피 알마와 알빌다는 쌍둥이라우. 알프레드와 알비누스도 쌍둥이인데, 그 애들은 크리스마스를 보내기 위해 다른 농장에 나가 있어요. 다음 여름에 견진성사*를 받고 나면 내 손을 떠나겠죠."

"그럼 첫째하고 둘째는 어디 갔나?" 라세가 물었다.

"안나는 북쪽으로 일을 나갔고, 알베르트는 방금 포경선을 타고 바

* 가톨릭이나 루터교에서 영적으로 어른이 되었음을 인정하는 의식.

다로 나갔어요. 인물이 좋은 놈이에요. 가을에 우리에게 제 사진을 보냈어요. 마리아, 사진 좀 보여 주구려.”

마리아는 천천히 사진을 찾기 시작했지만 찾을 수가 없었다.

“엄마, 어디 있는지 내가 알아요.”

어린 계집아이 하나가 말했다. 하지만 아무도 그 얘기를 귀담아 듣지 않자, 아이는 벤치에 기어 올라가서 선반 위에서 오래된 성경을 끄집어냈다. 사진은 그 속에 있었다.

“정말 인물이 좋구먼. 이 떡 벌어진 어깨 하며⋯⋯. 우리 가족 같지가 않아. 풍채를 보아하니 마리아네 가족을 닮은 모양이야.”

라세가 말했다.

“그 애는 콩스트루프의 씨예요.” 칼레가 낮은 목소리로 말했다.

“어, 그래?”

라세는 요한나 필의 이야기를 떠올리며 머뭇머뭇 말했다.

“마리아는 그 농장의 가정부로 있었는데, 콩스트루프가 다른 여자들에게 그랬던 것처럼 마리아에게 접근한 거예요. 나를 만나기 전의 일이니 어쩔 수 없지요.”

마리아는 두 사람을 번갈아 쳐다보며 의미 없는 미소를 지었지만 이마가 붉어졌다.

“그 아이의 몸에는 좋은 집안의 피가 흐르고 있다고요. 그 애는 남다른 머리를 가지고 있어요. 그리고 착해요. 비할 데 없이 착하죠.”

칼레가 감탄하며 말했다. 마리아는 천천히 남편에게 다가가서 그의 어깨에 팔을 기대고 아들의 사진을 보았다.

"참 괜찮은 아이야. 그렇지?"

칼레가 아내의 얼굴을 쓰다듬으며 말했다.

"옷도 참 잘 입었구먼!" 라세가 탄성을 질렀다.

"그래요. 하지만 그 애는 돈을 소중히 여기죠. 지 애비하고는 달라서 낭비가 없다고요. 그러면서도 집에 올 때는 아낌없이 10크로네씩 내놓곤 해요."

그때 안쪽 문에서 부스럭 소리가 났다. 몸집이 작고 주름이 자글자글한 늙은 여인이 어딘가에 얼굴이 부딪치지 않도록 손으로 가리고 발로 바닥을 더듬거리며 문지방을 기어 나오고 있었다.

"누가 죽었나?" 늙은 여인이 방을 향해 물었다.

"애들 할머니예요!" 칼레가 말했다.

"전 주무시는 줄 알았네요."

"잤지. 하지만 낯선 목소리가 들려서 말이지. 사람은 새로운 소식을 듣고 싶은 법이야. 이 교구*에서 초상이 났나?"

"아니에요. 죽은 사람 없어요. 사람들이 죽는 것보다 더 나은 일이 있지요. 여기에 문안을 드리러 온 사람들이 있어요. 그편이 훨씬 낫죠. 우리 장모님이에요." 칼레가 라세 쪽으로 몸을 돌리며 말했다.

"어떤 분인지 짐작할 수 있겠죠?"

“이리 오기만 해. 내가 장모 노릇을 톡톡히 할 테니! 그래, 우리 집에 온 걸 환영해요.”

노부인이 쾌활한 모습을 보이려 애쓰며 한 쪽 손을 내밀었다.

칼레가 자기 손을 뻗자 노부인이 말했다.

“내가 자넬 모를까 봐 그러나? 싱거운 사람 같으니라고.”

그녀는 부드러운 손가락으로 오랫동안 라세와 펠레의 손을 만지다가 놓아 주었다.

“내가 모르는 사람들이로구먼.” 노부인이 말했다.

“제 형인 라세와 조카예요. 스톤 농장에서 왔지요.”

칼레가 마침내 알려주었다.

“아이고, 정말인가? 설마! 그럼 이분들도 바다를 건너서 왔겠구먼! 그런데 이 늙은 몸뚱이는 여기서 혼자 처박혀 살고 있고, 게다가 시력까지 잃었지 뭐요.”

“하지만 장모님이 ‘혼자’는 아니시죠.” 칼레가 웃으며 말했다.

“여기 어른 두 명과 한 다스나 되는 애들이 하루 종일 장모님 주위에 있잖아요.”

“뭐라고 하건 자네 마음이네만, 내가 젊었을 때 함께했던 사람들은 이제 전부 죽었고, 내 눈으로 자라는 모습을 지켜봤던 사람들도 많이들 죽었다고. 한 주가 지나기가 무섭게 내가 아는 누군가 죽고 있는데 나는 아직까지 살아서 남들에게 짐만 되고 있잖나.”

칼레는 노부인의 방에서 안락의자를 가져와서 노부인을 앉혔다.

“그게 무슨 말도 안 되는 말씀이세요?”

그가 책망하는 투로 말했다.

“장모님이 무슨 짐이 되신다고!”

“무슨 짐이냐고? 맙소사! 나를 봉양하느라고 일 년에 20크로네나 들잖나.”

노부인은 함께 있는 사람들 모두에게 말했다. 그때 마리아가 커피를 내왔고, 칼레는 어른들 잔에 브랜디를 부었다.

“장모님, 건배!”

그가 노부인의 잔에 자기 잔을 부딪치며 말했다.

“열두 명을 위한 주전자가 끓는 곳에 잔 하나 더한다고 뭐 대수인가요? 장모님의 건강을 위하여! 그리고 오래오래 사세요! 말씀하신 것처럼 우리에게 부담을 팍팍 주실 때까지요.”

“그래, 나도 잘 알아. 잘 안다고.”

노부인이 안락의자에서 몸을 앞뒤로 흔들며 말했다.

“자네야 좋은 뜻으로 하는 말이지만, 살고 싶은 생각이 별로 없는 나로서는 남들 입에 들어갈 식량을 빼앗아야 하는 게 힘들다네. 소도 먹고, 고양이도 먹고, 아이들도 먹고, 모두들 먹어야 하는데, 불쌍한 자네들이 그걸 전부 어디서 구해 온단 말인가!”

“불쌍하다는 말은 머리가 없거나 둘 달린 사람한테나 하세요.”

칼레가 쾌활하게 말했다.

“땅은 얼마나 갖고 있지?” 라세가 물었다.

"5에이커요. 하지만 대부분 돌밭이에요."

"그럼 그걸로 소를 먹일 수 있나?"

"작년에는 상황이 정말 안 좋았어요. 지난겨울에는 바깥채 지붕을 뜯어서 먹이로 사용해야 했죠. 그래서 좀 고생한 게 사실이에요. 하지만 형님, 비온 뒤에 땅이 굳는 법이 아니겠수."

칼레가 웃었다.

"그리고 제 앞가림을 할 수 있는 아이들이 점점 늘어나겠죠."

"다 자란 아이들이 좀 도와주지 않나?" 라세가 물었다.

"어떻게 그럴 수 있겠어요? 젊었을 때는 자기가 가진 걸 이용해야지요. 애들은 한창때 즐겨야 해요. 아이일 때는 즐길 일이 많지 않고, 일단 결혼해서 안정되면 생각해야 할 다른 일이 있으니 말이에요. 알베르트는 가끔 집에 들르러 오는 것만으로도 충분해요. 그 애가 마지막으로 왔을 때, 우리에게 10크로네를 주고 아이들에게 1크로네씩 주었죠. 하지만 그 애들이 나가 있을 때는, 아는 사람들 앞에서 쩨쩨해 보이지 않으려면 돈이 얼마나 드는지 알잖아요. 안나는 가진 돈을 모두 옷에 쏟아 부을 수 있는 아이에요. 그럭저럭 지내 보려는 마음은 있는데 수중엔 땡전 한 푼 없고, 늘 뭔가를 사들이는데도 항상 몸에 걸칠 게 없나 봐요."

"그 애는 정말 별난 애예요. 대충 걸치는 법이 없다니까요."

마리아가 말했다.

테이블에 둘러앉을 공간을 마련하기 위해 접이식 침대 틀을 접고, 오래된 카드 패를 펼쳤다. 너무 작아서 카드를 쥐기도 힘든 제일 어린 두 명만 빼고 모두들 카드놀이를 했다. 사실 칼레는 그 애들도 끼게 하고 싶었지만, 도저히 불가능했다. 그들은 '베거 마이 네이버 게임'*과 '블랙 피터 게임'**을 했다. 할머니의 카드는 소리 내어 읽어 줘야 했다.

그 와중에도 어른들 사이에는 대화가 계속되었다.

"스톤 농장에서 일하기가 어때요?" 칼레가 물었다.

"농장주는 자주 못 봐. 거의 밖에 나가 있거나, 밤을 새고 들어와서 잠을 자고 있거든. 하지만 다른 면에서는 괜찮은 사람 같아. 사람들을 제대로 먹여 주는 곳이야."

"음식이 더 형편없는 곳도 있긴 하죠. 하지만 그런 곳이 많지는 않아요. 대개는 거기보다 분명히 낫죠."

"정말인가?" 라세가 놀라서 물었다.

"난 음식이라면 불평할 생각이 없네만, 우리 둘이 하기에는 일감이 너무 많아. 그리고 노상 들려오는 여자 울음소리를 듣는 것도 끔찍하고 말이야. 혹시 주인이 안주인을 학대하는 게 아닌가 했지만 사람들이 그건 아니라더군."

"그러지는 않을 거예요." 칼레가 말했다.

"설사 그러고 싶다 해도 말이에요. 사실 그자가 손찌검을 한다 해도

충분히 이해할 만한 일이죠. 하지만 그렇게는 하지 않을 거예요. 마누라를 두려워하니까요. 그 여자는 귀신이 씌었거든요.”

“밤에 늑대인간이 된다고 하더구먼.”

어딘가에서 귀신이 튀어나올까 봐 두려운 사람처럼 라세가 말했다.

“불쌍한 여자예요. 마음고생이 심하죠.” 마리아가 말했다.

“모든 여자들이 그게 무슨 뜻인지 조금은 알 거예요. 그리고 농장주가 아내를 때리지는 않을지 몰라도 잘해 주지는 않죠. 아마 다른 무엇보다 남편이 바람피우는 것 때문에 신경을 쓸 거예요.”

“여자들이란 늘 자기들 편을 들지. 하지만 남들도 눈이 있을 거야. 장모님은 어떻게 생각하세요? 누구보다 잘 아실 거 아니에요.”

칼레가 말했다.

“나도 거기에 대해 아는 게 좀 있지.” 노부인이 말했다.

“난 콩스트루프가 이 섬에 왔을 때를 바로 어제 일처럼 똑똑히 기억한다네. 그자는 가진 거라곤 달랑 자기가 입은 옷뿐인 가난뱅이였지. 그래도 인물이 훤한 신사였고, 코펜하겐에 살던 사람이었어.”

“뭘 바라고 여기에 온 걸까요?” 라세가 물었다.

“뭘 바라냐고? 돈 많은 젊은 여자를 찾아온 거겠지. 그자는 총을 가지고 이곳 황야를 돌아다녔지만, 그자가 쫓은 건 여우가 아니었어. 그 여자도 황야를 바보처럼 헤매고 다녔지. 집에 얌전히 있으면서 죽 끓이는 법이나 배우는 대신, 황야의 풍경에 감탄하며 꼭 선머슴처럼 행동했더란 말이야. 그 여자는 외동딸이었고 원하는 건 뭐든 할 수 있도록 오냐오냐 자랐지. 그때 도시에서 온 멋진 젊은이를 만났고, 두 사람은 친구가 되었어. 그자는 목사나 신부나 아무튼 그런 종류의 사람처럼 보였어. 그러니 그 멍청한 여자가 자신이 무슨 짓을 하고 있는지 몰랐대도 이상할 게 없지.”

“그렇죠. 몰랐겠죠!”

“그 집안 여자들한테는 늘 뭔가 잘못된 게 있었어.”

노부인은 말을 이었다.

“사람들이 말하기를 그 집안 여자들 가운데 한 명이 악마에게 홀렸고, 그때부터 악마가 그 집안 여자들을 자기 것으로 여기고 달이 기울 때마다 여자들이 원하건 원치 않건 괴롭힌다는 거야. 하지만 악마가 그 순수한 여자에게는 영향력을 행사할 수 없었지. 그런데 그 두 사람이 서로 알게 된 후부터 그 여자에게도 모든 것이 잘못되어 갔어. 콩스트루프는 그걸 눈치 채고 도망쳤어야 했지만, 스톤 농장의 예전 농장주가 딸을 아내로 맞으라고 총으로 위협했지. 그 사람은 사나운 늙은 개였어. 누가 자기를 쳐다본다고 그 자리에서 쏴버리는 사람이었지. 그리고 철저한 농부였어. 집에서 뜬 옷을 입고, 해가 떠서 질 때까지 일하는 것을 두려워하지 않았지. 그때는 지금 같지 않았어. 빚이며 술이며 카드놀이며 이런 건 없었다고. 그래서 그때는 사람들이 수중에 가진 게 좀 있었지.”

“요즘은 사람들이 옥수수가 아직 서 있는데 타작을 하고, 태어나기도 전에 송아지를 팔잖아요. 그런데 장모님, 장모님이 블랙 피터예요!”

칼레가 말했다.

"계속 혀를 놀리게 해서 자기 패를 못 보게 해놓고 이렇게 나타나다니!" 노부인이 말했다.

"할머니 얼굴을 까맣게 해야 돼!" 아이들이 소리쳤다.

노부인은 방금 씻었으니 한 번만 봐달라고 사정을 했지만, 아이들은 난로에서 코르크에 숯 검댕을 묻혀 할머니를 에워쌌다. 결국 노부인의 코 밑에 검은색 줄이 생겼다. 어른 아이 할 것 없이 모두들 웃었고, 노부인도 함께 웃으며 자기 얼굴을 볼 수 없어서 다행이라고 말했다.

"손해가 있으면 득도 있는 법이지." 노부인이 말했다.

"하지만 죽기 전에 단 5분만이라도 다시 볼 수 있다면 좋겠어. 모든 것을 한 번 더 볼 수 있다면 정말 좋을 텐데. 칼레가 말했던 것처럼, 나무도 그렇고 모든 게 많이 자랐겠지. 이 나라가 전부 변했을 거야. 게다가 난 어린 손자들은 전혀 보지도 못했으니."

"사람들이 그러는데 코펜하겐에 가면 눈을 고칠 수 있다더군요." 칼레가 라세에게 말했다.

"돈어 많이 들 텐데, 그렇지?" 라세가 물었다.

"적어도 100크로네는 들 거야." 할머니가 말했다.

칼레는 생각에 잠긴 듯 보였다.

"쓸 만한 물건을 죄다 팔까? 설마 100크로네도 안 나오지는 않겠지. 그럼 장모님도 다시 앞을 볼 수 있을 텐데."

"이런 맙소사!" 노부인이 탄성을 질렀다.

"차라리 집을 팔지 그러나! 정신 나갔구먼! 나처럼 한 쪽 발을 무덤에 들여놓은 늙고 병든 물건한테 큰돈을 던져 버리겠다니! 나는 더 이상 바랄 게 없네! 행여나 내가 말년에 그런 불행을 일으키지 않도록 신께 기도하게!" 노부인의 눈에 눈물이 고였다.

그때 마리아가 고기 국물 단지와 커다란 호밀 빵 한 덩이를 식탁에 차렸다.

"이건 거위예요."

칼레가 이렇게 말하며 즐겁게 칼을 빵 덩어리에 찔러 넣었다.

"이건 시작에 불과해요. 이 속에 자두가 들어 있죠. 그리고 이건 거위 비계예요. 많이 들어요!"

식사를 마친 후 라세와 펠레가 집에 가야겠다며 목에 손수건을 묶기 시작했지만, 그들은 아직 두 사람을 보내고 싶지 않았다. 그들은 계속해서 얘기했고, 칼레는 라세와 펠레를 조금 더 붙잡아 두려고 농담을 해댔다.

그때 갑자기 칼레가 판사처럼 심각해졌다. 밖에 있는 조그만 통로에서 낮은 울음소리가 들리더니 누군가 문손잡이를 잡았다가 다시 놓았던 것이다.

"이런, 유령인가 보네!"

칼레가 소리치며 겁먹은 얼굴로 사람들의 얼굴을 하나하나 쳐다보았다.

울음소리가 다시 들리기 시작하자 두 손을 모아 움켜쥐고 있던 마리아가 소리쳤다.

"어머나, 안나 목소리예요!"

재빨리 문을 열자 안나가 울면서 들어왔다. 사방에서 놀란 사람들이 질문 공세를 펼쳤지만, 아이는 아무 대답 없이 흐느낄 뿐이었다.

"휴가를 받아서 크리스마스 때 우리를 보러 온 모양이로구나. 그리고 울면서 집에 온 거야! 참 대단한 아이야!" 칼레가 웃으며 말했다.

"여보, 안나에게 젖병이라도 물려 줘야겠는데."

"농장에서 쫓겨났어요."

마침내 소녀가 흐느끼는 중간 중간 말을 꺼냈다.

"아니, 그럴 리가! 하지만 무엇 때문이냐? 도둑질을 했니? 아니면 건방지게 굴었어?" 칼레가 말투를 바꿔 소리쳤다.

"아니요. 주인이 내가 자기 아들이랑 너무 가깝게 지낸다는 거예요."

순식간에 마리아의 눈길이 소녀의 얼굴에서 몸으로 옮겨갔다. 그리고 마리아 역시 울음을 터뜨렸다.

칼레는 아무것도 발견할 수 없었지만, 아내의 행동을 보고 상황을 짐작할 수 있었다.

"맙소사! 그렇게 된 거냐?"

칼레가 조용히 말했다. 인상 좋은 얼굴에 여러 가지 표정이 교차하자, 그 땅딸한 남자는 마치 덩치 큰 어린아이처럼 보였다. 그러나 마침내 미소가 다시 승리했다.

"자, 자. 그게 다 재산이라고!" 그가 웃으면서 큰 소리로 말했다.

"착한 애들은 자라서 능력이 생기면 부모들의 어깨에서 짐을 덜어 주지 않아? 안나야, 물건들을 내려놓고 앉아라. 배고프겠구나. 그렇지? 정말 때도 기가 막히게 맞췄구나. 어차피 우리도 산파를 불러야 하니까 말이야!"

라세와 펠레는 그곳에 있는 모든 사람들에게 작별을 고하고 눈 밑까지 목도리를 싸맸다. 칼레는 안절부절 두 사람의 주위를 빙빙 돌았다.

"조만간 꼭 다시 들러 줘요. 와줘서 고마워요, 형님!"

칼레가 문밖에서 갑자기 이렇게 말하더니 즐겁게 웃었다.

"굉장한 일이에요. 어쨌든 농장주의 사돈이 된 거잖아요! 이런! 이제 헤어질 시간이로군요!"

칼레는 따라 나와서 끊임없이 입을 놀리며 두 사람이 가는 길을 배웅했다. 이것이 라세를 구슬프게 했다.

펠레는 안나에게 벌어진 일을 사람들이 큰 치욕으로 받아들인다는 것을 잘 알고 있었고, 칼레 아저씨가 어떻게 그렇게 행복해 보일 수 있는지 이해할 수 없었다.

돌밭 사이를 더듬더듬 걸어가는 동안 라세가 말했다.

"정말 칼레는 여전하네! 칼레는 울 일이 있어도 웃는 녀석이지."

그렇게 그들은 집으로 향했다.

손가락을 잃은 올레

얼마 후 칼레는 10크로네를 빌리러 와서 라세와 펠레를 다음 일요일에 있을 세례식 파티에 초대했다. 라세는 사무실로 올라가서 어렵사리 돈을 구했지만, 안타깝게도 초대에 대해서는 '고맙지만, 안 되겠네'라고 대답해야 했다. 그들이 또 다시 외출을 한다는 것은 불가능했다. 얼마 전에 작업반장이 달아났기 때문이었다. 그는 커다란 궤짝을 가지고 한밤중에 사라졌다. 하지만 그 방에 있던 다른 사람들은 아무것도 못 봤다고 진지하게 맹세했고, 농장감독은 약이 바짝 올랐지만 수수께끼를 풀려는 시도를 포기해야 했다.

가끔씩 이렇게 생각지도 않은 사건이 터지면 하루 이틀 정도는 심심치 않았지만, 그런 예외적인 때가 아니고선 겨울을 나는 것이 힘들었다. 24시간 가운데 절반 이상을 어둠이 지배했고, 구석진 곳에는 하루 종일 햇빛이 거의 들지 않았다. 안락한 외양간에 있을 때가 아니면 추

위 역시 견디기 힘들었다. 외양간 안에는 늘 온기가 있었고, 펠레는 그
곳에서라면 캄캄할 때 돌아다녀도 무섭지 않았다. 하인 식당에서는 사
람들이 긴긴 밤 동안 몰두할 것이 없어서 얼굴만 찌푸리고 앉아 있었
다. 그들은 여자들에게도 별로 관심을 두지 않고, 앉아서 술 내기 카드
놀이를 하거나 무서운 이야기를 했다. 그런 얘기를 듣고 나면, 잠자리
에 들기 위해 뜰을 가로질러 외양간으로 달려가는 것도 대단한 모험이
되었다.

작업반장이 도망간 후 페르 올센이 새로운 작업반장이 되었다. 라세
와 펠레는 내심 기뻤다. 그들이 누군가에게 시달림을 당하면 그가 자기
들 편을 들어 주었기 때문이었다. 페르 올센은 모든 면에서 반듯한 사
람이었다. 어지간하면 술도 거의 입에 대지 않았고, 복장도 늘 단정했
다. 어찌 보면 그는 지나치게 조용한 편이었다. 심지어 오래전부터 농
장에서 일해 온 노동자들과 그들의 아내에게도 거의 말을 걸지 않았다.

겨울의 대부분 동안 펠레는 탈곡기를 돌리기 위해 말을 몰았다. 말
을 이끌고 종종걸음으로 돌다 보면 나막신은 온통 눈과 퇴비가 뒤섞인
진창 범벅이 되었다. 그것은 살아오면서 펠레에게 주어진 가장 참을 수
없는 임무였다. 추위로 손가락이 곱아서 칼로 조각을 할 수 없는 데다
너무 외로웠다. 소를 돌볼 때는 남에게 구속받지 않았고, 오만 가지 것
들이 자신의 관심을 끌었다. 하지만 이제 펠레는 앞에 있는 가로대를
붙잡고 계속해서 돌고 또 돌아야 했다. 유일한 기분 전환은 몇 바퀴를
돌았는지 세는 것뿐이었다. 하지만 그것 역시 지루한 일이었고, 그냥

아무 생각 없이 돌 때보다 사람을 더 멍청하게 만들었다. 하지만 일단 세기 시작하면 멈출 수 없었다. 시간 속에 흥미로운 것은 아무것도 없었고, 짧은 하루는 끝없이 길게 느껴졌다.

펠레는 보통 아침에 기분 좋게 깨어나곤 했지만 이제는 깨어날 때마다 만사가 지겨웠다. 이제 또 가로대를 붙잡고 끝없이 돌고 돌아야 하는 것이다. 어느 정도 시간이 흐르자, 한 시간 가량 그 짓을 하고 나면 반쯤 잠든 상태에 빠졌다. 그런 상태는 저절로 찾아왔고, 펠레는 그런 상태가 되기를 고대했다. 그것은 아무 바라는 것도 없고 무엇에도 흥미가 없이 그저 가로대 뒤에서 기계적으로 비틀비틀 걸어가는 일종의 비몽사몽 상태였다.

기계의 끊임없는 윙윙거림도 그런 상태를 유지하는 데 도움을 주었다. 창에서 계속 먼지가 쏟아져 나왔고 언제 지나갔는지 모르게 시간이 지나갔다. 대체로 저녁때가 되어서야 깜짝 놀라 정신이 들곤 했고, 어떤 때는 말들에게 방금 마구를 채운 것 같은데 누군가 자신이 들어오는 것을 도우러 나오기도 했다. 펠레는 무감각 상태에 도달했는데, 그것은 사형수에게 삶이 허락할 수 있는 유일한 자비였고 기계 옆에서 일생을 보내야 하는 이에게도 마찬가지였다. 그런 졸린 증상은 일할 때뿐 아니라 자유 시간에도 이어졌다. 펠레는 별로 활발하지 않았고, 매사에 호기심을 느끼지도 않았다. 라세는 아들의 끝없는 질문과 아들이 만든 조그만 기구들이 그리웠다.

가끔씩 창문에서 검고 번들번들한 얼굴이 나타나 말을 일정한 속도로 몰지 않는다고 욕을 하면 졸음 상태에서 잠시 깨어나기도 했다. 그 때 키다리 올레가 페르 올센을 대신하여 기계에 곡식을 집어넣는 일을 맡았다는 것을 알았다. 또 가끔은 채찍 끈이 기계 축에 붙어서 감기는 바람에 기계가 동작을 멈추고 거꾸로 끌려갈 때도 있었다. 그런 날은 다시 졸음이 오지 않았다.

3월이 되자 종달새가 나타나서 작은 활기를 불어넣어 주었다. 움푹 팬 땅에는 여전히 눈이 남아 있었지만, 종달새의 노랫소리는 펠레에게 여름날의 따스함과 풀을 뜯는 소 떼들을 생각나게 했다. 하루는 말을 몰고 빙글빙글 돌다가 저택 지붕 위에서 즐겁게 지저귀며 부리로 깃털 을 다듬고 있는 찌르레기를 보고 잠이 확 달아났다. 그날 태양은 밝게 빛났고 공기에서는 모든 무거움이 사라졌다. 그러나 저 아래에 보이는 바다는 여전히 흐릿한 회색이었다.

펠레는 다시 살아나기 시작했다. 때는 바야흐로 봄이었고, 게다가 며칠 뒤면 탈곡도 끝날 것이었다. 그리고 무엇보다 중요한 것은 바로 조끼 주머니였다. 그 주머니는 제 주인에게 생기를 불어넣어 주기에 충 분했다. 펠레는 가로대를 붙잡고 뛰다시피 돌았다. 이제 탈곡기를 빨 리 돌려야 했다. 봄이 한창이어서 다른 사람들은 벌써 쟁기질을 시작 했다. 손을 가슴에 대고 누르자, 그 속에 들어 있는 종이를 확실하게 느 낄 수 있었다. 아직 거기에 있겠지? 열어서 종이를 확인하는 것은 적절 하지 않을 것이다. 손으로 압박해서 확인해야 했다.

펠레는 50외레의 주인이 되었던 것이다. 정말로 온전한 50외레 한

장이었다. 2외레나 1외레 이상의 돈을 가져 본 것은 처음이었다. 게다가 그 돈은 순전히 자신이 머리를 써서 번 돈이었다.

어느 일요일이었다. 남자들은 채석장에서 찾아온 인부 몇 명과 함께 있었는데, 그중에 한 명이 펠레를 시켜 술안주로 '자작나무타작'을 사 오게 하자는 생각을 해냈다. 펠레는 그것을 사러 마을 상점으로 뛰어가게 되었는데, 그들은 반 크로네를 쥐어 주며 일요일이니까 뒷길로 다녀오라고 당부했다. 펠레는 크리스마스 때의 경험을 잊지 않고 있었기 때문에 남자들의 얼굴을 관찰했다. 그들은 최대한 자연스럽게 보이려 애쓰며 분주히 뭔가를 하고 있었다. 펠레에게 돈을 준 구스타우는 계속 얼굴을 돌리고 뜰 밖을 내다보았다.

펠레가 '자작나무타작'을 입에 올렸을 때, 상점 주인의 아내는 웃음을 터뜨렸다.

"너 정말 왜 그렇게 맹하니? 손잡이돌리개를 가지러 갔던 것도 너 아니니? 그럼 교훈을 얻었어야지, 안 그래?"

그녀가 딱하다는 듯 말했다. 펠레는 얼굴이 빨갛게 달아올랐다.

"사람들이 나를 골려먹는 거라고 짐작은 했지만, 차마 거절할 수 없었어요." 펠레가 낮은 목소리로 말했다.

"하긴. 인간은 누구나 바보 역할을 해야 할 때가 있지. 실제로 바보건 그렇지 않건 말이야."

"그럼 자작나무타작은 뭐죠?"

"이런, 맙소사! 너도 여러 번 봤을 거다, 이 꼬마야! 이 이름 모를 물건한테 여러 차례 당했을걸?"

이제야 이해가 되기 시작했다.

"그럼 혹시 자작나무 회초리로 때린다는 뜻인가요?"

"그것 봐, 내가 알고 있을 거라고 그랬지?"

"아뇨, 저는 채찍으로만 맞아 봤어요. 종아리에요."

"상관없어. 그게 그거니까. 이제 내가 그 사람들에게 가져갈 물건을 싸는 동안, 넌 여기 앉아서 커피를 마시고 있어라."

그녀는 갈색 설탕과 함께 커피 잔을 펠레에게 밀어 주고는, 물렁물렁한 비누를 국자로 퍼서 종이 위에 올리기 시작했다.

"여기 있어. 그 사람들에게 가져다 줘. 최고의 자작나무타작이니까. 그리고 그 돈은 네가 가지면 돼."

펠레는 그렇게 할 용기가 없었다.

"그래 좋아. 그럼 내가 네 대신 돈을 보관해 줄게. 그 사람들이 우리 두 사람 모두를 골려 먹지는 못할 거야. 그럼 넌 이 돈을 가질 수 있어. 하지만 지금은 뻔뻔한 얼굴을 해야 해."

펠레는 뻔뻔한 얼굴을 했다. 하지만 무척 긴장되었다. 남자들은 반 크로네를 날려 버렸다고 욕을 하며, 펠레에게 '하늘 아래 최고의 멍청이'라고 불렀다. 하지만 펠레는 자신이 멍청해서 속은 게 아님을 알기 때문에 내심 흐뭇했다. 이제 반 크로네는 나의 것이다!

펠레는 그 돈이 닳아 없어질까 조심하며 하루에도 수백 번씩 그 감촉을 느꼈다. 마침내 소유하고 있어도 그 빛을 잃지 않는 것이 생겼다.

라세를 위해, 그리고 펠레 자신을 위해, 그 돈으로 산 것들은 끝이 없었다. 비록 상상 속에서지만 펠레는 그 돈으로 가장 귀중한 것들을 샀고, 물건 하나를 살 때 충분히 시간을 들였다가 그것을 소유함으로써 만족감을 느끼면 다른 뭔가를 사는 일에 착수했다. 그러면서도 돈을 계속 갖고 있었다. 때로는 별안간 그 돈이 사라져 버린 것 같은 바보 같은 두려움에 사로잡히기도 했다. 그러고 나서 돈을 만지면, 행복이 더욱 커졌다.

펠레는 갑자기 자본가가 되었다. 그것도 자기가 머리를 써서 말이다. 펠레는 자기 자본을 최대한 활용했다. 소년은 이미 자신이 알고 있는 온갖 멋진 물건들을 얻었고, 그러면서도 그 돈은 수중에 갖고 있었다. 그리고 점차 새로운 것들이 자신의 세계에 등장함에 따라, 그것들을 살 수 있는 권리를 확보했다. 라세는 펠레의 재산을 알고 있는 유일한 사람이었고, 내키지는 않지만 아들이 허무맹랑한 공상 속으로 빠져들도록 내버려 두었다.

펠레는 탈곡기에 뭔가 이상이 있다는 것을 소리로 알아차렸다. 말조차 소리를 듣고 누군가 멈추라고 소리치기도 전에 스스로 걸음을 멈추었다. 그리고 외치는 소리가 잇달아서 터져 나왔다.

"멈춰! 앞으로 가! 멈춰! 다시 한 번! 멈춰! 당겨!"

펠레는 가로대를 잠시 뒤로 당겼다가 다시 앞으로 몰아서 기계가 윙 소리를 내며 움직일 때까지 계속 당겼다. 그때 펠레는 페르 올센이 곡물을 저울에 다는 일을 하고 있어서 키다리 올레가 기계에 낟가리를 집어넣고 있었다는 것을 알았다. 올레는 이 일이 서툴렀다.

모든 것은 다시 순조롭게 돌아가기 시작했고, 펠레는 계속 외양간을 바라보고 있었다. 라세가 그곳에 나타나서 자신의 배를 두드려 보이면 이제 점심때가 다 되었음을 뜻했다.

그런데 갑자기 뭔가에 걸려 가로대가 멈추었고, 다시 움직이게 하기 위해 말이 힘주어 당겨야 했다. 힘껏 잡아당기자 그 보이지 않는 방해물이 사라졌다. 대신 탈곡 중이던 헛간 안에서 비명소리가 터졌다. 여러 외침 소리가 들렸다.

"그만!"

말이 멈추었고, 펠레는 가로대가 앞으로 흔들리며 말의 다리를 밀고 나가지 않도록 가로대를 꼭 움켜쥐어야 했다. 그리고 얼마간의 시간이 흐른 뒤 누군가 나와서 말을 데려간 후에야, 펠레는 헛간으로 들어가서 무슨 일인지 볼 수 있었다.

펠레는 키다리 올레가 한쪽 손을 쥐고 몸부림치며 어쩔 줄 모르고 있는 것을 발견했다. 그는 셔츠로 손을 감고 있었지만, 피가 배어 나와 헛간 바닥에 뚝뚝 떨어지고 있었다. 키다리 올레는 횡설수설하면서 몸을 앞으로 숙인 채 갈지자로 비틀거리고 있었다. 겁에 질려 창백해진 여자들이 그를 보며 서 있었고, 남자들은 피를 멈추게 하기 위해 어떻게 해야 할지를 놓고 왈가왈부하고 있었다. 그중 한 명이 다락에서 거미집을 한 움큼 들고 미끄러져 내려왔다.

펠레는 기계로 가서 그것이 그토록 게걸스럽게 먹어치운 것이 무엇인지 찾기 위해 속을 들여다보았다. 두 개의 톱니 사이에 막대기처럼 생긴 것이 있었다. 펠레가 굴림대를 움직이자, 손가락 하나가 헛간 바닥으로 떨어졌다. 펠레는 왕겨 사이에서 그것을 집어서 다른 사람들에게 가져갔다. 그것은 엄지손가락이었다! 키다리 올레는 그것을 보고 기절하고 말았다. 자신이 영영 불구가 되었음을 알게 되었으니 기절하는 것도 당연했다. 하지만 페르 올센은 운 좋게 그 순간 기계에서 벗어나 있었음을 인정해야 했다.

그날은 더 이상 탈곡이 없었다. 오후에 펠레는 할 일이 없었기 때문에 외양간에서 놀았다. 그러면서 아버지에게 자신의 미래 계획을 이야기했고, 두 사람은 그 계획에 몰두했다.

"그럼 우리 미국으로 가서 금을 캐요!"

"그래, 나쁜 생각은 아니구나. 하지만 그 여비가 반 크로네로는 어림도 없을 거다."

"그럼 채석공 일을 시작하는 건 어때요?"

라세는 여전히 여물 주는 통로 한가운데 서서 머리를 숙인 채 생각에 잠겼다. 자신들의 처지가 정말이지 처량했다. 두 사람이 힘들게 일해서 일 년에 겨우 100크로네를 벌었고, 그것으로는 수지가 맞지 않았다. 게다가 자유도 없었다. 사실상 노예나 다름없었다. 라세 자신으로 말할 것 같으면, 그저 모든 것이 불만족스럽고 실망스러울 뿐이었다. 라세는 너무 늙었다. 새로운 길을 찾는 것만 해도 너무 힘든 일이었고, 모든 것이 너무도 가망 없이 보였다. 하지만 펠레는 가만히 있지 못하고 뭔가 불만스러울 때마다 계획을 세웠다. 그중에는 황당한 계획도 있었고 제법 그럴듯한 것들도 있었다. 그래서 노인은 그런 계획에 넋을 잃곤 했다.

"우리는 읍내로 가서 일할 수도 있어." 라세가 궁리하며 말했다.

"거기서는 사람들이 번쩍번쩍한 크로네를 벌어들이지. 하지만 너는 어떻게 하냐? 넌 도구를 다루기에는 너무 어려."

이 엄연한 사실이 잠시 펠레의 계획에 제동을 걸었다. 하지만 이내 용기가 다시 솟아났다.

"아빠와 읍내에 갈 수 있어요. 왜냐하면……."

펠레가 의미심장하게 고개를 끄덕였다.

"뭔데?" 라세가 잔뜩 기대에 부풀어 물었다.

"항구에 내려가 있을 때 예쁜 소녀가 물에 빠져서 내가 구하는 거예요. 그런데 그 소녀는 어느 신사의 딸이라라서……."

펠레는 나머지는 라세의 상상에 맡겼다.

"그러려면 먼저 수영을 배워야겠구나." 라세가 진지하게 말했다.

"아니면 익사하고 말 테니까."

그때 남자 침실에서 비명 소리가 들렸다. 키다리 올레였다. 의사가 와서 잘린 손을 들여다보는 중이었다.

"뛰어가서 무슨 일인지 보고 오너라! 몸을 웅크리고 있으면 아무도 너에게 관심을 기울이지 않을 거야." 라세가 말했다.

잠시 후 돌아온 펠레는 세 개의 손가락이 부러져 너덜거리고 있어서 의사가 손가락을 잘라 냈다고 말했다.

"이 세 손가락이니?"

라세가 엄지와 검지, 중지를 들어 보이며 걱정스럽게 물었다. 사실 펠레는 아무것도 보지 못했지만 상상력이 펠레의 이성을 지배했다.

"네, 맹세하는 손가락이었어요." 펠레는 단호히 말했다.

"정말로 기막힌 일이로구나!"

라세가 깊은 한숨을 쉬며 말했다. 펠레의 의견도 그랬다.

농장주가 직접 의사를 마차로 데려다 주러 갔고, 그가 가고 조금 있다가 펠레는 마을 상점으로 여주인의 심부름을 갔다.

루드와의 거래

펠레에게는 아무것도 문제 될 게 없었다. 한 가지에서 좌절하더라도 두 가지에서 용기를 회복했다. 펠레는 굴복을 모르는 아이였다. 그리고 아이답게 용서의 능력도 충분히 갖고 있었다. 그렇지 않았다면 라세를 제외한 모든 어른들을 증오하게 되었을 것이다. 물론 실망한 것만은 분명했다.

낡들에게 들은 얘기를 토대로 아이다운 주체할 수 없는 상상력을 키워 온 소년과 한때 이곳에 와보았던 노인 중 누가 더 많은 것을 기대했을지는 알 수 없다. 그러나 펠레는 자신의 삶을 흥미로 채울 수 있었다. 그리고 매사에 열심히 몰두했기 때문에 실망을 느끼기가 무섭게 지나가 버렸다. 펠레의 세계는 초감각적이어서 몇 분 만에 작은 씨앗이 쑥쑥 자라서 모든 것들 위에 그늘을 만드는 커다란 나무가 되었다. 그곳에서 원인은 결코 결과에 대한 답이 아니었다. 그 세계는 다른 중력의

법칙의 지배를 받아, 어려운 상황들이 좌절을 주기는커녕 오히려 펠레를 지탱해 주었다.

아무리 힘든 현실이 펠레를 압박해도, 펠레는 항상 곤란한 상황에서 벗어나서 어떤 식으로든 더 여유로워졌다. 그리고 아버지 라세가 뒤에서 든든하게 버티고 있는 한 어떤 위험도 위협적인 것이 될 수 없었다. 그러나 라세는 결정적인 순간에 여러 번 펠레를 실망시켰고, 아버지를 앞세워 누군가를 위협하려 할 때마다 라세는 그저 웃어넘길 뿐이었다. 노인의 전지전능함은 점점 심해지는 노쇠함과 공존할 수 없었다. 소년의 눈앞에서 그런 전지전능함은 하루가 다르게 맥없이 무너져 갔다.

내키지는 않았지만, 펠레는 이제 자신의 신을 보내고 스스로를 지킬 수단을 찾아야 했다. 조금 이른 감이 있지만, 펠레는 자기 나름의 방식으로 상황을 바라보았다. 불신을 알게 된 지 오래였고, 이제 소심함까지 생겼다. 펠레는 날마다 사람들이 말하는 것을 꿰뚫어 보려고 어설픈 시도를 했다.

모든 것의 뒤에는 항상 다른 뭔가가 있었다. 그런 시도는 종종 혼돈을 일으켰지만, 가끔은 결과가 좋을 때도 있었다. 사람들의 분노가 수그러들면 매질을 피할 수 있을 때도 있었다. 어떤 매질에 대해서는 최대한 눈물을 뚝뚝 흘리는 것이 최선의 대응책이었다. 대개의 사람들은 눈물을 흘리면 매질을 멈추었다. 하지만 농장감독은 엉엉 우는 것을 참지 못했다. 그러니까 그에게는 이를 악물고 강하게 행동하는 것이 상책이었다. 사람들은 진실을 말해야 한다고들 하지만, 선의의 거짓말을 꾸며 댐으로써 대부분의 매질은 피할 수 있었다. 물론 그 거짓말의 의도가 좋고 표정 관리를 잘한다면 말이다. 진실을 말하면 사람들은 즉시 회초리를 들 것이다.

매질과 관련해서, 문제는 객관적인 측면뿐 아니라 주관적인 측면을 갖는다. 루드야 원하면 언제든 때릴 수 있었지만, 덩치가 큰 소년들의 경우는 지난번에 아버지를 조롱했을 때처럼 정당한 이유가 있어야 했다. 그러면 하늘이 도와주었다. 그런 경우 펠레는 전지전능한 신을 제쳐 두고 오히려 자신이 늙은 아버지의 보호자가 된 느낌이었다.

라세와 펠레는 평생 동안 손을 잡고 걸어 왔지만 이제 각자의 길을 가고 있었다. 라세도 그것을 느꼈다.

"우린 서로 말이 통하지 않아."

그리고 서로의 차이가 너무 크게 느껴질 때면 라세는 의기소침해져서 이렇게 혼잣말을 하곤 했다.

"펠레는 뜨는 해지!"

이것은 다른 사람들에게 더욱 분명하게 보였다. 결국 사람들은 펠레를 좋아할 수밖에 없었다. 남자들은 펠레에게 가끔 물건을 주었고, 여자들은 무조건 친절하게 대했다. 펠레는 인생에서 가장 아름답게 꽃피는 청춘이었다. 사람들은 펠레가 지나가면 종종 무릎에 앉히고는 뽀뽀를 하곤 했다.

지난번에 이 섬에 왔을 때는 라세가 꽤 인기가 좋았다.

"라세는 어디 있지?"

진을 돌려 마시거나 장난을 칠 때, 또는 시위를 할 때면 늘 이렇게들 말하곤 했다.

"라세 칼손을 불러!"

그는 굳이 나설 필요가 없었고, 그 자리에 있는 건 당연한 일이었다. 하지만 지금은 어떤가! 그렇다. 지금은 남들을 위해 술심부름을 해주고 휴일에 남들 대신 일을 해주고도 아무런 보답도 받지 못할 판이었다.

"라세! 라세는 어디 있지? 오늘 저녁에 나 대신 말들에게 먹이 좀 줄래요?"

"내일 아침에 내 대신 여물을 썰어 줄 수 있어요?"

그때와 지금 사이에는 큰 차이가 있었고, 라세는 스스로 그 이유를 발견했다. 그는 이제 늙어 가고 있는 것이다. 그러한 발견은 점점 더 사실로 입증되었고, 그것이 라세를 더욱 나약하게 했다. 그리고 몸과 마음에 그나마 남아 있던 긴장감마저 앗아 갔다.

무엇보다 심한 충격은 자신이 더 이상 여자들에게 중요한 존재가 아니며, 여자들이 자신을 전혀 남자로 생각하지 않는다는 것을 발견할 때였다. 라세의 세계에서 '남자'라는 말만큼 무게를 지닌 단어는 없었다. 그리고 어떤 사람이 남자인지 아닌지를 결정하는 것은 결국 여자들이었다. 라세는 남자가 아니었고, 따라서 더 이상 위압적인 존재가 아니었다. 그는 한 남자의 초라한 잔재이며, 지나간 영광의 우스꽝스러운 자취에 불과했다. 라세가 관심을 보이면 여자들은 비웃었다.

여자들의 비웃음은 그를 뭉개 놓았다. 라세는 의기소침하게 노인의 세계 속으로 들어가서 그 세계에 맞게 적응했다. 라세 안에 여전히 살아 있는 유일한 것은 아들을 향한 관심뿐이었다. 그는 아들의 신이라는 위치에 필사적으로 매달렸다. 하지만 아들을 위해 해줄 수 있는 것은 별로 없었고, 그래서 매사에 허풍을 떨었다. 혹시 아들에게 무슨 나쁜 일이라도 생기면, 전보다 더 크게 세상을 향한 위협의 말을 내뱉었다. 그 역시 아들이 독립할 준비를 하고 있다는 것을 느꼈고, 마지막 남은 한 가닥 위엄을 지키기 위해 필사적으로 안간힘을 쓰고 있었다.

그러나 펠레는 아버지의 공상에 박자를 맞춰 줄 여력이 없었다. 그리고 그래야 한다고 생각하지도 못했다. 펠레는 빠르게 성장했고, 자신이 가진 모든 것을 이용했다. 아버지는 이제 더 이상 방패막이로 뒤에 서 있지 않았으므로, 펠레는 마치 빈터에 옮겨 심어져서 주위 환경의 본성을 이해하고 거기에 적응하려고 안간힘을 쓰는 작은 식물과도 같았다. 땅 속으로 길을 더듬어 내려가는 모든 뿌리 조직마다 연약한 잎사귀 하나가 땅에 떨어지고 강한 잎사귀 두 개가 밀고 나오는 것처럼, 아이로서의 무력감은 점차 사라지며 한 인간으로서의 보다 강인한 감정에 자리를 내주었다.

소년은 보이지 않는 법칙에 따라 스스로를 만들어 가는 데 몰두했다. 그리고 언제 어디서나 주위 사람들에 대하여 특정한 태도를 취하게 되었지만, 그들의 행동을 따라하지는 않았다. 예를 들어 농장 사람들은 동물들에게 친절하지 않았다. 남자들은 종종 단지 기분이 나쁘다고 분풀이로 말에게 채찍질을 했고, 여자들도 작은 동물들과 젖소에게 마찬가지였다. 그것을 보면서 펠레는 스스로 동정심을 배웠다. 펠레는 동물들을 학대하는 것을 참을 수 없었다. 그래서 언젠가 루드가 새 둥지에서 알을 훔쳤던 날 처음으로 루드를 때렸다.

펠레는 모든 것을 놀이로 만드는 아이 같았다. 펠레는 많은 심각한 삶의 현상들을 아무 의심 없이 놀이 속으로 끌어 와서 그런 현상들을 가지고 흥겹게 희롱거리며 놀았다. 또한 몸을 단련하면서 소심한 마음 또한 단련했다. 소년은 교묘하게 어떤 상황으로 들어갔다가 빠져나오는 방법을 배웠고 일과 장난과 잔꾀를 흉내 냈으며, 주위 사람들이 약하게 나오면 우쭐대며 못되게 굴고, 그들이 세게 나오면 거의 눈에 띄지 않도록 겸손하게 행동하는 법을 배웠다. 펠레는 팔방미인이 되기 위해 훈련하고 있었다.

사람들이 펠레의 허를 찌르기는 점점 더 어려워졌다. 이 소년은 뭔가를 본격적으로 시작하자마자 대체로 그 일을 솜씨 좋게 해냈고, 고양이처럼 불시에 습격하기가 어려웠다.

＊＊

다시 여름이었다. 열기는 마치 시냇물 속의 물고기처럼 나른한 관능과 부드러운 움직임과 함께 번쩍거리며 땅 전체를 가만히 어루만졌다. 내륙 깊숙이에서 열기는 쉴 새 없이 어른거리는 푸르스름한 하얀빛을 뿜어내며 시야를 감싸고 있는 바위들 위에서 흔들렸다. 그리고 이글이글 타오르는 태양 밑에 밭이 펼쳐져 있었고, 호밀 꽃가루가 연기처럼 그

160

위를 둥둥 떠다녔다. 토끼풀 밭 위쪽에는 스톤 농장의 소들이 머리를 축 늘어뜨리고 규칙적으로 꼬리를 흔들면서 긴 열을 이루고 서 있었다.

라세는 나무망치를 찾으며 소들 사이를 왔다 갔다 하다가, 이따금씩 걱정스러운 눈으로 모래 언덕들 옆 목초지 쪽을 내려다보며 어린 소들의 수를 세기 시작했다. 소들은 대부분 누워 있었지만 몇 마리는 서로 머리를 가까이 모으고 눈을 감은 채 우적우적 풀을 뜯고 서 있었다. 소년들은 보이지 않았다.

라세는 펠레에게 경고를 보내야 할지 고민하며 서 있었다. 농장감독이 지금 나타난다면 한바탕 난리가 날 것이다. 하지만 그때 모래언덕 위의 어린 전나무들 사이에서 목소리가 들리더니, 벌거벗은 소년 하나가 나타났고 곧이어 또 한 소년이 나타났다. 두 소년이 모자를 손에 꼭 쥐고 풀밭과 목초지를 달려갈 때 그들의 몸은 마치 공중에서 번쩍이는 금빛 섬광 같았다.

소년들은 시냇가에 앉아 발을 물에 담그고 자신들의 포로를 조심스럽게 풀어 놓았다. 잠자리였다. 그 곤충들이 하나씩 좁은 입구를 기어 나오자, 소년들은 머리를 잘라 풀밭 위에 일렬로 늘어놓았다. 아홉 마리였다. 그러면 9 곱하기 35니까 3크로네가 넘을 것이다. 그 엄청난 액수에 펠레는 의심이 들었다.

"그거 순 거짓말 아니야?"

펠레가 모기에게 물린 어깨를 훑으며 말했다. 어떤 약사가 잠자리 한 마리 당 35외레를 준다는 얘기가 있었다.

"거짓말이라고?"

루드가 소리치더니 순순히 덧붙였다.

"그래, 그럴지도 모르지. 어쩌면 거짓말일지도 몰라. 언제나 그런 식이니까. 그럼 네 것도 나한테 줘!"

하지만 펠레는 그럴 마음이 없었다. 루드가 말을 이었다.

"그럼 네가 가진 반 크로네를 나한테 줘. 내가 읍내로 가서 네 대신 팔아 줄게. 35외레라고 카를이 그랬어. 그 애 엄마가 그 약국에서 바닥 청소를 하고 있거든."

펠레는 일어섰지만 반 크로네를 가지러 가는 것은 아니었다. 무슨 일이 있어도 그 돈은 몸에서 떼어 놓을 생각이 없었다. 펠레는 그 돈이 아직 조끼 속에 있는지 확인했다.

펠레가 조금 멀어졌을 때, 루드가 서둘러서 시냇가에서 잔디를 뽑고 그 밑에 뭔가를 쑤셔 넣더니 물속으로 뛰어들었다. 펠레가 위협하는 듯한 느릿한 발걸음으로 돌아왔을 때 루드는 반대쪽으로 기어 올라가서 달리기 시작했다.

펠레도 짧고 빠른 보폭으로 껑충껑충 뛰기 시작했다. 펠레는 자신이 더 빠르다는 것을 알았고, 그래서 한껏 까불거렸다. 마치 관절이 없는 사람처럼 퍼덕거리면서 풍선처럼 양옆으로 몸을 흔들며 껑충거리다가 다시 힘차게 돌진했다. 어린 전나무들이 다시 그들을 가렸고, 머리꼭지의 움직임만이 소년들이 어디로 달리고 있는지 보여 주었다. 머리꼭지는 멀리 더 멀리 움직이다가 갑자기 정지했다.

목초지에서는 소 떼가 눈을 감고 귀를 쫑긋 세운 채 풀을 뜯고 있었다. 열기는 마치 물속을 헤엄치는 물고기처럼 나풀거리고 헐떡거리며 땅 위를 유유히 움직였다. 공중에서 묵직한 윙윙거리는 소리가 들려서 사람을 깜짝 놀라게 했다. 소리는 어디에서나 나왔고, 또 아무 곳에서도 나오지 않았다.

아래쪽에서 덩치가 크고 땅딸막한 여자가 옥수수 밭을 가로질러 걸어왔다. 여자는 치마와 슈미즈* 차림으로 머리에 손수건을 두르고 있었고, 햇빛을 가리기 위해 한 손을 이마에 대고 주위를 둘러보았다. 그녀는 목초지를 비스듬히 걸어가다 펠레의 도시락을 발견했고, 내용물을 꺼내서 슈미즈 속의 땀에 젖은 맨가슴 위로 집어넣고는 바다 쪽으로 방향을 돌려 걸어갔다.

전나무 숲 가장자리가 잠시 부스럭거리더니 루드가 펠레를 등에 매달고 나왔다. 루드의 유달리 큰 머리가 앞으로 고꾸라졌고 무릎이 내려앉았다. 아래쪽은 쑥 들어가고 위쪽은 불룩 튀어나온 루드의 이마는 흉터와 타박상으로 엉망이었는데, 지금은 루드가 인상을 쓰고 있어서 그것이 더욱 두드러져 보였다. 소년들의 몸은 솔잎 독 때문에 온통 울긋불긋한 자국이 나 있었다. 펠레는 풀밭에 풀썩 엎드렸고, 루드는 마지못해 머뭇머뭇 반 크로네를 주인에게 넘겨주었다. 루드는 패배자처럼 자세를 낮추었지만 눈은 다음 기회를 엿보며 새로운 전쟁을 꿈꾸고

---

* 원피스로 된 여성용 속옷.

있었다.

펠레는 흐뭇한 눈으로 동전을 바라보았다. 펠레는 '자작나무타작'을 사러 심부름을 갔던 지난 4월부터 줄곧 이 동전을 가지고 있었다. 그것으로 바라는 모든 것을 샀고, 두 번이나 잃어버리기도 했다. 펠레는 그 동전을 사랑했다. 그 돈은 손가락과 온몸을 간질간질하게 만들었다. 그 동전은 늘 이제 그만 어떤 식으로든 자신을 쓰라고 유혹했다. 나를 굴려요! 굴려! 동전이 갈망하는 건 그것이었다. 그건 동전이 둥글기 때문이라고 아버지는 말했다. 하지만 부자가 되는 길은 돈이 굴러갈 때 그것을 멈추는 것이었다. 그래, 펠레는 부자가 될 거야! 펠레는 항상 돈을 쓰고 싶어 몸이 근질근질했다. 그 돈으로 모든 것을 얻고 싶었고, 아니면 평생 동안 간직할 수 있는 무언가를 얻고 싶었다.

두 소년은 시냇가 기슭 위에 앉아서 사소한 말다툼을 벌였다. 루드는 펠레를 놀라게 하거나 존경심을 불러일으키려 애썼다. 예를 들어 손가락을 뒤로 젖히거나 귀를 움직였다. 루드는 뭔가를 듣는 자세를 취하면서 마치 말처럼 귀를 앞으로 움직일 수 있었다. 이 모든 것이 펠레를 정말로 짜증나게 했다.

갑자기 루드가 그런 행동들을 멈추고 말했다.

"그럼 나한테 그 반 크로네를 맡길래? 나중에 내가 크면 10크로네를 돌려줄게."

루드는 벌써 욕심스럽게 돈을 모으고 있었고, 엄마에게서 훔친 동전이 상자 가득했다.

펠레는 잠시 생각하고는 "싫어." 하고 대답했다.

"넌 결코 크지 않을 테니까. 넌 난쟁이야!"

펠레의 어조에는 부러움이 담겨 있었다.

"암퇘지도 그렇게 말했어. 하지만 난 장날이나 세례 요한 축일 이브에 사람들의 구경거리로 나서서 돈을 벌 거야. 그럼 엄청나게 부자가 될 거야." 루드가 말했다.

펠레는 마음속으로 갈등했다. 아무 대가도 없이 50외레를 홀랑 줘버려야 할까? 그런 소리는 들어 본 적도 없었다. 하지만 정말로 언젠가 루드가 어마어마한 부자가 되면, 그땐 10크로네는 아니더라도 그 절반쯤은 받게 될지도 모른다.

"가질래?"

펠레는 이렇게 물었지만 이내 후회했다.

루드는 간절히 손을 뻗었지만, 펠레는 그 손에 침을 뱉었다.

"아무튼 점심 먹을 때까지 기다려."

이렇게 말하고 도시락이 있는 곳으로 갔다. 잠시 동안 두 소년은 빈 도시락을 멍하니 쳐다보며 서 있었다.

"암퇘지가 왔었나 봐."

루드가 혀를 빼며 말했다. 펠레가 고개를 끄덕였다.

"완전 짐승이야!"

"도둑!" 루드가 말했다.

그들은 해를 보고 시간을 가늠하곤 했다. 루드는 몸을 구부려서 가랑이 사이를 보았을 때 해가 보이면 5시라고 말했다. 펠레는 옷을 입기 시작했다.

루드는 펠레의 주위를 빙빙 돌다가 불쑥 말을 꺼냈다.

"있잖아, 그걸 나한테 주면 쐐기풀로 나를 때리게 해줄게."

"홀딱 벗고 말이야?"

루드는 끄덕였다.

순식간에 펠레는 바지를 다시 벗고 쐐기풀밭으로 달려갔다. 그리고 소리쟁이 잎사귀를 이용해서 잡을 수 있는 최대한 많은 쐐기풀을 뽑아서 다시 돌아왔다. 루드가 얼굴을 아래로 향한 채 봉긋하게 솟아오른 땅 위에 엎드렸고, 매질이 시작되었다.

원래 100대를 맞기로 되어 있었지만, 루드는 10대를 맞은 뒤에 벌떡 일어나 더 이상은 못 맞겠다고 했다.

"그럼 돈은 못 줘. 맞을래, 말래?"

흥분한 데다 힘을 썼기 때문에 펠레의 얼굴이 빨갛게 달아올랐고, 어찌나 열심히 때렸는지 가냘픈 등에서 구슬땀이 흘러내렸다.

"맞을래, 말래? 그럼 75대만 맞아!"

펠레의 목소리가 흥분으로 떨렸고, 숨을 들이쉬기 위해 콧구멍을 벌려야 했다. 팔다리도 떨리기 시작했다.

"아니. 60대만 해. 넌 너무 세게 때려. 그리고 돈을 먼저 받아야겠어. 네가 속이면 어떻게 해."

"절대 안 속여."

펠레가 무게를 잡고 말했지만 루드는 뜻을 굽히지 않았다.

펠레의 몸이 꿈틀거렸다. 마치 피 맛을 본 흰족제비 같았다. 펠레는 루드에게 동전을 홱 던졌다. 40대를 깎아 준 게 아까워 속으로 눈물이 났지만, 대신 더 세게 때리겠다고 마음먹었다.

그리고 루드가 머리를 풀밭에 묻고 어떻게든 버티려고 돈을 움켜쥐고 안간힘을 쓰는 동안 펠레는 천천히, 그리고 온 힘을 다해 때리기 시작했다. 때릴 때마다 그 속에 증오가 서렸다. 마치 감전을 일으키듯 매의 충격이 루드의 몸을 관통했지만, 루드는 결코 울음소리를 내지 않았다. 아니 우는 것은 의미가 없었다. 자신의 손에 쥐고 있는 동전이 고통을 씻어 갔기 때문이었다. 하지만 펠레 주변의 공기는 불타는 것처럼 뜨거웠다.

펠레는 이제 지쳐서 팔에 힘이 빠졌고, 횟수가 늘어날 때마다 때리고 싶은 욕망도 점차 줄어들었다. 이제 그것은 힘든 노동에 불과했다. 그리고 그 돈, 그 아름다운 반 크루네는 점점 더 멀리 사라져 가고 있었다. 이제 펠레는 다시 가난해졌고, 게다가 루드는 움직조차 않았다! 46대째에 루드는 얼굴을 돌리고 혀를 내밀었다. 그것을 본 펠레는 짐승처럼 포효를 터뜨리며 닳아빠진 쐐기풀 줄기를 던져 버리고 전나무 숲으로 뛰어갔다.

그리고 그날의 나머지 시간 동안 그곳의 모래 언덕 아래에서 자신이 잃어버린 것을 슬퍼하며 앉아 있었다. 한편 루드는 개울가에 앉아서 물집 잡힌 몸을 젖은 흙으로 식히고 있었다.

입학

　라세와 펠레는 초조하게 계약날짜를 기다렸다. 이번에는 사람들에게 어떤 변화가 있을까? 거기에 너무도 많은 것이 걸려 있었다. 작업반장 말고도 제2인자와 3인자를 뽑아야 했고, 새로운 하녀도 있을 것이다. 스톤 농장 사람들은 가능하기만 하다면 일자리를 바꾸었다. 그러나 불쌍한 카르나는 머물 수밖에 없었다. 지금 한 젊은이에게 온통 마음을 쏟고 있기 때문이었다. 그녀는 당연히 구스타우가 있는 곳에 머물 것이다. 구스타우는 보딜이 머물기 때문에 머물렀다. 그럴 만한 가치가 없는 여자임에도 불구하고, 구스타우는 이상하게 그녀를 좋아했다.

　라세와 펠레는 남았다. 단지 이 세상 어디에도 이들이 갈 곳이 없었기 때문이었다. 일 년 내내 그들은 일자리를 바꿀 계획을 세웠지만, 떠날 계획을 알려야 할 시간이 도래했을 때 라세는 조용히 지나갔다.

최근 들어 라세는 재혼 문제에 대해 적잖이 생각했다. 그 나이 남자에게 독신 생활은 정말이지 쓸쓸한 일이었다. 아내와 집이 없는 남자는 빨리 늙고 약해지기 마련이었다. 형제인 칼레가 사는 집 근처 황무지에 보증금을 내지 않고 살 수 있는 집이 한 채 있었다. 라세는 종종 펠레와 그 얘기를 나누었고, 펠레는 무엇이든 새로운 것을 받아들일 준비가 되어 있었다.

재혼 상대는 모든 것을 돌보고 집안을 편안하게 만드는 여자여야 했다. 그리고 무엇보다 열심히 일하는 여자여야 했다. 설사 가진 게 별로 없는 여자라 해도 성격만 좋다면 사양하지 않을 참이었다. 카르나가 모든 면에서 안성맞춤이었다. 그녀가 견습감독의 손아귀에서 펠레를 구해 준 날부터 라세도 펠레도 늘 그녀에게 호감을 갖고 있었다. 하지만 카르나가 그처럼 구스타우에 빠져 있으니 그녀에게 뭔가를 제안하기는 어려운 노릇이었다. 아마도 기회를 기다려 봐야 할 것 같았다. 어쩌면 카르나가 제정신으로 돌아오거나 뭔가 다른 일이 일어날지도 모른디.

"그럼 일요일 아침에 침대에서 커피를 마실 수 있겠죠?"

펠레가 황홀감에 젖어 말했다.

"그래. 어쩌면 작은 말도 갖게 될지 몰라. 그럼 칼레를 초대해서 가끔씩 태워 줘야지." 라세가 진지하게 덧붙였다.

그리고 마침내 기다리던 날이 왔다! 저녁에 라세와 펠레는 가게에 가서 석판과 연필을 샀다. 펠레는 겨드랑이에 석판을 끼고 쿵쾅거리는 가슴으로 외양간 문 앞에 서 있었다. 서리 낀 10월의 아침이었지만 빨래를 하고 난 뒤여서 제법 더웠다. 펠레는 가장 좋은 재킷을 입고 물을 발라 머리를 빗었다.

라세는 펠레 주위를 서성이며 소매로 이곳저곳을 털어 냈다. 아들보다도 더 긴장한 모습이었다. 펠레는 라세 자신이 그랬던 것처럼 가난한 집에 태어나서 세례명을 받았고 어린 아이일 때부터 제 밥벌이를 해야 했다. 지금까지는 두 사람 사이에 별 차이가 보이지 않았다. 큰 귀하며 이마에 '소가 핥은' 머리 하며 걷는 모습 하며 바지 단이 헤져 있는 것까지. 마치 라세가 다시 태어난 것 같았다. 하지만 이것은 전혀 새로운 사건이었다. 라세도 그렇고 그의 가족 중 누구도 학교에 다녀 본 적이 없었다. 그것은 라세 가족들의 범위 내에서는 정말로 새로운 일이었고, 하늘이 아들과 자신에게 내린 축복이었다. 신분이 한 단계 상승한 기분이었다. 이제 불가능할 것이 없었다. 글공부를 배운 사람이 어떤 일인들 못할까! 일터의 지배인이 될 수도 있고, 교회 서기나 심지어 학교 선생이 될 수도 있다.

"석판을 잘 간수해야 한다. 깨지지 않도록 조심해."

라세가 타일렀다.

"그리고 큰 애들하고는 싸우지 마라. 네 스스로 감당할 수 있을 때까지는 말이야. 하지만 혹시 너를 가만 놔두지 않거들랑 네가 먼저 쳐야 한다는 걸 명심해! 그러면 싸울 생각이 사라지지. 특히 세게 치면 효과가 더 좋을 거야. 옛말에도 있는 것처럼, 먼저 치는 게 두 번 치는 거야. 그리고 잘 들어라. 선생님이 하시는 말씀 명심하고, 누구든 너한테

같이 놀자고 꾀거든 절대 넘어가지 마라. 그리고 너한테 손수건이 있다는 걸 기억하고 손으로 코를 닦지 마라. 그건 예의가 아니니까. 물론 아무도 보는 사람이 없을 때는 손수건을 절약하는 게 좋겠지. 그럼 좀 더 오래 쓸 수 있을 테니까. 그리고 좋은 재킷이니 잘 간수해라. 또 선생님의 사모님이 커피를 마시자고 초대하면 케이크를 한 조각 이상 먹으면 안 돼. 명심해라.”

말하면서 라세의 손이 떨렸다.

“그럴 리가 있겠어요?” 펠레가 우쭐한 기분으로 말했다.

“그래, 이제 가거라. 지각을 하면 안 되니까. 게다가 첫날이니 말이야. 그리고 혹시 필요한 준비물이 있으면 당장 구하겠다고 말해. 우리는 극빈자가 아니잖니.”

그러면서 라세는 주머니를 두드렸지만 별 소리는 나지 않았다. 펠레는 아버지에게 돈이 없다는 것을 알고 있었다. 사실 석판과 연필도 외상으로 샀다.

라세는 소년이 시야에서 사라질 때까지 눈으로 뒷모습을 쫓은 뒤에야 깻묵을 으깨러 갔다. 그는 깻묵을 적시려고 그릇에 넣고 그 위에 물을 부었다. 그러면서 내내 혼잣말을 중얼거렸다.

밖에서 외양간 문을 두드리는 소리가 났다. 라세는 문을 열어 주러 갔다. 칼레였다.

“안녕하세요, 형님!” 칼레가 쾌활한 미소를 지으며 말했다.

“여기 채석장 왕족이 납시오!”

그는 굽은 다리로 어기적어기적 걸어 들어왔고, 두 사람은 진심 어린 인사를 교환했다. 라세는 칼레의 방문이 반가웠다.

"지난번에 함께 한 저녁은 정말 즐거웠어!"

라세가 동생의 손을 잡으며 말했다.

"까마득한 얘기군요. 하지만 곧 다시 우리 집에 들러야 해요. 장모님이 형님과 조카를 좋아하세요!"

칼레의 눈이 장난스럽게 빛났다.

"그 가엾은 분은 어떻게 지내시나? 다친 눈은 좀 나으셨나? 저번에 펠레가 하는 말이, 아이들이 실수를 해서 막대기로 할머니 눈을 찔렀다고 하더구먼. 정말 놀랐어. 또 의사를 불러야 했겠지?"

"그게, 실은 그렇게 된 게 아니에요." 칼레가 말했다.

"어느 날 아침에 내가 장모님 방을 정리하면서 물레를 옮겼다가 그걸 제자리에 놓는 것을 깜빡했지 뭐유. 그런데 장모님이 바닥에서 뭔가 집으려고 구부리다가 물레 가락에 눈이 찔린 거예요. 장모님은 모든 것을 정확히 있던 자리에 두곤 하셨거든요. 그러니까 그건 전부 내 탓인 셈이죠."

그가 얼굴 가득 미소를 지었다. 라세가 동정하는 마음으로 고개를 저었다.

"그래 지금은 괜찮아지셨나?"

"아니, 영 잘못되었지요. 그쪽 눈의 시력을 완전히 잃으셨어요."

라세가 질책하는 눈으로 칼레를 보았다.

칼레는 깜짝 놀란 듯 자기가 뱉은 말을 고쳤다.

"어, 내가 지금 무슨 바보 같은 말을 하는 거지? 장모님은 그쪽 눈의 시력을 되찾았다고 말했어야 되는 건데. 사실 그것도 잘못된 거 아닌가요? 내가 누군가의 눈을 찔렀는데, 앞이 보이기 시작했으니 말이에요. 정말이지 이제 안과 의사로 개업해야겠어요. 뭐 별로 어렵지도 않더라구요."

"무슨 소리야? 눈이 어떻게 되었다고? 자네 너무 즐거워 보이구먼! 매사에 그렇게 농담을 하면 어쩌나?"

"그래, 그래요. 농담은 그만두고, 장모님은 정말로 그 눈으로 볼 수 있게 되었어요."

라세는 한동안 의심스러운 눈으로 쳐다보았지만 결국 받아들이고 말았다.

"정말 기적이로구먼!"

"그래요. 의사도 그렇게 말했어요. 물레 가락 끝에 찔린 게 오히려 수술을 한 효과를 낸 모양이에요. 물론 그 반대가 될 수도 있었지만. 그래요, 우리는 장모님께 의사를 세 번 불러 드렸어요. 쩨쩨하게 굴 필요 없잖아요." 칼레가 일어서서 으스대며 말했다.

그는 엄지손가락을 조끼 주머니에 찔러 넣었다.

"돈이 많이 들었겠구나. 그렇지?"

"그렇죠. 의사에게 비용이 얼마냐고 물었을 때 기분이 썩 좋지는 않았어요. 25크로네라더군요. 그건 우리가 먹을 빵과 소스를 요구하는 것과 마찬가지로 들렸어요. '의사 선생님, 제가 소를 팔아서 돈을 마련할 때까지 며칠만 기다려 주실 수는 없나요?' 그렇게 물었죠. 그랬더니 의사가 안경 너머로 나를 넘겨다보며 말하더군요. '뭐라고요? 나한테 주려고 소를 팔려는 건 아니겠지요? 어쨌든 그렇게 할 필요는 없어요. 형편이 나아질 때까지 기다리지요.' 그래서 내가 말했죠. '저희는 소를 없애 버려도 충분히 잘 살 수 있습니다.' '어떻게요?' 마차로 걸어가면서 의사가 물었어요. 내 대신 마차를 몰아 준 건 코세 농장의 주인이었어요. 그래서 마리아와 나는 장모님이 쾌차하고 수술을 받도록 하기 위해 모든 것을 팔 생각이라고 말했죠. 의사는 아무 말도 하지 않고 마차 안으로 올라탔어요. 하지만 내가 의사의 장화 지퍼를 올려 주며 서 있는데, 의사가 내 옷깃을 잡고 말하더군요. '알아요? 이 휜 다리의 땅딸보 양반? 당신은 내가 만나 본 중에 제일 착한 사람입니다. 당신은 나에게 조금도 빚진 게 없어요. 아무튼 수술을 한 것은 바로 당신이에요.' '그럼 돈은 제가 받아야겠네요.' 내가 말했죠. 의사는 껄껄 웃으면서 자기 털모자로 내 얼굴을 쳤어요. 좋은 사람이었죠. 엄청나게 영리한 사람이고 말이에요. 사람들이 그러는데, 그 의사한테는 온갖 병을 고치는 일종의 만병통치약이 있다더군요."

라세가 깔고 앉아 있던 초록색 궤짝에서 조그만 잔을 꺼냈다.

"마시게! 이 10월의 가랑비를 견디려면 뭔가 필요해."

"정말 고맙지만, 형님이 마셔야죠! 그리고 형님이 장모님을 보러 와야 해요. 장모님은 한쪽 눈으로 뭐든 들여다보며 돌아다니시죠. 단추

하나라도 계속해서 노려본다구요. 그래, 이게 이렇게 생겼었구나! 장모님은 물건들이 어떻게 생겼는지 잊으셨으니까 말이에요. 뭔가를 보면 나중에 꼭 그것을 만지러 가시죠. 그게 뭔지 알기 위해서 말이에요. 장모님이 그렇게 말씀하셨어요. 처음 며칠은 우리하고 아무 관계없는 사람처럼 굴었어요. 우리가 말하고 걷는 것을 듣지 않을 때는, 우리가 장모님 바로 앞에 있는 걸 봐도 우리를 낯선 사람으로 생각하시더군요."

"아기들은 어때?"

라세가 물었다.

"고맙게도 안나의 아기는 무럭무럭 잘 자라고 있어요. 하지만 우리 애는 좀 주춤하는 것 같아요. 따지고 보면, 그게 다 키워야 할 돼지 새끼들이죠 뭐. 그건 그렇고……."

칼레가 지갑을 꺼냈다.

"이러다가 세례식 날 빌려간 10크로네를 잊어버리면 안 되지."

라세가 돈을 밀어냈다.

"그건 신경 쓰지 말게. 아직 치러야 할 일이 많을 텐데. 그 집에 입이 몇인가? 열넷이나 열다섯 쯤 되겠지?"

"그래요. 하지만 두 명은 교구 목사네 아기처럼 제 엄마 젖을 먹으니까 절약이 돼요. 그리고 급하면 코에서 몇 페니쯤은 쥐어짜면 되죠 뭐."

칼레는 코를 쥐고 재빨리 비틀더니 손을 펼쳤다. 손바닥 위에 접힌 10크로네짜리 지폐가 놓여 있었다.

라세는 그 속임수에 웃었지만 돈을 받으라는 말은 듣지 않았다. 한

동안 두 사람 사이에서 돈이 왔다 갔다 했다.

"그래, 알았어요!"

결국 칼레가 지폐를 챙기며 말했다.

"정말로 고마워요! 그리고 잘 있어요, 형님! 가봐야겠어요."

라세가 그와 함께 나가서 몇 마디 인사말을 건넸다.

"빠른 시일 내에 한번 보러 가마."

그는 동생의 뒤통수에 대고 소리쳤다.

잠시 후 그가 방으로 돌아왔을 때, 지폐가 침대 위에 놓여 있었다. 칼레가 기회를 봐서 이곳에 놓고 간 것이 분명했다. 재간둥이 같으니! 라세는 다음번에 기회가 있을 때 칼레의 아내에게 주겠다고 마음먹으며 그 돈을 따로 챙겨두었다.

때가 되려면 아직 멀었는데 라세는 혹시 펠레가 오는지 밖을 살폈다. 아침부터 저녁까지 종일 아들을 곁에 두고 있는 것에 익숙해서 그런지 지루함과 외로움을 느꼈다. 마침내 펠레가 숨을 헐떡거리며 뛰어왔다. 펠레 역시 간절히 집으로 오고 싶었던 것이다.

학교에서는 무섭거나 특별한 일은 아무것도 일어나지 않았다. 펠레는 학교에서 있었던 일에 대해 일일이 설명해야 했다.

"그래, 네가 할 수 있는 게 뭐지?"

선생님은 펠레의 귀를 잡고, 물론 꽤 친절하게 물었다고 했다.

"아버지의 도움을 받지 않고 미친 소를 물가로 끌고 갈 수 있어요."

펠레의 대답에 학급 전체가 웃었다.

“그래, 그래. 하지만 글을 읽을 줄은 아니?”

물론 펠레는 읽을 줄 몰랐다. 펠레는 “만일 읽을 줄 알았다면 여기 오지 않았을 거예요”라고 덧붙일 뻔했다.

“그렇게 대답하지 않길 잘했구나. 또 무슨 일이 있었니?”

라세가 물었다. 그리고 펠레는 가장 낮은 자리에 배정되어, 옆자리에 앉은 소년이 펠레에게 글을 가르쳐 주게 되었다고 했다.

“그럼 이제 글을 아니?”

아니다. 펠레는 그날은 글을 몰랐다. 하지만 한두 주가 지나자 대부분의 글자를 알았고 말뚝에 분필로 글자들을 썼다. 아직 쓰는 법을 배우지 않았지만 펠레의 손은 눈으로 본 모든 것을 흉내 낼 수 있었고, 철자교본에 인쇄된 그대로 글자를 그렸다.

라세가 와서 펠레가 글씨 쓰는 것을 지켜보았다. 그리고 계속 무슨 글자인지 묻곤 했지만 글자들은 도무지 머릿속에 남아 있지 않았다.

“저 글자가 뭐지?”

그는 끊임없이 물었다.

“저거요? 벌써 잊어버리셨어요? 나는 딱 한 번 보고 알았는데! 그건 M이에요.”

“그래, 물론 그렇지! 오늘은 머리가 통 돌아가지 않는구나. M이라, 그래 물론 그건 M이지! 그럼 그 글자가 어디에 쓰이지?”

“그건 ‘3월’을 뜻하는 ‘marts’의 첫글자예요.”

펠레는 논리적으로 말했다.

“그래, 당연하지! 하지만 그걸 네가 발견한 건 아니겠지? 선생님이 가르쳐 줬을 테지.”

“아니요, 저 혼자 발견한 거예요.”

“그래? 너 꽤 똑똑해졌구나. 일곱 명의 바보* 만큼은 아니지만.”

라세는 풀이 죽었지만 곧 마음이 누그러져 아들을 향한 진심어린 감탄에 빠졌다. 그리고 함께 일하는 동안 배움은 계속되었다. 아버지가 그렇게 더디게 배우는 것이 펠레로서는 다행이었다. 일단 눈치로 금방 배울 수 있는 것들을 모두 통달한 다음부터는 펠레 자신도 그렇게 실력이 빨리 늘지 못했기 때문이었다. 펠레를 가르쳐야 할 슬로피라는 아이는 그 반의 열등생으로, 펠레가 올 때까지 늘 꼴찌를 면치 못했었다.

2주간의 학교생활은 학교에 대한 펠레의 생각을 크게 바꾸어 놓았다. 처음 며칠은 초조한 기대감을 안고 학교에 갔고, 학교 문지방을 넘어설 때면 모든 용기가 사라졌다. 난생 처음으로 펠레는 자신이 잘하는 게 아무것도 없다는 느낌이 들었다. 펠레는 경외심에 몸을 떨며 이 새롭고 익숙하지 않은 상황에 눈을 떴다. 만일 귀를 열어 두기만 하면 이곳은 자신에게 세상의 모든 신비를 풀어 줄 것이었고, 펠레는 실제로 그렇게 했다. 하지만 펠레가 상상하던 그런 선생님은 거기에 없었다. 해와 달과 세상의 모든 신비에 대해 말해 주며 금테 안경을 통해 학생들을 애정 어린 시선으로 바라보는, 경외심을 일으키는 그런 선생님

※ 성서에 나오는 교만하고 어리석은 자들.

은 펠레의 상상 속에만 있었다. 대신 더러운 리넨 코트 차림에다 콧구멍에서 회색 털이 삐죽 튀어나온 상태로 교실 중앙 통로를 왔다 갔다 하는 남자만 있을 뿐이었다.

그는 파이프 담배를 물고 회초리를 휘두르며 걸어 다니거나 책상 앞에 앉아 신문을 읽곤 했다. 아이들은 시끄럽고 산만했다. 혹시라도 그런 잡음이 본격적인 싸움으로 번지면, 그 남자는 책상에서 후다닥 내려와서 무차별적으로 회초리를 휘둘러 댔다. 펠레는 온몸이 부스럼으로 뒤덮인 더러운 남자애와 짝이 되었는데, 아마도 영원히 그럴 것 같았다. 그 아이는 더듬더듬 글을 읽을 때마다 자기 팔을 꼬집곤 했다. 교과서에 파묻힌 지루한 하루 일과 속에서 유일하게 색다른 것은 날마다 치르는 시험과 토요일에 서툰 솜씨로 찬송가를 부르는 시간이었다.

한동안 펠레는 학교에서 들은 모든 것을 성실하게 아버지에게 전했다. 하지만 결국 그것도 지겨워지기 시작했다. 오랫동안 주위 환경에 수동적으로 적응하는 건 펠레의 성미에 맞지 않았다. 어느 화창한 날 펠레는 자신에게 부과된 목적도 명령도 모두 벗어던지고 장난의 세계에 빠져들기로 했다.

그 뒤로 아버지에게 알려 줄 정보가 줄어들었지만, 다른 한편으로는 못된 장난들에 대한 이야깃거리가 수없이 많아졌다. 그런 얘기를 들으면 라세는 머리를 저었다. 라세는 그 얘기를 하나도 이해하지 못했지만 어쨌든 웃지 않을 수 없었다.

바다 사나이들

학교는 어촌 외곽에 자리 잡고 있었고, 바닷가가 바로 운동장이었다. 몇 시간의 수업을 마친 뒤 밖으로 나갈 때면 사내애들은 마치 긴 겨울이 지나고 처음으로 밖에 나온 소 떼들 같았다. 아이들은 쏘아 놓은 화살처럼 사방으로 튀어 나가 해초 무더기 위로 몸을 던지고 소금에 젖은 해초로 서로의 얼굴을 때렸다. 펠레는 이 놀이를 별로 좋아하지 않았다. 날카로운 해초는 따가웠고, 가끔은 그 속에서 자란 굴 껍데기 같은 것들이 매달려 있기도 했다.

하지만 멀찍이 떨어져 있을 엄두가 나지 않았다. 그랬다가는 당장 눈에 띌 것이 분명했기 때문이다. 중요한 건 무리들 틈에 끼어 있으면서도 완전히 끼지는 않는 것, 상황에 따라 스스로를 크게 만들었다 작게 만들었다 하는 것이었다. 한순간 보이지 않았다가 다음 순간 무시무시한 위력을 행사하기 위해서였다. 펠레는 비틀고 돌고 미끄러지며 적절히 끼었다 빠졌다 했다.

여학생들은 항상 운동장 한구석에 모여서 수다를 떨며 점심을 먹었지만, 남학생들은 목적 없이 비행하는 제비들처럼 여기저기 뛰어다녔다. 덩치 큰 사내애 하나가 운동기구 근처에 구부정한 자세로 서서, 팔로 얼굴을 가린 채 음식을 우적우적 씹어 먹고 있었다. 사내애들이 그 아이를 둘러싸고 원을 그리며 시시각각 원을 좁혀 들어갔다. 그 애는 페테르, 일명 '울부짖는 페테르'였다. 그는 마치 발밑에서 세상이 빙글빙글 돌고 있는 것처럼 장대에 달라붙어 얼굴을 가리고 있었다. 아이들이 다가가며 함성을 지르자 그는 공포에 질려서 비명을 지르며 얼굴을 들어 올리더니 갑자기 길게 울부짖었다. 그러자 다른 애들이 먹다 남은 음식을 그 애에게 주었다.

울부짖는 페테르는 항상 먹었고, 항상 울부짖었다. 그는 고아였는데, 나이에 비해 몸집이 컸지만 어쩐지 창백하고 음침한 모습이었다. 겁에 질린 눈은 거의 절반쯤 머리 밖으로 튀어나온 듯했고, 늘 울어서인지 눈두덩은 통통 부어 있었다. 페테르는 아주 작은 소리에도 울부짖었으며, 얼굴에는 항상 공포의 표정이 깃들어 있었다. 사내애들은 실제로는 페테르를 해치지 않았지만 그 애의 옆을 지나칠 때마다 소리를 지르며 놀래 주곤 했다. 그러지 않고는 못 배기는 것 같았다. 그러면 페테르도 덩달아 소리를 지르며 겁에 질려 움츠러들었다. 계집애들은 가끔 뛰어와서 페테르의 등을 두드리곤 했는데, 그러면 그는 공포의 비명을 질렀다. 그러고 나면 아이들은 페테르에게 음식을 나눠 주었다.

페테르는 음식을 모두 먹어 치웠고 울부짖었고 항상 굶주렸다.

그 아이에게 무슨 문제가 있는 것인지는 아무도 몰랐다. 페테르는 두 번이나 스스로 목을 매려 했는데 그 누구도, 심지어 페테르 자신조차도 그 이유를 몰랐다. 하지만 그가 완전한 백치인 것은 아니었다. 라세는 페테르가 귀신을 보는 아이여서, 살아서 숨 쉬는 것 자체가 그 아이에게는 공포라고 믿었다. 아무튼 펠레는 어떤 일이 있어도 페테르에게 아무 짓도 하지 말기로 했다.

소년들의 무리는 해안가로 물러가서 조그만 닐렌을 선두로 갑자기 헨리 보드케르를 덮쳤다. 헨리는 넘어져서 아이들 밑에 깔렸다. 아이들은 헨리의 몸 위에 뒤죽박죽 엎어져 무작정 주먹으로 빈 공간을 두들기고 있었다. 하지만 그때 두 주먹이 마치 증기가 올라오는 것처럼 쑥쑥 밀고 올라오더니 소년들이 손으로 얼굴을 가린 채 사방으로 굴러 떨어졌다.

헨리 보드케르가 아이들 무더기를 뚫고 일어나 마구잡이로 발길질을 해댔다. 닐렌은 여전히 거머리처럼 헨리의 등에 매달려 있었다. 헨리는 닐렌을 떼어 내기 위해 자기 셔츠를 찢었다. 펠레에게는 재빨리 숨을 들이쉬며 서 있는 헨리의 모습이 무시무시하게 크게 보였다. 그때 여자 아이들이 쫓아와서 헨리의 찢어진 셔츠를 핀으로 고정시키고 그에게 사탕과자를 건넸다. 헨리는 감사의 표시로 소녀들의 땋은 머리를 손에 쥐더니 네댓 명의 머리를 한데 묶어서 서로 떨어지지 못하게 만들었다. 소녀들은 가만히 서서 그런 상황을 참아 내며 연모의 눈빛으로 헨리를 바라볼 뿐이었다.

펠레는 그 싸움에 끼었다 발길질을 당했지만 앙심을 품지는 않았다. 자기에게도 소녀들처럼 사탕과자가 있었다면 헨리 보드케르에게 주었을 것이고 점잖지 않은 대우도 참아 냈을 것이다. 펠레는 헨리를 숭배했다. 그러나 펠레가 스스로를 판단하는 잣대로 삼은 것은 닐렌이었다. 두려움을 모르고 거침없이 공격하여 남들이 길을 비키도록 만드는 피에 굶주린 소년 닐렌. 닐렌은 무리의 최전방에 서서 최악의 상황으로 곧장 뛰어들었다가 결국 모든 것으로부터 안전하게 빠져나왔다.

펠레는 닐렌과 닮은 점을 찾기 위해 스스로를 분석했고, 그 결과 드디어 찾아냈다. 이 섬에 온 첫해 여름에 아버지를 지키기 위해 덩치 큰 소년을 발로 찼던 것도 닮았고, 성난 소를 다룰 때 자신이 조금도 두려워하지 않는 것도 그랬다. 하지만 그렇지 못한 점도 있었다. 펠레는 어둠을 무서워했고 매 맞는 것을 참지 못했지만, 닐렌은 그 정도는 주머니에 손을 넣고도 참아 낼 수 있었다. 이것이 펠레가 스스로에 대해 전반적인 평가를 하려 한 최초의 시도였다.

그날 교장인 프리스는 학교에 없었다. 아마도 교회에 갔을 것이다. 그래서 몇 시간 동안 휴식 시간이 될 것이다. 소년들은 오랜 시간을 보낼 방법을 찾기 위해 주위를 두리번거리기 시작했다. '황소파'는 교실로 돌아가서 책상과 의자 위에 올라가 돌아다니며 놀기 시작했지만, '베도라치파'는 바닷가에 남아 있었다. '황소파'와 '베도라치파'는 서로 충돌하는 육지와 바다였다. 분위기가 심각해질 때마다 그러한 분열은 자연스럽게 찾아왔고, 때로는 정기적인 싸움으로 번지기도 했다.

펠레는 바다 아이들과 함께 있었다. 헨리 보드케르와 닐렌도 그 무리에 있었는데, 그들은 펠레에게 새로운 경험이었다. 그 애들은 땅이나 동물들에는 관심이 없었지만, 펠레가 두려워하는 바다는 그 애들에게 요람과도 같았다. 그 애들은 물속에서 마치 엄마의 방에 있는 것처럼 편안하게 놀았고 자유롭게 움직였다. 그 애들은 펠레보다 빨랐지만 참을성이 많지는 않았다. 그 애들은 자유로웠고 자신이 속해 있는 곳을 중요시하지 않았다. 그 애들은 아무렇지도 않게 영어를 말했고, 아버지나 형들이 지구 반대편과 아프리카와 중국에서 집으로 가져온 물건들을 학교에 가져왔다. 그 애들은 바다에 나와 빈 배에서 밤을 보냈고, 그 애들이 결석일 때는 항상 낚시를 간 것이었다. 그 애들 가운데 가장 영리한 아이들은 자신만의 낚시 기술을 가지고 있었고, 자신이 직접 만들어서 뱃밥*을 채운 바닥이 평평한 조그만 뗏목도 있었다. 그 애들은 혼자서 꼬치고기와 장어 따위를 잡아 마을의 부유한 사람들에게 내다 팔았다.

펠레는 개울에 대해서는 완전히 안다고 생각했었지만 이제 그것도 새로운 시선으로 바라보게 되었다. 여기 이 아이들은 새벽 3시에 일어나 맨발로 개울 어귀를 걸어 다니면서, 알을 까기 위해 민물로 들어간 꼬치고기며 농어를 잡았다. 아무도 그렇게 하라고 시키지 않았고 그냥

---

*물이 새어 들지 못하도록 배의 틈을 메우는 천이나 대나무 껍질.

자기들이 좋아서 하는 짓이었다.

취미도 참 별나지! 아이들은 신이 나서 바다 앞에 길게 늘어섰다. 파도가 빠져나가면 물로 뛰어들어 커다란 바위 위에 서 있다가 물이 다시 들어오면 마치 바다새 떼처럼 폴짝 뛰었다. 그러면서도 발을 적시지 않는 것이 기술이었다. 하지만 가장 빠른 아이들도 모두 흠뻑 젖었다. 공중에 떠 있는 시간에는 한계가 있었으니까. 연속으로 파도가 치면 파도 한가운데에서 내려와야 했는데, 가끔은 파도가 머리 위로 넘어가기도 했다. 또는 큰 파도가 다가와서 아이들이 점프하려고 다리를 올리는 순간 다리를 잡아채기도 했는데, 그럴 때면 늘어선 열 전체가 아름답게 돌면서 물속으로 첨벙하고 떨어졌다. 그러면 아이들은 귀청이 터질 것 같은 고함을 지르며 교실로 뛰어가 난롯가를 지키던 '황소파' 아이들을 밖으로 몰아냈다.

바닷가 저 멀리에는 망치와 정을 들고 돌에 구멍을 뚫고 있는 소년들이 있었다. 그들은 채석장 너머에서 온 채석공의 아들들이었다. 그 가운데는 펠레의 사촌인 안톤도 있었다. 구멍이 충분히 깊어지면 화약을 구멍 속으로 집어넣었다. 그러면 다음 순간 학교 전체가 폭발 소리를 듣게 되었다.

선생님을 기다리는 아침에는 덩치 큰 소년들이 주머니에 손을 꽂고 학교 담 옆에 서서 돛천의 크기와 먼 바다를 지나가는 선박들의 소속 항에 대해 이야기하곤 했다. 펠레는 입을 떡 벌리고 그 얘기에 귀 기울였다. 그 애들이 하는 얘기는 늘 바다와 관련된 것뿐이었고, 그 대부분은 펠레가 이해하지 못하는 내용이었다. 이 소년들은 견진성사를 받고 나면 모두 같은 것을 원했다. 즉 바다에 나가는 것이었다. 하지만 펠레는 스웨덴에서 건너오면서 바다라면 질려 버렸다. 펠레는 그들을 이해할 수 없었다.

개울 속으로 잠수할 때 머리 속에 물이 가득 차지 않도록 하기 위해 얼마나 눈을 꼭 감고 손가락으로 귀를 꼭 틀어막았던가! 하지만 이 아이들은 물고기처럼 물속으로 헤엄쳐 들어갔고, 그 애들의 얘기를 들어 봐서는 깊은 물속으로 잠수해서 바닥에서 돌을 주울 수도 있는 것 같았다.

"물속에서도 뭐가 보여?"

펠레가 놀라워하며 물었다.

"그럼, 당연하지! 물속에서 보이지 않으면 어떻게 물고기가 그물을 피할 수 있겠어? 달빛만 있어도 물고기 떼 전체가 그물에 들어올 생각도 안 한다구!"

"그럼 귀에서 손가락을 뺄 때 머리 속으로 물이 들어가지 않아?"

"귀에서 손가락을 뺀다고?"

"그래. 돌을 주울 때 말이야."

이 말에 조소어린 웃음이 터져 나왔다. 소년들은 펠레에게 교묘하게 질문공세를 퍼부었다. 그래서 얻은 결론은 이랬다.

'이 애는 참 대단한 애군. 영락없는 촌뜨기야! 이 애는 모든 것에 대해 정말이지 웃기는 생각을 하고 있어.'

그리고 곧 펠레가 바다에서 멱을 감아 본 적이 없다는 것도 밝혀졌
다. 펠레는 물이 무서웠다. 펠레는 '맥주병'이었고, 개울을 헤엄치는 정
도로는 그 별명을 떼어 낼 수 없었다.

그날 이후 펠레는 맥주병이라고 불렸다. 하루는 펠레가 학교로 채찍
을 가져와서 그것으로 바지에 삼각 구멍을 내고 돌멩이를 쳐서 엄청난
포성을 울리며 공중으로 날려 버렸다. 그러나 소용없는 짓이었다. 공
연은 훌륭했지만 그에게 붙여진 별명은 변함이 없었고, 펠레의 어린 마
음은 그 별명에 깊은 상처를 받았다.

겨울 동안 푸른 제복에 하얀 스카프를 목에 두른 건장한 남자들이 마
을로 돌아왔다. 그들은 말하자면 휴직 중이었고, 어떤 사람은 겨울 내
내 아무 일도 하지 않으면서도 월급을 받았다. 이 남자들은 교장 선생
님을 보기 위해 항상 학교로 왔다. 주로 수업 시간에 왔지만 그건 문제
가 되지 않았다. 프리스 교장은 기쁨의 화신처럼 보였다. 남자들은 대
체로 프리스 교장을 위해 뭔가를 가져왔는데, 예를 들어 유리관으로 포
장된 품질 좋은 시가나 다른 진기한 것들이었다. 그리고 마치 동료에
게 말하듯 교장에게 자신이 겪은 일들을 이야기했고, 어린 친구들은 기
쁨에 도취되어 얘기에 귀 기울였다.

그들은 교실에서 아무렇지 않게 파이프 담배를 피웠다. 그리고 담배
를 떨어뜨리지 않고 태연히 담배통을 털어 냈다. 남자들은 스페인 본
토와 지중해, 그리고 그 밖의 멋진 곳에서 주방 보조나 선원으로 고용
되었다. 그중 한 명은 당나귀를 타고 불을 뿜는 화산에 올라가 보기도

했다. 그리고 집에 딱성냥*을 가져왔는데, 그 성냥갑으로 말할 것 같으면 거의 포메라니아**통나무만큼 컸으며 이빨로도 불을 붙일 수 있었다. 소년들은 남자들을 숭배했고 입만 열면 온통 그들에 대한 얘기뿐이었다. 그런 사내들과 함께 있는 것만으로도 대단한 영광이었다. 펠레로서는 생각조차 할 수 없는 일이었다.

그때 마을에 젊은이 한 명이 돌아오지 않는 일이 발생했다. 그리고 어느 날 아무개 범선이 선원 모두를 태우고 침몰했다는 소문이 들려왔다. 겨울 폭풍 때문이었다고 소년들이 마치 어른처럼 침을 뱉으며 말했다. 그 젊은이의 형제자매들은 일주일 동안 학교에 나오지 않았다. 그들이 돌아왔을 때, 펠레는 그들을 호기심 어린 눈으로 바라보았다. 바다 밑에 누워 있는 형제가 있다는 건 이상한 기분일 것이다. 그것도 그렇게 젊은 나이에!

"그럼 이제 너희는 바다로 가고 싶지 않니?" 펠레가 물었다.

그런데 아니었다. 그들은 바다로 가고 싶다고 했다.

또 한 번은 프리스 교장이 유달리 긴 휴식 시간 뒤에 침울해져서 학교로 돌아왔다. 그는 코를 세게 풀어 댔고, 이따금 안경 너머로 눈물을 훔치곤 했다. 소년들은 팔꿈치로 서로를 쿡쿡 찔렀다. 교장은 목청을 가다듬으려 크게 헛기침을 했지만, 차마 말을 하지 못했다. 그러더니

---

*단단한 곳이면 아무 데나 그어도 불이 일어나도록 만든 성냥.
**폴란드와 독일 북부 지방.

회초리로 책상을 몇 번 두들겼다.

"얘들아, 얘기 들었니?"

아이들이 조용해지자 그가 물었다.

"네! 아니요! 무슨 얘기요?"

아이들이 일제히 물었다.

"해가 바다로 떨어져서 불이라도 붙었나요?" 한 소년이 말했다.

교장은 아무 말 없이 찬송가책을 꺼내더니 말했다.

"〈얼마나 축복받은 이들인가〉를 부를까?"

아이들은 무슨 일이 생겼음을 직감했고 교장과 함께 엄숙하게 찬송가를 불렀다. 하지만 다섯 번째 구절에서 교장은 노래를 멈추었고, 더 이상 계속하지 못했다.

"페테르 풍크가 익사했다!"

교장이 말한 마지막 단어에서는 거의 목소리가 들리지 않았다. 공포에 질린 속삭임이 교실 전체를 훑고 지나갔다. 학생들은 이해할 수 없다는 눈으로 서로를 쳐다보았다. 페테르 풍크는 마을에서 제일 활동적인 소년이었다. 덩치도 크고 수영도 최고였으며, 학교 역사상 최고의 개구쟁이였다. 그런 그가 익사라니!

교장은 감정을 억제하려고 안간힘을 쓰며 왔다 갔다 했다. 아이들은 소곤소곤 페테르 풍크에 대한 대화에 빠져들었다. 모두들 얼굴에 진지함이 깃들어 한층 성숙해 보였다.

"어디에서요?"

덩치가 큰 한 소년이 물었다.

프리스 교장은 한숨을 쉬며 눈을 떴다. 그는 페테르 풍크에 대해 생각하고 있었다. 온갖 말썽은 다 부리더니 결국 마을 최고의 선원이 된 그 소년을! 자신이 회초리로 벌주었던 것, 그리고 어느 겨울 저녁 여행에서 돌아온 그 청년이 옛 스승을 찾아와 함께 보냈던 즐거운 시간……. 바로잡아 주어야 할 것들도 많았고, 한때의 실수로 한 청년의 일생이 꼬여 버리지 않게 하기 위해 프리스 교장이 남몰래 수습해 줘야 했던 심각하고 중대한 사건들도 있었다.

"북해였다. 아마 잉글랜드에 있었을 게다." 교장이 말했다.

"말린 생선을 싣고 스페인으로 갔다가, 거기서 오렌지를 싣고 잉글랜드로 가서 석탄 화물을 싣고 돌아올 예정이었어요."

한 소년이 말했다.

"그래. 그랬을 거다. 선원들이 북해에 있을 때 폭풍이 덮치는 바람에 페테르는 하늘나라로 가야 했던 거지."

"맞아요. 트로카데으 호는 정말이지 오래된 미친 배예요. 바람이 조금만 불어도 돛대 위에 올라가서 돛을 말아야 하죠."

다른 소년이 말했다.

"그래, 그러다가 페테르가 떨어졌단다." 교장이 말을 이었다.

"그리고 난간에 부딪친 뒤 바다로 빠졌단다. 난간에 장화 흔적이 있었지. 사람들은 아딧줄인가 뭔가 하는 걸로 배의 방향을 간신히 돌릴 수 있었지만, 페테르가 빠진 지점까지 돌아가는 데 한 시간 반이나 걸렸단다. 그리고 그곳에 간신히 도착했을 때 페테르는 사람들이 보는 앞에서 가라앉아 버렸단다. 페테르는 한 시간 반 동안이나 얼음물 속에서 씨름하고 있었던 거야. 방수장화와 방수복을 입고서. 하지만……."

긴 한숨이 교실 전체를 훑고 지나갔다.

"그 형은 마을에서 최고로 수영을 잘했는데!" 헨리가 말했다.

"정박 중인 범선의 뱃전에서 거꾸로 다이빙해서 물속에 들어갔다가 반대편으로 올라오곤 했어요. 그래서 선장에게 호밀 빵을 받았죠."

"끔찍하게 고통스러웠을 거야. 수영을 할 줄 몰랐다면 차라리 나았을 텐데."

교장의 말에 작은 소년이 나섰다.

"우리 아버지도 그러세요! 아버지는 수영을 못하는데, 선원은 수영을 못하는 편이 낫기 때문이래요. 고통만 길어질 뿐이라고요."

"우리 아버지도 수영을 못해요!" 한 소년이 외쳤다.

"우리 아버지도요!" 세 번째 아이가 말했다.

"배우려면 금방 배울 수 있는데 배우지 않아요."

아이들이 손을 치켜들고 이런 식의 얘기를 계속했다. 아이들은 모두 수영을 할 수 있었지만 그 아버지들은 거의 할 줄 모르는 모양이었다. 아마도 수영에 대해 미신적인 불길한 느낌을 갖고 있는 것 같았다.

"아버지가 난파되었을 때 신의 뜻을 거역하면 안 됐대요."

한 소년이 한 마디 거들었다.

"하지만 그럼 최선을 다하는 게 아니잖아!"

더듬거리는 조그만 목소리가 이의를 제기했다. 교장은 재빨리 구석
자리에 앉은 펠레에게 눈을 돌렸다. 펠레는 귀 끝까지 빨갛게 달아올
라 있었다.

"저 아이를 봐라!" 프리스 교장이 감명 받아 말했다.

"나는 저 애가 옳고 나머지가 틀렸다고 말하겠다. 하늘은 스스로 돕
는 자를 돕는 법이니까!"

"어쩌면요."

헨리 보드케르였다.

"물론 하느님이 이번에 도와주시지 않았다는 걸 알지만, 여전히 우
리는 주어진 상황에서 할 수 있는 모든 것을 다해야 한다. 페테르는 최
선을 다했다. 페테르는 내가 가르친 학생들 중 가장 똑똑한 아이였어."

아이들은 옛일들을 떠올리며 서로에게 미소 지었다. 페테르 풍크는
한때 교장 선생님과 씨름을 할 정도로 망나니였지만, 아이들은 지금 그
얘기를 꺼낼 용기가 나지 않았다. 그러나 큰 아이들 중 한 명이 반쯤은
비아냥거리듯이 말했다.

"하지만 스물일곱 번째 찬송가까지밖에 부르지 못했잖아요!"

"그 애가? 정말이냐?" 교장이 호통을 쳤다.

"그 애가 그랬다고? 그럼 넌 네가 똑똑하다고 생각하는 모양이로구
나! 그럼 네가 어디까지 부르는지 한번 들어 볼까?"

그러고는 떨리는 손으로 찬송가책을 집어 들었다. 교장은 떠난 사람
에 대해 함부로 말하는 것을 참을 수 없었던 것이다.

맥주병이라는 별명은 줄곧 펠레를 따라다녔다. 그것만큼 펠레를 괴롭히는 일은 없었다. 여름이 올 때까지 그 별명을 떼어 낼 기회가 없었고, 그건 참으로 까마득한 길이었다.

어느 날 쉬는 시간에 어부 소년들은 방파제 위로 뛰어 올라갔다. 배한 척이 방금 얼음을 헤치고 들어왔는데, 배에는 소름 끼치는 화물이 실려 있었다. 그 화물이란 다름 아닌 얼어붙은 다섯 명의 남자였다. 그중한 명은 죽어서 장의사에게 데려갔고, 나머지 네 명은 여러 오두막으로데려가서 몸을 얼음으로 문질러 동상을 치료해야 했다. 농사꾼 소년들은 이러한 흥분되는 순간에 낄 수 없었다. 그곳을 들락거리며 모든 것을볼 수 있는 어부 소년들이 다가오는 농부 소년들을 당장 몰아내 버렸고, 얼마 안 되는 정보를 들려주는 대신 엄청난 돈을 요구했던 것이다.

알고 보니 그 배는 바다에 나갔다가 온통 얼음으로 뒤덮여서 방향타가 꽁꽁 얼어붙은 채 바다 위에 떠 있는 핀란드 스쿠너선*을 발견한 것이었다. 그 스쿠너선은 짐을 너무 많이 싣고 있어서 파도가 배 위로 넘쳐 얼어붙었고, 얼음이 배를 더욱 깊이 가라앉게 했다. 배가 발견되었을 때 갑판은 물과 정확히 같은 높이에 있었고, 손가락 굵기의 밧줄은얼음 때문에 팔뚝만큼 두꺼워져 있었다. 그리고 돛대며 돛이며 밧줄에꽁꽁 묶여 있는 남자들은 형체를 알아볼 수 없는 얼음 덩어리였다. 배에서 내려졌을 때 그들은 마치 복면과 갑옷으로 무장한 기사들 같았고,

---

* 보통 2개, 때로는 3개 이상의 돛이 달린 범선.

옷을 난도질해서 몸에서 떼어 내야 했다. 그 배를 구조하기 위해 배 세 척이 출항했다. 만일 성공한다면 그들은 많은 돈을 벌 것이었다.

펠레는 설사 정강이를 걷어차이는 한이 있어도 이런 중대한 사건에서 따돌림 당할 생각이 없었다. 그래서 주위에 머물며 얘기를 주워들었다. 소년들은 심각하게 말했고 침울해 보였다. 저 남자들은 얼마나 고통을 겪었을까! 어쩌면 손이나 발이 썩어서 잘라 내야 할지도 몰랐다. 소년들은 마치 그 남자들의 고통을 함께 나누고 있는 것처럼 거친 목소리로 남자답게 서로 얘기를 나눴다.

"저리 꺼져, 이 황소 자식아!"

소년들이 펠레에게 말했다. 그들은 그 당시 맥주병을 좋아하지 않았다. 눈물이 고였지만 펠레는 굴하지 않고 부두 주위를 얼쩡거렸다.

"썩 꺼지라니까!"

소년들이 다시 한 번 말하며, 위협하려고 돌멩이를 집어 들었다.

"다른 시골뜨기들한테 가버려!"

소년들이 올라와서 펠레를 때렸다.

"뭐 때문에 여기 서서 물속을 들여다보고 있는 거야? 아마 넌 어지러워서 고꾸라지고 말걸! 다른 촌뜨기들에게 썩 가버리라니까, 이 맥주병아!"

펠레는 머릿속에 끓어오르는 강렬한 결심 때문에 현기증이 났다.

"너희도 맥주병이긴 마찬가지지! 왜 물속으로 뛰어들 배짱도 없냐?"

"저 녀석 말하는 것 좀 들어 봐! 저 애는 네가 한겨울에 그저 재미로 다리에 쥐까지 나면서 물속으로 뛰어든다고 생각하나 봐."

펠레는 그들의 의기양양한 웃음소리를 듣자마자 방파제에서 몸을 날렸다. 물에 두껍게 낀 얼음이 펠레의 머리 위를 가로막았다. 조금 후에 펠레의 정수리가 다시 나타났지만, 그는 팔로 두세 번 개헤엄을 치다가 가라앉았다.

소년들은 당황해서 어쩔 줄 모르고 이리저리 뛰어다니며 소리쳤다. 그중 한 명이 배를 잡아당기는 갈고리 장대를 잡았다. 그때 헨리 보드케르가 뛰어와서 단숨에 머리부터 물속으로 뛰어들더니 사라졌다. 헨리의 이마에 부딪친 얼음 조각이 물수제비를 뜨며 요동쳤다. 숨을 쉬기 위해 헨리의 머리가 얼음 낀 물 위로 두어 번 올라왔고, 마침내 펠레와 함께 올라왔다. 소년들은 펠레를 방파제 위로 끌어올렸고, 헨리는 정신이 번쩍 나도록 펠레를 세게 때렸다.

펠레는 의식을 잃었지만 헨리가 때린 덕분에 제정신이 들었다. 펠레는 갑자기 눈을 뜨더니 벌떡 일어나서 도요새처럼 뛰어서 달아났다.

"집으로 뛰어가!" 소년들이 펠레의 뒤에서 소리쳤다.

"최대한 빨리 뛰어. 안 그러면 병이 날 테니까! 그리고 아버지한테는 그냥 물에 빠졌다고만 말해!"

펠레는 뛰었다. 그에게 조언 따위는 필요 없었다. 스톤 농장에 도착했을 때, 옷은 뻣뻣하게 얼어 있어서 바지를 벗어도 바지 혼자 서 있을 수 있을 정도였지만 몸은 토스트처럼 따끈따끈했다.

펠레는 아버지에게 거짓말을 하지 않고 자신에게 일어난 일을 있는 그대로 이야기했다. 라세는 화를 냈다. 아버지가 그렇게 화를 내는 모습은 본 적이 없었다.

라세는 말이 감기에 걸리지 않도록 처치하는 방법을 알고 있었고, 펠레를 침대 위에 눕히고 건초 다발로 벌거벗은 몸을 문질렀다. 펠레는 아버지의 거친 손놀림에 몸을 요리조리 움직였다. 라세는 펠레의 신음 소리를 눈치 채지 못하고 아들을 꾸짖었다.

"미친 놈! 이 엄동설한에 상사병에 걸린 여자처럼 바다 속으로 뛰어 들다니! 한바탕 매를 맞아야 해. 암, 그래야 하고말고. 철썩철썩 소리가 나도록 맞아야지. 하지만 지금은 땀을 빼며 잠을 자야 하니까 이번 만큼은 봐주마. 네 몸에서 더러운 소금물을 빼내야 해. 몸에서 피를 빼야 하는 건 아닌지 모르겠다."

펠레는 피를 내고 싶지 않았다. 펠레는 많이 아팠고 그곳에 누워 있는 것이 아주 편했다. 하지만 생각은 자못 진지했다.

"내가 물에 빠져 죽었으면 어땠을까요?"

펠레가 심각하게 물었다.

"그랬으면 내가 죽도록 패줬을 거야."

라세가 화가 잔뜩 나서 말했다.

펠레가 웃었다.

"이런, 너 웃었겠다! 아버지 말이 우습냐?" 라세가 날카롭게 말했다.

"하지만 너같이 쓸모없는 어린놈의 애비노릇을 하는 건 장난이 아니다."

그렇게 말하고 라세는 씩씩거리며 외양간으로 들어갔다. 그러나 계속해서 신경을 쓰며 혹시 아들에게 열이 나거나 다른 이상이 없는지 살펴보러 왔다.

하지만 펠레는 베개에 머리를 묻고 조용히 잠 속으로 빠져들었고, 자신이 헨리 보드케르 못지않은 남자로 등장하는 꿈을 꾸었다.

* *

펠레는 그해 겨울에 글을 많이 배우지 못했지만, 오직 귀만 이용하여 스무 곡 남짓한 찬송가를 외웠다. 게다가 자신에게 붙여진 맥주병이라는 별명을 완전히 떼어 냈다. 펠레는 학교에서 제법 입지를 마련했고, 몇 번의 대담한 시도로 그 입지를 강화했다. 학교에서는 펠레를 용감한 소년으로 인정하기 시작했다. 그리고 여간해서는 누구에게도 호의를 베풀지 않는 헨리가 여러 차례 펠레를 감쌌다.

하지만 가끔 양심의 가책을 느꼈는데, 특히 지식을 향한 목마름에 새롭게 눈뜬 아버지가 어떤 문제의 해답을 얻기 위해 자신에게 왔는데 어떻게 대답해야 할지 모를 때 그랬다. 그럴 때면 라세는 나무라는 투로 말하곤 했다.

"하지만 넌 이걸 배웠을 거 아냐!"

겨울이 끝나가고 시험 때가 다가오면서 펠레는 불안해졌다. 소년들 사이에 시험이 얼마나 어려운지에 대한 많은 불편한 소문들이 나돌았다. 자칫하면 하급반으로 내려가거나 아예 학교에서 쫓겨날 수도 있다고 했다.

불행히도 펠레는 찬송가를 단 한 곡도 혼자서 부르지 못했다. 펠레는 '타락'에 대해 설명해야 했다. 사과를 훔친 부분은 통과하기 쉬웠다. 하지만 그 저주는……!

"하느님이 뱀에게 이르시되, 네가 배로 다니고…… 배로 다니고…… 배로 다니고……."

더 이상 계속할 수 없었다.

"그럼, 아직도 배로 기어 다니니?"

목사가 친절하게 물었다.

"네. 왜냐 하면 사지가 없으니까요."

"그럼 나에게 사지가 무엇인지 설명해 줄 수 있겠니?"

목사는 그 섬에서 최고의 시험 감독으로 알려져 있었다. 목사는 아무리 엉망으로 시작해도 깔끔하게 마무리할 수 있다고 사람들이 말하곤 했다.

"사지는 손이에요."

"그래, 손도 포함되지. 하지만 다른 신체 부분들과 사지를 구분하는 게 뭔지 말할 수 있니? 그러니까 사지는 스스로 움직일 수 있는 신체의 일부야. 예를 들면?"

"귀요!"

펠레가 말했다. 그렇게 대답한 것은 어쩌면 그때 자기 귀가 벌겋게 달아올랐기 때문인지도 몰랐다.

“어? 그럼 넌 귀를 움직일 수 있니?”

“네.”

펠레는 지난 여름 루드에게 지지 않기 위해 불굴의 노력으로 그 기술을 익혔었다.

“그럼 꼭 봐야겠는걸!” 목사가 큰 소리로 말했다.

그래서 펠레는 귀를 열심히 앞뒤로 움직였고 목사와 학교 위원회, 학부모들이 모두 웃었다. 펠레는 종교 과목에서 ‘우수’를 받았다.

“네 귀가 너를 살려준 셈이로구나.” 라세가 기뻐하며 말했다.

“내가 뭐랬니. 귀를 잘 써먹으라고 했잖니. 단지 귀를 잘 움직여서 종교에서 최고 점수를 받다니! 이런, 너만 좋다면 성직자를 시키는 것도 생각해 봐야겠구나.”

라세는 그렇게 오랫동안 떠들었다. 펠레는 그런 대답을 할 수 있는 굉장한 아이가 아니던가!

황소에 받힌 라세

"자, 자, 이리 와! 이 멍청한 겁쟁이. 두려워할 것 없어!"

펠레는 자기가 제일 좋아하는 송아지를 푸른 옥수수 줄기로 꼬이고 있었다. 하지만 오늘만큼은 자신이 없었다. 송아지가 잘못해서 매를 맞은 뒤였기 때문이다.

펠레는 아이가 속을 썩여서 엄하게 대할 수밖에 없는 아버지가 된 기분이었다. 그러나 송아지를 위해 매를 든 것은 사실이지만, 자신과 송아지가 부자 관계 같다는 것은 착각이었다. 그래도 어쩔 수 없었다. 일단 한번 마음먹은 이상 계속 밀고 나가야 했다.

마침내 송아지는 펠레가 가까이 와서 쓰다듬도록 허락했다. 한동안은 가만히 서서 부루퉁하고 있었지만, 마침내 굴복하여 풀을 먹고 고마움의 표시로 펠레의 얼굴에 대고 코를 실룩거렸다.

"이제 착하게 굴 거지?"

펠레가 송아지 뿔을 잡고 흔들며 말했다.

"그렇지?"

송아지는 장난스럽게 뿔을 들어 올렸다.

"알았어. 오늘은 내 외투를 나르지 않아도 좋아."

이 송아지에게는 이상한 점이 있었다. 들판에 내보내진 첫날, 녀석은 꼼짝도 하지 않았다. 결국 펠레는 아버지에게 데려오게 할 요량으로 녀석을 남겨 두고 출발했다. 하지만 펠레가 등을 돌리자마자, 녀석은 이마를 펠레의 등에 가까이 붙이고는 자진해서 쫓아오기 시작했다. 그때부터 목초지로 갈 때나 집으로 돌아올 때 녀석은 펠레의 뒤에서 걸었고, 비가 올 것 같으면 펠레의 외투를 등에 싣고 갔다.

펠레는 아직 나이가 어렸지만 동물들에게만큼은 어른이었다. 전에는 가까운 곳에서만 가축들의 복종을 얻어 낼 수 있었다. 하지만 올해는 몇 백 발자국 떨어진 곳에서도 돌멩이로 소를 맞힐 수 있었고, 덕분에 먼 거리에 있는 동물에 대해서도 힘을 행사할 수 있게 되었다. 특히 때릴 때 그 가축의 이름을 부르면 더욱 효과적이었다. 그러면 가축들은 펠레에게서 고통이 비롯된다는 것을 깨달았고, 단순히 부르는 것에 복종하는 법을 배웠다.

체벌이 효과적이려면 동물이 잘못을 저지른 즉시 이루어져야 했다. 그러니까 잘못을 저지른 가축을 앉아서 기다렸다가 나중에 녀석이 평화롭게 풀을 뜯고 있을 때 뒤에서 공격하는 일 따위는 더 이상 없었다. 그건 혼란만 일으킬 뿐이었다. 분풀이로 가축의 꼬리에 매달려서 녀석이 풀밭 여기저기를 지칠 때까지 달리게 하는 것도 멍청한 짓이었다. 그런 짓은 가축 떼 전체를 동요시키고 나머지 시간 동안 통제하기 어렵게 만들었다. 펠레는 목적과 수단을 서로 견주었고, 합리적이고 실용적인 이성으로 보복의 충동을 억누르는 법을 배웠다.

펠레는 사내아이였고, 게으르지 않았다. 새벽 5시부터 밤 9시까지 온종일 뭔가를 하느라 분주했다. 그중에는 아주 쓸데없는 짓들도 있었다. 예를 들어 몇 시간 동안 물구나무서서 걷기나 공중제비 돌기, 펄쩍 뛰어 개울 건너기 따위를 연습하기도 했다.

펠레는 늘 움직였다. 마치 묶어 놓은 망아지처럼 몇 시간 동안 풀밭 위에서 지칠 줄 모르고 원을 그리며 달렸다. 달리면서 몸을 앞으로 기울이고 손으로 풀을 잡아 뜯으며 '히이잉' 소리와 함께 뒷발질을 하기도 했다. 펠레는 아침부터 밤까지 아낌없이 에너지를 쏟아 부었다.

그러나 소 떼를 돌보는 것은 일이었고, 여기에는 자신의 에너지를 절약해서 썼다. 여기에서 절약할 수 있는 모든 움직임은 축적된 자본과도 같았다. 펠레는 모든 것을 세심하게 신경 썼고, 늘 방법을 개선했다. 펠레는 단지 위협하기 위해 체벌할 때 가장 효과적으로 체벌하는 법을 배웠다. 너무 많이 때리면 동물을 무감각하게 만들었다. 또한 꼭 개입이 필요한 때를 판단하는 법도 배웠다. 현장에서 즉시 개입할 수 없으면, 스스로 자제하고 경험을 이용해 다시 한 번 똑같은 순간을 유도했다. 이 조그만 어린 아이는 자기도 모르는 사이에 쑥쑥 자라고 있었다.

그는 이제 제법 유능해졌다. 소를 몰고 나갔다 오는 일은 더 이상 어렵지 않았고, 일주일 내내 가축 떼를 옥수수 밭 사이의 좁은 길로 몰고 가면서도 가축들이 잎사귀 하나도 물어뜯지 못하게 할 수 있었다. 그리고 후텁지근한 날에 가축들을 통제하는 더 굉장한 기술이 있었다. 가축들이 쇠파리를 두려워하는 습성을 이용하여, 녀석들이 꼬리를 치켜올리고 전속력으로 달리게 하다가 목초지 한가운데 서게 하는 것이었다. 마음만 먹으면 추운 10월에도 풀밭에 누워 쇠파리 소리를 흉내 내는 것만으로 가축들이 꼬리를 휘날리며 외양간으로 미친 듯 뛰어 들어가게 만들 수도 있었다. 그러나 그건 대단한 비밀이었고, 심지어 아버지도 그 비밀을 몰랐다. 재미있는 것은 난생 처음 밖으로 나가서 쇠파리를 전혀 모르는 송아지들도 잔뜩 날이 선 윙윙 소리를 듣기만 하면 즉시 꼬리를 치켜 올리고 달아나기 시작한다는 사실이었다.

펠레에게는 도저히 불가능할 것 같은 바람이 있었다. 체벌에 의지하지 않고 조금 높은 곳에 올라가서 목소리 하나만으로 가축 떼 전체를 지휘하는 것이었다. 아버지 라세 역시 어떤 일이 있어도 소들을 때리는 법이 없었다.

하루가 어떻게 지나갔는지 모르게 집에 돌아갈 시간이 찾아오는 날도 있었다. 어떤 날은 제법 길었지만 그런 날들도 낮으로 풀을 베는 소리와 소의 울음소리, 멀리서 들리는 사람들의 목소리 속에 노래를 부르며 멀어져 가는 것처럼 보였다. 그리고 그날의 노래 소리가 땅 전체에 울려 퍼졌다. 펠레는 이따금 그 소리를 듣기 위해 하던 일을 멈춰야 했다. 들어 보자! 음악이다! 펠레는 모래언덕으로 뛰어 올라가서 바다를 내려다보았지만, 그곳이 아니었다. 그리고 내륙에서는 자신이 알고 있는 한 즐거운 일이 없었고, 한 해 중 그맘때에는 하늘을 나는 철새도 없었다. 하지만 귀를 기울여 들어 보니 다시 음악이 들렸다. 아주 먼 곳에서 너무나 멀어서 곡조를 분간할 수도, 무엇으로 연주하는지 알 수도 없는 음악이 귀에 들어왔다. 태양의 음악일까? 마치 몸이 분수대인 것처럼 빛과 삶의 노래는 펠레의 온몸을 관통하며 흘렀다. 펠레는 그 곡조와 행복감에 반쯤 빠져서 꿈을 꾸듯 돌아다니곤 했다.

비가 쏟아지는 날에는 외투를 찔레꽃 나무에 걸쳐 놓고 그 밑에 숨어서 조각을 하거나 납 단추로 종이에 그림을 그렸다. 말이며 누워 있는 소 같은 것을 그리기도 했지만, 가장 자주 그리는 것은 배였다. 부드러운 곡조에 실려 바다 건너 머나먼 이국으로, 흑인들의 땅으로, 중국으로 항해하는 배들……. 그리고 기분이 날 때는 자신만의 비밀 장소에서 부러진 칼과 얇은 이판암* 조각을 가져와 작업을 시작했다. 돌 위에는 칼로 새긴 그림이 있었다. 펠레는 이제 그 그림을 완성하느라 바빴다. 펠레는 여름 내내 틈틈이 이 작업을 해왔고, 이제 그림은 윤곽을 드러내기 시작했다. 그것은 돛을 모두 올리고 출렁이는 바다를 건너 스페인으로 항해하는 범선이었다. 그렇다. 그 범선은 포도와 오렌지, 그리고 펠레가 아직 맛보지 못한 다른 진미들을 가지러 스페인으로 가고 있었다.

<hr>

* 점토가 굳어 이루어진 수성암.

비가 오는 날에는 시간을 가늠하기 어려워서 세심한 노력이 필요했다. 그렇지 않은 날에는 제법 쉬워서 펠레는 그저 느낌만으로 잘 알아맞힐 수 있었다. 하루 중 어떤 시간에는 농장에서 그 시간을 알려 주는 신호가 있었고, 다른 시간에는 소 떼가 습관으로 시간을 말해 주었다. 아침 9시가 되면 첫 번째 소가 아침 되새김질을 위해 주저앉았고, 그 뒤로 점차 하나하나씩 주저앉았다. 10시쯤에는 모두들 앉아서 되새김질을 했다. 그리고 11시에는 마지막 놈이 되새김질을 끝내고 일어섰다. 오후 3시에서 5시까지도 마찬가지였다.

햇빛이 비치고 있을 때는 정오를 가늠하기 쉬웠다. 펠레는 정오가 되면 늘 그것을 느낄 수 있었다. 그리고 자연 속에는 시간과의 연관성을 말해 주는 오만 가지 다른 것들이 있었다. 예를 들어 새들의 습성이라든가 전나무의 모양, 그리고 꼭 집어서 애기할 수 없는 많은 것들이 있었다. 그런 것들은 그저 느낌일 뿐이기 때문이다. 집으로 갈 시간은 소 떼들 스스로가 알려 주었다. 시간이 가까워지면 소들은 천천히 풀을 뜯으며 어슬렁거리다가 농장 방향으로 머리를 돌렸다. 이때 소들의 몸에 눈으로 볼 수 있는 긴장감이 나타나는데, 그건 바로 집을 향한 그리움이었다.

**

루드는 한 주 내내 나타나지 않았다. 그런데 오늘 루드가 오자마자 뭔가 속임수를 쓰는 바람에 펠레는 성질을 버럭 냈다. 그러자 루드는 집으로 달려갔고, 펠레는 전나무 숲 가장자리에 엎드려 발을 공중에 들어 올리고 노래를 불렀다. 주변에 있는 나무 밑동에는 온통 펠레의 칼자국이 나 있었다. 제일 초기에 새긴 배들은 투박한 직사각형 형태였다. 첫해 여름에 새긴 것들이었다. 그리고 개울가에는 펠레가 가꾸고 있는 손바닥만 한 밭들도 있었다. 펠레는 이 밭들을 제대로 쟁기질하고 써레질한 뒤 씨를 뿌려 놓았다.

지금 펠레는 루드와의 한바탕 실랑이 후에 우렁찬 노랫소리로 주위 공기를 흔들며 휴식을 취하고 있었다. 위를 올려다보니 농장에서 한 남자가 나와 겨드랑이에 보따리를 끼고 큰길을 따라 걷고 있었다. 에릭이었다. 싸움에 연루되어 법정에 출두하러 가는 것이었다. 그 뒤로 농장주가 시원한 속도로 읍내 쪽으로 마차를 몰고 갔다. 재미를 보러 나가는 것이 분명했다. 왜 농장주는 에릭을 태우고 가지 않는 걸까? 두 사람 모두 같은 방향으로 가는데도 말이다. 오늘은 안주인이 그를 뒤쫓지도 않는데 왜 그렇게 빨리 달리는지……. 안주인은 남편을 뒤쫓는 대신 집에서 스스로를 달래고 있었다. 주인이 하룻밤에 마시고 즐기는 데 500크로네나 쓴다는 것이 사실일까?

"어!"

펠레가 벌떡 일어나서 토끼풀밭을 올려다보았다. 젖소들이 15분전부터 계속 농장을 올려다보고 있었고, 지금은 아스파시아가 음매 하고 울고 있었다. 이제 곧 아버지가 젖소들을 데리러 나올 것이다.

그때 막 아버지 라세가 농장 귀퉁이를 돌아 걸어 나왔다. 젖소들이 있는 가장 낮은 곳까지는 그리 멀리 않으니 아버지가 그곳에 왔을 때 재빨리 뛰어가서 인사할 기회를 잡을 수 있을 것이다. 펠레는 동물들을 더 가까이 모아 천천히 위쪽으로 몰고 갔다. 라세는 위쪽에 있는 가축 절반을 몰았고, 이제 다른 소들과 조금 떨어져 서 있는 황소에게 대각선 방향으로 건너오고 있었다.

황소는 식식거리며 땅을 차올리고 있었다. 놈은 혀를 한쪽으로 쑥 빼고 들이받으려는 동작으로 재빨리 머리를 들어올렸다. 놈은 화가 나 있었다. 그러더니 온갖 별난 짓을 하며 종종걸음으로 앞으로 나갔다. 어찌나 발을 구르던지! 펠레는 전에 종종 그랬던 것처럼 놈의 주둥이를 차주고 싶은 충동을 느꼈다. 아무 의미 없는 행동이라 해도 놈이 아버지를 위협할 권리는 없는 것이다.

라세는 아무것도 눈치 채지 못했다. 그는 소를 매어 놓은 말뚝에 망치질을 하고 있었다.

"아빠, 안녕!"

펠레가 소리쳤다. 라세는 고개를 돌려서 끄덕이고는 몸을 숙이고 말뚝을 땅에다 박았다.

아버지 바로 뒤에서 황소가 눈을 크게 뜬 채 혀를 쭉 빼고 빠르게 발을 구르고 있었다. 마치 토하고 있는 것 같았다. 황소가 내는 소리도 딱 그 소리였다. 펠레는 속력을 늦추며 웃었다. 이제 거의 가까워졌다. 그러나 갑자기 아버지가 공중제비를 돌아 떨어졌다. 그리고 다시 공중에 떴다가 조금 떨어진 곳에 떨어졌다.

황소는 다시 라세를 들이받으려 했지만, 펠레가 놈의 머리 가까이에 있었다. 비록 나막신을 신고 있진 않았지만 펠레는 맨발을 들어 현기증이 날 정도로 강하게 놈을 걷어찼다. 놈은 펠레를 알기 때문에 피하려 했다. 그러나 펠레는 놈의 머리에 달려들어 뿔을 잡고 거의 실성한 사람처럼 악을 쓰며 발길질을 해댔다. 하지만 황소는 펠레를 가볍게 한쪽으로 밀치고는, 풀밭이 물결칠 정도로 바닥에 콧김을 내뿜으며 라세를 향해 달려갔다.

황소는 라세의 셔츠를 물고 약간 흔든 다음, 그의 몸 아래에 두 개의 뿔을 찔러 넣고 공중으로 날려 보내려 했다. 하지만 펠레는 다시 일어나 번개처럼 빨리 칼을 꺼내서 놈의 양 뒷다리 사이에 찔러 넣었다. 황소는 짧은 비명을 지르며 라세를 한쪽으로 던져 놓고는 울부짖으며 들판을 정신없이 질주했다. 녀석은 개울까지 내려가서 그 기슭을 갈기갈기 파헤쳐 공중에 흙과 풀이 튀어 오르게 했다.

라세는 눈을 감은 채 신음하며 누워 있었다. 펠레는 울면서 아버지의 팔을 끌어 일으키려 했지만 소용이 없었다.

"아빠, 우리 불쌍한 아빠!"

마침내 라세가 일어나 앉았다.

"그 노래를 부른 게 누구지?" 그가 물었다.

"오호라. 너였구나. 그렇지? 울고 있구나. 누가 너에게 무슨 짓을 했니? 아, 그래. 황소였지. 녀석은 그냥 나랑 장난을 치려고 한 것뿐이야. 그런데 어떻게 했기에 녀석이 그렇게 혼비백산해서 도망간 거냐? 세상에! 넌 나이는 어리지만 아비의 생명을 구했다. 제기랄! 속이 울렁거리는구나! 우욱!"

메스꺼움이 지나가자 그는 이마에서 땀을 닦아 내면서 계속 주절거렸다.

"술이 조금만 있다면 좋았을 텐데. 어, 그래. 녀석은 나를 알아. 안 그랬으면 내가 이 정도 다치는 걸로 끝나지 않았겠지. 놈은 그냥 나랑 조금 놀고 싶었을 뿐이야. 물론 내가 오늘 암소 한 마리를 자기한테 멀리 떨어진 곳으로 몰고 가서 약간 앙심을 품기는 했지. 나도 그건 눈치 챘어. 하지만 놈이 나를 공격할 걸 누가 생각이나 했겠니? 내가 남의 옷을 입는 멍청한 짓을 하지 않았다면 녀석이 그러지 않았을 텐데. 이건 몬스의 셔츠야. 내 셔츠를 빨아서 빌려 입은 거지. 황소가 나한테 나는 이상한 냄새를 좋아하지 않았나 보구나. 몬스가 자기 옷이 찢긴 걸 보면 뭐라고 할까? 보나마나 썩 좋아하지는 않을 것 같은데 걱정이구나."

라세는 한참을 얘기하다가 펠레의 부축을 받아 일어서려 했다. 아들의 어깨에 기대어 일어서면서 몸이 앞뒤로 흔들렸다.

"아프지만 않다면 술 취한 걸로 착각했겠어!"

그가 힘없이 웃으며 말했다.

"너를 보내 주신 하느님께 감사해야겠구나. 넌 항상 이 아비의 마음을 흐뭇하게 하지. 게다가 이제는 아비의 생명까지 구해 주었잖니."

그러면서 라세는 비틀비틀 집으로 걸어갔고, 펠레는 길 위에 있는 나머지 젖소들을 자신이 모는 소들이 있는 아래쪽으로 몰고 갔다. 자랑스러움과 충격을 동시에 느꼈지만, 자랑스러움 쪽이 더 컸다. 펠레는 아버지의 생명을 구했다. 그것도 농장에서 그 누구도 어쩌지 못하는 화가 난 덩치 큰 황소에게서 말이다. 다음에 헨리 보드케르가 자신을 보러 오면 누군가 그 얘기를 해줘야 할 텐데…….

하지만 칼을 빼든 것이 영 찜찜했다. 모두들 그런 행동을 경멸하며, 그건 스웨덴 놈이나 하는 짓이라고 했다. 시간이 있었다면 또는 나막신을 신고 있어서 녀석의 미간을 걷어찰 수 있었다면 그럴 필요까지는 없었을 것이다. 펠레는 그 수소를 외양간으로 몰고 가야 할 때면 나막신 앞 끝으로 공격하곤 했고, 녀석은 펠레를 건드리지 않기 위해 제법 조심했다. 안 그러면 펠레가 녀석의 눈을 찔러서 멀게 만들거나, 이야기 속에 나오는 남자처럼 뿔을 잡아 목이 돌아갈 때까지 비틀어 버릴 수도 있으니까 말이다.

펠레는 상상 속에 빠져 들었다. 그 속에서 그는 모든 것을 압도할 만큼 키도 자랐고 몸집도 커졌다. 동물들을 다시 모아들이며 뛰어다닐 때 그 힘에는 한계가 없었다. 펠레는 폭풍처럼 모든 것을 뛰어넘으며 질주했고, 그 힘세다는 에릭과 농장감독도 던져 버릴 수 있었다. 그렇다! 단지 대들보에 손을 대는 것만으로 스톤 농장 전체를 들어 올릴 수 있었다. 그는 노기등등하고 용맹한 전사 그 자체였다!

한창 환상 속에 빠져 있다가 갑자기 농장감독이 그 황소가 없어진 걸 알면 어쩌나 하는 생각이 들었다. 그럼 펠레 자신은 물론이고 아버지까지 매를 맞게 될 것이다. 펠레는 놈을 찾으러 갔다. 안전을 위해 긴 채찍을 챙기고 나막신을 신었다.

황소는 개울 기슭을 엉망진창으로 만들었고 목초지의 상당 부분을 파헤쳐 놓았다. 놈은 개울 바닥과 밭에 핏자국을 남겼다. 펠레는 핏자국을 따라 밭두렁으로 갔고, 거기에서 소를 찾았다. 그 덩치 큰 짐승은 덤불 밑으로 들어가서 상처를 핥고 있었다. 놈은 펠레의 목소리를 듣고 밖으로 나왔다.

"돌아와!"

펠레가 채찍으로 놈의 주둥이를 가볍게 치며 소리쳤다. 놈은 머리를 땅으로 숙이고 식식거리며 무겁게 뒷걸음쳤다. 펠레는 계속해서 코를 가볍게 치면서 단호하게 소리치며 한 걸음 한 걸음 다가갔다.

"돌아와! 어서!"

마침내 놈은 뒤로 돌아 달리기 시작했고, 펠레는 소를 매어 놓는 말뚝을 쥐고 뒤따라 뛰었다. 그리고 놈이 딴 생각을 할 틈이 없도록 채찍으로 계속 달리게 했다.

마침내 이 일을 해내고 나자 피로가 밀려와 주저앉을 지경이었다. 펠레는 전나무 숲 가장자리에 웅크리고 앉아 아버지 생각을 하며 슬픔에 잠겼다. 불쌍한 아버지는 저 위에서 아픈 몸으로 도와주는 일손도 없이 일하고 있을 텐데. 마침내 그런 상황을 더 이상 참을 수가 없어졌다. 당장 집으로 돌아가야 했다!

즈으! 즈으! 펠레는 땅에 납작 엎드려서 소들을 미치게 만드는 쇠파리 울음소리를 내며 풀밭을 기어 다녔다. 마치 쇠파리가 사방팔방 날아다니는 것처럼 이빨 사이로 높고 낮은 소리를 냈다. 소 떼는 풀 뜯기를 멈추고 귀를 쫑긋 세운 채 꼼짝도 않고 서 있었다. 그러더니 점차 긴장해서는 다리를 차올리고, 머리를 한쪽으로 돌리고 움직이기 시작했다. 펠레가 더욱 집요하게 성난 소리를 내자, 가축들은 모두 서로에게 영향을 받아 뒤로 돌아 미친 듯 발을 구르기 시작했다. 송아지 두 마리가 그 소동 속에서 뛰쳐나와 곧바로 농장을 향했고 나머지도 그루터기와 돌멩이를 넘어 그 뒤를 따랐다. 이제 펠레가 해야 할 것이라고는 호들갑을 떨며 그 뒤를 따라 뛰면서, 가축들이 집에 도착할 때까지 쇠파리 소리가 끊기지 않게 하는 것뿐이었다.

농장감독이 직접 우리 문을 열어 주러 나와 가축들이 들어가도록 도왔다. 펠레는 얼굴에 주먹이 날아올 것을 각오하고 가만히 서 있었다. 하지만 농장감독은 이상스런 미소를 띠고 쳐다볼 뿐이었다. 그리고 이렇게 말했다.

"이제 네가 녀석들을 제압하기 시작한 모양이구나. 그래, 좋아. 네가 그 황소를 다룰 수만 있다면 상관없지."

그는 펠레를 놀리고 있었다. 펠레는 머릿속까지 빨갛게 달아올랐다.

라세는 침대에 올라가 있었다.

"네가 오다니 정말 잘 됐구나!" 그가 말했다.

"방금 여기 누워서 어떻게 젖소들을 몰고 와야 하나 걱정하고 있던 참이었는데. 일어나기는커녕 움직일 수도 없구나."

라세가 다시 일어서기까지는 일주일이 걸렸다. 그동안 소들은 우리

안에 남아 있었고, 펠레는 집에 머물며 아버지가 하던 일을 했다. 펠레는 다른 사람들과 함께 식사를 했고, 한낮에는 남들처럼 헛간에서 낮잠을 잤다.

하루는 한낮에 루드 엄마 암퇘지가 술이 잔뜩 취해서 뜰로 걸어 들어왔다. 그녀는 자신에게 금지된 위쪽 뜰에 자리를 잡고 콩스트루프를 부르며 서 있었다. 농장주는 집에 있었지만 나오지 않았고, 높은 창문 너머에 있어서 코빼기도 볼 수 없었다.

"콩스트루프, 콩스트루프! 잠깐 나와 봐!"

그녀는 머리를 들 수 없을 정도로 취해서 시선을 땅바닥으로 향하고서 말했다. 농장감독은 집에 없었고, 남자들은 뭔가 재미있는 구경거리를 기대하며 헛간에 숨어 있었다.

"콩스트루프! 나와 보라니까! 당신한테 할 말이 있단 말이야!"

암퇘지는 혀 꼬인 소리로 말하고는 계단을 올라가서 문을 열려고 했다. 그녀는 문을 몇 차례 두들기더니, 문에 바짝 얼굴을 대고 이야기했다. 하지만 아무도 나오지 않자 비틀거리며 계단을 내려와 혼잣말을 하며 돌아보지도 않고 가버렸다.

잠시 후 위층에서 우는 소리가 시작되었다. 남자들이 밭으로 막 나가려고 하는데 농장주가 밖으로 뛰어나와 말에 마구를 채워 이륜마차에 연결하라고 지시했다. 지시대로 하는 동안 그는 초조하게 서성이더니 즉시 전속력으로 출발했다. 마차가 집의 귀퉁이를 돌 때, 창문이 열리더니 애원하는 듯한 목소리가 그를 불렀다.

“여보, 여보!”

하지만 그는 계속 마차를 빠르게 몰았다. 창문이 닫히고 울음소리가 다시 시작되었다.

오후에 펠레가 아래 뜰에서 분주히 일하고 있는데, 카르나가 와서 안주인에게 가보라고 했다. 펠레는 머뭇거리며 올라갔다. 안주인은 알다가도 모를 사람이었고, 남자들은 모두 밭에 나가 있었던 것이다.

콩스트루프 부인은 남편 서재에 있는 소파에 누워 있었다. 남편이 나가 있을 때면 그녀는 그 방을 밤낮으로 차지하고 있었다. 안주인은 이마에 젖은 수건을 대고 있었고, 울어서 얼굴 전체가 새빨개져 있었다.

“이리 오렴!” 그녀가 낮은 목소리로 말했다.

“너는 나를 무서워하지 않지?”

펠레는 안주인에게 다가가서 그녀 옆에 있는 의자에 앉아야 했다. 눈을 어디에 둬야 할지 몰랐고, 흥분해서 코에서 콧물이 흐르기 시작했지만 손수건도 가지고 있지 않았다.

“내가 무섭니?” 그녀가 다시 물었다.

쓴웃음이 입가를 스쳐 지나갔다.

펠레는 무섭지 않다는 것을 증명하기 위해 그녀를 똑바로 쳐다봐야 했다. 그리고 진실을 말하자면, 그녀는 전혀 마귀할멈 같지 않았다. 그저 울고 있는 불행한 사람처럼 보일 뿐이었다.

“이리 오렴!”

그녀는 이렇게 말하고는 손수건으로 펠레의 코를 닦아 주고 머리를 쓰다듬었다.

"넌 엄마가 없지, 불쌍한 것!"

그리고 어설프게 수선한 펠레의 셔츠를 다림질하듯 손으로 폈다.

"엄마가 돌아가신 지 3년이 되었어요. 엄마는 교회 묘지의 서쪽 구석에 누워 계세요."

"엄마가 많이 보고 싶니?"

"음, 아버지가 옷을 고쳐 줘요!"

"어머니가 무척 잘해 줬겠지!"

"네."

펠레가 진지하게 고개를 끄덕이며 말했다.

"하지만 엄마는 화를 잘 내고 늘 아팠어요. 그렇게 힘들게 사느니 차라리 가는 편이 나아요. 하지만 저도 곧 새엄마를 갖게 될 거예요. 아버지가 적당한 사람을 찾으면요."

"그럼, 넌 여길 떠나겠구나. 이곳이 편하지 않은 게로구나. 그렇지?"

펠레는 할 말이 있었지만 함정에 빠질까 봐 두려워서 입을 꼭 다물고 고개를 저을 뿐이었다. 나중에 누가 쫓아와서 불평을 했다고 야단을 칠지도 모르는 일이었다.

"아니, 넌 이곳이 편안하지 않아."

그녀는 애처로운 목소리로 말했다.

"스톤 농장에서는 어느 누구도 편안하지 않지. 여기서는 모두들 불행해져."

“그건 오래된 저주예요!” 펠레가 말했다.

“사람들이 그렇게 말하든? 그래, 그래. 나도 알아! 사람들은 내가 한 남자만을 사랑하고 짓밟히는 걸 못 참는다는 이유로 내가 마녀라고 말하지.”

그녀는 울면서 펠레의 손을 자신의 떨리는 얼굴에 대고 눌렀다.

“저 나가서 젖소들을 들여와야 해요.”

이곳에서 벗어나고 싶어서 불안하게 몸을 뒤척이며 펠레가 말했다.

“이제 내가 무서워진 게로구나!”

그녀는 이렇게 말하며 미소 지으려 했다. 그 미소는 비가 쏟아진 뒤에 비치는 햇살 같았다.

“아니에요. 그냥 나가서 젖소를 들여와야 해서 그래요.”

“그때까지 한 시간은 남아 있잖아. 그런데 오늘은 왜 네가 소를 치지? 아버지가 아프니?”

그래서 펠레는 그 황소에 대해 말해야 했다.

“정말 착한 아이로구나!”

안주인은 펠레의 머리를 토닥이며 말했다.

“나한테도 너 같은 아들이 있으면 좋을 텐데. 하지만 네가 지금 해야 할 일이 있어. 지금 가게로 뛰어가서 산머루 럼주를 한 병 사와라. 그럼 네 아버지가 마실 뜨거운 음료를 만들 수 있어. 서두르면 젖소를 들여오는 시간까지 돌아올 수 있을 거야.”

라세는 소년이 돌아오기도 전에 뜨거운 음료를 마셨다. 비록 산머루 럼주가 들어 있지는 않았지만. 자리에 누워 있는 동안 라세는 날마다 기력을 회복시키는 음료를 마셨다.

이 기간 동안 펠레는 거의 매일 안주인에게 올라갔다. 콩스트루프는 일 때문에 코펜하겐에 가 있었다. 그녀는 펠레에게 친절했고 늘 맛있는 것을 주었다. 펠레가 먹는 동안 그녀는 쉴 새 없이 콩스트루프 얘기를 하거나, 사람들이 자신에 대해 어떻게 생각하는지 물었다. 그래서 어쩔 수 없이 대답하면 그녀는 낙담해서 울기 시작했다. 안주인은 끝없이 남편 이야기를 했지만 그 이야기들은 서로 앞뒤가 맞지 않았다. 그래서 펠레는 더 이상 그녀의 말을 이해하려고 애쓰지 않았다. 그곳에 있을 때 안주인이 주는 좋은 것들만으로도 충분했다.

외양간 방으로 내려가서 펠레는 모든 것을 낱낱이 아버지에게 얘기했다. 라세는 누워서 얘기를 들으며 이 조그만 아이가 그렇게 높은 위치를 차지하고 있는 안주인의 신뢰를 얻은 것에 감탄했다. 하지만 어쩐지 마음이 썩 개운치는 않았다.

"마님은 거의 서 있는 법이 없어요. 나한테 비스킷을 줄 때도 테이블에 꼭 붙어 있어요. 너무 아파서요. 나리가 때려서 그렇다고 했어요. 마님이 나리를 싫어해서 죽이고 싶어 하는 거 아세요? 하지만 또 나리가 세상에서 제일 잘생긴 남자라고 말하면서 스웨덴에서 더 잘생긴 남자를 본 적이 있냐고 물어봤어요. 그러더니 꼭 실성한 사람처럼 우는 거예요."

"그래?" 라세가 심각하게 말했다.

"내 생각엔 안주인이 자기가 무슨 말을 하는지 모르는 것 같구나. 아니면 그렇게 말하는 이유가 따로 있거나. 하지만 어쨌건 마찬가지야. 주인이 안주인을 때린다는 건 사실이 아냐. 거짓말을 하는 게 분명해."

"그런데 왜 거짓말을 하죠?"

"주인에게 피해를 주려는 거겠지. 하지만 주인은 모두에게 잘 대해주는 좋은 남자야. 안주인만 빼고 말이다. 그게 불행이지. 네가 위층에 올라가는 게 탐탁치가 않구나. 네가 난처해지지 않을지 걱정이다."

"제가 왜요? 마님은 좋은 사람이에요. 정말 착해요."

"내가 그걸 어떻게 알겠니? 아니야. 그 여잔 착하지 않아. 눈이 전혀 착해 보이지 않는단 말이야. 그 여잔 바라보는 것만으로 여러 사람을 불행에 빠뜨렸다. 하지만 어쩔 수 없는 일이지. 그 불쌍한 남자가 모든 위험을 감당할 밖에……."

라세는 잠잠해졌다가 잠시 몇 마디 우물거렸다. 그러더니 자리에서 일어나 펠레에게 가까이 얼굴을 대고 말했다.

"여길 봐! 내가 쇳조각을 발견했단다. 항상 이걸 품고 다녀라. 특히 위층에 올라갈 때는 말이다! 그래, 그리고 나머지는 하느님의 손에 맡기는 수밖에. 하느님은 불쌍한 아이들을 돌보는 유일한 분이시니까."

라세는 그날 한참 동안 일어나 있었다. 그리고 건강이 빠르게 회복되어 다행히도 이틀 뒤에는 다시 예전의 생활로 돌아갈 수 있었다. 그리고 마음먹었다. 다음 겨울에는 꼭 이 생활에서 벗어나도록 해봐야지!

펠레가 집에 있던 마지막 날, 평소와 다름없이 펠레는 안주인에게 불려갔다. 그러다 그날 펠레는 끔찍한 광경을 보고 말았다. 그녀는 입에서 이빨과 입천장을 모두 빼내서 자기 앞의 테이블 위에 얹어놓고 있었던 것이다.

그녀는 정말로 마녀였다!

일꾼들의 불만

펠레는 송아지 떼와 함께 집으로 오고 있었다. 농장 가까이에 오자 아버지가 들을 수 있도록 큰 소리로 소들에게 명령했다.

"야! 스파시아나! 어디로 가고 있는 거야? 다네브로그, 이 늙은 골칫거리! 이리 오지 못해?"

하지만 라세는 우리 문을 열어 주러 나오지 않았다.

펠레는 가축들을 우리에 집어넣고 외양간으로 뛰어 들어갔다. 아버지는 그곳에도 방에도 없었다. 그의 외출용 나막신과 모직 모자도 사라졌다. 그때 그날이 토요일이라는 것이 떠올랐다. 아마 남자들에게 술을 사다 주러 상점에 간 모양이었다.

펠레는 저녁을 먹으러 하인 식당으로 내려갔다. 남자들은 늦게 돌아와서 아직 식탁에 앉아 있었다. 식탁에는 엎질러진 우유와 감자 껍질이 여기저기 널려 있었다. 그들은 내기에 빠져 있었다. 에릭이 식사를 끝낸 후에 감자와 함께 소금에 절인 청어 스무 마리를 먹기로 한 것이었다. 상금은 술 한 병이었다. 사람들이 그를 위해 감자를 깎아 주었다.

펠레는 주머니칼을 꺼내서 자신이 먹을 감자 한 무더기를 깎았다. 청어는 껍질을 남겨 두었지만, 세심하게 손질하고 머리와 꼬리를 떼어 냈다. 펠레는 청어를 조각내어 뼈를 발라내지 않고 소스를 곁들여 감자와 함께 먹었다. 먹으면서 에릭을 보았다. 너무도 강하고 이 세상에 무서운 것이 없는 거인 에릭. 에릭은 천지에 자식들을 뿌려 놓았다. 에릭은 손가락을 장총의 총구에 끼우고 팔을 뻗어 총을 똑바로 들고 있을 수 있었다. 그리고 남들 세 명이 마시는 것만큼 술을 마실 수 있었다.

그리고 이제 에릭은 배가 찬 상태로 앉은 자리에서 청어 스무 마리를 먹고 있었다. 에릭은 청어의 머리를 잡아서 통째로 먹었고, 남들이 껍질을 깎기가 무섭게 감자를 먹어 치웠다. 그러면서 중간 중간, 농장감독이 그날 저녁 외출을 허락해 주지 않았다고 욕을 했다. 대가를 치르게 될 것이라고 했다. 농장감독은 에릭이 나가려 하면 집에 묶어 두라고 지시했던 것이다.

펠레는 청어와 죽을 급하게 삼키고는 아버지가 왔나 보려고 다시 뛰어나갔다. 아버지가 간절히 보고 싶었다. 펌프 앞은 여자들이 우유 들통과 냄비 따위를 문질러 닦느라 분주했고, 구스타우는 팔을 담에 기댄 채 여자들에게 말을 걸며 아래 뜰에 서 있었다. 사실 그는 보딜을 지켜보고 있었다. 하지만 보딜의 눈은 늘 에나멜가죽 장화를 뽐내며 성큼성큼 걸어 다니는 새 견습감독을 쫓고 있었다.

펠레는 지나쳐 가다가 사람들에게 잡혀서 펌프질을 해야 했다. 이제 남자들이 올라와서 헛간으로 건너갔다. 아마도 힘겨루기를 하러 가는 것 같았다. 에릭이 이곳에 온 뒤부터 남자들은 자유 시간에 늘 힘겨루기를 했다. 펠레는 그들의 힘겨루기에서 흥미로운 점을 전혀 발견하지 못했고, 어서 펌프질을 끝내고 아버지에게 가기 위해 열심히 일했다.

열성적인 성격의 구스타우는 계속 거기에 서서 견습감독에 대한 악감정을 토해 냈다.

"거기 돈이라도 떨어져 있는 모양이지?"

보딜이 구스타우에게 비아냥거리며 말하자 구스타우가 받아쳤다.

"그놈을 어떻게 한번 해봐. 그럼 언젠가 농장 안주인이 될지도 모르지. 농장감독은 아무래도 안 되겠고 농장주라면…… 글쎄, 지난번에 암퇘지 봤지? 그렇게 되면 꼴좋겠다."

"농장감독은 안 된다고 누가 그래?" 보딜이 날카롭게 말했다.

"우리는 네 도움 없이도 알아서 잘하니까 신경 끄셔. 애들이 모든 걸 알려고 하면 안 돼지!"

구스타우는 얼굴이 빨개졌다.

"입 다무시지, 이 헤픈 계집!"

그는 투덜거리면서 어슬렁어슬렁 헛간으로 내려갔다.

"오! 나의 불쌍한 어머니여. 이제 땅을 밟고 서지도 못하시다니!"

몬스가 외양간 문가에 서서 금이 간 나막신에 망치질을 하며 노래를 불렀다. 펠레와 여자들은 불평을 했고, 다락방 위에서는 농장감독이 왔다 갔다 하는 소리가 들렸다. 그는 파이프들을 정리하느라 분주했다. 이따금 저택에서는 길게 늘어지는 소리가 났다. 마치 짐승의 울부짖음 같은 그 소리에 사람들은 몸서리를 쳤다.

그때 말끔한 외출복 차림의 남자가 겨드랑이에 보따리를 끼고 일꾼 숙소의 문을 미끄러지듯 빠져나와서 아래 뜰 건물 옆으로 살금살금 걸어갔다. 에릭이었다.

"이봐! 어딜 가는 거야?"

농장감독의 창문에서 벼락같은 목소리가 날아왔다. 남자는 머리를 조금 숙이고 못 들은 척했다.

"안 들려? 이 괘씸한 오랑캐 같은 놈! 에릭."

에릭은 뒤로 돌아 헛간 문으로 튀어 들어갔다.

곧바로 농장감독이 내려와서 뜰을 가로질러 갔다. 여물을 써는 헛간에서는 남자들이 에릭의 불운을 비웃으며 서 있었다.

"감독은 늘 눈을 시퍼렇게 뜨고 감시하고 있다고! 감독을 이기려면 부지런해야 해." 구스타우가 말했다.

"난 ㄱ 자식을 해지울 수 있어! 난 한두 살 난 어린애가 아니라고. 자꾸 간섭하면 주먹다짐을 할 밖에." 에릭이 말했다.

돌로 포장된 길에서 귀에 익은 농장감독의 발소리가 들리자 돌연 침묵이 찾아왔다. 에릭은 달아나 버렸다.

농장감독의 형체가 문가를 가득 채웠다.

"라세에게 진을 사오라고 심부름 보낸 게 누구야?"

그가 험악하게 물었다. 그들은 이해할 수 없다는 듯 서로를 쳐다보았다.

"라세가 밖에 나갔어요?"

세상에서 가장 천진한 얼굴로 몬스가 물었다.

"그래, 그 노인네가 술을 좋아하지." 아네르스가 설명했다.

"오호라, 그래? 참 좋은 동료들이로군!" 농장감독이 말했다.

"늙은이한테 심부름을 보내더니, 이젠 잘못을 덮어씌워? 너희들은 매를 맞아야 마땅해."

"아니, 우리는 매 맞을 짓을 하지도 않았고, 순순히 맞을 생각도 없어요."

작업반장이 한 걸음 앞으로 나와서 말했다.

"말씀드릴 게 있는데요……."

"입 다물어."

농장감독이 그에게 다가가서 소리쳤고, 카를 요한은 뒤로 물러섰다.

"에릭은 어디 있나?"

"자기 방에 있겠죠."

농장감독은 마구간을 통과해 방으로 들어갔다. 그의 태도에서 뒤에서 공격해 오는 것을 어느 정도 대비하고 있는 것이 느껴졌다. 에릭은 침대에서 누비이불을 얼굴까지 끌어올린 채 누워 있었다.

"이게 무슨 뜻이지? 아픈가?" 농장감독이 물었다.

"예. 감기에 걸렸나 봐요. 몸이 부들부들 떨려요."

에릭은 이를 딱딱 맞부딪치려 애썼다.

"설마 허튼 수작은 아니겠지?"

농장감독이 동정하는 투로 말했다.

"어디 좀 보세, 불쌍한 친구."

그는 누비이불을 젖혔다.

"오호라, 자네는 멋지게 차려입고 부츠까지 신은 채로 침대에 누워 있구만! 이게 자네의 수의인가 보군. 아마 손수 빈민묘지를 예약하려 나가려던 참인가 보지? 이제 우리가 자네를 땅에 묻어야 할 시간이로 군. 자네한테 벌써 썩는 냄새가 나는 것 같네!"

그는 에릭에게 두어 번 코를 킁킁거렸다.

그러자 에릭은 마치 스프링처럼 침대에서 벌떡 튀어나와서 농장감 독 가까이에 섰다.

"난 아직 안 죽었소. 그리고 아마 썩는 냄새도 당신만큼은 안 날 거야!"

에릭은 이렇게 말하고 눈을 번뜩이며 무기를 찾아 두리번거렸다. 농 장감독은 얼굴에서 뜨거운 입김을 느꼈고, 절대로 이대로 물러서면 안 된다는 것을 알았다. 그는 에릭의 배를 주먹으로 쳐서 침대에 고꾸라 뜨리고는 한 손으로 헐떡이는 에릭의 가슴팍을 잡고 찍어 눌렀다. 더 하고 싶은 욕망이 일어났다. 등만 돌리면 투덜거리고 아무리 사소한 일 도 억지로 시켜야 하는 이 날건달의 얼굴에 주먹을 날려 주고 싶은 욕 망이 불타올랐다. 이 녀석이 바로 그동안 자신의 울화를 치밀게 한 골 칫거리였다. 음식에 대한 불평, 일할 때 농땡이, 가장 바쁜 때에 떠나겠다는 위협, 끝도 없이 문제를 일으키는 놈……. 여기 수년간 온갖 걱정과 굴욕을 안겨 준 놈이 있었다. 감독에게 필요한 것은 작은 구실뿐이었다. 일은 열심히 하지 않으면서 온갖 소동만 일으키는 이 덩치 큰 녀석이 먼저 한 방 날리기만 하면 달려들어 패줄 참이었다.

그러나 에릭은 가만히 누워서 경계의 눈으로 적을 올려다보았다.

"때리고 싶으면 때려요. 이 나라에는 치안판사가 있으니까."

그는 신경을 건드리는 조용한 말투로 말했다. 농장감독은 근육이 근질거렸지만, 소환되는 것이 무서워서 그를 놔주며 말했다.

"앞으로 성질 조심해! 안 그러면 치안판사가 네놈을 잡아가도록 만들 테니까."

그러고 나서 헛간을 지나가면서 남자들에게 말했다.

"라세가 오면 진을 들려서 나한테 올려 보내!"

"그러죠! 빌어먹을." 몬스가 낮은 목소리로 말했다.

펠레는 아버지를 만나러 갔다. 노인은 이미 사온 것을 맛보아서 기분이 좋은 상태였다.

"배에는 일곱 사람이 있었는데, 딱 한 사람만 빼고 모두 성이 올레였지. 그런데 그 한 사람은 이름이 올레였어. 올레 올슨!"

그가 아들을 보며 진지하게 말했다.

"그래, 정말 이상한 일이지 않니? 펠레야. 아 글쎄 그 사람들이 성이 모두 올레였어. 딱 한 사람만 빼고 말이야. 그야 물론 그 사람 이름이 올레니까."

그러더니 웃으면서 야릇하게 아들의 옆구리를 쿡쿡 찔렀다. 펠레도 기분 좋은 아버지의 모습을 보는 게 좋아서 함께 웃었다.

남자들이 와서 라세에게서 술병을 빼앗았다.

"벌써 맛을 봤잖아!"

아네르스가 술병을 불빛에 비춰 보며 말했다.

"이런, 주정뱅이 영감! 이 영감이 술을 맛봤어."

"아니야. 병 바닥이 새서 그래."

술을 마셔서 한껏 대담해진 라세가 말했다.

"난 그저 냄새만 맡았을 뿐이야. 그게 물이 아니라 진짜 술이라는 걸 확인해야 하니까."

그들은 울타리를 따라 걸어갔다. 구스타우가 손풍금을 연주하며 앞장섰다. 묘한 흥분으로 기분이 다시 들뜨기 시작했다. 걸으면서 하나둘씩 공중으로 껑충껑충 뛰어 올랐다. 그들은 짧고 새된 고함과 앞뒤가 맞지 않는 욕설을 마구잡이로 내뱉었다. 꽉 찬 술병들이 있다는 것과 그날이 토요일 저녁이어서 즐길 수 있는 시간이 있다는 점, 그리고 무엇보다 농상감녹과의 한바탕 소동이 그들을 흥분시켰다.

남자들은 외양간 아래 연못과 가까운 풀밭 위에 자리 잡고 앉았다. 해는 한참 전에 떨어졌지만 저녁 하늘은 밝았고, 서쪽을 향한 그들의 얼굴에 여전히 이글이글한 불빛을 드리웠다. 내륙의 하얀 농장들이 노을 속에 눈부시게 보였다.

그때 여자들이 풀밭으로 나왔다. 그들은 두 손을 앞치마 밑에 넣고 산보하고 있었는데, 눈부신 하늘이 배경에 깔려서 마치 그림자들처럼 보였다. 여자들은 감미로운 민요들을 흥얼거렸고, 한 명씩 남자들 옆에 주저앉았다. 저녁노을은 여자들의 마음속에 들어와 그들의 모습과 목소리를 달콤하게 어루만져 한결 더 부드럽게 만들었다. 그러나 남자들은 전혀 온화한 기분이 아니었다. 그들은 술이 더 좋았다.

구스타우는 손풍금을 연주하며 걸어 다녔다. 그는 앉을 곳을 찾고 있었고, 마침내 카르나의 무릎 위에 앉아서 춤곡을 연주하기 시작했다. 에릭이 먼저 일어났다. 농장감독과의 다툼 때문에 앞장을 선 것이었다. 그는 풀밭에서 벵타를 홱 끌어당겼다. 그들은 스웨덴 폴카를 추었고, 언제나 그렇듯 특정한 곡조가 나오는 부분에서 에릭이 소리를 지르며 벵타를 공중으로 던져 올렸다. 그럴 때면 그녀는 어김없이 소리를 질렀고, 입고 있는 무거운 치마가 마치 칠면조 꼬리처럼 벵타의 몸 주위로 활짝 펼쳐졌다.

한참 돌면서 춤을 추다가 에릭이 갑자기 벵타를 놓는 바람에 그녀가 풀밭 위에서 비틀거리다 넘어졌다. 그들이 앉아 있는 곳에서 농장감독의 창문이 보였는데, 거기에 불빛 한 점이 나타났다.

"저 자식이 지켜보고 있어! 세상에, 우릴 노려보고 있다니! 이봐, 이거 보이나?"

에릭이 술병을 들어 올리며 소리치더니 술을 마셨다.

"당신의 건강을 위하여! 마귀의 건강을 위하여! 네놈한테는 돼지 냄새가 난다고! 흥!"

사람들이 웃었고, 창문 뒤의 얼굴은 사라졌다.

그들은 춤추는 사이사이 놀고 마시고 씨름을 했다. 남자들의 행동은 점점 더 거칠어졌다. 갑자기 고함을 질러서 여자들이 비명을 지르게 하는가 하면, 한참 춤을 추다가 땅바닥에 납작 엎드려서 마치 죽어가는 사람 시늉을 하더니 갑자기 격렬한 동작과 함께 벌떡 일어나서 옆에 있는 사람의 다리를 걸어차기도 했다. 한두 번은 농장감독이 견습감독을 보내서 조용히 하라고 했지만, 그때마다 오히려 더 시끄러워질 뿐이었다.

"감독에게 개 시중이나 들라고 전해!"

에릭이 견습감독의 뒤통수에 대고 소리쳤다.

라세는 펠레의 옆구리를 쿡쿡 찔렀고, 두 사람은 천천히 무리에서 멀어졌다.

"자러 가는 게 좋겠다."

라세가 몰래 빠져나와 말했다.

"어떤 일이 벌어질지 모르니까. 모두들 잔뜩 화가 나 있으니, 어쩌면 곧 피가 튈지도 몰라. 제길, 내가 젊었다면 이렇게 도둑처럼 도망치진 않았을 텐데. 거기 남아서 어떤 일이 닥치건 감당했을 거야. 한창때는 양 손으로 땅을 짚고 구두 뒤꿈치를 상대의 얼굴에 날려서 풀잎처럼 쓰러지게 만들었지. 하지만 이제 그런 시절은 지났으니 몸을 사리는 게 현명해. 농장감독은 말할 것도 없고, 어쩌면 결국 경찰까지 등장하거나 그 이상의 일이 생길 수도 있어. 에릭이 주동해서 사람들이 여름 내내 농장감독을 짜증나게 해왔잖니. 하지만 감독이 정말로 화가 나면 에릭은 엄마가 있는 집으로 돌아가야 할지도 모른다.”

펠레는 조금 더 머물면서 구경하고 싶었다.

“울타리 뒤로 기어가서 가만히 앉아 있으면 안 돼요? 그렇게 하게 해주세요!” 펠레가 사정했다.

“이런, 어리석을 데가! 너도 저놈들에게 붙잡히면 어떻게 될지 몰라. 지금 저 사람들 기분이 최악이란 말이다. 하지만 정 원한다면 결과는 네가 감당해야 해. 그럼, 아무쪼록 사람들 눈에 띄지 않도록 조심해라!”

그래서 라세는 잠을 자러 갔고, 펠레는 울타리 뒤에 숨어 살금살금 기어서 사람들 가까이로 가서 모든 것을 볼 수 있었다.

구스타우는 여전히 카르나의 무릎 위에 앉아 있었고, 카르나는 구스타우를 팔로 꼭 끌어안고 있었다. 그러나 아네르스가 보딜의 허리에 팔을 두르고 있는 것을 본 구스타우는 욕설과 함께 손풍금을 집어던져서 바닥에 데굴데굴 구르게 하더니 용수철처럼 벌떡 일어섰다. 다른 사람들은 풀밭 위에 둥그렇게 둘러앉았다. 그들은 뭔가를 기대하고 있었다.

구스타우는 마치 출전의 춤*을 추는 토인 같았다. 그는 입을 벌리고 번뜩이는 눈빛으로 아네르스를 노려보고 있었다. 구스타우는 풀밭에 서 있는 유일한 남자였다. 그는 공처럼 튀어 올랐다가 발꿈치로 착지하고 날카로운 고함과 함께 양쪽 다리를 머리 높이까지 교대로 차올렸다. 그런 다음 다시 공중으로 튀어 오르며 한 바퀴 돌아 한쪽 발꿈치로

＊전투에 나가기 전에 용기를 북돋우는 춤.

착지하더니, 마치 팽이처럼 빙글빙글 돌면서 점점 더 몸을 작게 만들었다. 그러다 갑자기 폭발적으로 도약해서 보딜의 무릎 속에 내려앉았다. 보딜은 즐거워하며 두 팔로 그의 몸을 감쌌다.

그러자 아네르스가 뒤에서 두 손을 구스타우의 어깨에 얹고 발로 등을 밀어서 구스타우를 바닥에 굴러 떨어지게 했다. 순식간에 일어난 일이어서 구스타우는 마치 울퉁불퉁한 공처럼 요동치며 데굴데굴 굴러갔다. 하지만 구스타우는 곧 구르기를 멈추고 반동을 이용해 벌떡 일어났다. 그러더니 앞을 노려보다가 휙 하고 돌아서 천천히 아네르스에게 다가갔다. 아네르스는 재빨리 일어나서 모자를 한 쪽에 던져 놓고 혀를 차며 앞으로 걸어 나왔다. 보딜은 전보다 더 편한 자세로 땅 위에 큰 대자로 누워서 자랑스럽게 주위를 바라보았다. 남들의 질투어린 시선을 한껏 즐기면서.

두 맞수가 상대를 공격할 틈을 노리며 서로의 얼굴을 마주보고 섰다. 그들은 다정하게 서로를 쓰다듬거나 옆구리를 꼬집으며 약간의 농담을 주고받았다. 두 남자는 계속 서서 노닥거렸다. 마치 진짜로 시작하기가 겁이 나거나, 더 큰 흥미를 유발하기 위해 뜸을 들이는 것 같았다. 그러나 갑자기 구스타우가 아네르스의 멱살을 잡고 벌렁 뒤로 자빠지면서 아네르스를 머리 너머로 던져 버렸다. 순식간에 일어난 일이라 아네르스는 미처 구스타우를 잡지 못했지만, 넘어가면서 구스타우의 머리채를 단단히 잡았다. 두 사람은 서로 머리를 대고 몸을 반대 방향으로 뻗은 채 벌러덩 자빠져 있었다.

아네르스는 세게 넘어져서 반쯤 정신이 없는 상태였지만, 머리채를 잡은 손은 놓지 않았다. 구스타우는 몸을 비틀며 일어서려 했지만 아네르스의 손아귀에서 머리를 뺄 수 없었다. 하지만 요리조리 헤치며 고양이처럼 재빨리 다시 원위치로 돌아와서, 거꾸로 공중제비를 하여 적과 얼굴을 마주보는 자세로 아네르스를 덮쳤다. 아네르스는 한쪽 발을 올려 구스타우를 막으려 했지만 너무 늦었다.

아네르스는 격렬하게 몸을 이리저리 움직이다가 가만히 누워서 다시 한 번 있는 힘껏 구스타우를 떨어내려 했지만 구스타우는 떨어지지 않았다. 구스타우는 다시 한 번 적수의 몸을 세게 덮쳤다. 그리고 팔다리로 땅을 짚어 몸을 지탱하고는 몸을 벌떡 일으켰다 엎드렸다 하면서 아네르스를 엉거주춤한 상태로 가둬 두었다. 이러는 내내 두 사람 모두의 생각은 칼을 꺼내는 쪽으로 흘러갔다. 그러나 이제 완전히 정신을 차린 아네르스는 자신이 칼을 가지고 있지 않다는 것을 기억했다.

"이런!" 그가 소리쳤다.

"바보 멍청이!"

"징징대는 거냐?"

구스타우가 그에게 얼굴을 숙이고 말했다.

"용서해 달라고 빌고 싶어?"

그때 아네르스는 구스타우의 칼이 자신의 허벅지를 누르는 것을 느꼈고, 순식간에 손을 아래로 내려서 칼을 비틀어 뺐다. 구스타우는 칼을 빼앗으려 했지만, 그러다가 굴러 떨어질까 봐 그런 시도를 포기했다. 그때 자신이 아네르스의 손 한쪽을 장악하고 있어서 아네르스가 칼을 펼칠 수 없다는 생각이 들었고, 그는 아네르스의 배를 깔고 앉아 때리기 시작했다.

아네르스는 거의 절반은 항복 상태로 누워서 방어하려는 시도도 없이 그저 헐떡거리면서 주먹질을 당하고 있었다. 그 와중에도 칼을 쥔 왼팔을 펴려고 애쓰고 있었다. 그리고 구스타우가 일어서서 그의 몸을 다시 덮치려는 찰라 구스타우의 몸에 칼을 찔러 넣었다.

구스타우는 일그러진 얼굴로 아네르스의 손목을 잡았다.

"이 돼지 새끼, 도대체 무슨 짓이야! 이놈이 비겁한 술수를 쓰네!"

그는 아네르스의 얼굴에 침을 뱉은 뒤, 젊은 수소처럼 주름진 얼굴로 주위를 돌아보며 말했다.

그들은 입으로 물어뜯고 머리로 받으며 칼을 차지하기 위해 필사적으로 싸웠다. 구스타우는 무기를 빼앗을 수 없다는 것을 깨닫고, 아네르스의 칼 든 손을 붙잡아 그가 스스로를 찌르도록 유도하려 했다. 이 시도는 성공했지만 정면으로 찔리지는 않았다. 하지만 칼날이 아네르스의 손가락을 베는 바람에, 아네르스는 욕을 하며 칼을 놓치고 말았다.

한편 에릭은 자신이 더 이상 그날 저녁의 영웅이 아니라는 사실에 점점 화가 끓어오르고 있었다.

"빨리 좀 끝내시지, 수평아리들. 안 그러면 나도 달려들지 모르니까 말이야."

그가 두 사람을 떼어 놓으려 했지만 그들은 서로를 꼭 부여잡고 있었다. 에릭은 화가 치밀어서 이후로 그를 유명하게 만든 행동을 했다. 양손으로 두 사람을 잡고 동시에 일으켜 세운 것이다.

구스타우는 다시 싸움에 뛰어들 태세였고 부루퉁한 표정이 얼굴에 가득했다. 하지만 갑자기 도끼로 뿌리를 잘린 나무처럼 휘청거리기 시작하더니 땅으로 풀썩 주저앉았다. 구스타우를 부축하기 위해 제일 먼저 뛰어간 사람은 보딜이었다. 그녀는 울면서 그에게 달려가서 그를 두 팔로 감싸 안았다.

그는 안으로 실려 가 침대 위로 옮겨졌다. 카를 요한이 깊게 베인 상처에 술을 부어 소독한 뒤 상처 부위를 붙잡고 있는 동안, 보딜은 남자들의 사물함 하나에서 실과 바늘을 가져다가 상처를 대충 꿰맸다. 그런 다음 사람들은 친한 사람들끼리 삼삼오오 흩어졌다. 그러나 보딜은 결국 구스타우 곁에 남았다.

＊＊

그렇게 농장감독과의 계속되는 전쟁과 마찰 속에 여름은 지나갔다. 그러나 사람들은 결정적인 순간이 되면 농장감독에게 아무 짓도 하지 못했다. 그래서 병이 안으로 곪아서 서로를 공격하게 되었다.

"언젠가 뭔 일이 터지고 말지."

이런 상황이 탐탁지 않은 라세가 말했다. 그는 다른 제안이 들어오면 여기서 당장 떠나겠다고 맹세했다. 설사 임금과 옷과 모든 것을 버리고 도망쳐야 하더라도 말이다.

"사람들은 임금도 적고 일하는 시간도 길고 음식도 형편없다고 불평하지. 그렇게 제 형편에 만족하지 않고 계속 불평불만만 늘어놓으면 언젠가 불행이 닥치고 마는 거야. 훌륭하지 않더라도, 아무튼 그건 신의 선물이니까 말이다. 그리고 이 모든 게 다 에릭 때문이야! 그 녀석은 끝없이 허풍을 떨고 하루 종일 남들을 선동하고 있어. 막상 농장감독 앞에서는 남들과 마찬가지로 꼼짝도 못하면서 말이야. 그럴 땐 모두들 슬금슬금 꼬리를 내리지. 이 라세는 비록 늙었어도 그런 비겁한 허풍쟁이가 아니다. 양심이야말로 가장 든든한 재산이란다. 양심을 가지고 제 할 일을 다 하면 농장주든 농장감독이든 누구도 두려울 게 없지. 아들아, 명심해라. 너는 너보다 높은 사람들에게 대항하지 말아야 한다. 어떤 사람은 하인이 되어야 하고, 어떤 사람은 주인이 되어야 해. 우리가 맡은 일을 하지 않는다면 모든 게 어떻게 되겠니? 지체 높은 사람들이 외양간에서 퇴비를 쌓는 걸 기대할 순 없는 거야."

잠자리에서 라세는 이런 일장연설을 늘어놓았지만, 펠레는 그 말을 듣는 것보다 더 좋은 할 일이 있었다. 펠레는 깊은 잠에 빠져들었고 자신이 에릭이 되어 농장감독을 커다란 채찍으로 때리는 꿈을 꾸고 있었다.

폭발한 분노

펠레의 시대에는 절인 청어가 보른홀름 사람들의 가장 중요한 식품이었다. 청어는 모든 사회 계층에서 아침식사로 나왔고, 하층민들 사이에서는 저녁 식탁에서도 주식이 되었으며, 종종 형태만 살짝 바뀌어서 점심식사 때도 등장했다.

"여기는 음식이 형편없어."

사람들은 그렇고 그런 농장을 조롱하며 말했다.

"일주일에 스물한 끼를 청어만 먹어야 한다니까."

딱총나무에 꽃이 필 무렵이면 오랜 전통에 따라 사람들이 질서정연하게 소금 상자를 들고 나와 바다를 내다보기 시작했다. 청어는 그때가 가장 기름이 오를 때였다. 어디서나 바다가 내려다보이는 경사진 땅에서 사람들은 이른 여름 아침에 항구로 들어오는 배를 기다리며 바다를 바라보았다. 날씨가 어떤지, 그리고 배가 물에 얼마만큼 잠겨서 떠 있는지는 그해 겨울 식량 사정에 대한 일종의 징조였다. 그러면 고기를 그물이 터질 듯이 잡았네, 값이 떨어졌네 하는 소문이 섬 전체에 돌았다. 농부들은 읍내나 어촌으로 제일 큰 마차를 몰고 갔고, 청어 장수들은 말을 끌고 농촌에 있는 오두막들을 직접 찾아다녔다. 그런데 그 말들은 워낙 형편없는 몰골이라, 누구든 머리에 총을 쏘아도 법적으로 문제가 되지 않을 정도였다.

아침에 펠레가 밭으로 통하는 외양간 문을 열었을 때, 계곡마다 뿌연 회색 호수처럼 안개가 자욱이 끼어 있었다. 고지대에서는 집들과 농장들에서 연기가 힘차게 올라오고 있었고, 펠레는 옷을 반쯤 걸쳤거나 셔츠나 슈미즈만 입은 남자와 여자들이 집 모퉁이를 돌아 나와 바다를 내다보는 것을 보았다. 펠레 자신도 바깥채 근처로 뛰어가 아침 햇살을 받아 은빛으로 반짝이는 바다를 내다보았다. 움직임 없이 걸려 있는 빨간 돛들은 밝은 햇살 속에서 핏자국처럼 보였다. 무게 때문에 배가 가라앉을 정도로 고기를 잔뜩 잡은 배들은 노 젓는 박자에 맞추어 마치 출산을 앞둔 젖소들처럼 힘겹게 항구를 향해 조금씩 나아가고 있었다.

그러나 이 모든 것은 펠레하고는 상관없었다. 그 지역의 다른 가난한 사람들과 마찬가지로 스톤 농장은 가을이 지나서 청어가 막대기처럼 딱딱하게 말라 헐값에 사들일 수 있게 될 때까지 청어를 사지 않았다. 그때쯤은 청어가 차고 넘쳐서, 사려는 사람이 있기만 하다면 80마리 당 20에서 25외레에도 팔렸다. 그 다음부터는 돼지 사료로 한 짐마차씩 팔리거나 퇴비더미로 갔다.

어느 가을, 일요일 늦은 아침에 읍내에서 스톤 농장으로 전갈이 왔다. 이제 청어를 사야 할 때라는 것이었다. 농장감독은 일꾼들이 아침을 먹고 있는 하인 식당으로 내려가서 모든 말에 마구를 채우라고 명령했다.

"당신들도 와야겠어요."

카를 요한이 결혼해서 채석장 근처에 살지만 아침을 먹으러 내려와 있던 두 명의 채석장 마부에게 말했다.

"천만에. 그런 이유로 우리 말을 마구간에서 내올 수는 없어요. 우리 말은 돌만 실어 나르지 다른 건 안돼요." 그 마부들이 말했다.

그들은 잠시 앉아서 일요일도 자기 마음대로 할 수 없는 사람들 앞에서 한껏 빈정거리고 있었다. 그러더니 그중 한 명이 유난히 얄밉게 기지개를 켜고 나서 이렇게 말했다.

"그럼 난 집에 가서 낮잠이나 자야겠어. 무슨 일이 있더라도 일주일에 하루쯤은 구속받지 말고 살아야지."

그들은 주일을 보내기 위해 아내와 아이들이 있는 집으로 돌아갔다.

한동안 남자들은 불평을 하며 돌아다녔다. 그러나 그런 불평은 습관적인 것일 뿐, 속으로는 이렇게 갑자기 읍내에 나가는 것이 싫지만은 않았다. 그것은 일종의 축제가 될 것이기 때문이었다. 읍내에는 선술집이 많았고, 저녁이 되기 전에 농장으로 돌아갈 수 없도록 무슨 조치를 취할 셈이었다. 만일 상황이 좋지 않으면 에릭이 몰고 가는 짐마차를 고장 내서 수리가 끝날 때까지 읍내에 머물러야 할 상황을 만들면 되는 것이었다.

그들은 외양간에 서서 지갑을 열었다. 강철 열쇠가 달린 크고 튼튼한 가죽 지갑은 비밀 장치로 압력을 가해야만 열렸다. 하지만 지갑은 비어 있었다.

"빌어먹을! 땡전 한 푼 없군. 지갑이 새나 봐!"

몬스가 실망스러운 눈으로 빈 지갑을 들여다보며 말했다.

그는 솔기를 살펴보고 지갑을 눈 가까이로 들어 올렸다가 마침내 귀에도 갖다 댔다.

"이것 참, 2크로네짜리 동전이 혼자 중얼거리는 소리가 들리는 것 같은데. 마법이 걸린 모양이야!"

몬스가 한숨지으며 지갑을 주머니 속에 넣었다.

"이런, 이런 불쌍한 사람! 2크로네짜리 동전한테 말을 하고 있었어? 아니야, 내가 자네를 도와주지!"

아네르스가 커다란 지갑을 꺼내며 말했다.

"지난 오월제* 때 내가 농장감독을 속여서 번 10크로네를 아직 가지고 있지. 하지만 영 쓸 엄두가 나지 않아. 늙을 때까지 가지고 있을 참이야."

그는 빈 지갑으로 손을 넣어 뭔가를 꺼내는 시늉을 하더니 빈손을 보

*5월 1일.

여 주었다. 다른 사람들도 웃으며 농담을 했다. 읍내로 나간다는 생각에 모두들 기분이 좋았다.

"하지만 에릭은 궤짝 바닥에 돈이 좀 있을 거야!" 누군가 말했다.

"임금도 많이 받는 데다, 돌아가신 부자 이모님한테 받은 유산도 있을 테니까."

"그런 소리 마!" 에릭이 우는 소리를 했다.

"난 제 앞가림을 못하는 한 다스나 되는 애새끼들을 위해 돈을 대주고 있다고! 하지만 카를 요한이 해결할 수 있겠지. 작업반장 좋다는 게 뭐겠어?"

"그것도 소용없어." 카를 요한이 미심쩍게 말했다.

"지금 우리가 읍내로 나가려는 참인데 농장감독에게 가불을 해달라고 하면 대번에 어림없다고 할 게 뻔하잖아! 혹시 봉급을 저축해 둔 여자들이 있지 않을까?"

마침 여자들이 우유 양동이를 들고 외양간에서 나오고 있었다.

"이봐요, 아가씨들!" 에릭이 여자들을 불렀다.

"혹시 우리에게 10크로네쯤 빌려 줄 사람이 없을까? 다음 부활절 때 두 배로 갚아 줄게. 그때쯤은 암퇘지가 새끼를 낳을 테니까."

"당신 약속은 믿을 만하죠."

벵타가 가만히 서서 말했고, 그들은 모두 우유 양동이를 내려놓고 그 문제를 의논했다.

"보딜한테 돈이 있지 않을까?" 카르나가 말했다.

“아니야.” 마리아가 대답했다.

“일전에 가지고 있던 10크로네를 전부 자기 엄마한테 보냈어.”

몬스가 모자를 바닥에 팽개치고 폴짝 뛰었다.

“내가 직접 높으신 분한테 올라갔다 오지 뭐!”

“그랬다간 틀림없이 계단을 굴러서 내려오게 될걸!”

“젠장! 난 할 거야. 늙으신 어머님이 읍내에서 중병에 걸려 누워 있는데, 의사를 부르거나 약을 살 돈이 한 푼도 없단 말이야! 나도 보딜 만큼이나 자식 노릇을 하고 싶다고!”

몬스가 뒤돌아서 돌계단을 향해 걸어갔고, 다른 사람들은 외양간 문에서 그를 지켜보다가 농장감독이 나오자 마차 준비로 바쁜 척을 했다. 구스타우는 주일용 외출복 차림으로 겨드랑이에 꾸러미를 하나 끼고 서성이고 있었다.

“왜 너는 일하러 가지 않지?” 농장감독이 말했다.

“가서 네 말들을 데려와.”

“감독님이 저보고 오늘 쉬라고 하셨잖아요.”

구스타우가 인상을 찌푸리며 말했다. 그는 보딜과 함께 나가기로 되어 있었다.

“어, 그랬지! 하지만 그러면 마차 하나가 부족해져. 대신 다른 날 쉬도록 해.”

“그렇게는 못하겠는데요.”

“뭐라고? 왜 안 된다는 건가?”

"감독님이 오늘 저한테 휴가를 줬으니까요."

"그래. 하지만 빌어먹을! 내가 지금 다른 날 휴가를 쓰라고 하잖아!"

"안 돼요."

"왜 안 된다는 거야? 급하게 해야 될 일이라도 있어?"

"아니요. 하지만 나는 오늘 휴가를 받았다고요."

구스타우가 교활하게 웃는 것처럼 보였지만 사실 그는 입안에서 씹는 담배를 굴렸을 뿐이었다. 농장감독은 화가 나서 발을 굴렀다.

"제가 보기 싫으시면 다른 농장으로 갈 수도 있어요."

구스타우가 조용히 말했다.

농장감독은 그 말을 듣지 않고 몸을 홱 돌렸다. 이런 바쁜 철에 그런 식의 제안은 못 들은 척하는 게 상책이라는 것을 그는 경험으로 알고 있었다. 그는 갑자기 뭔가 떠오른 것처럼 창문을 올려다보더니 계단을 뛰어올라갔다. 그 문제를 건드리면 농장감독을 꼼짝 못하게 할 수 있었지만, 대신 겨울이 되면 감독의 차례가 돌아왔다. 농한기에 농장에 붙어 있으려면 입 다물고 어떤 대우라도 참아야 했다.

구스타우는 꾸러미를 들고는 아무것에도 손대지 않고 거드럭거리며 걸었다. 다른 사람들은 그에게 격려의 웃음을 보냈다.

농장감독이 다시 내려와서 구스타우에게 걸어왔다.

"그럼, 나가기 전에 말을 데려와. 내가 네 대신 말을 몰 테니까."

그가 짧게 말했다.

남자들의 입에서 입으로 성난 으르렁거림이 전해졌다.

"개를 달고 가게 생겼군!" 그들은 낮은 목소리로 서로에게 말했다.

그리고 농장감독이 들을 수 있도록 말했다.

"개는 어디 있지? 우리가 데려가야 하는데."

그때 몬스가 10크로네짜리 지폐를 쥐고 활짝 웃는 얼굴로 계단을 내려왔다. 하지만 그 순간 상황은 더욱 악화되었다.

"이제 다 소용없어졌어." 에릭이 말했다.

"이제 우리는 개를 달고 가게 되었거든!"

몬스의 표정이 갑자기 바뀌더니 욕을 하기 시작했다. 그들은 아무 준비도 하지 않고 마차를 이리저리 끌었다. 그들의 눈은 분노로 번뜩였다. 농장감독이 외투를 입고 계단에 나왔다.

"정신 바싹 차리고 말들 준비 시켜!" 그가 천둥처럼 고함쳤다.

스톤 농장 인부들은 그 섬의 원래 주민들만큼이나 서열에 엄격했고, 그 서열은 무척 복잡했다. 작업반장은 식탁 상석에 앉았고, 제일 먼저 음식을 먹기 시작했으며, 제일 먼저 풀을 베고 곡물을 거둬들였고, 건초를 들여오면 제일 먼저 나온 여자가 그의 짐부터 내렸다. 그는 밭으로 나갈 때나 밭일을 끝내고 올라올 때 제일 먼저 출발했으며, 그가 농기구를 내려놓을 때까지 누구도 농기구를 놓을 수 없었다. 작업반장의 다음에는 제2인자와 제3인자가 있었고, 마지막으로 일용직 노동자들이 있었다. 개인적 취향에 크게 어긋나지 않는 한 작업반장은 당연히 하녀 우두머리의 애인이 되었고, 그 아래 서열들끼리도 그런 식으로 맺어졌다. 그리고 한 사람이 떠나면 바로 아래 서열의 사람이 그 자리를 물려받았다. 서열은 종종 깨지곤 했지만 말의 문제에서는 결코 그렇지 않았다. 구스타우의 말은 늘 가장 형편없는 놈들이었고, 농장주는 말할 것도 없고 작업반장이나 에릭도 어지간하면 그 말들을 몰려고 들지 않았다.

농장감독도 그것을 알았고, 구스타우의 말들이 나왔을 때 남자들이 얼마나 즐거워하고 있는지 보았다. 그는 애써 짜증을 숨겼지만, 남자들이 신이 나서 구스타우의 마차를 가장 뒤꽁무니에 배치했을 때 그건 참을 수 없었다. 농장감독은 구스타우의 말을 맨 앞에 배치하라고 명령했다.

"내 말들은 꼬랑말 뒤에서 달리는 게 익숙하지 않아요!"

고삐를 내던지며 작업반장인 카를 요한이 말했다. '꼬랑말'은 맨 끝에서 달리는 말의 별명이었다. 다른 사람들은 웃음을 참으려 애썼고, 농장감독은 부글부글 끓어 넘칠 지경이었다.

"그렇게 이겨 보고 싶다면 어디 그렇게 해보시지. 내 기꺼이 뒤에서 쫓아가 주지." 그가 조용히 말했다.

"아니에요. 내 말들은 꼬랑말 뒤가 아니라 작업반장 말 뒤라고요." 에릭이 말했다.

인부들은 은밀한 시선을 교환하며 차례로 똑같은 말을 반복했다. 사실 이것은 매우 모욕적인 행동이었다. 만일 여기서 이러한 굴욕을 참는다면, 농장에서 자신의 위치를 지킬 수 없을 것이었다.

"그래요, 내 말이 에릭의 말 뒤예요."

이번에는 아네르스가 시작했다.

"꼬랑…… 아니, 구스타우의 말 다음이 아니고요."

그는 재빨리 말을 고쳤다. 농장감독이 그를 노려보며 한 대 치려는 듯 발을 뗐기 때문이었다.

농장감독은 잠시 귀 기울여 듣는 것처럼 조용히 서 있었다. 그의 팔 근육이 부르르 떨렸다. 그러더니 마차 안으로 뛰어 들어갔다.

"너희들 오늘 전부 제 정신들이 아니군!" 그가 말했다.

"하지만 말은 내가 맨 앞에서 몰 거야. 거기에 한 마디라도 토를 다는 녀석이 있으면 다음 주까지 닷새 동안 일어나지 못하도록 두 눈 사이를 갈겨 주지!"

그렇게 말하면서 그는 열에서 빠져나왔고, 방향을 돌리려는 에릭의 말들은 뒤에서 휘두른 농장감독의 날카로운 채찍에 맞아 앞발을 들고 뒷다리로 섰다. 에릭은 말들에게 마구 고함쳤다.

남자들은 풀이 죽어서 어슬렁거리며 농장감독이 앞질러 나갈 시간을 주었다.

"일단은 이대로 가보는 게 낫겠어."

마침내 카를 요한이 마차에 타며 말했다.

농장감독은 이미 어느 정도 앞서 있었다. 구스타우의 말들은 오늘 최선을 다하고 있었으며, 앞서 달리는 것이 좋은 모양이었다. 그러나 카를 요한의 말은 불만스러워하며 계속 추월하려고 허둥거렸다. 놈들은 이 새로운 배열이 영 탐탁지 않았다.

말들은 마을 상점 앞에서 멈추고, 잠시 안정을 취했다. 다시 출발했을 때 카를 요한의 말이 도저히 말을 듣지 않아서 달래 줘야 했다.

어획량에 대한 소식이 마을 전체에 퍼졌고, 다른 농장에서 온 마차들이 그들을 따라붙거나 어촌으로 가는 길에 그들을 스쳐 지나갔다. 읍내 가까이 사는 사람들은 짐을 덜컹거리며 이미 집으로 돌아가고 있었다.

"우리 이따 읍내에서 만나서 한 잔 할까? 나는 또 한 짐 실으러 나올 거야."

한 남자가 지나가며 카를 요한에게 소리쳤다.

"안 돼. 오늘은 감독이 같이 왔어."

카를 요한이 앞에 있는 농장감독을 가리키며 말했다.

"그래. 봤어. 저 사람 오늘은 아주 멋진 말을 몰고 있군! 난 나사로 왕이 납신 줄 알았다니까!"

카를 요한의 아는 사람이 덜렁거리는 청어 무더기를 실은 채 그들에게 다가왔다. 그는 작은 농장에서 혼자 나온 사람이었다.

"자네도 겨울 양식 때문에 읍내에 갔다 왔나 보군."

말을 제압하며 카를 요한이 말했다.

"그래. 돼지한테 먹일 거지! 우리들 먹을 건 여름이 끝날 때 비축해 뒀어. 이건 사람이 먹을 게 못 돼."

그리고 그는 청어 한 마리를 집어 둘로 가르는 시늉을 했다.

"고상한 양반들한테는 그럴 테지." 카를 요한이 대답했다.

"물론 자네야 주인 내외와 같은 식탁에서 식사를 하는 높은 위치에 있다고 들었지만.”

“그래. 그게 우리 농장의 관습이지.” 남자가 말했다.

“우리는 주종관계에 대해서는 전혀 몰라.”

그리고 남자는 출발했다. 그 말이 카를 요한의 마음에 사무쳐서, 도저히 자신들의 처지와 비교하지 않을 수 없었다.

그들은 농장감독을 따라붙었고, 이제 말들은 제멋대로가 되었다. 말들은 계속 추월을 시도하며 기회를 노려 예기치 않게 돌진했고, 그래서 카를 요한이 농장감독의 마차 뒤꽁무니와 거의 부딪칠 지경이 되었다. 마침내 그는 말들을 통제하는 데 지쳐서 말에게 주도권을 맡겼다. 카를 요한의 말은 도랑 가장자리를 달리며 치고 나와 구스타우의 말을 추월했다. 말은 오르막길에서 조금 더 날뛰더니 조용해졌다. 하지만 이제 에릭의 말이 미쳐 날뛰기 시작했다.

농장에서는 오후에 모든 농장 노동자의 아내들이 소집되었다. 어린 소 떼는 우리에 있었고, 펠레는 오두막마다 뛰어다니며 전갈을 전했다. 펠레는 라세와 함께 여자들을 도와주게 되어 있었는데, 이러한 일상의 단절이 기뻤다. 펠레에게 이것은 완전한 휴일이었다.

점심식사 때 남자들은 엄청난 양의 청어를 싣고 돌아왔다. 청어는 위쪽 뜰에 있는 펌프 주변의 돌 포장 위에 펼쳐졌다. 읍내에서 즐길 기회 같은 건 없었고, 그래서 그들의 기분은 엉망이었다. 얼간이 몬스만 싱글거리며 돌아다녔다. 그는 병든 어머니에게 간다며 약값을 가지고 사라졌다가, 마차가 출발하기 직전에야 겨드랑이에 꾸러미를 끼고 신바람이 나서 돌아왔던 것이다.

"이건 약이야! 보약!"

그는 입맛을 다셔가며 이 말을 하고 또 했다.

그는 어머니에게 가기 전에 농장감독과 실랑이를 벌여야 했다. 농장감독은 의심이 많은 사람이었다. 그러나 불쌍한 남자가 병든 어머니를 도와드릴 권리를 가로막는 것은 너무 심한 처사라며 애원하는 몬스의 떨리는 목소리에 끝내 저항할 수 없었다.

"게다가 어머니는 이 근처에 사십니다. 어쩌면 평생 다시는 어머니를 못 볼지도 몰라요. 그리고 주인님이 가불해 주신 돈도 있어요. 어머니는 빵을 살 돈도 없이 누워 계신데, 내가 돌아가서 술을 마시느라 그 돈을 날려 버리면 어떡해요?" 몬스는 슬프게 말했다.

"그래, 자네 어머님은 어떠신가?"

몬스가 허둥지둥 돌아왔을 때 농장감독이 물었다.

"오래 버티시지 못할 것 같아요."

몬스가 떨리는 목소리로 말했다. 하지만 얼굴에는 희색이 만면했다.

다른 사람들은 청어를 내리면서 그에게 못마땅한 시선을 던졌다. 지독히도 운 좋은 그를 때려 주고 싶었다. 그러나 숙소로 들어와서는 다들 원상태로 돌아왔고, 몬스는 꾸러미를 풀었다.

"이건 병든 어머니가 모두에게 보내는 선물이야."

그가 말하고는 술통 하나를 꺼냈다.

"그리고 나는 어머니의 안부와 인사를 전해야겠네. 당신의 어린 아들에게 잘해 줘서 고맙다고 하시더군."

"그런데 어디에 갔었어?" 에릭이 물었다.

"항구 언덕에 있는 선술집에 내내 앉아서 계속 당신들을 지켜봤어. 도저히 보지 않을 수 없었지. 어찌나 목말라 보이던지. 너나 할 것 없이 땅바닥에 납작 엎드려 바닷물을 마시지 않은 게 신기할 정도였어!"

오후에는 농장 노동자들의 아내와 농장 하녀들이 펌프 옆에 쌓인 거대한 청어 더미에 둘러앉아 생선을 씻었다. 라세와 펠레는 생선을 헹굴 물을 펌프질하고 남자들이 지하실에서 굴려 온 커다란 소금 통을 비웠다. 나이든 여인 두 명이 버무리는 일을 맡았다. 농장감독은 파이프 담배를 피우며 앞 계단 옆에서 왔다 갔다 했다.

대체로 청어 절임은 즐거운 일에 속했다. 하지만 오늘은 일하는 내내 불만이었다. 여자들은 일하면서 자유롭게 수다를 떨었지만, 그 수다에는 가시가 돋쳐 있었다. 그들의 얘기는 모두 특정한 대상을 향한 것이었다. 오늘 여자들은 남자들에게 유감이 많았고, 웃을 때도 그 웃음에 숨은 의미가 있었다. 남자들은 불려 나와서 이것저것 일을 하라고 주문을 받아야 했다. 그러면 부루퉁해서 대충 일을 해놓고는 즉시 숙소로 들어가 버렸다. 하지만 숙소로 돌아가서는 더욱 즐거워져서 노래하며 한껏 흥청거렸다.

"참 멋들어지게들 사는구만!"

라세가 한숨을 지으며 펠레에게 말했다.

"저 친구들은 몬스가 숨겨온 술 한 통을 마시고 있단다. 정말이지 맛이 죽여준다고들 하더라.”

라세는 술맛을 보지 못했다.

두 사람은 말다툼에서 늘 한 발 빠져 있었다. 스스로 너무 약하다고 느꼈기 때문이다. 여자들은 일요일에 일하라는 지시를 거절할 배짱은 없었지만, 서로 소곤대면서 아무것도 아닌 일에 킥킥거리는 것을 두려워하지 않았다. 농장감독이 그 킥킥거림이 자신을 향한 것이라고 생각해도 상관없었다. 그들은 계속해서 큰 소리로 몇 시냐고 묻거나, 일손을 멈추고 일꾼들 숙소에서 흥겨움이 점점 더 고조되는 소리를 듣곤 했다. 이따금 숙소에서 한 명이 뜰로 내팽개쳐졌다가 민망한 얼굴로 씩 웃으며 다리를 질질 끌고 들어가곤 했다.

남자들이 하나둘씩 어슬렁거리며 나왔다. 그들은 모자를 삐딱하게 쓰고 시선을 고정시켰다. 남자들은 아래쪽 뜰에 자리를 잡고 울타리에 매달려서 여자들을 보고 있었다. 그리고 가끔 웃음을 터뜨리다가 농장감독과 눈이 마주치면 겁먹어서 갑자기 웃음을 멈추곤 했다.

농장감독은 계단 옆에서 왔다 갔다 했다. 그는 파이프 담배를 피우지 않고 있었고, 더 조용해졌다. 남자들이 나왔을 때 그는 채찍 소리를 내며 애써 자제심을 발휘하고 있었다.

“내가 마음만 먹으면 감독쯤은 몸을 반으로 접어 버릴 수 있다고!”

농장감독은 대화 가운데에서 에릭이 큰 소리로 하는 말을 들었다. 그리고 에릭이 그런 시도를 해주기를 간절히 바랐다. 감독은 성질대로 하지 못해서 온몸이 근질근질할 지경이었지만, 머릿속에서는 한창 싸움에 빠져 있었다. 그는 아주 구체적으로 전체 떼거리와 맞붙어 싸우는 상상을 했다. 농장감독으로서는 이런 식의 싸움은 자주 겪는 일이었고 최근에는 더욱 심했다. 그는 모든 불리한 상황들을 생각했다. 그리고 스톤 농장에서 무기로 쓸 수 있는 물건이 있는 곳은 한 군데도 빠짐없이 알고 있었다.

"지금 몇 시죠?"

한 여자가 큰 소리로 적어도 스무 번은 그렇게 물었다.

"당신 슈미즈 길이보다는 더 길게 남아 있어." 에릭이 즉시 말했다.

여자들이 웃었다.

"엉터리! 그러지 말고 정말 몇 시인지 말해 줘요!"

다른 여자가 소리쳤다.

"방앗간 여자한테 가기 15분 전이야." 아네르스가 대답했다.

"이런 멍청이들! 당신이 제대로 말해 주겠어요, 카를 요한?"

"시간은 짧아요!" 카를이 진지하게 말했다.

"그만. 이제 진지해지자고. 내가 몇 시인지 말해 주리다."

몬스가 주머니에서 '회중시계'를 끄집어내며 천진난만하게 말했다.

"지금이……."

그가 시계를 주의 깊게 들여다보며 계산을 하듯 입을 움직이더니, 깜짝 놀란 듯 한 손으로 울타리를 짚고 소리쳤다.

"이런, 딱 어제 이 시간일세 그려!"

한물간 농담이었지만 여자들은 깔깔대면서 비명을 질러 댔다. 농담을 한 사람이 몬스였기 때문이었다.

"시간 따위는 신경 쓰지 말고 일이나 빨리 마치시지."

농장감독이 걸어오며 말했다.

"그래. 시간은 재단사나 구두장이를 위한 거지. 우리 같은 정직한 사람들을 위한 게 아니야." 아네르스가 낮은 목소리로 말했다.

농장감독은 고양이처럼 잽싸게 그에게 몸을 돌렸고, 순간 아네르스의 팔은 주먹이 날아올 것에 대비하듯 숙여진 머리 위로 급히 올라갔다. 하지만 농장감독은 조소어린 미소를 띠고 침을 뱉었을 뿐이었다. 그리고는 다시 왔다 갔다 하기 시작했다. 아네르스는 머리까지 새빨개져서 눈을 어디에 둬야 할지 모르고 그곳에 서 있었다. 그는 뒤통수를 두어 번 긁적였지만, 왜 팔이 그렇게 움직였는지 설명하지 못했다. 다른 사람들이 그를 보고 웃었고, 아네르스는 바지를 추켜올리고 어슬렁거리며 일꾼 숙소로 걸어갔다. 여자들은 비명을 지르며 깔깔거렸고, 술기운이 오른 남자들은 울타리에 머리를 대고 몸을 흔들고 있었다.

그렇게 짓궂은 농담과 독설 속에 그날이 지나갔다. 저녁이 되자 남자들은 어슬렁거리며 밖으로 나가 소란스러운 장난을 치고 행인들을 괴롭혔다. 라세와 펠레는 고단해서 일찍 잠자리에 들었다.

"아, 살았다! 오늘도 무사히 지나갔구나."

라세가 침대에 누워서 말했다.

"오늘도 안 좋은 날이었지. 피를 보지 않게 된 게 기적이야. 농장감독이 꼭 무슨 일을 저지를 것처럼 보였는데 말이야. 하지만 에릭은 자기가 까불 수 있는 한계가 어디까지인지 알아야 해.”

다음날 아침, 모든 것이 잊힌 듯했다. 남자들은 평소처럼 말을 돌보았고 6시가 되어 토끼풀을 베러 들로 나갔다. 남자들은 눈이 흐리멍덩했고, 몸이 무겁고 둔해 보였다. 외양간 문밖에 빈 술통이 놓여 있었다. 사람들은 지나가면서 그 술통을 발로 찼다.

펠레는 오늘도 청어 손질을 도왔지만 그 일에서 더 이상 재미를 찾을 수 없었다. 벌써 소 떼와 함께 야외로 나가고 싶은 마음이 굴뚝같았다. 게다가 이곳에서는 개나 소나 자기를 부려 먹었다. 펠레는 기회만 있으면 농장 밖으로 나가려는 구실을 만들었다. 그렇게 하면 시간을 보내는 데 도움이 되었다.

아침 느지막이 남자들이 성긴 토끼풀을 베고 있는 동안 에릭은 낫을 던져버렸고, 그 바람에 낫은 땡그랑 소리를 내며 튀어 올랐다. 다른 사람들은 일손을 멈추었다.

“무슨 일이야, 에릭?” 카를 요한이 물었다.

“머리가 어떻게 된 거 아니야?”

에릭은 손에 칼을 쥐고 아무것도 듣거나 보지 않은 채 칼날을 만지며 서 있었다. 그러더니 고개를 들고 하늘을 향해 얼굴을 찌푸렸다. 그의 눈은 머릿속으로 푹 꺼져서 장님이 된 것 같았고, 입술은 잔뜩 튀어나와 있었다. 그는 알아들을 수 없는 소리를 몇 마디 중얼거리더니 농장을 향해 걸어 올라가기 시작했다.

펠레는 어린 소들이 우리를 뚫고 탈출하지 않았는지 보기 위해 우리로 들어갔던 참이었다. 남자들이 마치 이동 중인 소 떼처럼 드문드문 줄지어 농장을 향해 올라오는 것을 보았을 때, 펠레는 뭔가 잘못되었음을 직감하고 안으로 뛰어 들어갔다.

"아빠, 아저씨들이 몰려오고 있어요!" 펠레가 속삭였다.

"설마 일을 저지르려는 건 아니겠지?"

라세가 몸을 떨기 시작하며 말했다.

농장감독은 방에서 마차로 물건들을 실어 나르는 중이었다. 그는 곧 읍내로 나갈 참이었다. 에릭이 일그러진 얼굴로 날이 넓은 커다란 칼을 손에 쥐고 열려 있는 커다란 문 앞에 나타났을 때, 농장감독은 팔에 물건을 가득 들고 있었다.

"이 자식 어디 있지?"

에릭이 큰 소리로 말하며 성난 황소처럼 머리를 숙이고 한 바퀴 돌더니 울타리를 통과해 곧바로 농장감독을 향해 걸어 올라갔다. 농장감독은 에릭을 보고 움직이기 시작했지만, 정문을 통해 다른 일꾼들이 전속력으로 에릭의 뒤를 쫓고 있었다. 그는 몇 걸음이나 떨어졌는지 거리를 재다가 마음을 바꿔서 마차를 앞에 두고 에릭을 향해 다가갔다. 그러면서 에릭의 모든 움직임을 지켜보며 무기가 될 만한 것을 찾았다. 에릭은 이를 갈면서 적을 비스듬히 올려다보았다. 그리고 마차 주위를 돌면서 농장감독을 따라 걸었다.

농장감독은 마차 주위를 돌며 어설픈 움직임을 보였지만, 어떻게 해야 할지 결정할 수 없었다. 그런데 그때 다른 일꾼들이 올라와서 길을 막아섰다. 농장감독의 얼굴이 공포로 하얗게 질렸다. 그는 마차에서 마구의 줄을 매는 가로대를 뜯어내고, 마차를 밀어 사람들 사이에 굴려 보내서 사람들이 비켜서게 만들었다. 덕분에 농장감독과 에릭 사이에 빈 공간이 생겼고, 에릭은 칼로 찌를 준비를 하며 재빨리 끌채*를 뛰어넘었다. 그러나 그는 뛰어오르다 가로대에 머리를 세게 부딪쳤다. 칼은 농장감독의 어깨를 찔렀지만 힘이 너무 약했다. 그리고 에릭이 땅에 쓰러지면서 칼이 옆구리를 살짝 스쳤다. 다른 사람들은 대경실색하여 그 광경을 지켜보고 있었다.

"다림질실로 데려가!"

농장감독이 명령조로 소리쳤고, 남자들은 칼을 버리고 복종했다.

그 싸움은 펠레의 피를 끓게 했다. 펠레는 껑충껑충 뛰면서 펌프 옆에 서 있었다. 펠레가 금방이라도 싸움 속으로 뛰어들 것 같아 보였기 때문에, 라세는 아들을 꼭 붙들고 있어야 했다. 그 천하장사 에릭이 머리에 한 방을 맞고는 의식을 잃고 땅에 주저앉아 버릴 때, 펠레는 무도병**에 걸린 것처럼 펄쩍펄쩍 뛰었다. 고개를 숙인 채 공중으로 펄쩍 뛰어올랐다가 떨어지면서, 내내 짧고 새된 웃음을 터뜨렸다. 라세는 쓸데없는 바보짓이라며 화를 내고는 펠레를 두 손으로 꼭 붙들었다. 이 조그만 녀석은 온 몸을 파르르 떨면서 어서 풀려나 다시 뛰려고 몸부

림쳤다.

"얘가 뭐가 잘못된 걸까요?"

라세가 농장 노동자의 아내들에게 애처롭게 말했다.

"이걸 대체 어떻게 해야 하지?"

라세는 비통한 심정으로 펠레를 방으로 끌고 갔다. 달이 지고 있었고, 펠레의 증상은 영영 사라지지 않을 것 같았다. 다림질실에서는 사람들이 에릭을 치료하느라 바빴다. 그들은 에릭의 입에 브랜디를 붓고 식초로 머리를 감겼다. 콩스트루프는 집에 없었지만, 여주인이 직접 그곳에 내려와서 두 손을 움켜쥐고 어릴 적부터 자신의 집이었던 스톤 농장을 저주했다. 그녀는 사람들이 모두 자신의 말을 듣고 있다는 것도 신경 쓰지 않고, 스톤 농장은 살인과 환락으로 지옥이 되었다고 말했다.

농장감독은 조랑말 마차를 타고 재빨리 의사를 부르러 갔고, 정당방위로 그렇게 했노라고 보고했다. 나이 든 여자들은 펌프 근처에 서서 수군댔고, 남자와 젊은 여자들은 당황스러워 서성이고 있었다. 명령을 내리는 사람은 아무도 없었다. 그러나 그때 여주인이 계단에 나와서 한동안 그들을 쳐다보자 그들은 다들 뭔가 할 일을 찾았다. 여주인의 눈은 사람을 꿰뚫어 보는 눈이었다! 나이 든 여자들은 진저리를 치며 다시 일하러 돌아갔다. 그들이 젊었을 때 빈둥거리면 스톤 농장의 주인이 화가 나서 뛰어오던 시절이 떠올랐다.

라세는 방에서 헛소리를 하며 웃어 대는 펠레를 쳐다보며 앉아 있었다. 라세는 웃어야 할지 울어야 할지 알 수 없었다.

올센 부인과의 만남

"안주인이 처신을 잘했어야지. 안주인이 하인 식당에서 모두들 들을 수 있도록 큰 소리로 불평하고 바가지를 긁어도 주인은 욕 한 마디 하는 법이 없잖아. 하지만 안주인은 언제나 어리석게 굴거든. 항상 남자를 밖으로 나돌게 멀리 쫓아 버리니 말이지. 결국에 농장이 어떻게 되겠어? 주인은 집에 도저히 있을 수가 없어서 허구한 날 밖에서 시간을 보내잖아. 그건 남자를 밖으로 내모는 아주 잘못된 사랑이야."

일요일 저녁 라세는 외양간에 서서 우유를 짜는 여인들에게 이야기를 하고 있었다. 그곳에 있던 펠레는 자기 할 일도 바빴지만 아버지의 말에도 귀를 기울였다.

"하지만 안주인이 그렇게 어리석은 것만은 아니에요."

개초장이 홀름의 아내가 말했다.

"예를 들어 안주인이 주인님 눈요깃거리로 예쁜이 마리아에게 집안 일을 시켰던 걸 생각해 봐요. 집에 양식이 충분하면 밖에 나갈 일이 없다는 걸 알았던 거예요. 물론 그래 봤자 울고불고 술을 퍼마셔서 남편을 밖으로 내몰고 말았으니 모든 게 허사가 되었지만 말이에요."

"주인님도 술을 마셔요." 펠레가 짧게 말했다.

"그래. 물론 주인님도 가끔은 술에 취하지."

라세가 나무라는 투로 말했다.

"하지만 주인은 남자고, 게다가 취할 만한 이유가 있어. 하지만 여자들이 술에 빠지는 건 잘못이야."

라세는 기분이 언짢았다. 소년은 이제 매사에 자신의 의견을 갖기 시작했고, 어른들이 얘기할 때마다 사사건건 끼어들었다.

"내가 주장하는 건……."

라세는 여자들을 향해 고개를 돌리고 다시 얘기하기 시작했다.

"만일 안주인이 그렇게 허구한 날 울어 대지 않는 멀쩡한 여자였다면, 주인은 좋은 남편이었을 거라는 얘기야. 안주인이 집에 없으니 모든 게 괜찮아졌잖아. 주인은 매일 집에서 잘 지내는 데다 농장 일까지 직접 돌보고 있으니 말이지. 물론 농장에서 왕 노릇을 하고 싶은 농장 감독이야 불만이겠지만……. 주인님은 우리 모두를 동등하게 대해 주잖아. 심지어 구스타우에게 품었던 감정도 잊어 버렸단 말이지."

"돈 많은 아내를 얻지 않는 한 구스타우에게 유감을 품을 일은 없죠. 사람들이 그러는데 보딜은 하녀로 일하면서 두세 달에 100크로네씩 저축한다고 하더군요. 우리가 보기엔 일 같지도 않은 일을 하고도 그렇게 큰돈을 받는 사람들이 있다니……."

나이 든 여자들 중 한 명이 말했다.

"글쎄, 구스타우가 보딜을 아내로 얻을 수 있을지 지켜봐야죠. 내가 보기에는 힘들 것 같지만 말이에요. 같은 하인끼리 험담하기는 그렇지만, 보딜은 믿을 만한 여자가 아니에요. 주인과의 문제는 그만 잊어버려야 해요. 언젠가 구스타우가 그 문제로 화가 났을 때 내가 말한 것처럼, 주인님은 하인들보다 높은 사람이니까 말이에요. 벵타는 내가 보기에 모든 면에서 좋은 아내감이지만, 그 애 역시 주인의 눈에 뜨이려고 애쓰죠. 제일 센 놈이 제일 먼저 먹는 거죠. 그게 세상의 이치잖아요! 하지만 보딜은 지조가 없어요. 나이가 아직 열여섯 살도 안됐는데 벌써 견습감독과 시시덕거리면서 선물까지 챙기고 있다니까요. 구스타우는 눈에서 콩깍지를 벗어야 해요. 어떤 사람에게 빠지기 시작하면 항상 불행으로 이어지게 되죠. 바로 이 농장에서 일어나는 일을 보면 알 수 있잖아요!"

"며칠 전에 얘기하다 들었는데, 안주인은 코펜하겐에 간 게 아니고 남쪽 지방에 있는 친척집에서 지내고 있을 거래요. 남편한테서 달아난 게 틀림없어요!"

"그게 사실이라면 모처럼 처신을 잘했구먼!" 라세가 말했다.

"안주인이 그냥 그곳에서 머물면 좋으련만! 지금 이대로가 훨씬 더 좋잖아."

＊＊

전혀 다른 분위기가 스톤 농장을 채우고 있는 것 같았다. 음산한 분위기는 사라졌고, 울부짖는 소리가 집에서 흘러나와 쇠파리처럼 끈질기게 사람을 괴롭히는 일도 없었다. 변화는 농장주에게서 가장 두드러졌다. 그는 10년이나 20년은 젊어 보였고, 사슬과 족쇄에서 벗어난 사람처럼 기분 좋은 농담을 건네곤 했다. 또한 농장 일에도 관심을 보이기 시작해서 하루에 두어 번씩 이륜마차를 타고 채석장에 갔다 왔고, 새로운 일을 시작할 때마다 그 자리에 나타나서 가끔은 외투를 벗고 손수 관여하기도 했다. 예쁜이 마리아가 식탁을 차리고 잠자리를 봐주었는데, 주인은 거리낌없이 마리아에 대한 호의를 드러내곤 했다. 그의 유쾌함에는 전염성이 있어서 모든 것이 전보다 더 유쾌해졌다.

하지만 라세는 자신의 문제가 시급하다는 것을 부정할 수 없었다. 날씨가 추워지면서 12월 안에 결혼을 해야겠다는 갈망이 점점 더 커졌다. 그는 이제 자기 집에서 살고 싶었고, 자신을 위해 모든 것을 해줄 한 여자를 간절히 갖고 싶었다. 카르나에 대한 생각을 완전히 접은 것은 아니지만, 개초장이 홀름의 아내에게 적당한 여자를 찾아 주면 10크로네를 주겠노라고 약속했다.

사실 라세는 그 문제를 해결 불가능한 일로 여기고 머리에서 완전히 몰아낸 뒤 조용히 노년의 세계로 들어가려 했다. 하지만 항상 빠져나갈 문을 찾고 있으면서 안에 들어앉아 있는 것이 무슨 소용이 있겠는가! 라세는 다시 한 번 밖을 내다보았고, 늘 그렇듯 집에 활력과 기쁨을 가져다주는 것은 펠레였다.

아래쪽 어촌 변두리에는 남편이 바다로 나간 뒤 몇 년 동안 소식이 끊어진 한 여자가 살고 있었다. 등하교 길에 펠레는 두어 번 그녀의 집 현관 앞에서 추위를 피하게 되었는데, 그러면서 그들은 점차 친해졌다. 펠레는 그 부인을 위해 사소한 일들을 해주었고, 그 대가로 뜨거운 커피를 얻어 마셨다. 추위가 매우 심할 때면 부인은 항상 펠레를 불러들여서 바다에 대해서나 아무짝에도 쓸모없는 남편에 대해 이야기하곤 했다. 부인은 남편이 멀리 가버려서 어부들의 그물을 고쳐 주며 힘들게 생계를 이어가고 있었다. 그 보답으로 펠레는 아버지와 고향 토멜릴라의 교회 묘지에 묻혀 있는 어머니에 대해 이야기해 줘야 한다는 의무감을 느꼈다. 하지만 펠레의 얘기는 결코 오래 이어지지 않았다. 부인이 항상 자신을 생과부로 만든 남편 이야기로 돌아갔기 때문이었다.

"익사하셨나 봐요."

펠레가 말할 때마다 그녀는 단호하게 늘 같은 말을 하곤 했다.

"아니, 그렇지 않을 거야. 아직 불길한 징조를 보지 못했으니까."

펠레는 부인에게 지대한 관심이 있는 아버지에게 이런저런 이야기를 들려주었다.

"오늘 올센 부인의 집에 갔니?"

아들이 학교에서 돌아오면 라세가 처음으로 묻는 말이었다. 그러면 펠레는 아주 사소한 얘기까지 빠짐없이 전해 줘야 했다. 너무 시시콜

콜해서 말할 필요가 없어 보이는 얘기도 라세에게는 중요했다.

"부인께 엄마가 죽은 얘기는 했겠지? 그래 물론 그랬겠지! 그럼 오늘 부인이 나에 대해 뭘 묻더냐? 유산에 대해서는 아시니? 네가 그 얘기를 한두 마디 흘리는 게 좋을 것 같구나. 부인이 우리가 완전히 가난뱅이라고 생각하지 않게 말이다."

라세는 최근에 한 삼촌이 남긴 25크로네를 상속받았던 것이다.

펠레는 양쪽을 오가며 모호한 얘기를 흘리는 전령이 되었다. 올센 부인이 베푼 친절에 대한 보답으로, 어머니가 남긴 마지막 유품인 자수 손수건이나 예쁜 실크 스카프와 같은 조그만 물건들을 아버지에게서 받아 부인에게 전달하기도 했다. 만일 이번 기회가 실패한다면, 그 물건들을 잃는 것은 큰 타격이 될 것이었다. 그러면 의지가 되는 추억들이 모두 없어질 것이기 때문이다. 그러나 라세는 한 장의 카드에 모든 것을 걸었던 것이다.

하루는 펠레가 올센 부인이 징조를 느꼈다는 얘기를 가져왔다. 부인은 밤에 잠에서 깨어 침대 머리맡에서 헐떡이고 서 있는 커다란 검정 개 한 마리를 보았다고 했다. 어둠 속에서 개의 눈이 반짝였고, 개털에서 물 떨어지는 소리가 들렸다. 그녀는 그 개가 자신에게 전갈을 전하러 그 배에서 온 개라는 것을 알 수 있었다. 창문으로 가서 달빛 속에서 바다를 내다보니, 돛을 모두 펴고 항해하는 배 한 척이 보였다. 부인은 높은 곳에 서 있었고, 바다와 하늘을 볼 수 있었다고 했다. 뱃전에는 남편과 몇 사람이 매달려 있었는데 그들은 투명해 보였다. 그들의 머리와 수염에서 소금물이 뚝뚝 떨어져서 배 옆으로 흘러내렸다.

그날 저녁 라세는 제일 좋은 옷을 차려입었다.

"오늘 우리 외출하나요?" 펠레가 반색을 하며 물었다.

"아니, 나만 가는 거다. 심부름으로 나가는 것뿐이야. 혹시 누가 나를 찾거든, 새 코뚜레를 구하러 대장장이한테 갔다고 말해야 해."

"저는 데려가지 않아요?"

펠레가 거의 울먹이며 말했다.

"안 돼. 이번만은 얌전히 집에 있어라."

라세는 펠레의 머리를 다독였다.

"그럼 어디 가세요?"

"어디냐 하면……."

라세는 거짓말을 하려 했지만, 그러고 싶은 마음이 들지 않았다.

"그건 묻지 마!"

"묻지 않으면 나중에 말해 주실 거예요?"

"그래, 꼭 그러마."

라세는 집을 나서다가 다시 펠레를 들여다보았다. 펠레는 침대 가장자리에 앉아 울고 있었다. 아버지가 자신을 데려가지 않고 외출하는 것은 이번이 처음이었다.

"넌 착한 아이가 되어야 해. 어서 잠자리에 들어라."

라세가 엄숙하게 말했다.

"안 그러면 나도 너랑 같이 여기 있을 테니까. 그럼 우리 모두에게 손해가 될 거야."

펠레는 마음을 고쳐먹고 옷을 벗기 시작했고, 마침내 라세는 집을 나섰다.

캄캄한 밤이었지만 펠레가 설명해 준 덕분에 라세는 올센 부인의 집을 단번에 알아볼 수 있었다. 그는 집을 두세 바퀴 돌면서 벽이 어떻게 서 있는지 보았다. 목재와 회반죽이 보기 좋았고, 집에 딸린 적당한 크기의 땅도 있었다. 주중에 일당을 받는 일을 하고 나서 일요일에 쉬면서 가꾸기에 딱 좋은 크기였다.

문은 잠겨 있었다. 라세는 문을 두드렸고, 조금 뒤 창문에 하얀 형체가 나타나더니 누구냐고 물었다.

"펠레의 아버지 라세 칼손입니다."

라세가 달빛 속으로 걸어 들어가며 말했다.

문이 열리고 부드러운 목소리가 말했다.

"들어오세요! 추운데 밖에 서 계시지 말고."

라세는 문지방을 넘어 들어갔다. 방에서 나는 냄새에선 잠을 잔 흔적이 느껴졌다. 아무것도 보이지 않았다. 그는 스타킹을 신고 있는 땅딸막한 사람의 숨소리를 들었다. 이윽고 올센 부인이 성냥을 켜서 램프에 불을 붙였다.

그들은 악수를 하며 서로를 바라보았다. 올센 부인은 무명포로 된 줄무늬 잠옷 치마에 같은 천으로 된 나이트가운을 걸치고 머리에 파란 나이트캡을 쓰고 있었다. 그녀는 튼튼해 보이는 팔다리에 풍만한 가슴,

그리고 인상 좋은 얼굴을 갖고 있었다. 누가 먼저 해코지를 하지만 않으면 파리 한 마리도 해치지 않을 것 같은 여자였다. 하지만 닥치는 대로 일할 사람은 아니었다. 그러기에는 너무 여성스러웠다.

"당신이 펠레의 아버지시라고요! 정말 어린 아들을 두셨군요. 어쨌든 앉으세요!"

라세는 잠시 눈을 깜빡였다. 그녀가 자신을 늙었다고 생각하는 건 아닌지 두려웠다.

"예, 그러니까 펠레는 말하자면 늦둥이죠. 하지만 저는 아직 다른 면으로도 남자 구실을 할 수 있습니다."

올센 부인이 식탁에 차가운 베이컨과 소시지, 술, 빵, 소스를 부지런히 차리면서 웃었다.

"하지만 우선 드세요!" 그녀가 말했다.

"남자는 식성을 봐야 알 수 있죠. 그리고 먼 길을 오셨잖아요."

그제야 라세는 자신이 밤에 찾아온 것에 대헤 변명을 해야겠다는 생각이 들었다.

"곧 돌아가 봐야 합니다. 저는 그냥 아들에게 친절을 베풀어 주신 것에 감사드리러 들른 것뿐입니다."

라세는 일어서서 가려는 시늉까지 했다.

"어머, 말도 안돼요!"

부인이 그를 의자에 다시 주저앉히며 소리쳤다.

"차린 건 없지만 조금 드셔 보세요."

그녀는 칼을 라세의 손에 억지로 쥐어 주고, 열심히 음식을 그 앞에 밀어 주었다. 그녀가 라세에게 가까이 다가와 시중을 들어 줄 때, 그녀의 몸 전체에서 따스한 온기와 친절한 마음씨가 뿜어져 나왔다. 라세는 그 모든 것을 즐겼다.

"틀림없이 부인은 좋은 아내였을 겁니다." 라세가 말했다.

"그래요, 그건 사실이에요!"

올센 부인이 의자에 앉아서 그를 바라보며 솔직하게 말했다.

"남편이 집에 있을 때는 원하는 것을 제가 전부 해줬죠. 남편은 점심때까지 침대에 누워 있었고, 나는 남편을 어린 아이처럼 돌봐 주었어요. 하지만 남편은 나를 위해 조금도 해주는 게 없었죠. 그래서 결국 그 짓도 지겨워졌어요."

"그건 남편 분의 잘못이군요!" 라세가 말했다.

"고마운 행동을 하면 당연히 보상을 해야죠. 내 죽은 아내 벵타에게 물어봤다면 아마 이렇게 얘기하지는 않았을 겁니다."

"남자가 도와줄 마음만 있다면 집에서 할 일이야 얼마든지 많죠. 나 혼자서는 그 이상 돌볼 수 없어서 우리 집에는 소가 한 마리뿐이지만 두 마리는 더 키울 수 있어요. 그리고 이 집을 담보로 잡힌 빚도 없고요."

"부인에 비하면 저는 가난뱅이에 불과하군요!"

라세가 의기소침해져서 말했다.

"가진 걸 전부 합치면 50크로네가 있고, 펠레와 나는 입을 만한 옷가지가 조금 있지만, 그걸 제외하면 가진 거라곤 손재주가 있는 두 손 뿐입니다."

"그건 정말 큰 가치가 있다고 생각해요! 그리고 물을 길어 온다든가 하는 일을 두려워하지는 않으시겠죠?"

"그럴 리가요. 일요일 아침에 침대에서 마시는 커피도 두렵지 않습니다."

라세의 대답에 그녀가 웃었다.

"그럼, 제가 키스를 해야 할 것 같네요!" 그녀가 말했다.

"그럼요, 그러셔야죠."

라세가 기뻐하며 그녀에게 키스했다.

"이제 우리 세 사람 모두를 위한 행복과 은총을 기원할 수 있을 것 같습니다. 우리 아들을 좋아하시는 걸 압니다."

아직 얘기할 것이 몇 가지 남아 있었고 커피도 마셔야 했다. 하지만 라세는 소도 돌봐야 했고, 집이 어떻게 되어 있는지도 봐야 했다, 그 사이 시간은 점점 더 늦어졌다.

"오늘밤은 주무시고 가시는 게 좋겠어요." 올센 부인이 말했다.

라세는 망설이며 서 있었다. 혼자 자고 있는 아들이 있고, 새벽 4시 까지는 농장에 도착해야 했다. 하지만 밖은 추웠고 이곳은 따뜻하고 모든 면에서 안락했다.

"예, 그러는 게 낫겠군요."

그는 모자와 코트를 다시 벗으며 말했다.

＊＊

새벽 4시쯤 라세가 뒤쪽으로 외양간에 기어들어갔을 때, 목동방 안에는 여전히 등불이 타고 있었다. '저런, 들켰구나!' 하는 생각에 몸이 부들부들 떨리기 시작했다. 밤새도록 소들을 두고 멀리 떠나 있는 것은 정당화될 수 없는 행동이었다. 하지만 방에는 옷을 입은 채로 궤짝에 아무렇게나 웅크리고 누워 있는 펠레만 있을 뿐이었다. 얼마나 울었는지 아이의 얼굴은 시커멓게 얼룩지고 퉁퉁 부어 있었다.

하루 종일 펠레의 태도에는 뭔가 서먹함이 어려 있었는데, 그것은 거의 적대감에 가까웠다. 라세는 괴로웠다. 다른 방도가 없었다. 그래서 결국 사실을 말해야 했다.

"펠레야, 이제 모든 게 다 해결되었다." 마침내 라세가 말했다.

"우리는 집과 가정, 덤으로 예쁜 엄마까지 얻게 되었단다."

펠레는 반대할 이유가 없었다.

"그럼 다음에는 나도 함께 가는 거예요?"

아직도 약간 부루퉁한 상태로 펠레가 물었다.

"그래, 다음에는 함께 가자. 아마 일요일이 될 것 같구나. 조금 일찍 나가겠다고 허락을 받아서 부인의 집을 방문하는 거야."

라세가 묘한 자신감을 풍기며 이렇게 말했다. 그러고 보니 몸이 한결 더 꼿꼿해져 있었다.

펠레는 일요일에 라세와 함께 부인에게 갔다. 두 사람은 오후 시간부터 자유였다. 하지만 그 뒤에는 한동안 휴가를 요청하기 힘들었다. 펠레는 미래의 어머니를 매일 보다시피 했지만, 라세는 힘든 시간을 보내야 했다. 사랑스러운 그녀를 향한 사무치는 그리움이 밀려올 때면, 그는 펠레가 잠들 때까지 호들갑을 떨다가 옷을 갈아입고 몰래 빠져나왔다.

이렇게 밤을 지새운 다음날이면, 라세는 일을 제대로 할 수 없었고 자기 발에 걸려 넘어지곤 했다. 하지만 마치 세상에서 가장 강력한 권력과 은밀한 계약이라도 맺은 것처럼 그의 눈만은 젊음의 빛으로 반짝였다.

안주인의 귀환

에릭은 어깨를 구부정하게 숙이고 얼굴을 반쯤 벽 쪽으로 돌린 채 계단 앞에 서 있었다. 농장감독과의 싸움에서 머리를 다친 이후로 에릭은 바보가 되어 버렸다. 그는 매일 새벽 4시쯤 멍하니 그곳에 서서 농장감독이 내려오기를 기다렸다. 지금은 6시였고, 방금 날이 밝기 시작했다.

라세와 펠레는 외양간 청소와 첫 먹이를 나눠 주는 일을 마쳤다. 그들은 몹시 시장해서 외양간 문 앞에서 아침식사 종이 울리기를 기다리며 서 있었다. 그리고 마구간 문 앞에도 남자들이 종이 울리기를 기다리며 서 있었다. 그러나 종이 울리지 않은 채 식사 시간이 15분 지나자, 카를 요한을 선두로 사람들이 지하실을 향해 걸어왔다. 라세와 펠레도 입맛을 다시며 급히 식당으로 향했다.

"에릭, 아침 먹으러 내려가자고."

카를 요한이 그의 앞을 지나치며 소리쳤다. 에릭은 계단 옆 구석에서 나와 다리를 질질 끌며 그들을 따라갔다. 어쨌거나 에릭의 소화력에는 전혀 문제가 없었다.

사람들은 조용히 청어를 먹었다. 음식이 사람들의 입을 완전히 막아버렸다. 청어를 다 먹고 나서 작업반장이 자기 칼 손잡이로 식탁을 두드리자 카르나가 죽 두 사발과 빵 한 무더기, 그리고 소스를 가지고 들어왔다.

"보딜은 어디 있죠?" 구스타우가 물었다.

"내가 어떻게 알겠어? 아침에 보니까 보딜의 침대는 건드린 흔적도 없던데." 카르나가 의기양양한 얼굴로 말했다.

"거짓말!"

구스타우가 탕 소리 나게 숟가락을 식탁에 내려놓으며 소리쳤다.

"그럼 보딜의 방으로 가서 직접 확인해 봐. 길은 알잖아!"

카르나가 톡 쏘아붙였다.

"그런데 오늘 견습감독이 어떻게 된 거지? 식사 종을 안 울렸잖아."

카를 요한이 말했다.

"여자들 중에 견습감독 본 사람?"

"못 봤어요. 아마 늦잠을 잤겠죠, 뭐." 세탁실에서 벵타가 소리쳤다.

"그러거나 말거나! 난 아침마다 뛰어가서 그자를 흔들어 깨우고 싶지는 않아요."

"자네가 올라가서 깨우는 게 좋지 않겠나, 구스타우?"

아네르스가 윙크하며 말했다.

"어쩌면 재미있는 걸 볼 수도 있잖아."

남들이 조그맣게 웃었다.

"내가 만일 그 녀석을 깨운다면, 아마 이 칼로 깨울 거야."

구스타우가 커다란 칼을 보여 주며 대답했다.

"그땐 녀석을 고통 없는 세상으로 보내 버리는 거지."

이때 농장주가 내려왔다. 그는 손에 종이를 들고 있었고, 기분이 매우 좋아 보였다.

"여러분, 최신 뉴스 들었소? 한밤중에 한스 페테르가 보딜과 야반도주를 했다는군!"

"맙소사! 풋내기들이 벌써요?" 라세가 당당하게 소리쳤다.

"펠레를 잘 간수해야겠군. 카르나와 도망치지 않도록 말이야. 카르나는 어린 것들을 좋아하니까."

라세는 자신도 이제 남자의 대열에 끼었다는 기분이 들었고, 누구를 공격하는 것도 두렵지 않았다.

"한스 페테르는 열다섯 살이오." 콩스트루프가 책망하듯 말했다.

"가슴속에 열정이 폭발할 때지."

농장주가 너무도 진지하게 말했기 때문에 모두들 웃음을 터뜨렸다. 예외인 단 한 사람, 구스타우는 눈을 껌뻑이며 술 취한 사람처럼 고개를 흔들고 있었다.

"한스가 하는 얘길 들어 봐야 해. 침대에 이게 놓여 있더군."

콩스트루프가 마치 연극배우 같은 동작으로 편지를 펼쳐서 읽기 시작했다.

이 편지를 읽을 때쯤, 나는 영원히 떠나 버렸을 겁니다. 보딜과 나는 오늘 밤 도망치기로 했어요. 엄격하신 아버지는 내가 보딜과 결합하는 걸 결코 허락하지 않으시겠죠. 그래서 우리는 아무도 찾을 수 없는 은밀한 곳에서 사랑의 행복을 누릴 겁니다. 우리를 찾는 건 부질없는 짓입니다. 왜냐하면 우리는 적들의 사악한 손에 넘어가느니 차라리 함께 죽기로 작정했으니까요. 보딜과 나는 눈물로 이 편지지를 적십니다. 하지만 위대한 사랑을 지키기 위해 다른 어떤 것도 할 수 없는 상황에서 우리가 내린 절망적인 결정을 비난하지 말아 주세요.

한스 페테르

"아주 소설을 쓰시네!" 카를 요한이 밀렸다.

"언젠가 큰일을 하겠어!"

"맞아. 그 친구는 야반도주를 하려면 무엇이 필요한지 정확히 알고 있더라고." 콩스트루프가 즐겁게 말했다.

"하녀 숙소의 창문이 평지 높이였는데도 사다리를 썼더란 말이야. 농사일도 그 절반만큼만 철저했으면 좋으련만."

"이제 어쩌죠? 찾아야 하지 않을까요?" 작업반장이 말했다.

"글쎄, 모르겠네. 젊음의 행복을 방해하는 건 부끄러운 일일 거야.

배가 고프면 저절로 돌아올 테지. 어떻게 생각하나, 구스타우? 사냥을 준비해야 할까?”

구스타우는 아무 대답 없이 벌떡 일어나서 방으로 가버렸다. 다른 사람들이 뒤따라 가보니 그는 침대에 누워 있었다. 온종일 구스타우는 침대에 누워서 누가 오건 한 마디도 하지 않았다.

한편 일은 힘들었고, 농장감독은 화가 났다. 그는 콩스트루프가 새롭게 도입하고 있는 방식이 마음에 들지 않았다. 모두에게 자기 마음대로 말하고 행동할 자유를 주다니…….

“들어가서 구스타우를 침대에서 끌어내!”

오후가 되어 사람들이 탈곡 헛간에서 곡식을 까부르고 있을 때 농장감독이 말했다.

“옷을 입으려고 하지 않으면 강제로라도 입혀!”

그러나 저울에 추를 끼우던 콩스트루프가 끼어들었다.

“관 둬. 아직 아프다면 침대에 있게 해줘야지.” 그가 말했다.

“구스타우를 위해 뭔가 해줘야 하는 건 우리 의무야.”

“겨자씨 연고는 어때요?”

몬스가 반항적인 눈으로 농장감독을 쳐다보며 말했다.

콩스트루프는 신이 나서 손바닥을 비볐다.

“그래, 그거 멋진 생각이로군! 몬스, 어서 가서 여자들에게 겨자씨 연고를 만들게 해. 구스타우의 아픈 명치에다 붙이게 말이야.”

몬스가 연고를 가지고 오자 농장주는 연고를 붙일 준비에 들어갔다.

콩스트루프는 농장감독의 표정에서 그가 화났다는 것을 알 수 있었다. 그 표정은 '바보 자식 때문에 또 시간 낭비군!' 이렇게 말하고 있었다. 하지만 콩스트루프는 조금 재미를 보고 싶었다. 일이야 어떻게든 될 테니까.

그러나 구스타우는 벌써 낌새를 알아채고는 그들이 도착했을 때 이미 옷을 입고 있었다. 그날의 나머지 시간 동안 구스타우는 일을 했지만, 그 무엇도 그에게서 미소를 이끌어 내지는 못했다. 그는 꼭 실성한 남자 같았다.

며칠 뒤 짐마차 한 대가 스톤 농장 앞에 섰다. 마부석에는 털옷 차림의 어깨가 넓은 남자가 앉아 있었고, 옆자리에는 한스 페테르가 머리에서 발끝까지 칭칭 감은 채 앉아 있었다. 그리고 짐마차 뒤 칸의 바닥에는 보딜이 추위로 몸을 덜덜 떨며 앉아 있었다. 두 도망자를 데려온 건 견습감독의 아버지였다. 그는 읍내 여인숙에서 그들을 찾았다.

한스는 사무실로 올라가 철썩철썩 소리가 나도록 매를 맞은 뒤 뜰로 내보내졌다. 그리고 뜰에서 수치심에 몸을 떨며 엉엉 울다가, 마침내 외양간 뒤쪽에서 펠레와 놀기 시작했다.

보딜은 더 심한 대우를 받았다. 평소에 콩스트루프는 엄한 남자가 아닌데도 그녀를 즉시 해고해야 한다고 주장하다니 이상한 일이었다. 그녀는 짐을 싸야 했고, 점심을 먹은 뒤 곧장 내쫓겼다. 보딜은 항상 그렇듯 착하고 상냥해 보였다. 보딜을 잘 알게 되기 전까지 사람들은 그녀를 천사라고 생각할 것이 틀림없다. 다음날 아침 구스타우의 침대는 비어 있었다. 궤짝이며 나막신이며 모든 것을 챙겨서 완전히 사라져 버린 것이었다.

라세는 남자의 관대한 미소로 이 모든 것을 지켜보았다. 어린애들 장난 같으니라고! 이제 라세가 바라는 것은 어느 날 밤 카르나가 그 뚱뚱한 몸으로 지하실 창문을 통과해서 구스타우를 찾아 연기처럼 사라지는 것뿐이었다.

그러나 그런 일은 일어나지 않았다. 카르나는 다시 라세에게 친절하게 대하기 시작했고, 라세와 펠레의 옷을 손봐 주고 그들을 편안하게 해주려고 노력했다.

라세는 장님이 아니었다. 그는 바람이 어느 쪽으로 부는지 잘 알고 있었고, 자신의 힘을 의식하며 그것을 은근히 즐겼다. 이제 자신이 원할 때마다 취할 수 있는 사람이 둘이나 되었다. 이제 손만 뻗치면 여자들이 그 손을 낚아챘다. 라세는 하루 종일 행복한 황홀경에 빠져 돌아다녔다. 가끔은 마음이 한껏 부풀어서 이 기회를 이용하고 싶은 충동을 느끼기도 했다. 그는 이 세상에서 늘 묵묵히 자신의 길을 걸어 왔다. 자신에게 주어진 의무를 다하며 조금도 흐트러짐 없이 점잖게 살아 왔던 것이다. 하지만 이번만큼은 될 대로 되게 내버려 두고 불타는 굴렁쇠를 통과하는 곡예를 부려 보면 안 될까? 라세의 마음 한구석에는 자신의 힘을 한껏 펼쳐 보고 싶은 유혹이 꿈틀거렸다.

그러나 결국 라세가 지닌 올곧은 면이 승리했다. 그는 성서에서 명하는 것처럼 늘 한 사람에만 충실했고, 앞으로도 그럴 것이다. 이와 다른 삶은 위대한 남자들, 이를테면 최근에 펠레가 얘기하기 시작한 아브라함이나 콩스트루프와 같은 남자의 몫이었다. 그리고 펠레가 그런 면에서 자신에게 불만을 가질 수 없게 해야 했다. 라세는 어린 눈이 보기에 청결해야 했고, 움츠러들지 않고 아들을 똑바로 쳐다볼 수 있어야 했다. 게다가 만일 양다리를 걸치다가 들켰을 때 두 여자가 어떻게 나올지 생각하면, 라세의 빨간 눈이 저절로 껌뻑여지고 고개가 숙여졌다.

* *

3월 중순을 향해 가던 어느 날, 콩스트루프 부인이 소식도 없이 돌아왔다. 아내가 없는 동안 편안한 생활을 즐기던 농장주에게 그녀의 귀환은 허를 찌르는 것이었다. 예쁜이 마리아는 즉시 내쫓겨서 세탁실로 보내졌다. 마리아를 농장에서 완전히 해고하지 않은 것은 보딜이 떠나서 하녀가 부족했기 때문이었다. 안주인은 젊은 조카딸을 데려왔다. 그녀는 앞으로 여주인과 동무를 해주고 집안일을 거들어 줄 것이었다.

주인 부부는 함께 잘 지내는 것처럼 보였다. 콩스트루프는 집에 머물며 착실하게 지냈다. 조카딸과 함께 셋이 마차를 몰고 나갔고, 그 젊은 숙녀에게 농장을 구경시켜 주며 돌아다닐 때 안주인은 늘 남편의 팔짱을 끼고 있었다. 안주인이 왜 집으로 돌아왔는지는 쉽게 알 수 있었다. 그녀는 남편 없이 살 수 없었던 것이다.

하지만 콩스트루프는 그것이 그리 달갑지 않은 것 같았다. 주인은 잠시나마 보여 주었던 쾌활한 성격을 접어 버리고 다시 자기만의 껍데기 속으로 숨어 들어갔다. 이러고 다닐 때면 콩스트루프는 마치 보이지 않는 무언가가 자신을 노리며 숨어 있다가 불시에 공격을 할까 봐 두려워하는 사람 같았다.

이 보이지 않는 무언가는 다른 사람들에게도 손을 뻗쳤다. 콩스트루프 부인은 직접적으로든 간접적으로든 불쾌하게 간섭하는 법이 없었다. 하지만 안주인이 없을 때에 비해 왠지 모든 것이 더 엄격해졌다. 사람들은 더 이상 뜰을 자유로이 돌아다니지 못했고, 높은 창문을 올려다보며 황급히 지나가곤 했다. 다시 한 번 분위기가 억압적으로 변했고 동시에 사람들의 기분도 처지고 우울해졌다.

스톤 농장 지붕 위로 다시 한 번 알 수 없는 비밀스런 분위기가 무겁게 감돌았다. 여러 세대에 걸쳐 그것은 번영 또는 불운을 상징했다. 그러한 번영과 불운은 농장의 토대가 되었고, 여전히 많은 사람들의 생각을 사로잡았다. 마치 교회묘지처럼 어두운 것들이 자연스럽게 그곳에 모여들었다. 공포와 쓸쓸함, 그리고 사악한 힘에 대한 막연한 느낌 같은 것들이었다.

그리고 이제 이 모든 것이 그 한 여자를 중심으로 돌아갔다. 그녀의 그림자는 너무도 무거워서 그녀가 멀찌감치 가버리면 모든 것이 환해졌다. 자신의 불행에 항의하는 안주인의 끝없는 울음소리는 어둠을 퍼뜨리고 권태를 가져왔다. 안주인이 돌아온 것은 잠재울 수 없는 남편의 바람기를 감수하고 살겠다는 각오에서가 아니라, 전보다 더 심하게 몰아붙이기 위해서였다. 그녀는 남편 없이는 지낼 수 없었지만, 그에게 잘해 줄 수도 없었다. 그녀는 오직 불 속에서만 살 수 있고 숨 쉴 수 있지만 그 속이 뜨겁다고 울부짖는 존재 같았다. 그녀는 불꽃 속에서 몸부림치면서도 스스로 그 불꽃을 더욱 활활 타오르게 만들고 있었다. 예쁜이 마리아는 안주인의 작품이었고, 이제 새로운 친척까지 집안으로 끌어들였다. 그리하여 남편이 쉽게 부정을 저지르도록 스스로 길을 열어줘 놓고, 그것을 불평하며 온 집안을 흔들어 놓는 것이었다. 이런 식의 애정은 하느님의 작품이 아니었다. 악의 기운이 그녀 안에 머물고 있었다.

닐스의 운명

정말 매서운 추위였다! 펠레는 상체를 앞으로 구부리고 바람을 맞으며 터벅터벅 학교로 걸어가는 길이었다. 커다란 가시나무 앞에서 루드가 펠레를 기다리고 있었다. 그들은 마치 지친 두 마리 경주마처럼 머리를 낮추고 숨을 헐떡이며 나란히 달리기 시작했다. 두 사람 모두 외투 깃을 귀까지 올리고 몸에서 온기를 얻기 위해 손을 바지 속으로 집어넣고 있었다. 펠레의 옷소매는 너무 짧아서, 꽁꽁 언 손목이 시퍼렇게 변했다.

소년들은 거의 아무 말도 하지 않고 뛰기만 했다. 바람이 그들의 입에서 말을 빼앗아 가버리고 입속에 싸락눈을 채웠다. 달릴 때는 숨을 쉬거나 눈을 뜨고 있기도 힘들었다. 그들은 수시로 멈춰서 바람을 등지고 돌아서야 했다. 그동안 숨을 몰아쉬고 뜨거운 입김을 불어서 얼얼한 얼굴에 감각을 되찾곤 했다. 가장 힘든 부분은 바람을 맞으며 일어나서 다시 발걸음을 떼기도 전에 몸이 다시 돌아가 버리는 것이었다.

6킬로미터 남짓한 길이 끝나고 소년들은 마을로 접어들었다. 이곳 해안가 마을은 피난처와 다름없었다. 거친 바다가 바람을 밀어내 버리기 때문이었다. 바다에는 별로 보이는 것이 없었다. 돌풍의 틈을 뚫고 군데군데 보이는 물결은 움직이는 벽처럼 밀려와서 포효 소리와 함께 희끄무레한 녹색 거품으로 부서졌다. 바람은 파도의 꼭대기를 사납게 잡아 찢어 땅에 온통 소금 비를 뿌렸다.

선생님은 아직 도착하지 않았다. 닐렌이 교탁 앞에 서서 수업 중에 압수당한 파이프를 꺼내려고 부지런히 자물쇠를 쑤시고 있었다.

"네 칼이다!"

닐렌이 접는 칼을 펠레에게 던지며 소리쳤고, 펠레는 잽싸게 그것을 주머니에 집어넣었다. 몇몇 농촌 소년들은 이미 빨갛게 달아오른 난로에 석탄을 붓고 있었다. 창가에는 여자애들이 무더기로 앉아 찬송가를 부르고 있었다. 밖에는 끊임없이 파도가 부서졌고, 파도의 포효가 잠시 잦아들 때는 소년들의 새된 목소리가 허공에 울려 퍼졌다. 마을의 사내애들은 모두 바닷가에 있었다. 그들은 당장이라도 집어삼킬 듯 부서지는 파도 밑으로 뛰어 들어가 떠다니는 나무 조각을 해안가로 끌어 냈다.

펠레는 아직 언 몸이 녹기도 전에 닐렌에게 이끌려 밖으로 나왔다. 소년들은 대부분 흠뻑 젖어 있었지만, 하나같이 흥분으로 숨을 헐떡이며 깔깔대고 있었다. 그중 한 명이 배의 명판을 가져왔다. 명판은 '단

순'이라고 칠해져 있었다. 아이들은 그 주위에 둘러서서 어떤 종류의 배였을지, 그리고 소속항이 어디일지에 대해 토론을 벌였다.

"그럼 그 배는 침몰했겠네." 펠레가 엄숙하게 말했다.

다른 아이들은 대답하지 않았다. 그것은 너무도 자명했다.

"하지만……." 한 소년이 주저하며 말했다.

"명판이 그냥 파도에 휩쓸려 떨어진 걸지도 몰라. 겨우 못으로 박아 놨을 뿐이니까."

아이들이 명판을 다시 한 번 찬찬히 살펴보았다. 펠레는 거기에서 특별한 점을 찾을 수 없었다.

"내 생각엔 선원들이 명판을 떼어 내서 바다에 던진 것 같아. 못이 하나만 뽑혀 나간 걸 보면……."

탐정이라도 되는 듯 고개를 끄덕이며 닐렌이 말했다.

"하지만 그 사람들이 왜 그랬을까?"

펠레가 믿을 수 없다는 듯 말했다.

"그야 선장을 죽이고 배를 장악했기 때문이지, 멍청아! 그런 다음 배에 다른 이름을 붙이고 해적들처럼 항해했을 거야."

다른 소년들은 모험심으로 반짝이는 눈으로 이 추리를 더욱 굳혀 갔다. 어떤 아이는 아버지가 언젠가 그 얘기를 해주었다고 했고, 또 어떤 아이의 아버지는 그 일에 가담하기도 했다고 했다. 물론 가담하고 싶지 않았지만, 반란이 일어나는 동안 돛대에 묶여 있었다고 했다.

이런 날이면 펠레는 모든 면에서 자신이 작게 느껴졌다. 그는 바다의 사나움 앞에 주눅이 들었지만, 다른 아이들은 물을 만난 고기 같았다. 아이들은 바다의 공포를 모두 자기 것으로 만들었고, 그것을 과장하여 표현했다. 그들은 바닷가에 모여 바다와 관련된 모든 두려운 것들을 놀이 삼아 이야기했다. 예를 들어 사람들을 가득 실은 배가 침몰하거나 암초에 부딪힌 이야기, 시체가 파도에 실려 떠다니는 이야기, 바다에 빠져 죽은 사람들이 자정에 방수장화와 방수모 차림으로 마을의 조그만 오두막으로 걸어가서 자신의 죽음을 알렸다는 이야기도 있었다.

아이들은 마치 전지전능한 바다에 대한 찬양의 노래라도 부르는 것처럼 진지하게, 그러면서도 내적인 희열에 휩싸여 오래도록 이야기를 했다. 그러나 펠레는 이 모든 것의 밖에 서 있었고, 그 이야기를 들으며 자신이 겁쟁이가 된 듯한 느낌이 들었다. 펠레는 남들에게 계속 뒤처졌고, 생각 같아서는 커다란 황소를 데리고 와서 아이들 사이에 풀어 놓고 싶었다. 그러면 모두들 도와달라고 자신에게 달려올 것이다.

남자애들은 부모들에게 조심하라는 경고를 받았다. 늙은 선장의 미망인인 마르타가 3일 연속으로 제물을 요구하는 바다의 짧은 명령을 들었기 때문이었다. 아이들은 바닷가에서 뛰어다니며 그 얘기에 대해, 그리고 언제 어부들이 다시 바다에 나갈 것인지에 대해 얘기했다.

"병이다, 병!" 한 소년이 갑자기 소리쳤다.

그 아이는 약간 먼 곳에서 밀려오는 파도 속에서 병 하나가 위로 올라왔다가 다시 사라진 것을 보았다고 확신했다. 소년들의 무리 전체가 오랫동안 소용돌이치는 물거품을 유심히 지켜보며 서 있었고, 닐렌과 다른 소년은 병이 다시 나타나면 튀어나가려고 재킷까지 벗어 던졌다.

병은 다시 나타나지 않았지만, 그것은 상상력을 자극했다. 소년들은 저마다 그런 것들에 대한 나름의 귀중한 지식을 갖고 있었다. 지금처럼 폭풍이 몰아치는 시기에 배 안의 선원들이 육지 사람들에게 보내는 마지막 사연을 담은 병을 바다에 던졌을 것이다. 그래서 글쓰기를 배우는 것이다. 마지막 순간에 편지를 쓰기 위해서……

어쩌면 그 병을 상어가 삼켜 버릴 수도 있고, 멍청한 어부가 건져서 집으로 가져가 그 병에 술을 담아 둘 수도 있다. 하지만 가끔은 병이 원래 의도했던 곳의 바닷가에 표류하는 기적이 일어나기도 했다. 그리고 오른손을 잃고 싶지 않다면, 그 병을 발견한 사람은 가장 가까운 치안판사에게 그것을 가져가도록 되어 있었다.

항구에는 방파제 위로 파도가 부서지고 있었고, 어부들은 배를 해안으로 끌어 올려놓았다. 그들은 따뜻한 오두막 안에 머물 수 없었다. 날씨가 궂은 날에는 밤이고 낮이고 해변에 나와 있어야 했다. 농부들은 배 뒤를 은신처 삼고 서서 크게 하품을 하며 바다를 내다보고 있었다. 바다에는 이따금 폭풍우의 피해를 입은 새처럼 돛이 펄럭이며 지나갔다.

"들어와! 들어와!"

교실 앞에서 여자 아이들이 소리쳤고, 아이들은 어슬렁어슬렁 걸어 올라갔다. 교장 선생님은 왕의 그림이 그려진 파이프 담뱃대로 담배를 피우며 교탁 앞에서 왔다 갔다 하고 있었다. 주머니에서는 신문이 삐져나와 있었다.

"제자리로!"

교장이 회초리로 교탁을 치며 고함쳤다.

"무슨 뉴스가 있나요?"

아이들이 자리를 잡고 난 뒤 한 소년이 물었다.

교장은 이따금 〈해운 신문〉을 아이들에게 큰 소리로 읽어 주곤 했다.

"모르겠다." 교장이 뿌루퉁하게 말했다.

"석판하고 산수책을 꺼내."

"와, 산수를 할 건가 봐. 재미있겠다!"

학급 전체가 석판과 산수책을 꺼내며 시끌벅적 즐거워했다.

프리스 교장은 산수를 아이들처럼 즐기지 않았다. 그는 자신의 재능은 순전히 역사학 쪽이라고 말하곤 했다. 하지만 이처럼 폭풍우 치는 날에는 교실이 아수라장이 되기 십상이라는 오랜 경험에 따라, 아이들의 취향에 스스로를 맞추기로 했다. 날씨는 아이들에게 상당한 영향을 주었다. 프리스 자신의 지식은 고작 '산수1'까지일 뿐이지만, 농촌 아이들 중 두 명은 독학으로 벌써 '산수3'까지 진도를 나가서 다른 아이들의 산수 공부를 돕기도 했다.

아이들은 공부에 깊이 몰두해 있었다. 교실 안에는 아이들의 길고 규칙적인 숨소리가 깊은 잠처럼 오르락내리락했다. 아이들은 두 명의 산수 박사에게 계속해서 왔다 갔다 했다. 이 작업은 몇몇 아이들이 서로 신호를 보내며 장난을 치는 통에 아주 이따금씩 중단되곤 했지만, 아이들은 곧 계산에 빠져 들곤 했다.

교실 맨 뒷자리에서 코를 훌쩍이는 소리가 났고, 그 소리는 점차 더 똑똑해졌다. 교장은 신경질적으로 신문을 내려놓았다.

"페테르가 울고 있어요." 가장 가까이에 있는 아이들이 말했다.

"대체 무슨 일이냐?"

안경 너머로 쳐다보며 교장이 말했다.

"2 곱하기 2가 뭔지 기억이 안 난대요."

교장은 콧구멍을 벌름거리며 회초리를 쥐었지만 곧 생각을 고쳐먹고 조용히 말했다.

"2 곱하기 2는 5잖아!"

페테르 덕분에 한 바탕 웃게 된 셈이었다. 그러고 나서 소년들을 다시 공부에 열중했다.

한동안 아이들은 부지런히 공부했고, 그러다 불쑥 닐렌이 일어섰다. 교장은 그것을 보았지만 계속 신문을 읽었다.

"깃털 1파운드와 납 1파운드 중에 어떤 것이 더 가볍죠? 답을 모르겠어요."

마치 글자를 더 잘 보려는 것처럼 신문을 거의 얼굴 앞까지 끌어 올리는 프리스의 손이 부르르 떨렸다. 저 장난꾸러기들이 항상 노리는 것은 산수 선생으로서 그의 무능력함이었지만, 프리스는 아이들의 장난에 말려들지 않았다. 닐렌이 그 질문을 반복했고, 다른 아이들이 킥킥거렸다. 하지만 프리스는 신문을 읽는 데 너무 빠져서 못 듣는 척했다.

그래서 그 장난은 허사가 되었다.

프리스 교장은 시계를 보았다. 이제 곧 15분간의 쉬는 시간을 줄 수 있었다. 이 고역스러운 수업도 그 후 한 시간이면 끝날 것이고, 오늘도 우여곡절 끝에 또 하루의 수업이 마무리될 것이다.

펠레가 교실 중앙의 자기 자리에서 일어섰다. 그리고 귀 끝까지 빨개져서, 간신히 하려던 말을 입 밖에 냈다.

"밀가루 1파운드가 12외레라면, 석탄 반 쿼터는 얼마예요?"

프리스 선생은 한동안 그대로 앉아서 결론을 내리지 못한 얼굴로 펠레를 쳐다보았다. 펠레가 버릇없이 굴면 다른 아이들이 그럴 때보다 더 마음이 아팠다. 이 소년에게는 특별한 애착이 있었기 때문이다.

"좋아!"

그는 쓸쓸하게 말하면서 두꺼운 회초리를 손에 들고 천천히 펠레에게 다가왔다.

"조심해!"

아이들이 선생이 다가오는 것을 방해할 준비를 하며 속삭였다.

하지만 펠레는 매를 피하는 대신 앞으로 걸어 나가서 손바닥을 댔다. 펠레의 얼굴은 시뻘게졌다. 프리스 선생은 놀란 눈으로 펠레를 보았다. 정말이지 그 아이를 때리고 싶지 않았다. 펠레의 눈빛은 항상 그를 기쁘게 했다. 프리스 선생은 아이들을 아이들로 대하진 못했지만, 인간을 보는 눈만은 정확했다. 펠레의 눈에는 인간적인 면이 있었다. 그것을 진지하게 받아들이지 않는다면 잘못일 것이다. 그는 손바닥을 날카롭게 내려치고는 회초리를 내던지고 짧게 외쳤다.

"휴식!"

그리고 뒤돌아 나가 버렸다.

물보라가 학교 벽까지 튀었다. 조금 걸어 나가 보니 심하게 파손된 범선 한 척이 폭풍우에 몸을 맡긴 채 떠가고 있었다. 배는 마치 술 취한 사람처럼 빠르게 조금 앞으로 갔다가 한동안 꼼짝 없이 서 있었고, 그러다가 또 다시 움직이곤 했다. 범선은 남쪽의 암초를 향해 가고 있었다.

남자 아이들은 점심을 먹기 위해 학교 뒤쪽에 모여 있었는데, 갑자기 해안가에서 나무로 밑창을 댄 장화의 떨걱거리는 소리가 들리더니 해안경비대와 어부 두어 명이 뛰어왔다. 잠시 후 구조대원들이 탄 마차가 바람을 가르며 달려왔고, 말갈기가 바람에 날렸다. 긴박한 상황에 흥분한 아이들은 모든 것을 팽개치고 그 뒤를 따랐다.

범선은 이제 바로 아래에 있었다. 범선은 고물*을 암초로 향한 채 닻을 질질 끌며 떠 있었고, 파도가 왈칵 몰려들었다. 마치 뒷다리로 어떤 장애물을 사납게 차내고 있는 늙은 말처럼 보였다. 닻은 자리를 잡지 못하고, 배는 암초에 걸려 표류하고 있었다.

바닷가에는 해안 마을과 내륙 마을 모두에서 많은 사람들이 나와 있었다. 농촌 사람들은 물난리가 났는지 구경을 하려고 내려온 게 틀림없었다. 범선이 빙그르르 돌면서 암초에 걸려 요동쳤다. 어부들은 선

* 배의 뒷부분.

원들이 배를 모는 꼴이 러시아인 같다고 투덜댔지만, 그 배는 러시아 배가 아니라 라플란드* 배였다. 파도가 범선을 통째로 덮쳤고, 선원들은 돛대 줄을 타고 올라 매달려서 손짓을 했다. 뭔가를 외치는 것 같았지만 파도 소리가 모든 것을 삼켜 버렸다.

펠레의 눈과 귀는 모든 것을 받아들일 만반의 준비가 되었다. 그는 흥분으로 몸을 떨었고, 피가 끓을 때마다 찾아오는 자기 안의 두려움과 맞서 싸워야 했다. 해변에서는 남자들이 분주하게 움직이며 구조 장치를 지탱할 말뚝을 모래밭에 박고 밧줄을 준비했다. 구명줄 발사기를 이용해 배까지 날려 보내야 하는 긴 구명줄에는 특별히 세심한 주의를 기울였다. 적어도 스무 번 이상의 조정이 이루어졌다.

구조대 대장이 발사기로 목표를 조준했다. 거리를 가늠하기 위해 매의 발톱처럼 날카로운 눈매로 앞뒤를 쏘아 보았다.

"준비!"

사람들이 한쪽으로 이동하며 외쳤다.

"준비!"

대상이 차분한 목소리로 대답했다.

그가 발사기의 방아쇠를 당기는 순간 모든 것이 정지했다.

피우웅! 가느다란 구명줄이 한 마리 뱀처럼 좌우로 요동치며 허공을 갈랐다. 머리로는 습기를 흠뻑 머금은 바다 위의 대기를 뚫고, 몸통으

* 핀란드의 한 주.

로 날카로운 소리를 내며 힘겹게 폭풍을 이기고 저 멀리 달아나는 뱀!

갈고리는 거리를 정확하게 통과해서 난파선을 넘어갈 것처럼 보였지만, 바람 부는 쪽으로 너무 나갔다. 전력을 다해 질주한 갈고리가 떨어지면서 최후의 발악을 하는 뱀의 머리처럼 공중에서 요동치고 있었다.

"너무 앞에 떨어지고 있어."

한 어부가 말했다.

다른 사람들은 말이 없었지만, 그들의 표정에서 그들도 같은 의견임이 분명하게 드러났다.

"아직은 가망이 있어." 대장이 말했다.

갈고리는 한참 북쪽으로 가서 물에 부딪쳤지만 구명줄은 팽팽하게 당겨져서 여전히 공중에 활 모양을 그리고 있었다. 구명줄이 남쪽을 향해 긴 포물선을 그리며 떨어졌고, 바람에 몇 겹으로 접혀서 범선 이물*에 사뿐히 걸쳐졌다.

"됐다! 배에 걸쳐졌어요!"

소년들이 고함치며 모래 위에서 펄쩍펄쩍 뛰었다. 어부들도 기뻐서 발을 구르면서 감사하는 마음으로 서로에게 고개를 끄덕였다. 범선 위에서 한 남자가 돛대 위로 엉금엉금 기어올라 줄을 잡았다가 다시 다른 선원들이 있는 곳으로 기어 내려갔다. 힘에 부치는 것인지 배 위의 사람들은 전혀 움직임이 없었다.

---

* 배의 앞머리.

바닷가는 부산하게 움직였다. 굴림대가 땅에 더욱 단단히 고정되었고 구조 주머니가 준비되었으며, 가느다란 구명줄이 더 굵은 견인줄에 묶였고 이 줄은 다시 더욱 두꺼운 밧줄과 연결되었다. 모든 것을 지탱하는 게 중요했다. 저런 낡은 배에 어떤 장비가 구비되어 있을지 알 수 없으므로, 잡아당길 밧줄들을 끌기 위해 굵은 밧줄에 사람 머리만큼 큰 도르래를 달았다. 안전을 위해 줄에 널빤지를 붙였는데, 그 위에는 어떠어떠한 굵기의 밧줄이 딸려 올 때까지 그 줄을 잡아당기라는 내용의 지시사항이 영어로 적혀 있었다. 보통 선원들이라면 그런 지시까지는 필요가 없었지만, 핀란드의 라플란드 사람들이 얼마나 멍청할지는 아무도 모를 일이었다.

"아마 저 사람들은 너무 지쳤을 거예요." 한 젊은 어부가 말했다.

"힘든 시간을 겪어야 했을 테니까요."

"그래도 밧줄은 끌어당길 수 있을 거야! 다른 줄을 그 밧줄에 묶어 놓게. 굵은 밧줄이 그곳에 도착했을 때 사람들이 타는 걸 우리가 도울 수 있게 말이야."

이제 모든 준비가 갖추어졌다. 하지만 난파선 위에서 사람들은 소금도 움직이지 않고 멍청히 돛대에 매달려 있었다. 세상에 도대체 무슨 생각들을 하고 있는 걸까? 끌려가야 할 굵은 밧줄은 여전히 모래사장 위에서 미동도 없었다. 하지만 배의 밑바닥에 걸려 있는 것은 아니었다. 파도가 쳐서 줄이 팽팽해질 때마다 움직였기 때문이다. 밧줄이 돛대에 묶여 있는 것이 분명했다.

“저 얼간이들이 밧줄을 잡아맸나 봐.” 대장이 말했다.

“우리가 배를 땅 위로 끌어내 주길 바라는 모양이지. 저 실오라기 같은 밧줄로 말이야!”

그가 절망스럽게 웃었다.

“저 딱한 사람들이 정말 그렇게 생각하는 모양이에요!”

움직이는 사람도 말을 하는 사람도 없었다. 사람들은 상황을 이해하지 못한 채 얼어붙어 있었고, 그들의 눈은 공포와 의심 속에 난파선과 움직이지 않는 줄 사이를 왔다 갔다 했다. 난파선에 탄 사람들이 하는 일이라고는 팔로 몸짓을 하는 것뿐이었다. 그들은 그저 가만히 있기만 하면 해안가에 있는 남자들이 기적을 행할 수 있다고 생각하는 모양이었다.

“한 시간이면 모두 끝장이 나고 말 거야.” 대장이 슬프게 말했다.

“가만히 서서 구경만 하고 있어야 하다니 정말 안타깝군.”

그때 한 젊은 어부가 걸어 나왔다. 펠레는 그 남자를 잘 알고 있었다. 여름밤에 아기의 영혼이 타오르던 돌무더기 옆에서 이따금 만났던 남자였다.

“한 사람만 함께 가준다면, 내가 저 사람들에게 가보죠!”

닐스 콜레르가 조용히 말했다.

“닐스! 죽을 게 뻔해!”

대장이 한 손을 젊은이의 어깨에 얹으며 말했다.

“잘 생각해 봐. 나도 겁쟁이는 아니지만 내 목숨을 던져 버리지는 않

아. 무슨 말인지 알겠어?”

다른 사람들도 같은 태도였다. 배가 방파제로 돌진하다가는 산산조각 날 것이었다. 이런 날씨에 바람과 파도를 가로질러 난파선에 도착하는 것은 말할 것도 없고 항구를 빠져나가는 것도 불가능했다. 어쩌면 바다가 마을 사람들에게 어떤 요구를 하는 것인지도 몰랐다. 누구도 자신에게 주어진 몫을 회피하지 말라고 말이다. 하지만 이건 완전히 미친 짓이었다.

그렇지만 닐스 콜레르에게는 그것이 통했다. 그는 특수한 입장에 놓여 있었다. 자기 아기의 죽음을 방조하다시피 한 데다, 그로 인해 애인은 감방에 가 있었던 것이다. 그는 하느님과 거래할 것이 있었고, 누구도 그를 말릴 수 없었다.

“그럼 아무도 없나요?”

닐스가 묻고는 땅을 내려다보았다.

“그럼 나 혼자 해봐야겠군요.”

젊은이는 천천히 해변으로 걸어갔다. 그가 어떻게 할 것인지는 아무도 몰랐다. 심지어 그 자신조차도……. 그러나 그는 신들린 것 같았다. 사람들은 지켜 서서 그의 움직임을 눈으로 좇았다.

그때 한 젊은 선원이 천천히 말했다.

“내가 함께 가서 한쪽 노를 잡아 주는 게 좋겠어요. 혼자서는 아무것도 할 수 없는 녀석이니까요.”

닐렌의 형이었다.

"내가 너를 못 가게 막는다면 옳지 않겠지, 아들아."

모르몬교도인 젊은 선원의 아버지가 말했다.

"하지만 두 사람이 간다고 한 사람보다 나을 게 있겠니?"

"닐스와 저는 학교에 함께 다녔고 항상 친구였어요."

젊은이가 아버지의 얼굴을 들여다보며 대답했다. 그리고는 조금 걸어가다가 닐스를 따라잡기 위해 뛰기 시작했다.

어부들은 그들을 조용히 바라보았다.

"피 끓는 청춘의 미친 짓이야!" 한 사람이 말했다.

"항구를 벗어나지 못하기만을 바랄 뿐이지!"

"내가 아는 한 카를은…… 그 애들은 빠져나갈 겁니다!"

모르몬교도가 우울하게 말했다.

어느 정도 시간이 흐른 뒤 항구 남쪽에 배 한 척이 나타났다. 그쪽에는 배들을 매어 두는 곳이 있었다. 젊은이들은 여자들의 도움으로 육지에 있는 배를 끌고 나온 것이 분명했다. 항구는 조금 돌출되어 있어서 배가 최악의 파도를 벗어나서 항구를 빠져나갈 수 있었다. 두 사람은 바다 밖으로 나아갔다. 하지만 그들이 할 수 있는 일이라곤 배가 바람을 등지도록 유지하는 것뿐이었고 거의 움직일 수 없었다. 시시각각 배는 안쪽 전체가 보일 정도로 요동쳐서 곧 속절없이 전복될 것 같았다. 하지만 한 가지 이점은 있었다. 요동이 심한 덕분에 배 안으로 들어온 물이 다시 빠져나갔던 것이다. 젊은이들은 높은 파도를 이용하여 난파선과 부딪칠 때까지 나가려는 게 틀림없었다. 참으로 무모한 생각이 아닐 수 없었다!

　따지고 보면 이 상황에 바다에 나간다는 발상 자체가 완전히 미친 짓이었다. 그들이 바닷가에서 태어나서 자랐다는 것을 도저히 믿기 힘들었다. 30분 정도 노를 젓고 나자 더 이상 할 수 없는 것처럼 보였다. 그들은 항구에서 고작 400미터 이상 나가지 못했다. 두 사람은 정체된 상태로 한 사람은 노를 저어 파도 높이까지 배를 지탱하고 있었고, 다른 한 명은 뭔가를 가지고 씨름하고 있었다. 그것은 자루만한 크기의 돛이었다. 그렇다! 이제 그들이 노를 저으며 바람의 처분에 몸을 맡기면 바람과 파도가 덮쳐서 그들은 즉시 물에 잠길 것이다!

　그러나 젊은이들은 노를 젓지 않았다. 배가 순풍을 받고 나아가는 동안은 둘 중 한 명이 미친 듯 앞을 지켜보고 있었다. 그 모습은 서툴게 보였지만, 덕분에 배를 더 잘 통제할 수 있었다. 그리고 파도가 부서지려 할 때 그들은 갑자기 돛을 내리고 바람을 거슬러 배를 힘껏 저었다. 어부들 중에 그 누구도 그런 항해를 본 기억이 없었다. 과연 젊은 피였다. 그들은 자신이 어떻게 해야 할지 알고 있었다. 매순간 사람들은 조바심을 내며 마음을 졸였다. 그러나 그 배는 어떤 일이 닥쳐도 대처할 수 있는 생명체 같았고, 모든 변덕스러운 상황을 극복하고 다시 물 위로 떠올랐다. 그 광경은 사람들의 가슴을 뜨겁게 만들어서 한동안 그것이 생사가 걸린 항해라는 것을 잊게 만들었다. 하지만 배가 설사 난파선까지 간다 해도, 그 다음엔 어떻게 될까? 아마 그들은 배의 옆면과 충돌할 것이다.

그때 닐스의 아버지 올레 콜레르가 모래언덕을 넘어 내려왔다.

"저기 자신을 내던지고 있는 사람이 누구요?"

침묵과 긴장 속에서 불쑥 튀어나온 그 질문은 너무도 가혹하게 들렸다. 누구도 올레를 쳐다보지 않았다. 그는 수다스러운 편이었다. 올레는 사람을 찾는 듯 모여 있는 사람들을 둘러보았다.

"닐스! 혹시 닐스 본 사람 있소?" 그가 조용히 물었다.

한 남자가 바다를 향해 고갯짓을 했다. 올레는 망연자실하여 아무 말도 할 수 없었다.

파도가 노를 부러뜨렸거나 멀리 앗아가 버린 게 틀림없었다. 그들이 돛을 내렸고 뱃머리가 목적 없이 바다 속으로 파고들며 뱃전이 바람을 향한 채 느리게 가라앉고 있었다. 그때 거대한 파도가 그들을 휩쓸어 난파선을 향해 데려갔다. 그리고 그들의 모습은 부서지는 물결 속으로 사라졌다. 물이 빠지면서 뒤집힌 배는 넘실대는 파도에 실려 난파선의 그늘 속으로 들어갔다.

한 남자가 갑판에서 돛대가 있는 곳으로 올라가고 있었다.

"닐스 아니오?"

올레가 눈에 물이 고일 때까지 뚫어지게 바라보며 말했다.

"저 사람이 닐스가 아닌가?"

"아니에요. 우리 형 카를이에요." 닐렌이 말했다.

"그럼 닐스는 가버렸군." 올레가 애처롭게 말했다.

"닐스가 가버렸어."

다른 사람들은 대답할 말이 없었다. 물론 닐스는 죽은 것이 분명했다. 올레는 마치 누군가 그 사람이 닐스라고 말해 주기를 기대하는 것처럼 한동안 거기 움츠린 채 서 있었다. 그는 눈물을 닦고 직접 확인해 보려 했지만, 금세 눈물이 다시 차올랐다.

"너는 눈이 밝지. 저 사람이 닐스인지 봐줄래?"

그가 머리를 부들부들 떨며 펠레에게 말했다.

"아니요. 저 사람은 카를이에요." 펠레가 조용히 말했다.

올레는 머리를 숙인 채 누구도 보지 않고 어디에도 고개를 돌리지 않고 군중들을 뚫고 지나갔다. 마치 세상에 홀로 남겨진 사람처럼 천천히 남쪽 해안을 따라 걸어갔다. 그는 아들의 시신을 맞으러 가고 있었다.

생각할 시간이 없었다. 줄이 움직이기 시작하더니 바다로 미끄러져 들어가면서 연결된 밧줄을 끌고 나갔다. 줄은 마치 잠에서 깨어난 바다동물처럼 계속해서 풀어지며 천천히 바다 속으로 미끄러져 들어갔고, 마침내 제일 두꺼운 밧줄이 움직이기 시작했다.

카를은 그것을 돛대에 높이 묶었다. 팽팽하게 당기기 위해 모든 남자와 소년들의 힘이 필요했다. 그래도 밧줄은 자체의 무게 때문에 커다란 곡선을 그리며 아래로 처져 있었다. 구조주머니가 비어 있는 상태로 나갈 때는 파도에 닿을 듯 말 듯했다. 그러나 첫 번째 선원을 실은 구조 주머니가 들어올 때는 무게 때문에 수면 위가 아니라 물속에서 끌려오다시피 했다. 그 선원은 지저분한 회색 털옷 차림의 작고 까무잡잡하고 우습게 생긴 사람이었다. 그는 구조 주머니를 타고 건너올 때는 거의 질식할 뻔했지만 일단 물을 토해 내고 나자 곧 기력이 회복되어 아무도 알아듣지 못하는 신기한 언어로 끊임없이 수다를 떨었다. 하나같이 작은 체구에 털옷을 입은 다섯 명의 사람들이 차례로 구조 주머니에 실려 구조되었고, 마지막으로 카를이 낑낑대는 새끼 돼지 한 마리를 안고 도착했다.

“하나같이 한심한 뱃사람들이었어요!”

물을 토해 내는 중간 중간에 카를이 말했다.

“세상에! 아무것도 이해하지 못했더라고요. 구명줄을 돛대 밧줄에 잡아매 놓고, 느슨한 끝을 선장의 허리에 묶어 놨지 뭐예요! 배 위가 얼마나 엉망진창이었는지 다들 봤어야 하는 건데!”

카를이 큰 소리로 말했지만 그의 눈빛은 어딘지 그늘져 있었다.

사람들은 이제 난파된 선원들과 함께 집으로 돌아갔다. 배는 당분간은 풍랑을 견딜 것으로 보였다.

학교 아이들이 집으로 돌아가기 시작했을 때, 올레가 비틀거리며 아들의 시신을 등에 업고 나타났다. 그는 후들거리는 무릎을 낮게 굽히고 무게 때문에 낑낑거리면서 걸었다. 프리스 교장이 그 모습을 보고 시신을 교실에 눕히도록 도와주었다. 이마에 깊은 상처가 나 있었다. 펠레는 이마에 상처가 난 시체를 보고 위아래로 팔짝팔짝 뛰기 시작했다. 재빨리 위로 뛰었다가 마치 죽은 새처럼 떨어졌다. 여자 아이들은 비명을 지르며 펠레에게서 멀리 떨어졌고, 프리스 교장은 고개를 숙여 슬픈 눈으로 펠레를 바라보았다.

“장난으로 그러는 게 아니야.” 다른 사내애들이 설명해 주었다.

“어쩔 수 없나 봐. 펠레는 가끔 저렇게 돼. 죽어가는 사람을 보면 저렇게 되나 봐.”

그리고 아이들은 펠레가 다시 정신을 차리도록 펌프가 있는 곳으로 데려갔다.

프리스 교장과 올레는 시신을 수습하느라 바빴다. 머리 밑에 뭔가를 괴고 얼굴 피부에 박힌 모래를 씻어 냈다.

“누구보다 좋은 학생이었다.”

프리스 교장은 떨리는 손으로 시신의 머리를 쓰다듬으며 말했다.

“애들아, 잘 보거라. 이 사람을 잊지 말아라. 내가 가르친 최고의 학생이었어.”

프리스는 손을 늘어뜨리고 흐릿한 안경 너머로 앞을 똑바로 바라보며 말없이 서 있었다. 올레가 울었다. 그는 갑자기 비참하게 늙고 쇠약해진 것 같았다.

“애를 데려가야 할 것 같습니다.”

올레가 구슬프게 말하며 아들의 어깨를 들어 올리려 했지만, 그에게는 힘이 없었다.

“그냥 누워 있게 놔두세요!” 프리스 교장이 말했다.

“오늘 힘든 하루였을 테니 이제 좀 쉬어야지요.”

“그래요. 정말 힘든 하루였지요.”

올레가 아들의 손을 자기 입가로 가져가서 입김을 불었다.

"내 아들이 얼마나 힘겹게 노를 저었는지 보세요! 손가락 끝이 다 터졌어요!"

올레는 울면서 웃었다.

"정말 좋은 아이였는데. 나에게 양식과도 같은 존재였고, 빛이고 온기이기도 했죠. 이 애의 입에서 나를 거역하는 말이 나온 적이 한 번도 없어요. 싫을 때도 있었을 텐데 말이에요. 그리고 이제 내겐 아들이 없어졌어요, 교장 선생님! 이제 무자식이 되었다고요! 이제 아무것도 할 수 없어요!"

"틀림없이 살아갈 방도가 있을 겁니다." 교장이 말했다.

"교구의 도움 없이 말입니까? 교구의 도움을 받고 싶지는 않아요."

"그래요. 교구의 도움 없이요." 프리스가 말했다.

"이제 아들이 평화를 찾을 수만 있다면! 요 몇 년 동안 아들은 이생에서는 거의 안식을 누리지 못했죠. 이 아이의 불행을 두고 만들어진 노래도 있어요. 그 노래를 들을 때마다 아들은 마치 한파 속에 내던져진 어린양 같았죠. 애들도 노래를 불렀어요."

올레는 애원하듯 아이들을 둘러보았다.

"그건 아이들의 부주의함일 뿐이고, 이제 아들은 죄 값을 받았죠."

"아드님은 벌을 받지 않았습니다. 벌 받을 짓을 하지도 않았고요."

프리스 교장이 노인의 어깨에 팔을 두르며 말했다.

"하지만 아드님은 큰 선물을 받은 겁니다. 이곳에 누워서 아무 말도 할 수 없으니까요. 닐스는 다섯 명의 생명을 구했고 자신이 생각 없이 저지른 단 한 번의 실수의 대가로 자신의 목숨을 포기했습니다. 정말 착한 아드님을 두신 겁니다!"

프리스 교장이 환한 미소를 지으며 올레를 바라보았다.

"그래요." 올레의 목소리에 힘이 들어갔다.

"그 애는 다섯 명을 구했어요. 물론 그랬지요!"

올레는 그 생각을 하지 않았었다. 그런 생각이 떠오르지 않았던 모양이었다. 하지만 이제 누군가 그 생각을 던져 주었고, 그는 거기에 매달렸다.

"이 애는 다섯 명의 목숨을 구했어요. 모두 핀란드 사람들이지만 말이에요. 그러니 하느님께서 이 아이를 저버리지 않으시겠죠.

교장이 고개를 힘차게 끄덕였고, 그 바람에 희끗희끗한 머리카락이 눈가로 흘러 내려왔다.

"얘들아, 이 사람을 잊지 말아라!" 프리스가 말했다.

"그리고 이제 조용히 집에 가거라."

아이들은 조용히 물건들을 챙겨서 집으로 갔다. 그 순간 아이들은 교장 선생님의 말이라면 무엇이든 들을 태세였다. 그는 아이들에 대해 완전한 권력을 갖고 있었다.

"이 애는 노를 정말 잘 저었어요!"

올레는 멍하니 허공을 쳐다보며 서 있더니 프리스의 소매를 잡고 그를 시신 앞으로 끌고 갔다.

"손가락 끝에서 피가 나왔어요, 보세요!"

그리고 아들의 손을 들어 불빛에 비추었다.

"손재주도 있었죠. 게다가 나 같은 늙은이를 번쩍 들어 올려서 마치 어린애처럼 업고 갈 수 있었어요."

올레가 힘없이 웃었다.

"하지만 오늘은 내가 이 애를 업고 왔어요. 남쪽 모래톱에서부터 줄곧 등에 업고 왔죠. '아버지, 아버지가 업기에는 제가 너무 무거워요'라고 말하는 아들의 목소리가 들리는 듯했어요. 이 애는 착한 아들이니까요. 하지만 나는 이 애를 업고 왔고, 더 이상 아무것도 못하겠어요! 사람들이 저 손을 보기만 한다면!"

그는 또 다시 피로 얼룩진 손가락을 바라보았다.

"이 애는 최선을 다했어요. 하느님이 제발 아들을 구원해 주시면 좋겠어요!"

"그럼요. 틀림없이 닐스를 구원해 주실 겁니다. 그분은 모든 것을 보시니까요." 프리스 교장이 말했다.

어부 몇 명이 교실로 들어왔다. 그들은 모자를 벗고 한 명씩 조용히 걸어와서 올레와 악수를 한 다음, 각자 손으로 얼굴에 성호를 긋고는 뭔가를 묻는 듯한 시선으로 교장 선생을 바라보았다. 프리스는 고개를 끄덕였고, 그들은 시신을 일으켜 세우더니 무겁고 조심스러운 발걸음으로 입구를 통과해 마을로 향했다. 올레는 몸을 앞으로 숙이고 신음 소리를 내며 그 뒤를 따라갔다.

축제의 하루

학교에 들어간 첫 해의 어느 날 종교에 대한 질문을 받고 모두에게 즐거움을 선사한 것은 펠레였다. 그때 프리스 선생님은 1년 중 가장 큰 축일 세 가지를 댈 수 있겠느냐고 물었는데, 펠레는 이렇게 대답했다.

"세례 요한 축일하고 추수감사절, 음, 그리고……."

축제가 하나 더 있었지만, 자기 입으로 언급하기가 부끄러워 머뭇머뭇 대답했다. 그날은 자기 생일이었던 것이다! 어떤 면에서 생일이야말로 모두에게 가장 대단한 날이 아닐까? 비록 아버지 말고는 그것을 아는 사람이 없지만 말이다. 물론 연감을 쓰는 사람들은 알 것이다. 그 사람들은 모든 것을 아니까.

펠레의 생일은 6월 26일이었고, 달력에는 '펠레 탄신일'이라고 적혀 있었다. 아침에 라세는 펠레에게 뽀뽀하며 말했다.

"너에게 행복과 은총이 있기를!"

그러고 나면 바지를 끌어올릴 때 주머니에 항상 무언가 있었다. 아버지는 펠레 못지않게 들떠 있었고, 펠레가 깜짝 놀라는 것을 보기 위해 아들이 옷을 입는 동안 옆에서 지키고 서 있었다. 하지만 뭔가 좋은 일이 생겼을 때 일부러 뜸을 들이는 것이 펠레의 방식이었다. 그래야 즐거움이 더욱 커지기 때문이었다. 펠레는 일부러 문제의 주머니를 못 본 척 지나쳐서 라세를 어쩔 줄 모르게 만들었다.

"주머니가 왜 그러니. 불룩해 보이는구나. 간밤에 달걀을 훔쳐 온 거 아니냐?"

그제야 펠레는 주머니에서 커다란 종이 꾸러미를 꺼내서 한 겹 한 겹 펼쳤다. 그러면 라세는 매우 흥분하곤 했다.

"푸! 이건 그냥 종이잖아! 대체 주머니에 웬 쓰레기를 채워 가지고 다니는 거냐!"

하지만 가장 안쪽에는 날이 두 개 달린 주머니칼이 들어 있었다. 그러면 펠레가 눈물을 글썽이며 속삭였다.

"고마워요."

"이런, 뭘 그러니! 아주 약소한 선물인걸!"

라세는 눈썹 없는 빨간 눈을 껌뻑이며 말했다.

이런 것 말고는 생일이라 해도 평소보다 더 나을 것이 없었지만 그래도 하루 종일 엄숙한 마음을 품게 되었다. 태양은 어김없이 빛났고, 그날따라 유난히 밝게 빛났다. 그리고 가축들이 되새김질하는 모습도 펠레에게는 의미 있게 보였다.

"오늘이 내 생일이야!"

펠레는 어린 수소 네로의 목에 팔을 두르고 말했다.

"'생일 축하해요!'라고 말해 줄래?"

그러면 네로는 되새김질을 하면서 나온 푸른 액체와 함께 펠레의 등에 따뜻한 입김을 불어 주었다. 펠레는 행복에 겨워 여기저기 뛰어다니며 초록색 옥수수를 훔쳐다가 네로와 네로가 좋아하는 암송아지에게 주었다. 펠레는 새 칼이나 혹은 무엇이 됐건 생일 선물로 받은 것을 온종일 손에서 놓지 않았고, 자신이 하는 모든 일에 대해 유달리 진지하게 생각했다. 펠레는 그 긴 하루 전체를 축제 기분에 넘치게 만들 수 있었고, 그날이 좀 더 오래 지속될 수 있도록 잠자리에 들어서도 잠들지 않으려고 노력했다.

그럼에도 불구하고 세례 요한 축일 전야는 더 대단한 날이었다. 아무튼 그날은 그 무엇도 따라갈 수 없는 매력이 있었다. 그날만큼은 걸을 수 있거나 기어갈 수 있는 모든 것들이 마을 공원에 모였다. 섬 전체를 통틀어서 그날을 휴일로 인정하지 않는 주인에게 굴복할 만큼 딱한 하인은 없었다. 하지만 라세와 펠레만은 예외였다.

매년 두 사람은 그러한 기쁨을 공유하지 못한 채 그날이 오고 가는 것을 지켜보았다.

"누군가는 집에 있어야 할 것 아냐. 빌어먹을!"

농장감독은 항상 말했다.

"아니면 내가 너희를 위해 일을 모두 할 수 있다고 생각하는 건가?"

라세와 펠레는 자신의 주장을 내세우기에는 너무 약했다. 라세는 입맛 도는 음식과 음료를 짐마차에 싣는 것을 거들곤 했다. 그리고 남들이 떠나는 것을 바라보고 나면 한동안 풀이 죽어서 왔다 갔다 했다. 한 사람이 일을 다 하다니! 펠레는 들판에서 사람들이 마차를 타고 즐겁게 출발하여 바위들 뒤로 하얀 자국을 남기고 사라져 가는 것을 쳐다보았다. 그리고 그 후로 반 년 동안은 식탁에서 축제날 술을 마시고 싸우고 사랑을 나누었던 추억담을 들어야 했다.

하지만 이제 이것도 끝이었다. 라세는 계속해서 무시를 당할 남자가 아니었다. 그에게는 한 여자의 사랑과 마당이 딸린 집이 있었다. 이제 원하면 언제든 떠난다는 통보를 할 수 있었다. 치안판사는 아마 올센 부인 남편의 사망 문제를 처리하느라 바쁠 것이고, 법적인 유예 기간이 끝나는 대로 그들은 합칠 수 있을 것이다.

라세는 더 이상 해고를 당할까 봐 노심초사하지 않았다. 지난겨울 라세는 농장감독을 몰아붙여 두 사람이 세례 요한 축일 전야의 외출에 참가한다는 조건에 합의했다. 그리고 증인들도 있었다. 그날 모든 연인들이 만나는 공원에서 라세와 올센 부인이 만나기로 되어 있었지만 펠레는 그 약속에 대해 아무것도 몰랐다.

"오늘은 그날이 모레라고 말할 수 있고, 내일이면 내일이라고 말할 수 있어요."

펠레는 세례 요한 축일 며칠 전부터 저녁마다 아버지에게 이렇게 말하며 돌아다녔다. 펠레는 오월제 날부터 궤짝 뚜껑 안쪽에서 날짜들을 하나씩 지워가며 날짜를 세고 있었던 것이다.

"그래. 모레가 되면 그날이 오늘이라고 말해야 해."

라세가 어린애처럼 장난치며 말했다.

그들은 이해할 수 없을 만큼 찬란한 세계에 눈을 떴다. 처음에는 이 것이 그날이라는 것을 기억하지 못했다. 라세는 급료에서 5크로네를 가불해서, 반 크로네와 식사를 제공하는 조건으로 일을 대신해 줄 늙은 소농을 고용했다.

"뭐 급료가 싸긴 하지만, 내가 당신을 도와주면 하느님도 나를 보살 펴 주시겠지요."

그 노인의 말에 라세가 대꾸했다.

"그럼요. 우리 같은 가난한 사람들이야 의지할 건 하느님뿐이지요. 하지만 나는 무덤에 들어가서도 당신에게 고마워할 겁니다."

소농은 새벽 4시에 도착했고, 라세는 그 시간부터 휴가를 시작할 수 있었다. 라세가 일감에 손을 대려 할 때마다 그 소농이 이렇게 말했던 것이다.

"됐어요. 그냥 놔두구려. 보아하니 휴일을 사주 갖지 못하는 깃 같 은데."

"사실 농장에 온 이후로 온전한 휴일은 이게 첫 번째랍니다."

라세가 위엄 있는 자세로 똑바로 서서 말했다.

펠레는 첫 새벽부터 가장 좋은 옷을 입고서, 물을 발라 머리를 얌전 히 가라앉히고 와이셔츠 차림으로 싱글벙글하며 돌아다녔다. 가장 좋

은 모자와 겉옷은 출발할 때까지 입지 말아야 했다. 태양이 얼굴 위로
비치자 마치 이슬을 머금은 풀처럼 반짝거렸다. 아무런 문제가 없었다.
가축들은 우리에 있고 농장감독은 자기 볼일을 보러 갔다.

펠레는 이 모든 것을 가능케 한 아버지의 곁에 계속 머물렀다. 아버
지는 얼마나 능력 있는 사람인가!

"떠나겠다고 위협한 건 정말 잘하신 거예요!"

펠레는 계속해서 감탄했고 라세는 항상 같은 대답을 했다.

"이 세상에서는 뭔가 얻으려면 매사에 위압적으로 굴어야 한다."

그리고 라세는 자신의 힘을 의식하며 고개를 끄덕였다.

사람들은 8시에 출발하기로 되어 있었지만 여자들이 먹을 것을 제
시간에 준비하지 못했다. 구스베리 스튜 항아리와 높게 쌓아올린 팬케
이크, 일인당 한 개씩 돌아가는 삶은 계란과 차가운 송아지 고기, 그리
고 무한 제공되는 빵과 버터가 있었다. 마차 짐칸만으로는 그 짐을 다
실을 수 없었기 때문에 커다란 바구니를 좌석 밑에 쑤셔 넣어야 했다.
앞에는 햇빛을 차단하기 위해 녹색 귀릿짚을 덮어 놓은 작은 맥주 통
이 있었고, 술 한 통과 차가운 펀치* 세 병이 있었다. 커다란 마차 바닥
이 온통 짐들로 덮여서 발 디딜 곳을 찾기 힘들었다.

콩스트루프 부인은 마음이 내키면 하인들에게 적절한 성의를 표시
해 주었다. 그녀는 친절한 여주인처럼 돌아다니며 모든 것이 잘 포장

---

*술, 설탕, 우유, 레몬 따위를 넣은 음료.

되었는지, 모자란 것은 없는지 살폈다. 안주인은 하인들과의 관계에서 항상 농장감독을 중간에 내세우는 콩스트루프와는 달랐다. 그녀는 농담까지 하며 최선을 다했다. 안주인에 대해 어떤 안 좋은 말들이 있다 해도, 그녀가 하인들이 행복한 하루를 보내기를 바라는 것은 분명했다. 안주인의 얼굴이 조금 슬퍼 보이는 건 당연했다. 콩스트루프가 그날 아침 조카딸과 함께 마차를 타고 나갔던 것이다.

마침내 여자들이 준비를 끝냈고 모두들 최상의 기분으로 마차에 올라탔다. 남자들은 실수로 여자들의 무릎에 앉았다가 깜짝 놀라 벌떡 일어났다.

"어이쿠! 내가 난로에 너무 가까이 갔나 봐!"

장난꾸러기 몬스가 엉덩이를 문지르며 소리쳤다. 안주인조차도 웃지 않을 수 없었다.

"에릭은 우리와 함께 가지 않아요?"

한때 에릭의 연인이었던 벵타가 물었다. 그녀는 여전히 가슴 한구석에 에릭에 대한 연정을 품고 있었다.

농장감독이 날카롭게 호각을 두 번 불자, 헛간에서 주인을 지켜보고 서 있던 에릭이 천천히 걸어 나왔다.

"오늘 이 사람들이랑 숲에 가지 않을래, 에릭?"

농장감독이 친절하게 물었다. 에릭은 그 커다란 몸을 비비 꼬면서 누구도 알아듣지 못하는 말을 중얼거리고는 마지못해 한쪽 어깨를 움직였다.

"이 사람들하고 같이 가는 게 좋겠어."

농장감독이 그를 데려가서 마차에 태우려는 시늉을 하며 말했다.

"그래야 네가 없는 빈자리를 절실히 느낄 거 아니야."

짐마차에 탄 사람들이 웃었지만, 에릭은 발을 질질 끌면서 뜰을 건너가기 시작했다. 그는 마치 개와 같은 눈빛으로 뒤쪽에 있는 농장감독의 발을 쳐다보며 걸어가서, 외양간 귀퉁이에 자리를 잡고 사람들을 지켜보았다. 그는 아이들이 강도 놀이를 할 때 그러는 것처럼 모자를 뒤에 숨기고 서 있었다.

"괴상한 친구야!" 몬스가 말했다.

이윽고 카를 요한이 말들을 조심스럽게 인도하여 정문을 통과했다.

가는 길마다 사람들을 가득 태운 마차들이 섬에서 제일 높은 곳을 향해 달리고 있었다. 사람들은 서로의 무릎에 겹쳐 앉아 가면서도 마냥 즐거워했다. 마차들이 지나간 자리에는 흙먼지가 하얗게 일어나서 수 킬로미터에 이르는 긴 띠를 만들었다. 이러한 하얀 흙먼지 띠는 섬 중앙을 중심으로 바퀴살처럼 뻗어 있는 길들의 모습을 확실하게 보여 주었다. 마차 안은 즐거운 목소리와 손풍금 소리로 시끌벅적했다. 그들은 손풍금을 연주하던 구스타우와 오늘 같은 날이면 그토록 환하게 빛나던 보딜의 예쁜 얼굴이 그리웠다.

펠레는 몇 년 동안 굶은 탓에 멋진 세상에 대한 식욕이 왕성해져서 눈으로 모든 것을 게걸스럽게 탐식했다.

"저기 보세요, 아빠! 저기 봐요!"

무엇도 펠레의 눈을 피해가지 못했다. 펠레를 보고 있으면 기분이 명랑해졌다. 이 소년은 혈색이 좋고 예뻤다. 양복조끼 밑에 새로 세탁한 파란색 셔츠를 받쳐 입었는데, 셔츠가 목과 손목 부분에서 외투 밖으로 살짝 보여서 옷깃과 소매 끝동의 역할을 했다. 예쁜이 마리아는 카를 요한과 함께 마부석에 앉아 있다가 뒤쪽으로 몸을 숙여서 펠레의 목에 하얀색 스카프를 둘러 주었다.

한편 펠레의 엄마 역할을 자처하곤 하는 카르나는 손수건 한 귀퉁이에 침을 묻혀 펠레의 얼굴을 닦아 주었다. 카르나의 행동이 다소 주제넘어 보일 수도 있었지만, 아침에 말끔히 씻었던 소년이 지금쯤 다시 더러워졌을 것이라고 충분히 짐작할 만했다.

샛길은 계속해서 큰길로 내용물을 쏟아 냈다. 길은 사람의 눈이 닿을 수 있는 거리까지 끊임없이 이어진 행렬들로 인산인해를 이루었다. 세상에 이렇게 많은 마차가 있다는 사실이 믿기 힘들 정도였다. 카를 요한은 훌륭한 마부였고, 항상 채찍으로 뭔가를 가리키며 이런저런 얘기를 해주었다. 그는 집들 하나하나를 모두 알고 있었다. 스톤 농장 일꾼들은 이제 농장과 경작물이 있는 곳을 벗어나서 황무지에 들어섰다. 그곳에는 여름 하늘 아래서 야생 박달나무와 포플러 나무가 쉴 새 없이 이파리를 펄럭이며 서 있었다. 황무지에는 적막한 집들이 서 있었는데, 그런 집들은 회반죽을 바른 맨 벽에다 창문에 사리풀이나 커튼 같은 것조차 없었다. 주변의 밭은 새로 공사한 길만큼이나 돌이 많았고 농작물은 보기에 딱한 수준이었다. 옥수수 크기가 겨우 손가락 길이 정도에 불과한데 벌써 이삭이 패어 있었다. 이곳 사람들은 모두 스웨덴 하인 출신으로 약간의 돈을 저축하여 이제 땅주인이 된 사람들이었다. 카를 요한은 그들 중에 아는 사람이 많았다.

"비참해 보이는구먼."

라세가 속으로 이 돌밭들과 올센의 기름진 땅을 비교하며 말했다.

"그래요. 물론 좋은 땅이라고는 할 수 없지만, 그래도 뭔가 수확을 하긴 하죠."

작업반장이 모든 오두막들 주변을 둘러싸고 있는 포장용 자갈과 대충 다듬은 돌무더기들을 가리켰다.

"이게 곡식은 아니지만 어쨌든 먹고 살 것을 주지요. 이곳이 가난한 사람들의 주머니 사정에 맞는 유일한 땅이고요."

카를 요한과 마리아는 이곳에 정착할 생각을 하고 있었다. 콩스트루프는 이들이 결혼하면 말 두 필이 딸린 농장을 마련해 주겠다고 약속했다.

숲에서는 새들의 아침 노래가 한창이었다. 모래언덕 숲보다 이곳에서 아침 노래가 더 늦는 것 같았다. 대기에 생기가 넘쳤고 풀숲 속에서 보이지 않는 무언가가 올라오는 것 같았다. 마치 햇빛이 긴 창문으로 내리비치고 오르간이 연주되는 교회에 와 있는 기분이었다. 그들은 나무들이 돌출되어 있는 가파른 절벽 자락을 돌아 숲 속으로 들어갔다.

마구를 채우지 않은 말들과 마차들 사이를 뚫고 지나가는 것은 거의 불가능했다. 자신의 마차와 남의 마차에 손상을 입히지 않으려면 세심한 주의가 필요했다. 카를 요한은 두 개의 앞바퀴를 주시하며 차근차근 길을 더듬어 나갔다. 그는 마치 천둥 치는 밤의 한 마리 고양이처럼 무척 조심스러웠다.

"입 다물어!"

카를 요한은 마차에 탄 누군가가 입을 열 때마다 날카롭게 소리쳤다. 마침내 그들은 마구를 풀 장소를 찾았고 나무들에 밧줄을 연결하여 말들을 가둬 둘 공간을 만들었다. 그런 다음 말빗을 꺼냈는데, 맙소사! 온통 먼지로 가득했다! 마침내 정리가 되자 아무도 말하지 않았지만 모두들 기대에 차서 작업반장을 향해 몸을 반쯤 돌렸다.

"그럼 우리 숲으로 가서 경치를 보는 게 좋겠어."

작업반장이 말했다.

사람들은 먹을 것을 슬쩍슬쩍 쳐다보며 괜히 마차 주위를 돌더니 그 제안을 슬쩍 뒤집었다.

"그런데 음식이 무사할까?" 아네르스가 바구니를 들면서 말했다.

"글쎄, 어쩐 일인지 모르겠지만 오늘 내 뱃속이 이상하네."

몬스가 시작했다.

"혹시 못 먹게 되는 거 아냐?"

"그럼 이 좋은 음식을 먼저 맛봐야 할까?" 카를 요한이 말했다.

옳거니! 드디어 그 말이 나왔다!

작년에 그들은 풀밭 위에서 점심을 먹었다. 그런 제안을 한 것은 보딜이었다. 그녀는 늘 낭만적인 구석이 있었다. 올해는 누구도 그런 제안을 하지 않았다. 사람들은 약간의 기대를 품고 서로를 쳐다보다가, 다른 점잖은 사람들처럼 마차로 올라가서 자리를 잡았다. 사실 따지고 보면 어디서 먹건 음식은 똑같았다.

팬케이크는 소스 냄비 뚜껑만큼이나 크고 두꺼웠다. 그것을 보자 에릭이 생각났다. 작년에 그는 이런 팬케이크를 열 개나 먹어 치웠다.

"올해는 에릭이 이곳에 없으니 딱한 일이야!" 카를 요한이 말했다.

"정말 쾌활한 친구였는데!"

"그리 나빠질 것도 없잖아." 몬스가 말했다.

"농장감독의 뒤꽁무니를 졸졸 따라다니면서 흉내를 내는 것 말고는 하는 일도 없으면서, 먹을 것과 입을 것을 받으니까 말이야. 난 에릭이 변한 게 조금도 마음 쓰이지 않아."

"개처럼 주인 발밑에서 코를 킁킁거리며 뛰어다니는 게 아무렇지도 않다고? 이런, 천만에!"

"자네가 뭐라고 말하건 에릭의 정신을 안전한 곳으로 인도한 건 바로 전지전능한 하느님이야."

라세가 훈계조로 말했다. 한동안 그들은 그 얘기로 제법 심각했다.

그러나 심각함은 필요 이상으로 오래 가지 않았다. 아네르스가 자기 다리를 긁으려다가 그만 왈가닥 사라의 다리를 잡았는데, 그녀가 비명을 지르는 바람에 당황한 아네르스의 손은 올라오는 길을 찾지 못하고 계속 실수를 해댔다. 사람들은 깔깔거리며 즐거워했다.

카를 요한은 이러한 유쾌한 북적거림에 별로 동참하지 않고 뭔가 골

똘히 생각하는 것처럼 보였다. 그러더니 갑자기 벌떡 일어나서 지갑을
꺼냈다.

"자, 여기 봐!" 그가 단호하게 소리쳤다.

"내가 맥주를 한턱 내지! 물론 바이에른 맥주야. 누가 가서 사올래?"

몬스가 재빨리 마차에서 튀어나왔다.

"몇 병이나?"

"네 병."

카를 요한은 눈으로 짐마차에 탄 사람들을 훑으며 계산했다.

"아니. 다섯 병만 사와. 그러면 두 사람에 한 병꼴로 돌아가겠어."

그가 술술 말했다.

"하지만 꼭 진짜 바이에른 맥주를 사와야 해!"

정말이지 카를 요한은 아는 것이 끝이 없었다. 게다가 남들이 입 안
에서 씹는 담배를 굴리는 것보다도 쉽게 '바이에른 맥주'라는 단어를
입에 올리다니……. 물론 그는 농장에서 신뢰를 받는 사람이었고, 이
따금 읍내로 마차를 끌고 심부름을 가긴 했다.

이것이 사람들의 기분을 한층 돋우고 호기심을 자극했다. 대부분의
사람들은 바이에른 맥주를 맛본 적이 없었다. 라세와 펠레는 마셔 본
적이 없다는 사실을 솔직히 인정했지만, 아네르스는 적어도 한 번 이
상은 마셔 본 척했다. 하지만 사실이 아니라는 것을 모두들 알았다.

몬스가 맥주를 끌어안고 조심스럽게 걸어 돌아왔다. 그것은 귀한 물
건이었다. 그들은 칵테일 잔에 맥주를 부어 마셨다. 물론 읍내에서는

커다란 머그잔으로 맥주를 마셨지만, 카를 요한은 그러면 너무 벌컥벌컥 마시게 된다고 생각했다. 여자들은 처음에는 마시지 않겠다고 빼더니 결국은 마시고 즐거워했다.

"진짜로 좋은 걸 주면 여자들은 늘 저래!" 몬스가 말했다.

사람들은 먹던 음식을 다시 싸놓고 한데 뭉쳐서 경치를 구경하러 나갔다. 그들은 휴게소까지 가기 위해 말 그대로 마차의 숲을 헤치고 나가야 했다. 말들이 울면서 뒷다리를 차올리는 바람에 나무에서 껍질이 벗겨졌다. 남자들은 서로에게 달려들면서 깔깔거리다가 다시 잠잠해지곤 했다. 여자들은 비명을 지르며 치맛자락을 들고 놀란 암탉마냥 이리저리 뛰어다녔다.

위에서 보니 사람들이 얼마나 모였는지 가늠할 수 있었다. 언덕 옆과 길 너머 숲 속까지 보이는 모든 곳에 마차가 땅을 덮고 있었고, 두 개의 넓은 길이 만나는 삼거리에서는 새로운 사람들이 계속해서 들어오고 있었다.

"오늘 숲에 들어오는 말이 천 쌍은 훨씬 넘겠군."

카를 요한이 말했다.

그렇다. 그보다 훨씬 많을 것이다. 아마 백만 마리는 될 거라고 펠레는 생각했다. 펠레는 오늘 무엇이건 최대한 많은 것을 경험해 볼 작정이었다.

브리지 농장 마차도 서 있었고, 섬 북단에 있는 하메르숄렘에서 온 사람들도 있었다. 도베 포인트와 뢰네, 넥쇠의 해안가 농장에서 온 사람들도 많았다. 사실상 섬 전체의 사람들이 이곳에 와 있었다. 하지만 지금은 우연히 아는 사람들을 만났다고 해서 노닥거릴 시간이 없었다.

"오늘 오후에 만납시다!"

여기저기서 외쳤다.

카를 요한은 이 소풍을 이끌었고, 공원 구석구석을 아는 것도 작업 반장의 임무였다. 예쁜이 마리아는 충실하게 그의 곁을 지켰다. 그녀가 카를 요한을 얼마나 자랑스러워하는지 한눈에 알 수 있었다. 몬스는 왈가닥 사라와 손잡고 걸으며 마치 즐거운 한 쌍의 어린애들처럼 몸을 좌우로 흔들었다. 벵타와 아네르스는 화합하는 데 어려움이 있었다. 그들은 매번 말다툼을 하곤 했지만 그다지 큰 유감이 있어서 그러는 것은 아니었다. 그리고 카르나는 상냥했다.

그들은 늪지로 내려갔다가, 다시 커다란 나무들이 서로의 밑동과 목이 맞닿은 채 서 있는 가파른 오르막을 올랐다. 펠레는 새끼 염소처럼 이곳저곳을 폴짝거리며 돌아다녔다. 전나무 밑에는 건초 더미만큼 큰 개밋둑*이 있었는데, 개미들은 나무들 사이로 끝없이 흐르는 오솔길처럼 잘 밟아 다진 넓은 통로를 갖고 있었다. 여러 무리들이 이 길들을 분주히 오갔다. 어린 전나무들 밑에서는 고슴도치 한 마리가 말벌 둥지를 공격하느라 바빴다. 녀석은 코를 둥지 속에 쑤셔 박았다가 재빨리 빼내더니 재채기를 했다. 무척 재미있게 보였지만 펠레는 다른 사

---

* 개미가 땅속에 집을 짓기 위해 파낸 흙이 쌓인 것.

람들을 뒤따라가야 했다. 그리고 조금 후에 일행들보다 한참 앞서서 산딸기 냄새가 나는 도랑에 얼굴을 대고 엎드렸다.

라세는 젊은 사람들과 보조를 맞춰 언덕을 오를 수 없었고, 카르나도 크게 나을 것이 없었다.

"우리도 늙어 가나 봐요."

그녀가 힘들게 언덕을 오르면서 라세에게 말했다.

"우리가요?"

라세 자신은 정신은 매우 젊으며 부족한 것은 호흡뿐이라고 느꼈다.

"당신도 저 같은 생각을 많이 하실 거예요. 남을 위해서 여러 해 동안 일을 해왔으니 이제 뭔가 자신을 위해 살고 싶겠죠."

"예, 그렇죠 뭐."

라세가 얼버무리며 대답했다.

"그렇게 되면 우리도 빈손은 아닐 거예요."

"오, 그럼요!"

카르나는 계속 이런 식이었지만, 라세는 다른 사람들이 기다리고 있는 흔들바위에 도착할 때까지 말을 아꼈다. 바위는 집채만큼 컸다. 무게가 50톤이나 된다고 했지만, 몬스와 아네르스가 그 밑에 막대기를 끼워 넣고 흔들 수 있었다.

"이제 도적의 성에 가봐야지."

카를 요한이 말했고, 사람들은 늘 그렇듯 오르막길과 내리막길을 터벅터벅 걸어갔다. 라세는 남들과 보조를 맞추려고 최선을 다했다. 카르나와 단 둘이 걷기가 겁났기 때문이었다. 어마어마하게 많은 나무들이 있었다. 그리고 세계 어느 곳이나 그렇듯이 그 나무들은 모두 한 종류가 아니었다. 박달나무와 전나무, 너도밤나무와 낙엽송, 그리고 마가목이 모두 뒤섞여 있었고 벚나무가 너무도 많았다. 작업반장은 일행이 바위 아래쪽에 있는 작고 어두운 호수를 건너도록 인도했다. 그 호수는 악마의 눈처럼 하늘을 노려보고 있었다.

"어린 안나가 아기를 익사시킨 게 여기야. 안나는 주인한테 배신당했지." 그가 여운을 남기며 말했다.

모두들 그 이야기를 알고 있던 터라 그 호수에서 한동안 조용히 서 있었다. 여자들의 눈가에는 눈물이 고였다.

그들이 어린 안나의 슬픈 운명을 생각하며 조용히 서 있을 때, 말할 수 없이 부드러운 곡조가 들리더니 길고 가련한 흐느낌 소리가 뒤따랐다. 그들은 서로에게 가까이 모여들었다.

"맙소사!" 마리아가 떨면서 말했다.

"울고 있는 아기의 영혼이에요!"

펠레는 그 얘기를 듣고 몸이 뻣뻣해졌다. 마치 차가운 파도가 등골을 타고 내려가는 것 같았다.

"무슨 소리야, 저건 나이팅게일이라고." 카를 요한이 말했다.

"그것도 몰라? 이 숲에는 나이팅게일이 수백 마리나 있는데 주로 한낮에 울지."

어른들은 이 말에 안도했지만, 펠레의 공포는 쉽사리 떨쳐지지 않았다. 펠레는 이미 저세상의 심연을 들여다보았고, 더 이상 어떤 설명도 통하지 않았다.

그때 도적의 성이 나타났다. 하지만 정말이지 대 실망이었다. 펠레는 그곳에 진짜 도적들이 살고 있다고 상상했는데, 그건 단지 습지 한가운데 조그만 언덕에 서 있는 오래된 폐허에 불과했다. 펠레는 혹시나 물속으로 통하는 비밀 지하 통로가 있나 해서 혼자 그 폐허 근처를 이리저리 돌아다녔다. 만일 그런 게 있다면 아무도 모르게 아버지를 끌고 와서 통로로 내려가 금궤를 찾을 것이다. 안 그러면 금궤를 나눠 가질 사람들이 너무 많아질 것이기 때문이다. 하지만 독특한 향기에 관심이 끌려 그런 생각은 곧 잊었다.

펠레는 은방울꽃 나무가 파랗게 덮여 있는 땅 덩어리를 발견했다. 나무에는 꽃 몇 송이가 아직 매달려 있었고, 그곳에는 산딸기도 있었다. 산딸기가 너무도 많아서 사람들을 불러와야겠다고 생각했다. 하지만 덤불숲을 헤치고 올라가면서 이 생각도 곧 잊혀졌다.

펠레는 길을 잃고 절벽 아래의 축축하고 으슬으슬한 어둠 속에서 헤매고 있었다. 돌출된 나뭇가지들 사이로 덩굴식물과 가시나무가 서로 엉키면서 두껍고 낮은 지붕을 형성했다. 어디에서도 빠져나갈 구멍을 찾을 수 없었다. 촘촘히 얽힌 가지들 사이로 이상한 초록빛이 들어왔고, 땅은 습기와 썩은 물질들로 미끌미끌했다. 절벽에는 양치식물들이 이파리 끝을 아래로 늘어뜨린 채 흔들흔들 매달려서, 젖은 머리카락처럼 물을 떨어뜨리고 있었다. 달아나려고 몸부림치는 검은 악귀들의 벌거벗은 몸처럼 거대한 나무뿌리들이 바위들 위로 얼기설기 뻗어 있었다. 조금 더 가보면 햇빛이 어둠 속에 불꽃처럼 환한 공간을 만들었고, 그 너머로 푸르스름한 수증기가 피어오르고 멀리서 가동되는 탈곡기 소리 같은 것이 들려왔다.

펠레는 가만히 서 있었다. 공포가 점점 커져서 무릎이 후들거렸다. 그러더니 갑자기 마치 귀신이라도 들린 것처럼 정신없이 뛰어갔다. 뛰는 동안 천 개의 그림자 손이 뻗어 나와 펠레를 잡으려 했다. 펠레는 나지막이 흐느끼며 찔레꽃과 덩굴식물을 헤집고 앞으로 나아갔다. 한낮의 햇살이 정신이 번쩍 나게 강력한 힘으로 펠레를 맞았고, 무언가 뒤에서 펠레의 옷을 꽉 붙잡았다. 펠레는 있는 힘을 다해 아버지를 부르며 그곳에서 빠져나왔다.

이제 펠레는 습지에 나와 있었다. 한참 위쪽에 다른 사람들이 커다란 바위 돌출부 위에서 나무들 사이에 앉아 있었다. 위에서 보니 세상이 온통 끊임없이 위아래로 물결치는 나무 끄트머리로 뒤덮인 것처럼 보였다. 발밑 한참 아래까지 눈으로 볼 수 있는 곳은 어디에든 나뭇잎이 있었다. 그 나뭇잎들은 기분 좋게 폭신폭신해 보여서 그 속으로 뛰어들고 싶은 충동을 느낄 지경이었다. 일행에게 경고를 할 심산으로, 카를 요한은 단지 폭신해 보이는 나뭇잎에 마음이 끌려 이 돌출된 바위에서 뛰어내린 재단사 견습생에 대해 이야기했다. 말하기 민망하지만 그는 목숨은 건졌으나 떨어지면서 커다란 나무에 걸려 몸에 걸친 옷가지가 하나도 남김없이 벗겨져 버렸다고 한다.

조금 전까지도 뛰어내리겠다고 말하며 사라를 놀려 대던 몬스는 이제 조심스럽게 뒤로 물러났다.

"견진 때 입은 옷을 버리고 싶지는 않아."

몬스가 멋지게 보이려고 노력하며 말했다.

결국 가장 볼만한 곳은 호화로운 기념탑이 있는 호스맨 언덕이었다. 그 탑 하나만 해도 굉장했다! 탑을 만드는 데 나무는 조금도 사용되지 않았고 오직 화강암만 사용되었다. 사람들은 탑 주위를 돌고 또 돌았다.

"다들 몇 걸음인지 세고 있는 거지?"

카를 요한이 말했다.

그렇다. 그들은 모두 속으로 걸음을 세고 있었다.

날씨가 맑아서 섬은 발치 아래에서 화려하게 펼쳐졌다. 남자들이 원하는 것은 아래쪽에 침을 뱉으면 어떻게 될지 시도해 보는 것이었다. 그러나 여자들은 아찔하다며 바위 한가운데 계속 무리지어 앉아 있었다. 카를 요한의 능숙한 안내에 따라 사람들은 교회들을 세고 잘 알려진 명소들을 손가락으로 가리켰다.

"저기 스톤 농장도 있어."

아네르스가 저 멀리 바다 근처에 있는 뭔가를 가리키며 말했다. 하지만 그곳은 스톤 농장이 아니었다. 카를 요한은 어떤 언덕 뒤에 스톤 농장이 있는지 정확하게 말해 주었다. 그러자 사람들은 채석장을 알아볼 수 있었다.

라세는 이런 대화에 끼지 않았다. 그는 가만히 서서 저 멀리 반짝이는 물 위에 떠 있는 스웨덴의 푸르른 해안선을 지그시 바라보고 있었다. 고향땅을 보니 왠지 마음이 약해지고 늙었다는 기분이 들었다. 어쩌면 그는 다시는 고향으로 돌아가지 못할 것이다. 벵타의 무덤을 다시 한 번 보고 싶은 마음이 아무리 간절하더라도……. 그렇다. 자신에게 일어날 수 있는 최고의 행운이라면 모든 것이 끝났을 때 그녀의 곁에서 쉴 수 있는 것이었다. 이 순간 라세는 다 늙어서 이곳으로 이주해 온 것을 후회했다. 지금쯤 고향땅이 어떤 모습일지 궁금했다. 새로운 사람들이 계속 땅을 경작하고 있을까? 그리고 자신이 아는 모든 사람들! 그들은 모두 어떻게 지낼까?

추억이 너무도 강렬하게 밀려 와서 한동안 올센 부인과 그녀와 관련된 모든 것을 잊을 정도였다. 라세는 과거의 기억으로 인해 마음이 가라앉아서, 마음속으로 어린 아이처럼 울고 있었다. 아! 늘그막에 모든 것을 버리고 고향을 떠나와 산다는 것이 얼마나 끔찍한 일인지! 그러나 그것이 어떤 식으로든 아들에게 도움이 된다면, 그렇게 할 수 밖에 없는 일이었다.

"저기 보이는 게 코펜하겐 맞지?" 아네르스가 물었다.

"그건 스웨덴이야." 라세가 조용히 말했다.

"스웨덴이라고요? 하지만 내 기억이 정확하다면 그건 작년에는 저쪽에 있었는데."

"그래, 당연하지! 그러니까 지구가 도는 거 아니겠어?"

몬스가 외쳤다.

이 말을 철썩 같이 믿으려던 순간 아네르스는 몬스가 남들에게 일부러 눈을 찡긋하는 것을 보고 말았다.

"이런! 교활한 원숭이 자식!"

그는 고함을 지르며 돌계단으로 내빼는 몬스를 잡으러 뛰어 나갔다. 그들의 발자국 소리가 마치 커다란 통이 구르는 소리처럼 우르릉거렸다. 여자들은 서로에게 기대서서 부드럽게 몸을 흔들며 저 멀리 섬 주위를 에워싸고 있는 반짝이는 바다를 조용히 바라보았다. 아찔함 때문에 몸이 나른해졌다.

"이런, 다들 눈동자가 몽롱하군!"

카를 요한이 여자들을 모두 끌어들일 요량으로 말했다.

"자, 우리랑 같이 내려가지 않을래?"

지금 그들은 하나같이 피곤했다. 물론 카를이 하는 말이니까 아무도 토를 달지 않았지만 여자들은 앉아서 쉬고 싶었다.

"이제 메아리 골짜기만 남았어." 그가 기운을 북돋으며 말했다.

"어차피 돌아가는 길에 있다고! 그곳을 둘러봐야 해. 그럴만한 가치가 있으니까. 그곳에서는 다른 어디에서도 들을 수 없는 메아리를 들을 수 있어."

그들은 천천히 걸었다. 모두들 가죽 부츠를 신은 데다 이곳저곳 돌아다니느라 발이 아팠던 것이다. 그러나 계곡으로 들어가는 가파른 절벽을 내려갈 때 샘물을 마시고는 다들 기운이 났다. 카를 요한은 다리를 벌리고 서서 절벽 맞은편에 대고 소리쳤다.

"아가씨! 카를 요한이랑 뽀뽀 한 번 하면 안 되겠소?"

그러자 곧바로 메아리가 대답했다.

"되겠소!"

너무나 재미있어서 모두들 각자 자신의 이름을 붙여서, 심지어 펠레까지 시도해 보았다. 그것이 끝나자 몬스는 메아리가 무례한 답을 하게 되는 질문을 만들어 냈다.

"메아리한테 그런 걸 가르치면 안 돼!" 라세가 말했다.

"요조숙녀들이 여기 온다고 생각해 봐. 그런데 그 메아리라는 녀석이 계속해서 쫓아다니면 어쩌려고?"

그들은 노인의 농담에 웃느라고 거의 죽을 지경이었다. 라세는 그런 갈채에 기분이 좋아져서 돌아가는 내내 같은 말을 되풀이해서 중얼거렸다. 하하! 이 몸은 아직 쓰레기더미는 아니란 말이야!

마차로 돌아왔을 때 그들은 허기가 져서 또 한 끼를 먹으려고 자리를 잡았다.

"이렇게 돌아다닐 때는 원기를 회복해 줄 뭔가를 가지고 다녀야 해." 몬스가 말했다.

"그럼 이제 자유 시간을 갖도록 합시다."

식사를 마치자 카를 요한이 말했다.

"하지만 정확히 9시에 만나서 집으로 가는 겁니다."

공터에 올라가서 라세는 펠레를 은밀하게 쿡쿡 찔렀고, 남들이 저만치 앞서 갈 때까지 케이크 장수와 흥정을 했다.

"사람들 틈에서 시달리는 것도 못할 짓이다." 라세가 말했다.

"당분간 우리끼리 있자꾸나."

라세는 목을 길게 뺐다.

"누구 찾는 사람 있으세요?" 펠레가 물었다.

"아니, 특별하게 누굴 찾는 건 아니고, 그냥 이 사람들이 다들 어디에서 왔을까 생각하고 있었다. 아마 섬 전체에서 왔겠지. 하지만 마을에서 온 사람은 아직 한 명도 못 봤구나."

"올센 부인은 오늘 여기 오지 않을까요?"

"그야 알 수 없지." 라세가 말했다.

"하지만 부인을 본다면 좋겠구나. 부인에게 할 말도 있고 말이야. 너는 눈이 밝으니 잘 살펴보렴."

펠레는 쓰고 싶은 데 쓰라고 50외레를 받았다. 황무지의 불쌍한 여인들이 조그만 노점에 빙 둘러앉아 색깔 입힌 막대 사탕이며 생강 빵이며 2외레짜리 담배 따위를 팔고 있었다. 펠레는 이 여인 저 여인 사이를 돌아다니며 1외레나 2외레 어치의 물건을 샀다.

멀찌감치 떨어진 나무 아래에는 코펜하겐에서 새로운 유행가를 방금 배워 왔다는 장님 호이에르가 서 있었다. 그의 주변에 군중들이 모여 있었다. 호이에르가 손풍금으로 곡조를 연주하면 그의 작고 말라빠진 아내가 그 소리에 맞춰 노래를 불렀고, 군중들 모두가 조심스럽게 그녀의 노래를 따라 불렀다. 그 곡조를 배운 사람들은 노래를 부르며 갔고, 다른 사람들이 그들의 자리를 밀고 들어와서 각자 5외레씩 내놓았다.

라세와 펠레는 귀 기울이는 군중들 가장자리에 서 있었다. 돈을 지불하는 대가로 무엇을 얻을 것인지 알기도 전에 돈을 지불하는 것은 소용없는 짓이었다. 어쨌건 그 노래는 내일이면 섬 전체에 퍼질 것이고, 입에서 입으로 전해져 공짜로 듣게 될 것이었다.

“ ‘여든 살 남자’. 늙은 노인이 젊은 아내를 얻으면 어떻게 되는지 알려주는 노래입니다!”

노래가 시작되기 전에 호이에르가 쉰 목소리로 외쳤다. 라세는 그 노래가 별로 마음에 들지 않았다. 그러나 그 다음에 연인에게 애절한 작별 인사를 하는 선원 게오르게 세몬에 대한 몹시도 슬픈 노래가 들려왔다.

그리고 말했다네. 내가 한 번 더 이곳에 오면,

우리 손을 잡고 교회에 갑시다.

그러나 그는 돌아오지 않았다. 45일 동안 폭풍우가 배를 덮쳤고, 식량이 바닥나서 여자의 연인은 미쳐 갔다. 그는 선장에게 칼을 들이대고 목사에게 데려가 달라고 요구했고, 선장은 그를 쏴 죽였다. 그때 사람들이 그 시체에 달려들어 배 뒤쪽으로 끌고 가 수프를 만들어 버렸다.

그 여인은 여전히 자신의 진정한 사랑을 기다리고 있네,

  바닷가를 한시도 떠나지 않으면서.

불쌍한 여인이여! 그녀는 아직도 결혼할 날을 고대하고 있네.

  자신의 남자가 죽어 버린 걸 까맣게 모르고서.

"아름다운 노래야!"

라세가 5외레를 찾기 위해 지갑을 뒤지며 말했다.

"네가 가서 배워 와라. 넌 음악에 소질이 있으니까."

라세와 펠레는 사람들 틈을 뚫고 들어가 음악가의 바로 앞으로 갔다. 그리고 주변에서 여자들이 코를 훌쩍거리는 동안 주의 깊게 노래를 부르기 시작했다.

그들은 나무들 사이에서 왔다 갔다 했다. 라세는 안절부절못했다. 거리는 온통 댄스장과 마술사의 천막, 간이주점으로 가득 찼다. 호객꾼이 땀을 흘리며 열을 올리고 있었고, 장사치들이 사냥감을 찾는 탐욕스러운 야수처럼 천막 앞을 어슬렁거렸다. 아직 분위기가 절정에 이르지 않았다. 대부분의 사람들은 여전히 밖에서 얼쩡거리며 구경을 하거나, 힘자랑 대회에 나서거나, 마술사 천막을 드나들며 적당히 즐기고 있었다. 여자와 동행하지 않은 남자는 한 명도 없었다. 많은 남자들이 술과 음식을 파는 천막 앞에 멈추었지만 옆에 있는 여자에게 이끌려 그곳을 지나쳐서 하품을 하며 회전목마에 올라타거나, 암이나 다른 무서운 것들이 인간의 몸을 어떻게 엉망으로 만드는지에 관한 신기한

영상을 보여 주는 환등기 천막에 들어갔다.

"이런 건 여자들이 좋아하는데."

라세가 올센 부인 생각에 한숨을 쉬며 말했다.

마드비의 회전목마에는 구스타우가 보딜의 허리에 팔을 두르고 앉아 있었다.

"이봐요! 영감!"

구스타우가 쌩 하고 지나치면서 소리쳤다. 흰색이 밖으로 나온 라세의 모자 귀가 펄럭였다. 두 사람은 그날의 햇살처럼 빛이 났다.

펠레는 회전목마를 타고 싶어 했다.

"나는 어질어질해서 못 타겠다."

라세가 말하면서 커피와 브랜디를 섞은 '쿠쿠'를 마셨다.

"세상에는 지갑을 걱정하지 않고 이 술집 저 술집을 돌아다닐 수 있는 사람들이 있지. 하지만 1년에 한 번은 해볼 만할 거야. 쉬잇!"

맥스 알렉산더의 '그린 하우스' 옆에 카르나가 혼자 주위를 두리번거리며 서 있었다. 라세는 그녀의 눈에 띄지 않으려고 큰 원을 그리며 펠레를 끌어당겼다.

"저기 올센 부인이 있어요. 낯선 남자와 함께예요!"

갑자기 펠레가 말했다. 라세는 깜짝 놀랐다.

"어디?"

정말이었다. 그녀가 거기 있었고, 웬 남자와 함께였다. 게다가 이야기를 하느라 바빴다! 그들은 먼저 아는 척을 하지 않고 올센 부인의 앞을 지나쳤다. 부인에게 스스로 선택할 기회를 주기 위해서였다.

"저기요, 잠깐만요!"

올센 부인이 페티코트에서 우지직 소리가 나도록 뛰어오며 소리쳤다. 그녀는 여느 때와 다름없이 동글동글했고, 얼굴에 미소를 띠고 있었다. 집에서 짠 질 좋은 천으로 만든 여러 겹의 옷이 눈에 띄었다. 옹색한 구석이라고는 어디에서도 찾아볼 수 없었다.

그들은 이런 저런 시시한 문제에 대해 이야기하며 함께 걸었다. 가끔씩 앞서서 걸어가는 펠레를 보고 시선을 교환하기도 했다. 그들은 감히 서로를 만질 엄두를 내지 못하고 그렇게 얌전히 걸어가야 했다. 라세는 허튼짓을 좋아하지 않았다.

휴게소 근처는 이제 사람들로 새카맸다. 한 걸음을 내디딜 때마다 아는 사람을 만날 정도였다.

"벌 떼들보다도 더 심하군요!" 라세가 말했다.

"저쪽은 갈 생각을 하지 않는 편이 낫겠어요."

어떤 지점에서 사람들의 행렬이 밖으로 향하기 시작했고, 행렬은 어느 계곡까지 이어졌다. 그곳에서는 한 남자가 소리치며 주먹으로 연단을 두드리고 있었다. 그것은 선교 모임이었다. 청중들은 조그맣게 무리를 지어 비탈에서 진을 치고 있었고, 긴 검은 옷을 입은 남자가 조용히 무리들 사이를 옮겨 다니며 전단을 나누어 주었다. 그의 얼굴은 희었고 길고 가느다란 수염이 붙어 있었다.

"저 남자 보이니?"

라세가 펠레를 팔꿈치로 슬쩍 찌르며 속삭였다.

"틀림없이 키다리 올레야! 다친 손에 장갑을 끼고 있지."

라세는 올센 부인 쪽으로 몸을 돌리며 설명했다.

"페르 올센이 하던 일을 대신하느라 올레가 기계 앞에 서 있다가 손가락을 잃었지요. 하지만 결과적으로 올레는 그 실수를 기뻐해야 할지도 몰라요. 사람들이 저 친구는 기도 모임을 갖는 사람들 사이에서 유명인사가 되었다고들 하더군요. 그리고 살결도 여자 피부처럼 고와졌어요. 스톤 농장에서 퇴비를 실어 나를 때하고는 딴판이에요! 저 친구에게 다시 아는 척을 하면 재미있을 겁니다."

라세는 한때 이런 남자와 함께 일을 했다는 사실이 무척 자랑스러웠고, 그래서 앞쪽에 자리를 잡았다. 애정 어린 목소리로 '안녕, 올레!' 하고 말해서 여자 친구에게 잘 보이고 싶었던 것이다. 키다리 올레는 옆에 있는 무리들 사이에 있다가, 이제 그들쪽으로 와서 전단지를 꺼내려 했다. 그런데 라세를 보자 올레는 손과 눈을 모두 아래로 떨어뜨렸다. 그리고 깊은 한숨을 내쉬더니 머리를 숙이고 옆에 있는 무리에게로 가버렸다.

"저 친구가 얼마나 거만하게 구는지 보셨죠?"

라세가 조롱하듯 말했다.

"개구리가 올챙이 적 생각 못한다더니! 이제 주머니에 회중시계도 가지고 있고 긴 옷까지 있군요. 전에는 몸에 두를 셔츠 한 장도 없었는데 말입니다. 그리고 남들과 마찬가지로 죄 많은 악당이었고요! 하지만 옛말에도 있는 것처럼 악당은 제 실속을 챙기죠. 탈곡 기계에서 자리를 바꾼 덕에 득을 본 것은 오히려 저 친구였을 겁니다. 사람들은 하느님에게도 동정을 얻어 낼 만큼 감쪽같이 속이지요!”

올센 부인은 라세를 조용히 시키려고 했지만, 아까 마신 ‘쿠쿠’의 술기운이 올라오면서 라세는 노여움이 복받쳐 계속해서 지껄였다.

“하느님은 너무도 고결해서 거짓과 속임수를 통해서가 아니라 정당하게 자신의 몫을 얻는 점잖은 사람들을 알아보지 못하는 겁니다! 사람들이 말하기를 올레는 가는 곳마다 농부의 아내들과 정을 통한다고 하더군요. 하지만 우리 농장 암퇘지한테도 무시당하던 시절이 있었지요.”

사람들이 라세를 쳐다보기 시작했고, 올센 부인은 팔로 라세를 꼭 붙잡아 끌고 나갔다.

이제 하늘에는 태양이 낮게 떠 있었다. 저 위 공터에서는 군중들이 디딜방아를 돌리는 것처럼 쿵쿵거리고 다녔다. 이따금 술 취한 남자가 갈지자로 비틀거리며 혼잡한 군중들을 뚫고 널찍한 공간을 만들었다. 천막에서는 시끌벅적한 소음이 새어 나왔다. 각기 다른 곡조를 울리는 손풍금들, 소리치는 사람들, 춤곡을 연주하는 악단들, 쇼티셰나 폴카 춤을 추는 사람들의 질서정연한 발걸음. 여자들은 무리를 이루어 왔다 갔다 하며 남자들이 앉아 있는 술집 천막에 긴 시선을 던졌다. 그중에 몇 명은 천막 문 앞에 멈춰서 안에 있는 누군가를 구슬리는 신호를 보내기도 했다.

나무 아래에는 한 취객이 나무를 발로 차며 서 있었고, 옆에서는 한 여자가 다마스크 천으로 된 검은 앞치마로 눈을 가린 채 울고 있었다. 펠레는 오랫동안 그들을 지켜보았다. 남자는 옷매무시가 흐트러진 채로 바보 같이 히죽거렸다. 여자는 우는 와중에도 남자를 똑바로 세우려고 했지만, 남자는 몸을 가누지 못하고 비틀거리며 여자에게 기댔다. 펠레가 한눈을 파는 동안, 라세와 올센 부인은 군중 속에서 사라져 버렸다. 아마 산책을 간 게 틀림없었다. 펠레는 그 길 끝까지 걸어 내려갔다. 하지만 두 사람을 발견하지 못해 낙담한 채 방향을 돌려 다시 걸어 올라왔다. 걸어오는 동안 펠레는 인파 속 여기저기를 파고들어 사방을 두리번거렸다.

"저희 아버지 라세 못 보셨어요?"

소년은 누구건 아는 사람을 만날 때마다 이렇게 물었다.

빽빽한 군중들 틈에서 한 키다리 남자가 목청 높여 즐겁게 떠들면서 걸어가고 있었다. 그 남자는 남들보다 머리 하나 정도는 더 컸고 몸집이 거대했지만 마음은 온정으로 가득한 듯 모든 사람을 껴안으려 했다. 사람들은 비명을 지르며 그를 피해 달아났고, 덕분에 남자가 지나갈 때마다 앞에 넓은 길이 생겼다. 펠레는 계속 남자의 뒤에 붙어서 빽빽한 인파를 뚫고 나오는 데 성공했다. 그곳에는 굵은 곤봉을 든 경찰과 산림 경비원들이 배치되어 있었다. 그들은 눈과 귀를 곤두세우고 사람들을 주시했지만 좀처럼 간섭은 하지 않았다. 이들이 주머니에 수갑을 갖고 있다는 얘기가 있었다.

펠레는 필사적으로 아버지를 찾으며 큰길까지 나왔다. 캄캄한 나무 그늘 밑에서 빠져나온 짐마차들의 행렬이 눈부신 노을 속으로 들어가며 채찍 소리와 함께 큰 도로로 접어들었다. 기도회를 마치고 집으로 돌아가는 사람들이었다.

펠레는 문득 몇 시인지 궁금해져서 한 남자에게 시간을 물었다. 9시였다! 짐마차에 너무 늦지 않게 당도하려면 뛰어야 했다. 짐마차에서는 카를 요한과 예쁜이 마리아가 음식을 먹고 있었다.

"올라와서 뭘 좀 먹어." 그들이 말했다.

펠레는 무척 배가 고팠기 때문에 먹는 동안은 모든 것을 잊었다. 하지만 그때 요한이 라세에 대해 물었고, 다시금 걱정이 찾아왔다.

카를 요한은 짜증이 나 있었다. 약속한 시간이 지났는데 아무도 마차에 돌아오지 않았던 것이다.

"넌 이제 우리 옆에 붙어 있는 게 좋겠다."

카를 요한이 펠레에게 말했다.

"안 그러면 죽을지도 몰라."

그들은 저 위의 숲 가장자리에서 구스타우가 뛰어오고 있는 것을 보았다.

"보딜 본 사람 없어?" 헐떡거리며 그가 물었다.

그의 옷은 찢기고 셔츠 앞에 피가 묻어 있었다. 구스타우는 씩씩거리며 뛰어가서 나무 밑으로 사라졌다. 그곳은 꽤 어두웠지만 공터에는 난데없이 나타난 이상한 빛이 비추고 있었다. 하루가 저물면서 남기고 간 빛처럼 보였다. 여기저기서 얼굴들이 나타났다. 어떤 얼굴들은 유령처럼 창백했고, 어떤 얼굴들은 빛 속에서 보이는 구멍처럼 새카맸다가 갑자기 앞으로 툭 튀어나오면서 불꽃처럼 새빨개졌다.

사람들은 혼잡하게 무리지어 목청껏 소리를 지르며 돌아다녔다. 남자 두 명이 다정하게 어깨동무를 하고 걸어오더니, 다음 순간 땅에서 구르며 서로 치고받고 했다. 다른 사람들도 그 소동에 끼어서 무엇 때문에 싸우는지 알지도 못하면서 무턱대고 편을 들었고, 논쟁은 커다란 패싸움으로 번졌다. 그때 경찰이 나타나서 곤봉을 여기저기 휘둘렀다. 달아나지 않은 사람은 수갑을 채워 빈 외양간 속에 던졌다.

펠레는 불안해서 계속 카를 요한 옆에 붙어 있었다. 그리고 사람들이 돌아올 때마다 울먹이며 물었다.

“아버지 어디 있죠? 우리 찾으러 가요.”

“입 좀 다물어!”

목을 빼고 동료 하인들을 찾고 있던 카를 요한이 소리쳤다.

그는 약속을 지키지 않는 사람들 때문에 화가 나 있었다.

“거기서 울고 서 있지 말고, 마차로 뛰어가서 누가 왔는지 보는 게 백 배 낫겠다.”

캄캄한 나무 밑을 걸어야 하는 것이 아무리 싫어도 펠레는 가야만 했다. 나뭇가지들이 뭔가를 듣는 듯 조용히 매달려 있었지만, 공터에서는 소음이 터져 나왔다. 덤불 아래의 어둠 속에서 생명체들이 살랑살랑 소리를 내며 기쁨 또는 슬픔이 담긴 목소리로 이야기했다. 그때 갑자기 비명 소리가 숲 전체에 울려 퍼져서 펠레의 무릎이 맞부딪혔다.

짐마차에 와보니 카르나는 뒤에 앉아 잠들어 있었고, 벵타는 앞좌석에 기대어 서서 울고 있었다.

"아네르스가 갇혔어." 그녀가 훌쩍였다.

"아네르스가 난동을 부려서 경찰이 수갑을 채우고 가둬 버렸어."

벵타는 펠레와 함께 다시 올라갔다.

라세가 카를 요한과 마리아와 함께 나타났다. 라세는 불만스러운 눈길로 펠레를 쳐다보았고, 반쯤 감은 눈에는 억제할 수 없는 분노의 빛이 어려 있었다.

"그럼 몬스와 사라만 오면 되겠군."

카를 요한이 사람들을 눈으로 훑으며 말했다.

"하지만 아네르스는 어쩌죠?" 벵타가 훌쩍였다.

"설마 아네르스를 놔두고 가버리지는 않겠죠?"

"우리가 할 수 있는 일이 없어!" 작업반장이 말했다.

"풀려나면 제 발로 걸어오겠지."

그들은 물어물어 몬스와 사라가 댄스장에 있다는 것을 알아내고 그곳으로 내려갔다.

"다들 여기 가만히 있어!"

카를 요한이 엄하게 말하고 안으로 들어가서 춤추고 있는 두 사람을 찾았다. 그곳은 타는 듯 뜨거웠고, 사람들의 얼굴은 열과 먼지가 뒤섞인 푸르스름한 안개 속에 빨간 원을 그려 내는 불덩이들 같았다. 쿵! 쿵! 쿵! 음악이 주먹으로 세게 치는 것처럼 쿵쿵 울렸다. 플로어 한가운데 한 남자가 서서 옷에서 물기를 짜내고 있었다.

댄스장들 가운데 한 곳에서 한 덩치 큰 사내가 여자 두 명과 함께 떠밀려 나왔다. 남자는 양팔을 하나씩 두 여자의 목에 두르고 있었고, 여자들은 남자의 등 뒤에서 팔을 서로 걸었다. 그는 모자를 머리 뒤에 걸쳐 쓰고 있었다. 완전히 망가져서 여인들과 놀아나는 모습처럼 보였다. 그는 입을 크게 벌리고 목소리가 쩌렁쩌렁 울리도록 신나게 소리쳤다.

"악마여, 나를 데려가라! 악귀여, 나를 데려가라! 700명의 악마여, 나를 데려가라!"

그리고는 여자들과 함께 나무 그늘 속으로 사라졌다.

"페르 올센이야." 라세가 눈으로 그를 좇으며 말했다.

"사내자식들이란! 하느님이 조금도 무섭지 않은 모양이로구먼."

"죄받을 날이 오겠죠." 카를 요한의 목소리였다.

그들은 몬스와 왈가닥 사라가 나무 아래 벤치에서 서로에게 팔을 두르고 앉아서 잠들어 있는 것을 우연히 발견했다.

"그럼 이제 돌아가야겠지?"

카를 요한이 천천히 말했다.

그는 오랫동안 의무를 다하느라 목이 탔다.

"설마 고별주를 마실 사람은 없겠지?"

"나 마실래! 나랑 휴게소에 올라가서 마시자구." 몬스가 말했다.

몬스는 잠이 드는 바람에 실컷 즐기지 못한 게 못내 아쉬워 그곳을 한 번 더 둘러보고 싶었던 것이다. 몬스는 사라 옆에서 걸어가다가 어디선가 고함소리가 들릴 때마다 펄쩍 뛰어오르며 긴 외침으로 화답했다. 몬스는 달아나고 싶었지만 사라가 팔에 착 달라붙어 있었기에 납을 박은 지팡이의 무거운 끝을 휘두르며 반항적으로 고함쳤다. 라세는 늙은 팔다리를 흔들며 몬스의 고함을 흉내 냈다. 라세 역시 집에 가는 것 말고 다른 것을 하고 싶었기 때문이다. 하지만 카를 요한의 입장은 단호했다. 지금 가야 한다는 것이었다. 그리고 펠레와 여자들도 그의 생각에 찬성했다.

그때 공터에서 들리는 고함 소리에 그들은 발걸음을 멈추었고, 여자들은 각자 자기 남자 뒤에 숨었다. 한 남자가 모자를 쓰지 않은 맨 머리로 뛰어오고 있었다. 남자는 관자놀이에 상처가 났고, 상처에서 얼굴과 옷깃으로 피가 흘러내렸다. 그의 모습은 공포로 일그러져 있었다. 그 뒤로 두 번째 남자가 역시 맨 머리에 칼을 뽑아든 채 뛰어왔다. 한 산림 경비원이 그를 저지하려 했지만 어깨를 찔려서 넘어졌고 추격자는 계속 달렸다. 그 남자가 그들 앞을 지나갈 때 몬스가 짧은 고함과 함께 공중으로 껑충 뛰어오르며 납이 박힌 지팡이로 남자의 뒷목을 가격했다. 남자는 으르렁거리며 땅 위로 풀썩 주저앉았고, 몬스는 무리지어 있는 사람들 틈으로 튀어 들어가서 사라져 버렸다. 잠시 후 사람들은 숲 한 쪽 끝에서 자신들을 기다리고 있는 몬스를 찾았다. 그는 더 이상 고함소리에 화답하지 않았다.

큰길로 접어들 때까지 카를 요한이 말을 인도해야 했고, 그런 뒤 사람들이 모두 탔다. 뒤에서는 소음이 사라졌고, 도움을 요청하는 긴 외침만이 사방에 울려 퍼지다가 다시 수그러들었다.

아래쪽의 조그만 호숫가에는 일행에게 버림받은 여자들 몇 명이 풀밭에 모여 자기들끼리 놀고 있었다. 하얀 안개가 마치 반짝이는 호수처럼 풀밭 위에 내려앉았고, 그 위로 여자들의 상체만 드러났다. 그들은 한여름 밤의 노래를 부르며 둥글게 원을 만들어 돌고 있었다. 즐거운 노래 소리가 순수하고 깨끗하게 울렸지만, 그 소리는 어쩐지 슬프게 들렸다. 노래를 부르는 여자들이 술주정뱅이와 싸움꾼들 때문에 곤경에 처해 있기 때문이었다.

우리는 언덕과 목초지에서 춤을 출 테야,

*　구두와 스타킹이 닳도록.*

헤이 호, 나의 멋진 연인,

*　우리는 태양이 높이 떠오를 때까지 춤을 춰야 해.*

헤이 호, 나의 여왕이여!

*　우리는 지금 풀밭 위에서 춤을 춘다네.*

아름다운 곡조가 부드럽게 귀와 마음을 두드려서 끔찍했던 기억과 생각들이 말끔히 정화되었고, 그날 하루가 정말로 즐거운 축제로 가슴에 새겨졌다. 라세와 펠레에게 있어서, 그날은 몇 년 간의 설움을 보상할만한 특별한 날이었다. 유일하게 아쉬운 점은 그날이 시작되고 있는 것이 아니라 끝나 가고 있다는 것이었다.

　마차를 탄 사람들은 이제 고단해져서 모두들 조용했고, 몇 명은 꾸
벅꾸벅 졸았다. 라세는 한 손으로 주머니 속을 뒤지고 있었다. 남은 돈
이 얼마인지 가늠하려는 것이었다. 애인을 두려면 돈이 많이 들었다.
특히 어떤 면에서건 젊은이들에게 뒤지고 싶지 않을 때는 더욱 그랬다.
펠레는 잠이 들어서 점점 고개가 미끄러져 내려갔고, 벵타가 펠레의 머
리를 자기 무릎 위에 뉘었다. 정작 그녀는 아네르스 때문에 슬피 울고
있었다.
　모두가 스톤 농장에 들어왔을 때 아침 해가 밝아오고 있었다.

복수

스톤 농장의 주인 내외는 거의 언제나 화제에 올랐고, 결코 사람들의 뇌리에서 떠난 적이 없었다. 콩스트루프와 그의 아내에 대한 관심은 그 교구 나머지 사람들에 대한 관심을 합한 것보다도 훨씬 컸다. 그들은 많은 사람들의 고용주였고, 좋건 싫건 그들의 신이었다. 그래서 그들이 하는 어떤 행동도 중요하지 않은 것이 없었다.

누구도 다른 사람들을 판단할 때와 같은 기준으로 콩스트루프 내외를 판단하지 않았다. 그들은 남들과는 다른 특별한 사람들이었다. 대단한 부를 타고나서 어떤 방해도 없이 모든 욕망을 충족시킬 수 있는 존재! 하고 싶은 것은 무엇이건 할 수 있고, 되고 싶은 것은 무엇이건 될 수 있는 존재! 스톤 농장과 관련된 것은 평범한 존재들에게는 너무도 대단해서 감히 심판할 수 없었다. 그리고 펠레와 라세는 저택에서 아주 가까이에 살고 있음에도 불구하고 그 집에서 무슨 일이 일어나는

지 설명하기 힘들었다. 그들에게 스톤 농장 사람들은 월등한 조건에서 살아가는 별개의 존재였고, 말하자면 억제할 수 없는 열정과 광란의 사랑 따위가 지배하는 세계에 사는, 인간과 초자연적 존재의 중간적 위치에 있는 존재였다.

따라서 스톤 농장에서 일어나는 일은 교구의 다른 사건들보다 더 많은 흥분을 불러일으켰다. 사람들은 그 큰 저택에서 아주 작은 소리만 나도 무슨 일인가 궁금해서 입을 떡 벌리며 귀를 쫑긋 세웠고, 행여 큰 소리라도 나면 잔뜩 주눅이 들어서 온종일 불안에 떨며 돌아다녔다. 잠잠한 시기에는 집에서 벌어지는 모든 것을 분명하게 꿰뚫고 있다는 생각이 들다가도, 어느 날 갑자기 위층 사람들의 삶은 평소의 행태를 벗어나 변덕스러운 신들이 전쟁을 벌이고 있는 안개 낀 천체처럼 라세와 어린 아들의 세계를 감쌌다.

모든 불길한 예견에도 불구하고 이제 안주인의 조카 콜레르 양이 농장에 온 지도 2년이 지났고, 지금까지 전개된 상황을 살펴보면 모두들 자신의 예상이 빗나갔음을 인정해야 했다. 물론 그녀는 집에 머물면서 외로운 콩스트루프 부인을 기운 나게 해주기보다 콩스트루프와 마차를 몰고 읍내로 나가는 것을 더 좋아했다. 하지만 젊은 아가씨들은 으레 그런 법이었다.

콜레르 양은 처신을 잘했다. 게다가 콩스트루프가 읍내에 사는 옛 정부에게 돌아갔다는 소문이 파다했다. 콩스트루프 부인은 이제 젊은 친척에게 조금도 불신을 보이지 않았다. 전에는 조금 느꼈을지도 모르지만. 안주인은 마치 친딸을 대하듯 콜레르 양에게 잘해 줬고, 종종 남편을 감시해 줄 것을 부탁하며 마차에 함께 태워 보내기도 했다.

다른 면에서 일상은 평소와 다름없이 지나갔고, 콩스트루프 부인은 여전히 술과 슬픔에 스스로를 내맡겼다. 그럴 때면 그녀는 자신이 허비한 인생을 한탄하며 울곤 했고, 남편이 집에 있을 때는 이 방 저 방 쫓아다니며 지겹게 굴어서 마침내 콩스트루프가 한밤중에 마차를 대기시켜 달아나 버리도록 자초했다. 그녀의 목소리는 벽에 흠뻑 스며들어 구슬프고 지루한 윙윙거림처럼 모든 것을 관통했다. 밤에 동물들을 돌본다거나 하는 일로 위쪽 뜰에 올라가게 된 사람들은 혼자 있을 때도 끊임없이 중얼거리는 안주인의 목소리를 들을 수 있었다.

그런데 그무렵 콜레르 양이 떠나겠다는 말을 꺼냈다. 갑자기 코펜하겐으로 가서 돈을 벌기 위해 뭔가를 배우고 싶다는 것이었다. 언젠가 농장주의 땅을 물려받게 될 콜레르 양이 그런 얘기를 하는 것은 이상하게 들렸다. 콩스트루프 부인은 조카를 잃게 된다는 생각에 몹시 동요했고, 다른 모든 문제를 잊은 채 계속해서 그녀를 설득했다. 모든 것이 결정되어 하녀들과 함께 다림질 방에서 콜레르 양의 짐을 싸놓은 상태에서도 그녀는 부질없는 설득을 계속했다. 다른 스톤 농장 사람들과 마찬가지로, 그녀는 한 번 붙든 것은 절대로 놔주지 않았다.

콜레르 양이 그렇게 단호하게 나오는 데는 뭔가 이상한 점이 있었다. 코펜하겐으로 가서 무엇을 할 것인지도 확신이 서지 않아 보였다. 그녀는 알 수 없는 미소를 지으며 그저 "요리를 배워 볼까 해요"라고 간단히 말했을 뿐이었다.

정작 콩스트루프 부인은 아무런 의심도 없었다. 항상 의심의 고삐를 놓지 않는 그녀가 이 시점에서는 눈이 먼 것 같았다. 아마도 콜레르 양을 완전하게 신뢰하고, 그녀를 너무도 아끼기 때문이었으리라. 안주인은 모든 것을 정리하느라 숨 쉴 시간조차 없었다. 할 일도 무척 많았다. 옷가방을 싼 상태로 판단하건데, 콜레르 양은 여러 가지 생각으로 머리가 꽉 차 있는 게 틀림없었다.

"그이가 콜레르를 데려다 준다니 다행이야."

어느 날 저녁 반짇고리 앞에 앉아 세탁한 조카의 스타킹을 수선하면서 콩스트루프 부인이 예쁜이 마리아에게 말했다.

"코펜하겐은 경험 없는 젊은 사람들이 가기에는 좋지 않은 곳이라더군. 하지만 콜레르는 잘 해낼 거야. 콜레르 가문의 좋은 혈통을 물려받았으니까."

안주인은 그렇게 어린아이처럼 순진하게 이야기했다. 그녀가 의심이 많다고는 하지만, 마음만 먹으면 누구든 그 여린 마음을 구둣발로 짓밟을 수 있을 것이다.

"크리스마스에 우리가 널 보러 갈지도 모르겠다, 콜레르."

그녀는 흐뭇한 마음으로 덧붙였다.

콜레르 양은 당황해서 입을 벌리고 숨을 몰아쉬었지만, 아무 대답도 하지 않았다. 그녀는 저녁 내내 몸을 숙인 채 일하면서 아무 말도 하지 않았다. 그녀는 이제 누구와도 서슴없이 시선을 맞추지 못했다.

"자기 아주머니를 속인 것을 부끄러워하고 있는 게 틀림없어!"

사람들이 말했다. 그녀에게 심판이 내려질 것이다. 콜레르 양은 자신이 무슨 짓을 하고 있는지 알았어야 했다. 그래서 특히 한 사람이 자신을 전적으로 신뢰하고 있는 이곳에서 피차에게 손해가 될 짓을 하지 말았어야 했다.

위 뜰에서는 새로운 하인 페르가 마차를 준비시키느라고 바빴다. 에릭이 그 옆에 빈둥거리고 서 있었다. 불쌍한 친구! 농장감독이 곁에 없을 때는 늘 그런 것처럼, 그는 왠지 불편하고 불행해 보였다. 바퀴를 떼어 내거나 새로 끼워야 할 때, 그는 마차 밑에서 커다란 등판으로 마차를 들어 올려야 했다. 이따금 라세가 무슨 일이 일어나는지 보려고 외양간 문으로 걸어 나왔다. 펠레는 학교에 가 있었다. 그날은 새 학기의 첫날이었다.

오늘은 콜레르 양이 떠나는 날이었다. 엄마 같은 사람을 기만한 부정한 여자! 마차가 가는 걸 보니 콩스트루프 부인은 증기선까지 그들을 배웅하러 가려는 것이 틀림없었다.

라세는 방으로 들어가서 밤중에 펠레 모르게 빠져나갈 수 있도록 한두 가지 물건을 챙겨 놓았다. 그는 올센 부인에게 전해 주라며 펠레에게 사탕과자를 싼 조그만 쪽지를 주었는데, 그 쪽지에는 납 단추로 십자가를 미리 그려 넣었다. 십자가는 그날 밤 몰래 찾아가겠다는 표시였다.

제일 좋은 옷을 꺼내서 바깥문 가까이에 있는 건초 밑에 숨기면서,

라세는 콧노래를 흥얼거렸다.

그는 그날 저녁을 너무도 간절하게 고대하고 있었다. 라세는 이제 거의 석 달 동안 혼자가 아니었다. 게다가 올센 부인과의 은밀한 소통을 위해 특별한 표시를 써먹게 된 것도 자랑스러웠다. 제아무리 글을 잘 읽는 펠레라도 그 표시는 알아볼 수 없을 것이었다.

남들이 점심 낮잠을 자는 동안 라세는 돌아다니며 퇴비 더미를 정리했다. 뜰 한 쪽에 마차가 대기하고 있었는데, 뒤 칸에 커다란 트렁크 하나가 묶여 있고 마부석 한 쪽에 트렁크가 하나 더 실려 있었다. 라세는 과연 그 넓은 세상에서 그런 여자가 혼자 무엇을 할 것인지, 그리고 그녀가 어떤 죄 값을 치러야 할 것인지 궁금했다. 어쩌면 비용만 잘 치르면 그런 여자들을 받아 주는 곳이 있을 것이고, 그런 곳에서는 모든 것을 해결할 수 있을 것이다.

암퇘지 요한나 필이 정문에서 뒤뚱거리며 걸어오고 있었다. 라세는 그녀를 보고 깜짝 놀랐다. 좋은 일로 온 것일 리 없었다. 요한나가 대담하게 이곳에 나타났을 때는 늘 만취 상태여서 누구도 그녀를 말리지 못했다. 불행 때문에 한 여인이 저토록 망가지는 꼴을 보는 건 슬픈 일이었다. 라세는 요한나가 어렸을 때 얼마나 예쁜 소녀였는지 떠올리지 않을 수 없었다. 그런데 지금 그녀가 생각하는 것이라고는 오직 염치 불구하고 돈을 버는 것뿐이었다. 라세는 어떤 일이 일어나건 목격자가 되지 않기 위해 외양간으로 들어가서 밖을 내다보았다.

암퇘지는 창문 앞에서 얼쩡거리며 스스로도 완전히 통제할 수 없는 탁한 목소리로 소리쳤다.

"콩스트루프, 콩스트루프! 이리 나와. 할 말이 있어! 돈을 좀 줘야겠어. 당신 아들이랑 내가 3일 동안 굶었다고."

"새빨간 거짓말!" 라세가 분개하여 혼자 중얼거렸다.

"자기는 수입이 좋으면서……. 하지만 신의 선물을 낭비하고 있지. 아마 고약한 짓을 하려고 온 게 분명해."

그는 쇠스랑을 집어 들고 그녀를 문밖으로 몰아내고 싶었지만, 그녀의 독설을 들어 봐야 좋을 게 없었다.

요한나는 계단에 발을 올려놓았지만 올라갈 엄두는 내지 못했다. 술에 취해 정신이 혼미한 외중에도 그녀를 붙들어 두는 무언가가 있었다. 그녀는 난간을 더듬으며 혼자 중얼거리고 서 있다가, 가끔 살찐 얼굴을 쳐들고 콩스트루프를 불렀다.

그때 마침 콜레르 양이 지하실에서 올라와서 계단으로 올라가게 되었다. 그녀는 눈을 땅에 두고 있어서 요한나가 있는 것을 보지 못했다. 마침내 요한나를 발견하고 서둘러 몸을 돌렸을 때는 너무 늦어 버렸다.

요한나는 싱글거리며 서 있었다.

"어이, 이리 와요. 아가씨. 우리 인사나 합시다!"

암퇘지가 소리쳤다.

"당신은 너무 콧대가 높아. 하지만 사람은 너나 할 것 없이 똑같은 거 아니겠어? 당신은 마차를 타고 가서 바다 건너에서 애를 낳을 수 있겠지. 나는 무밭에서 애를 낳았지만 말이야. 하지만 그렇다고 뭐가 자랑스러운가? 올라가서 저 고상한 신사에게 말해. 당신의 맏아들이 굶주리고 있다고! 난 저 악마의 눈 때문에 직접 가지 못하니까 말이야."

콜레르 양은 곧바로 다시 지하실로 내려갔지만, 요한나는 계속 같은 말을 되풀이하며 서 있었다. 마침내 농장감독이 그녀에게 뛰어왔고, 그녀는 욕지거리를 하며 뜰에서 쫓겨났다.

낮잠을 자고 있던 남자들은 아직 시간이 되지 않았지만 그녀의 고함 소리에 잠이 깨서 졸린 눈으로 헛간 문 뒤에서 그 광경을 지켜보고 있었다. 여자들은 세탁실에 모여 있었다. 이제 어떤 일이 벌어질까? 그들은 모두 끔찍한 일이 터질 것을 예상했다.

하지만 아무 일도 일어나지 않았다. 그들이 콩스트루프 부인을 그렇게 배신했으니 그녀로서는 천지를 흔들어 댈 권리가 있었다. 하지만 웬일인지 그녀는 조용했다. 농장은 두 사람 사이에 서로 얘기가 통했던 시절만큼이나 평화로웠다. 콩스트루프는 조용히 있었다. 콩스트루프 부인은 위층 창문 옆에서 왔다 갔다 했고, 마치 다른 사람처럼 보였다. 아무 일도 일어나지 않았다!

하지만 마차를 탔을 때 젊은 아가씨의 얼굴이 눈물로 얼룩진 것을 보면 무슨 얘기가 있었던 게 분명했다. 콩스트루프는 혼란스러워 보였다. 카를 요한이 두 사람을 태우고 출발했고, 안주인은 나타나지 않았다. 아마도 남들 보기가 민망해서였을 것이다.

어떤 것도 조마조마한 긴장감을 해소하지 못했다. 그것은 모든 사람들을 억누르고 있었다. 그녀는 모두가 자신의 편을 들어 줄 수 있는 이 순간, 불행한 운명을 받아들이고 자신의 권리를 위해 싸우기를 포기한 것이 틀림없었다. 이러한 평화로움은 너무도 부자연스럽고 불합리해서 사람들의 기분을 우울하게 가라앉혔다. 마치 남들이 안주인 대신 괴로워하고 있고, 정작 그녀는 아무런 느낌도 없는 것 같았다.

하지만 드디어 올 것이 왔다. 울음소리가 새어 나와 농장 전체에 퍼졌다. 심장에서 흐르는 피처럼 조용하고 규칙적이었다. 저녁 내내 그 소리는 그렇게 흘렀다. 울음소리가 이처럼 절망적으로 들린 적은 없었기에 그 소리는 모든 이들의 심금을 울렸다. 그녀는 불쌍한 아이를 맞아들여서 자식처럼 대해 줬는데, 그 아이가 그녀를 기만한 것이다. 그녀가 얼마나 괴로울지 모두들 느낄 수 있었다.

밤 동안 흐느낌은 가슴을 갈기갈기 찢는 울부짖음이 되어 사람들을 잠 못 이루게 했고, 펠레마저도 땀에 흠뻑 젖어 깨어났다.

"죽어 가는 사람의 고통스러운 마지막 외침 같구나."

라세가 말하고는 떨리는 손으로 허둥지둥 바지를 끌어올렸다.

"혹시 자기 손으로 무슨 짓을 저지른 게 아닐까?"

라세는 등불을 켜고 외양간으로 나갔고, 펠레는 벌거벗은 채 그 뒤를 따랐다.

그때 갑자기 울음소리가 그쳤다. 마치 도끼로 소리를 잘라 낸 것처럼. 뒤이은 침묵은 영원한 침묵을 예고하는 것 같았다. 농장은 불길함이 더욱 진화된 세계처럼 밤의 어둠 속으로 가라앉았다.

"마님이 죽은 게야!"

라세가 손을 입으로 가져가면서 몸서리치며 말했다.

"주님이 안주인을 따뜻하게 받아주시길!"

그들은 걱정스러운 마음으로 침대로 기어 들어갔다.

하지만 다음날 아침, 농장은 평소와 다름없어 보였다. 하녀들은 세탁실에서 수다를 떨며 시끌벅적한 소리를 냈다. 잠시 뒤 위에서 일에 대해 이것저것 지시하는 안주인의 목소리가 들렸다.

"당최 이해를 못하겠군." 라세가 머리를 흔들며 말했다.

"죽지 않고서야 어떻게 그렇게 갑자기 울음을 뚝 그칠 수 있지? 자신을 통제하는 능력이 엄청난 여자인 게 분명해!"

안주인은 유능한 여인임이 틀림없었다. 그녀는 그간 헛되이 시간을 보낸 것이 아니었다. 하녀들은 더 활기차졌고 음식도 나아졌다. 하루는 직접 외양간에 내려와서 청결하게 젖을 짜고 있는지 살펴보았다. 그녀는 모두에게 정당한 대우를 해주었다. 하루는 채석장에서 사람들이 내려와서 3주 동안 임금을 받지 못했다고 불평했다. 농장에 충분한 돈이 없었던 것이다.

"그럼 돈을 만들어야겠군요." 안주인은 말했다.

그들은 당장 탈곡을 시작해야 했다. 그리고 어느 날은 카르나가 사사건건 이의를 제기하다가 귀가 쩌렁쩌렁 울리도록 따귀를 맞았다.

"성격이 아주 딴판이 되었군." 라세가 말했다.

하지만 오랫동안 일했던 인부들은 젊은 시절의 기억을 더듬어 몇 가지를 생각해 냈다.

"그건 그 집안의 내력이야." 그들은 말했다.

"이제 보니 딱 콜레르 집안사람이군."

아무런 변화도 없이 시간이 흘러갔고, 안주인은 그 비참했던 날 그랬던 것처럼 한결같은 평정심을 유지했다. 콜레르 가문 사람들은 일단 한 번 마음을 먹으면 쉽게 바꾸는 법이 없었다.

그리고 콩스트루프가 여행에서 돌아왔다. 그녀는 마차를 몰아 마중을 나가지는 않았지만, 계단에서 친절하고 부드럽게 남편을 맞았다. 콩스트루프가 얼마나 기뻐하고 놀라워하는지 모두들 알 수 있었다. 그는 사뭇 다른 대접을 예상했을 것이었다.

그러나 밤이 되어 모두가 고요히 잠들어 있을 때, 카르나가 남자 방 창문을 두드리며 소리쳤다.

"일어나서 의사를 불러와요! 어서요!"

생사가 걸린 듯한 긴박한 외침이었고, 사람들은 황급히 튀어 나갔다. 암탉처럼 한쪽 눈을 뜨고 자는 습관이 있는 라세가 제일 먼저 일어나 외양간에서 말들을 끌어냈다. 몇 분 후 카를 요한이 옆에서 등불을 비춰 줄 사람을 하나 태우고 마차를 몰고 나갔다. 칠흑처럼 캄캄한 밤이었지만, 마차가 쏜살같이 달리다가 멀어지는 소리를 들을 수 있었다. 그리고 다음 순간 마차가 몇 킬로미터 밖의 포장도로로 접어들면서 그 소리가 바뀌더니, 조금 후에 소리가 아예 사라졌다.

농장에서는 사람들이 가만히 있지 못하고 몸을 떨며 서성였다. 그들은 방으로 들어갔다가 다시 나와서 윗집 창문을 올려다보았다. 창문 사이로 모두들 등불을 들고 뛰어다니는 것이 보였다. 무슨 일이 일어난 걸까? 가끔 부엌에서 안주인이 이것저것 지시하는 소리가 들리는 것으로 보아 농장주에게 어떤 끔찍한 일이 생긴 게 틀림없었다. 하지만 무슨 일일까? 세탁실과 하인 식당은 캄캄했고 문이 잠겨 있었다.

날이 샐 무렵 의사가 도착해서 의료 기구를 손에 쥐었다. 그제야 다소 안정이 찾아와서 하녀들이 뜰로 빠져나올 기회가 생겼다. 그들은 즉시 무슨 일인지 말하지 않고 민망한 얼굴로 서로를 보며 실없이 웃기만 했다. 마침내 그들은 슬슬 얘기를 꺼내기 시작했다. 한 사람이 말을 꺼내면 다른 사람이 그 말을 받아서 얘기하는 식이었는데, 결국 콩스트루프가 발작 상태, 또는 실성한 상태에서 자해를 했다는 것이었다.

하녀들의 얼굴은 두려움이 어려 있는 한편 억지로 웃음을 참고 있는 듯한 복잡한 표정이었다. 카를 요한이 심각하게 예쁜이 마리아에게 "지금 거짓말하고 있는 거지?" 하고 물었을 때, 그녀는 울음을 터뜨렸다. 그녀는 울다가 웃다가를 반복하며 서 있었다. 카를 요한이 날카롭게 다그쳐도 마찬가지였다. 사람이 스스로에게 그런 짓을 저질렀다는 말은 미치광이 같은 헛소리처럼 들리겠지만, 그래도 사실은 사실이었다. 정말로 말문이 막힐 노릇이었다.

얼마간의 시간이 흐른 뒤, 그들은 상황을 곰곰이 따져 볼 수 있었다. 그런데 한두 가지 석연치 않은 부분이 있었다. 만취한 상태에서 그런 일이 일어났을 리는 없었다. 사람들이 알고 있는 한 주인은 집에서 결코 술을 마시지 않았고, 좋은 벗이 있을 때 한두 잔 정도 마실 뿐 결코 취하는 법이 없었다. 그렇다면 어쩌면 후회나 회한 때문일 수도 있을 것이다. 자신이 살아 온 삶을 되돌아보는 것은 충분히 가능한 일이었다. 하지만 콩스트루프 같은 사람이 그런 극단적인 방식으로 행동했다는 것은 이상했다.

그래서 그 설명도 만족스럽지 못했다. 그리고 원인이 무엇인지 지목할 수 없게 되자, 사람들은 점차 안주인을 의심하기 시작했다. 그녀는 최근에 사람이 많이 변했고, 그녀에게서 콜레르 가문의 습성이 나오기 시작했던 것이다. 그 가문 사람들은 결코 당한 것을 앙갚음하지 않고 넘어가는 법이 없었다.

펠레의 성장

삼각형 지붕 밑에서 콩스트루프가 몸을 잘 감싸고 표정 없는 눈으로 앞을 응시하며 앉아 있었다. 겨울 햇살이 머리 위에 쏟아졌다. 그 햇살은 봄의 조짐들을 재촉했고, 참새들이 그의 주위를 즐겁게 뛰어다니고 있었다. 안주인은 왔다 갔다 하며 남편에게 뭔가를 해주느라 분주했다. 그녀는 남편의 발을 더 확실하게 싸매고는 어깨에 둘러 주려고 숄을 가져왔다. 뒤에서 숄을 둘러 주면서 그녀는 남편의 가슴과 팔을 다정하게 만졌다. 콩스트루프는 천천히 머리를 들어 올리며 한 손을 아내의 손 위에 얹었다. 그녀는 한동안 남편의 어깨에 기댄 채 그렇게 서서 소유의 기쁨이 깃든 평온한 눈빛으로 엄마처럼 그를 내려다보았다.

펠레는 입술을 핥으면서 뜰을 가로질러 껑충거리며 뛰어왔다. 펠레는 안주인의 총애를 등에 업고 소젖을 짜는 곳에 몰래 내려가서 여자들에게 사워크림을 얻어 마시며 약간의 농담을 던졌다. 그의 몸은 건

강함으로 빛이 났고, 세상이 전부 자기 것인 양 마냥 행복하게 활보하고 다녔다.

소년이 성장하여 모든 물건들을 낡은 것으로 만드는 속도는 무서울 정도였다. 이제 옷 속에 그 아이를 붙들어 두는 것은 거의 불가능했다. 입은 모든 옷에서 팔과 다리가 쑥쑥 삐져나왔고, 라세가 조달해 줄 수 있는 것보다 훨씬 더 빠르게 물건들을 낡은 것으로 만들었다. 펠레를 위해 새 옷을 마련하곤 하지만, 뒤를 돌아서기도 전에 그 옷에서도 팔과 다리가 삐져나왔다. 펠레는 참나무처럼 튼튼해서 뭔가를 들어 올리는 일이나 인내를 요구하는 일을 제외하곤 라세가 당해낼 수 없었다.

소년은 독립심도 생겨서 노인이 아버지의 권위를 주장하기가 하루가 다르게 힘들어졌다. 하지만 라세가 자기 집의 주인이 되어 자신의 테이블 앞에 앉을 순간이 오게 되면 즉시 그 권위를 되찾게 될 것이다. 하지만 그것이 언제란 말인가? 현재로서는 치안판사가 라세와 올센 부인의 정식 결혼을 원하지 않는 것으로 보였다. 뱃사람 올센이 이미 자신의 죽음을 알리는 징조를 보냈으니, 라세가 생각할 때는 당장 결혼을 해도 문제 될 게 없어 보였다. 하지만 법원 사람들은 진짜 변호사들처럼 계속해서 이의를 제기하며 이것저것 캐고 다녔다. 언제는 조사해야 할 한 가지 문제가 있다더니, 다음에는 또 다른 문제가 있다고 했다. 정해진 유예기간이 있었고, 이미 죽은 사람에게 언제까지 법정에 나타나라는 출두명령을 발부해야 했고, 그밖에도 구실은 많았다. 그것은 라세에게서 뭔가를 뜯어내기 위한 수작이었다.

라세는 이제 스톤 농장에 완전히 싫증이 나서 날마다 펠레에게 똑같은 불평을 했다.

"아침부터 밤까지 순전히 힘든 노동뿐이야. 꼭 감옥처럼 일 년 내내 하루하루가 똑같은 날들이잖니. 그리고 그 대가로 받는 돈으로는 변변하게 걸칠 옷을 마련하기도 빠듯하니, 당최 저축이라고는 할 수도 없고 말이야. 언젠가 지쳐서 더 이상 아무짝에도 쓸모없어지면 구호물자로 연명할 수밖에 없을 거야."

하지만 무엇보다 심각한 것은 한 빈 더 자신을 위해 일하고 싶은 소망이었다. 라세는 항상 그것을 열망했고 그의 손은 자기 물건을 잡는 것이 어떤 기분인지 느끼고 싶어 몸살이 날 지경이었다. 최근 들어 라세는 절차를 생략하고 법을 무시한 채 그냥 애인의 집으로 들어가는 것을 고려하고 있었다. 그녀 역시 그것을 바라고 있었다. 그 집은 남자의 손길을 절실히 필요로 했다. 그렇게 되면 사람들이 쑥덕거리겠지. 하지만 자신과 펠레가 세입자 입장으로 부인의 집에 들어간다면 크게 상관없을 것이다. 특히 그들이 따로 일한다면 말이다.

하지만 아들을 설득하기가 쉽지 않았다. 펠레는 아버지가 명예를 지키기를 바랐다. 라세가 그 얘기를 꺼낼 때마다 펠레는 이상하게 부루퉁해졌다. 라세는 그것이 자신의 생각이 아니라 올센 부인의 생각인 척하며 펠레를 설득했다.

"나도 꼭 그러고 싶지는 않다. 사람들이 색안경을 끼고 볼 게 뻔하니까. 하지만 여기서 계속 아무 대가도 없이 몸이 닳도록 일할 수는 없잖니. 이 농장에서는 자유로이 숨조차 쉴 수 없어. 늘 묶여 있으니 말이다!"

펠레는 아무 대답도 하지 않았다. 확실한 이유를 댈 수는 없었지만, 자신이 무엇을 원하는지는 알고 있었다.

"내가 만일 여기서 달아나면, 너도 따라올 거지?"

펠레는 결코 순종적이지 않은 침묵으로 일관했다.

"난 조만간 그렇게 할 것 같구나. 이건 사람이 할 짓이 아니야. 이제 너도 학교 갈 때 입을 새 바지가 있어야 할 텐데, 그게 어디서 나겠니?"

"그럼 그렇게 하세요! 아버지가 말한 대로 하시라고요."

"너야 매사에 그렇게 콧방귀를 뀔 수 있겠지. 아직 네 앞에 펼쳐진 시간이 많으니까. 하지만 나는 늙어가기 시작했고, 누구도 나를 위해 수고를 해주지 않는단 말이다!"

라세가 의기소침해서 말했다.

"하지만 제가 아버지가 하는 일을 뭐든 도와 드리잖아요."

펠레가 서운한 얼굴로 말했다.

"그래, 그래. 물론 너는 내 일을 도우려고 최선을 다하지. 누구도 그렇지 않다고 말 못할 거야. 하지만 네가 이해하지 못하는 게 있다. 그건 말이다……."

라세는 말을 멈췄다. 어린 아이에게 남자의 욕망을 설명하는 것이 무슨 소용이란 말인가?

"하여튼 고집 좀 부리지 마라!"

라세는 사정하듯 소년의 팔을 쓰다듬었다.

하지만 펠레는 고집을 부렸다. 아버지와 올센 부인이 애인 사이임이 알려지면서, 소년은 이미 학교 친구들의 숱한 빈정거림을 참아 왔고 싸움도 여러 차례 했다. 그런데 그들이 공공연히 함께 살기 시작한다면, 그건 도저히 참아 줄 수 없을 것이다. 싸움이 두렵지는 않았지만 제대로 발길질을 하려면 입장이 떳떳해야 했다.

"아버지는 부인 댁에 들어가세요. 저는 저대로 떠날 테니까요."

"가긴 어딜 간난 말이냐'?"

"세상에 나가서 부자가 될 거예요."

라세는 신호를 들은 늙은 군마처럼 머리를 들었지만, 곧 다시 고개를 숙였다.

"세상에 나가 부자가 되겠다! 그래, 그래." 그가 천천히 말했다.

"나도 네 나이 때는 그런 생각을 했지. 하지만 특별한 복을 타고 난 사람이 아니라면 그런 일은 일어나지 않는단다."

라세는 조용히 생각에 잠겨 암소 밑으로 짚을 차 넣고 있었다. 따지고 보면 펠레가 특별한 복을 타고나지 않았다고 확신할 수는 없었다. 펠레는 늦둥이였다. 늦둥이는 늘 최악 아니면 최고를 뜻했다. 그리고 이마에 행운의 상징을 뜻하는 곧추선 머리카락이 있었다. 소년은 늘 즐겁게 노래를 하고 다녔으며, 모든 것에 손재주가 있었다. 또한 성격이 좋아서 대체로 사람들의 호감을 샀다. 어딘가에서 행운이 기다리고 있을 가능성이 분명히 있었다.

“하지만 그러려면 우선 견진부터 제대로 받아야 해. 책을 꺼내서 목사님에게 퇴짜 맞지 않도록 공부를 하는 게 좋겠다. 나머지 먹이는 내가 줄 테니까.”

펠레는 책을 꺼내 여물 주는 통로에서 커다란 수소 앞에 자리를 잡고는 낮은 목소리로 책을 읽었다. 라세는 일을 하면서 그 앞을 스쳐지나갔다. 한동안 두 사람은 각자의 일에 전념했지만, 라세는 펠레가 받은 견진 교리반 교과서에 이끌려 다가왔다.

“거기 성서의 역사가 있니?”

“네.”

“혹시 술 취한 남자에 대한 얘기도 있니?”

라세는 이미 한참 전에 글 읽기를 포기했다. 그쪽으로는 영 머리가 없었기 때문이다. 하지만 소년이 읽는 내용에는 늘 관심이 있었다. 책은 라세에게 마법과도 같은 특별한 효과를 가졌다.

“그게 무슨 뜻이냐?”

라세는 어떤 인쇄된 문자를 가리키며 궁금해서 묻거나, “오늘은 학교에서 어떤 대단한 걸 배웠니?” 하고 묻기도 했다. 펠레는 날마다 정보를 알려 줘야 했다. 그리고 라세는 종종 똑같은 질문들을 하곤 했다. 라세는 기억력이 좋지 않았다.

“바지를 벗겨서 아버지에게 망신을 준 아들을 둔 게 누구였더라?”

펠레가 대답을 하지 않자 라세가 계속했다.

“아, 노아였지!”

"그래, 맞아! 예전에 구스타우가 노래를 불렀던 늙은 노아야. 그 늙은이가 뭘 마시고 그렇게 취했는지 모르겠구나."

"포도주요."

"포도주였니?"

라세가 눈썹을 치켜 올렸다.

"그럼 노아도 고상한 신사 양반이 틀림없군! 고향에 있는 지주도 대단한 일이 있을 때마다 포도주를 마셨지. 포도주로 취하려면 꽤 많은 양을 마셔야 한다고 들었는데. 그러니 비싼 술이지! 그 책에 시독한 사기꾼에 대해서도 나와 있니? 그 이름이 뭐였더라?"

"라반 말씀이세요?"

"라반! 그래, 라반이었지. 내가 그 이름을 잊어버리다니! 그자는 전형적인 라반인데 말이야.* 정말 딱 맞는 이름이지. 한 남자에게 두 딸을 준 뒤, 일당에서 지참금을 제한 남자도 라반이었지! 그들이 아직 살아 있다면 라반도 그 사위도 힘들게 일해야 했을 거야. 하지만 당시에는 경찰이 사람들의 서류를 그렇게 자세히 보지 않았지. 그때는 한 여자가 두 명의 남편을 둘 수도 있었는지 알고 싶구나. 그 책에 혹시 그런 내용이 나와 있니?"

"아니요. 없을 거예요." 펠레가 건성으로 대답했다.

"그래, 이제 그만 방해하마."

* 덴마크어로 라반(laban)은 비열하고 속임수를 잘 쓰는 사람을 뜻한다.

라세가 그렇게 말하고 다시 일하러 갔다.

하지만 조금 뒤 다시 돌아와서 말했다.

"이름 두 개가 기억날 듯 말 듯하구나. 도대체 머리가 통 돌아가지 않네. 하지만 혹시 네가 듣고 싶다면, 대선지자들에 대해서는 내가 충분히 잘 알지."

"그럼 말해 보세요." 펠레가 책에서 눈을 떼지 않고 말했다.

"하지만 내가 말하는 동안 책을 읽지 말아야 해. 안 그러면 헷갈릴 테니까."

라세는 펠레가 자신의 노력을 우습게 생각하는 것 같아서 별로 탐탁지 않았다.

"제가 네 명의 대선지자를 헷갈릴 것 같지는 않아요."

펠레는 우쭐하며 말했지만 어쨌든 책을 덮었다.

라세는 입안을 깨끗하게 하기 위해 아랫입술에서 씹는 담배를 꺼내서 땅에 버렸다. 그런 다음 바지를 추켜올리고 한동안 눈을 감은 채 속으로 뭔가를 되뇌며 입술을 움직이고 있었다.

"그분들이 언제 나와요?" 펠레가 물었다.

"우선 대선지자들이 거기 있는지 확인해야 해!"

라세가 아들의 재촉에 짜증을 내며 대답하고는 그 이름들을 떠올리기 시작했다. 그리고 도중에 잊어버리지 않도록 허둥지둥 뱉어 냈다.

"이사야, 예레미야, 에스겔, 다니엘."

"그럼 야곱의 열두 아들도 해볼까요?"

"오늘은 안 돼. 한 번에 그렇게 여러 가지는 나한테 너무 벅차. 내 나이가 되면 살살 해야 돼. 난 너처럼 젊지 않잖니. 하지만 네가 먼저 열두 명의 소선지자를 읊으면, 애비가 따라 하마."

펠레는 천천히 그들의 이름을 읊었고 라세는 그 이름을 하나하나 되풀이했다.

"그 당시에는 이름들이 참 이상하기도 하지!"

라세가 숨이 차서 소리쳤다.

"혀를 굴리기도 힘들어. 하지만 조만간 외울 수 있을 거야."

"뭐 때문에 그 이름들을 알고 싶어 하세요?" 펠레가 문득 물었다.

"뭐 때문에 알고 싶어 하냐고?" 라세가 한쪽 귀를 긁었다.

"그야 물론, 이런, 정말 멍청한 질문이구나! 뭐 때문에 알고 싶으냐고? 배움은 너나 할 것 없이 누구에게나 좋은 거다. 그리고 내가 어렸을 때는 그런 좋은 것들을 이해하도록 놔두지 않았지. 그걸 너 혼자만 알고 싶은 게냐?"

"아니요. 꼭 해야 하는 게 아니라면 선지자 따위는 조금도 신경 쓰지 않을 거예요."

라세는 충격을 받아 거의 졸도할 지경이었다.

"그렇다면 넌 내가 아는 가장 버릇없는 자식이야. 이 세상에 태어나지 말았어야 마땅해! 그게 공부에 대해 네가 가진 존경심의 전부냐? 넌 가난뱅이의 자식들도 부자와 마찬가지로 배울 수 있는 시대에 태어난 걸 감사히 여겨야 해. 우리 시대에는 그렇지가 않았다. 안 그랬다면, 누가 알겠니? 만일 어렸을 때 뭔가를 배웠다면 나도 지금 여기서 외양간 청소나 하고 있지는 않았을지 말이다. 부끄러운 줄 모르고 잘난 척하지 않도록 조심해라!”

펠레는 반쯤은 자신이 뱉은 말을 후회했고, 변명을 하려고 말했다.

“하지만 전 지금 공부를 잘하고 있는걸요!”

“그래 그건 잘 안다. 하지만 그게 주머니에 손을 찌르고 잘난 척할 이유는 안 돼. 뛰는 놈 위에 나는 놈이 있다는 걸 명심해. 긴 크리스마스 연휴 동안 아무것도 잊어버리지 않았길 바란다.”

“그럼요. 절대 잊지 않았어요!” 펠레가 단호하게 말했다.

라세도 역시 그러리라는 것을 의심치 않았고, 단지 아들을 놀리기 위해 그런 척한 것뿐이었다. 라세는 배움의 도도한 물결보다 더 멋진 것을 알지 못했지만, 아들에게서 배움에 관해 도움을 얻는 것이 점점 더 힘들어졌다.

“어떻게 확신할 수 있지?” 그는 말을 이었다.

“확인해 보는 게 좋지 않겠니? 네가 머릿속에 꼭 있어야 할 내용을 잊지 않았다는 걸 알면 한결 안심이 될 테니까.”

펠레는 우쭐해져서 아버지 말을 따르기로 했다.

펠레는 다리를 밖으로 뻗고 눈을 감은 채 몸을 앞뒤로 움직이기 시작했다. 그리고 십계명, 야곱의 열두 아들, 판관들, 요셉과 그의 형제들, 네 명의 대선지자와 열두 명의 소선지자들 같은 세상의 모든 지식들이 단숨에 펠레의 입에서 쏟아져 나왔다. 라세에게는 흰 수염이 난

하느님의 얼굴을 중심으로 우주 전체가 씽씽 돌고 있는 것처럼 보였다. 그는 소년의 작은 머리가 품을 수 있는 엄청난 양의 지식에 대한 경외심으로 머리를 숙이고 성호를 그을 수밖에 없었다.

"공부를 계속하려면 돈이 얼마나 들지?"

라세가 다시 현실의 세계로 돌아와 물었다.

"꽤 비쌀 거예요. 아마 최소한 천 크로네는 들걸요."

두 사람 모두 그 숫자가 실제 어느 정도인지 정확한 감이 없었다. 천 크로네란 단지 엄청나게 큰 액수를 뜻할 뿐이었다.

"그럼 어마어마하겠구나!" 라세가 말했다.

"내가 그동안 죽 생각한 게 있는데, 우리 소유의 재산을 갖게 되면, 언젠가 그렇게 되겠지만, 네가 프리스 선생님에게 가서 싼 값에 기술을 배우면 좋을 것 같다. 대신 밥은 집에서 먹고 말이야. 그런 식으로는 어떻게 해볼 수 있을 것 같은데."

펠레는 대답하지 않았다. 교회 서기의 견습생 따위가 될 마음은 없었기 때문이다. 펠레는 칼을 꺼내서 외양간 칸막이 기둥에 뭔가를 새기기 시작했다. 그것은 입 한쪽으로 혀를 내밀고 머리를 땅에 박고 있는 황소였다. 입 바로 앞에 있는 발굽은 그 짐승이 화가 나서 앞발로 땅을 파헤치고 있음을 표현한 것이었다. 라세는 하던 얘기를 중단할 수밖에 없었다. 이제 조각이 뭔가와 비슷해지기 시작했기 때문이다.

"암소인가 보구나, 그렇지?"

조각이 조금씩 모양을 갖춰 가면서 라세는 날마다 무엇을 새긴 건지 궁금하게 여겨 왔었다.

"볼레르가 뿔로 아버지를 받았을 때의 모습이에요." 펠레가 말했다.

그 얘기를 듣고 나니 단번에 알아볼 수 있었다.

"정말 비슷하구나. 하지만 네가 그린 것처럼 그렇게 화가 나 있지는 않았어. 그래, 그럼 다시 공부를 하는 게 좋겠다. 그런 어리석은 짓거리는 남자가 살아가는 데 도움이 안 돼."

라세는 이렇게 분필이나 주머니칼로 여기저기 그림을 그리는 아들의 취미가 마음에 들지 않았다. 이제 곧 대들보며 벽에 이런 저런 표시가 그려 있지 않은 곳이 없게 될 것이다. 그것은 쓸데없는 짓이었고, 농장주가 외양간에 왔다가 그것들을 보게 되면 화를 낼지도 몰랐다. 라세는 이따금 가장 눈에 띄는 그림 앞에 소똥을 쌓아 두었다. 봐선 안 될 사람들이 그것을 보지 않게 하기 위해서였다.

저택에서는 콩스트루프가 안으로 들어가서 아내의 팔에 기대었다. 그는 창백해 보였지만, 절대 여위지는 않았다.

"아직도 조금 절룩거리는군." 라세가 밖을 내다보며 말했다.

"하지만 오래지 않아 이곳에 내려와 볼 거야. 그러니 그 기둥을 없애는 게 낫겠다."

펠레는 조각을 계속했다.

"네가 그 어리석은 짓을 그만두지 않으면, 그 위에 흙을 처발라 버릴 테다!" 라세가 화가 나서 말했다.

"그럼 대문에다 아버지하고 올센 부인을 그릴 거예요."

펠레가 까불면서 말했다.

"그래, 어디 그렇게 해보렴! 그럼 내가 너를 저주하면서 교구 목사에게 널 멀리 보내 버리라고 할 테니까. 더 심한 짓을 할지도 몰라!"

라세는 화가 많이 나서 외양간 저쪽 끝으로 걸어가서 도구들을 여기저기 내던지며 오후 청소를 시작했다. 홧김에 수레를 너무 가득 채우는 바람에 발이 미끄러져서 어느 쪽으로도 갈 수 없었다.

펠레가 상냥한 얼굴을 하고 걸어왔다.

"제가 수레를 끌고 나갈까요? 아버지의 나막신은 돌바닥에서 신기에는 그리 튼튼하지 않잖아요."

라세는 몇 마디 구시렁거렸지만 수레를 넘겨주었다. 아주 짧은 순간 그는 심통이 났지만, 그래 봐야 소용없었다. 이 소년은 내키기만 하면 언제든 사람의 마음을 녹이는 재주가 있었다.

후회 없는 일생

펠레는 견진 교리반에 갔다 와서, 하인 식당에 앉아 끓인 청어와 죽을 먹고 있었다. 그날은 토요일이었고, 그래서 에릭이 난로 너머에 앉아 있었다. 에릭은 자발적으로 한 마디도 말하는 법이 없었고, 그저 늘 앉아서 어딘가를 응시하고 있었다. 그의 눈은 펠레의 손이 접시에서 입까지 왔다 갔다 하는 움직임을 좇았다. 에릭은 마치 모든 것이 새롭다는 듯 늘 눈썹을 치켜 올리고 있었다. 이제 눈썹이 아예 그렇게 자리가 잡히다시피 했다. 그의 앞에는 커다란 맥주잔이 놓여 있었고 그 밑에는 액체가 고여 있었다. 뭔가를 마실 때마다 찔끔찔끔 엎질렀기 때문이었다.

예쁜이 마리아는 설거지를 하면서 이따금씩 펠레가 다 먹었는지 보곤 했다. 펠레가 숟가락을 깨끗이 핥은 후 설거지통에 던져 넣었을 때, 마리아가 뭔가를 접시에 담아서 가져왔다. 위층에서 돼지고기 안심 구이를 해 먹고 남은 것이었다.

"맛 좀 봐! 아직도 배가 고플 테니까. 그 대신 넌 뭘 줄래?"

그녀가 접시를 손에 들고 장난스러운 미소를 지으며 펠레를 바라보았다. 펠레는 허기가 가시지 않았고 여전히 배가 고팠다. 그래서 입에 침이 고일 때까지 그 맛있는 음식을 쳐다보았다. 그리고 의무적으로 입술을 내밀었고, 마리아가 뽀뽀했다. 그때 마리아는 무심결에 에릭을 보았는데, 그의 바보 같은 얼굴에 희미한 옛 그림자와도 같은 어떤 빛이 스쳤다.

"저 덩치 큰 얼간이가 저기 앉아서 엉망진창을 만들고 있네!"

그녀는 꾸짖듯 말하며 에릭 앞에 있는 맥주잔을 가져다 식탁 모서리에 대고, 한 손으로 고여 있는 맥주를 그 속에 쓸어 담았다.

펠레는 다른 데 신경 쓰지 않고 본격적으로 돼지고기를 먹기 시작했다. 하지만 마리아가 나가자 다리 사이로 침을 뱉고 셔츠 소매로 약간의 청소 작업을 했다.

작업을 끝마치고 펠레는 외양간으로 가서 라세가 소를 빗질하는 동안 여물통을 비웠다. 일요일에는 모두들 멋지게 보여야 했다. 그들이 일을 하는 동안 펠레는 그날 있었던 일을 샅샅이 설명했고, 목사님이 말한 모든 얘기를 되풀이했다. 라세는 주의 깊게 들으며 이따금 짧은 탄성을 내지르곤 했다.

밖에서 노크 소리가 들렸다. 칼레의 아이들 중 한 명이었다. 그 아이는 할머니가 임종하시기 전에 작별 인사를 하고 싶어 한다는 전갈을 가지고 왔다.

"그럼 오래 사시지 못하겠구나!" 라세가 탄식했다.

"모두들 상심이 크겠구나. 그토록 행복하게 지냈는데. 물론 음식이 조금씩 더 돌아가긴 하겠지만 말이다."

그들은 일을 마칠 때까지 기다렸다가 몰래 빠져나가기로 했다. 일찍 나가겠다고 부탁하면 장례식 때 또 휴가를 받기가 힘들 것이기 때문이었다.

"내가 칼레를 알아서 하는 말인데, 장례식은 술과 음식이 풍부한 잔칫날이 될 거다." 라세가 말했다.

그들은 일을 마치고 저녁을 먹은 뒤 바깥문을 통해 몰래 들로 빠져나갔다. 라세는 침대 위에 누비이불을 쌓아 놓고, 베개 쪽에 낡은 모직 모자가 튀어 나오도록 만들었다. 혹시 누가 와서 봤을 때, 언뜻 보면 잠자고 있는 사람의 머리로 착각할 수 있었다. 조금 가다가 라세는 불 단속을 하기 위해 돌아가야 했다.

밖에는 부드럽고 조용하게 눈이 내리고 있었다. 땅이 딱딱하게 얼어서 그들은 모든 것을 넘어서 일직선으로 걸어갈 수 있었다. 게다가 이제 길을 알기 때문에 칼레의 집까지 그리 멀게 느껴지지 않았다. 어디까지 왔는지 미처 깨닫기도 전에 들판이 끝나고 바위가 시작되었다.

오두막에는 불이 켜져 있었다. 칼레는 그들을 기다리고 있었다.

"장모님이 오래 사시지 못할 것 같아요." 칼레가 말했다.

라세가 기억하는 한, 칼레가 그렇게 심각하게 말하는 소리를 들어 본 적이 없었다.

칼레는 문을 열고 노부인의 방으로 들어가 뭔가를 속삭였고, 어둠 속에서 그의 아내가 살며시 대답했다.

"나 깨어 있네." 노부인이 느리고 단조로운 목소리로 말했다.

"크게 말해도 돼. 나 깨어 있으니까."

라세와 펠레가 가죽신을 벗고 스타킹 바람으로 들어갔다.

"안녕하세요, 어르신!" 두 사람이 경건하게 말했다.

"하느님의 평화가 함께 할 겁니다!" 라세가 덧붙였다.

"그래, 나 여기 있어요."

노부인이 힘없이 이불을 두드리며 말했다. 노부인은 커다란 모직 장갑을 끼고 있었다.

"내가 염치없이 두 사람을 부르게 했어요. 이제 살날이 얼마 안 남았으니까. 교구 사람들은 어떻게 지내요? 누구 죽은 사람은 없나요?"

"제가 아는 바로는 없습니다." 라세가 대답했다.

"하지만 아주 좋아 보이시는데요. 살집도 있고 혈색도 좋아요. 이삼일 있으면 다시 거동하시는 걸 볼 수 있을 것 같은데요."

"첫 아이를 출산한 젊은 새댁처럼 보여요?"

노부인이 인자하게 미소 지으며 말했다.

"와줘서 정말 고마워요. 두 사람은 꼭 내 가족 같아서 말이에요. 이제 하늘에서 나를 부르러 왔으니 평화롭게 떠나야 해요. 난 이 세상에서 참 좋은 시간을 보냈고, 불평할 게 하나도 없어요. 좋은 남편에 좋은 딸에, 칼레도 잊어선 안 되죠. 게다가 시력도 다시 찾아서 이 세상을 한번 더 볼 수 있었지요.”

“하지만 새처럼 한쪽 눈으로만 보셨잖아요, 장모님.”

칼레가 분위기를 밝게 하려 애쓰며 말했다.

“그래, 그래. 하지만 그걸로 충분해. 내가 시력을 잃은 뒤로 새로운 것이 많이 생겼더구먼. 숲은 더 커졌고, 나도 모르는 가족들이 전부 다 자랐어. 아! 그래. 내가 말년을 참 괜찮게 보냈어. 가족들을 모두 내 곁에 두고 있었으니까. 칼레, 마리아, 그리고 손자 손녀들. 그리고 내 또래 사람들은 전부 나보다 먼저 갔으니 어서 가서 그들이 어떻게 지내는지 보는 것도 좋겠지.”

“올해 연세가 어떻게 되시죠?” 라세가 물었다.

“칼레가 교회 등록부를 찾아봤는데, 거기서 보니 내가 거의 여든 살이더구먼. 그게 정확하지는 않겠지만 말이야.”

“아니에요. 제법 정확해요.” 칼레가 말했다.

“목사님이 직접 찾아 주셨는걸요.”

“그래, 그럼 시간 참 빨리 가버렸군. 신의 뜻이라면 조금 더 사는 것도 마다하지 않을 텐데. 하지만 무덤에서 경고를 하고 있어. 내 눈꺼풀에서 그걸 감지했지.”

노부인은 숨쉬기가 조금 힘들었지만 계속해서 말했다.

“말씀 너무 많이 하지 마세요, 엄마.” 마리아가 말했다.

“그러세요. 편히 쉬시면서 잠을 주무셔야 해요.” 라세가 말했다.

"저희가 그만 나가 볼까요?"

"아니. 난 말해야 해요. 이게 사돈을 만날 수 있는 마지막일 테니까. 쉴 시간은 앞으로도 많아요. 감사하게도 내 눈꺼풀은 아주 가볍고, 조금도 졸리지 않아."

"장모님은 일주일 동안 잠을 통 못 주무셨잖아요."

칼레가 믿을 수 없다는 듯 말했다.

"이곳에서 남아 있는 마지막 시간을 내가 왜 잠으로 허비해야 하나? 앞으로도 잘 시간은 얼마든지 있는데. 밤에 너희들이 잠들어 있을 때, 나는 누워서 너희들 숨소리를 들으며 모두들 잘 지내는 것을 기뻐하지. 아니면 헤더* 꽃다발을 쳐다보며 아네르스와 우리가 함께 한 모든 즐거운 일들을 생각하지."

노부인은 잠시 조용히 누워서 숨을 가다듬으며 대들보에 매달려 있는 시든 헤더 다발을 쳐다보았다.

"우리가 꽃 피는 헤더 밭에 처음 누웠을 때, 그이가 나를 위해 헤더를 한 다발 따주었지. 그이는 헤더를 무척 좋아했어. 아네르스 말이야. 매년 헤더 꽃이 필 때면 그이는 나를 침대에서 끌어내 밖으로 데려가곤 했지. 하늘의 부르심을 받기 전까지 매년 그랬어. 내게 그 사람은 늘 처음 본 순간처럼 새로웠어. 그래서 행복과 기쁨이 내 마음속에 자리했지."

* 자주색 꽃이 피는 상록 떨기나무.

"엄마, 이제 말씀 그만하시고 안정하셔야 해요!"

마리아가 노부인의 베개를 만져 주면서 말했지만 노부인은 생각을 조금 정리했을 뿐 조용히 있지 않았다.

"그래, 난 이빨 때문에 고생했지. 그리고 고통 속에 아이를 낳아서 슬픔 속에 하나하나 무덤에 묻어야 했어. 하지만 그것만 빼면 나는 아픈 적도 없었고, 좋은 남편을 두었어. 아네르스는 하느님의 창조물을 감상하는 눈이 있었어. 우리는 여름이면 아침 일찍 일어나서 황야에 나가 하루 일을 시작하기 전에 바다에서 떠오르는 해를 보곤 했지."

노부인의 느린 목소리가 잦아들었다. 마치 노래가 멈추는 소리처럼 들렸다. 그들은 똑바로 앉아서 한숨을 쉬었다.

"네, 그렇군요." 라세가 말했다.

"추억하는 목소리는 늘 감미로워요."

"사돈 양반은 어떻게 되어 가나요?" 노부인이 느닷없이 물었다.

"새 아내를 찾고 있다고 들었는데!"

"저요?" 라세가 깜짝 놀라 소리쳤다.

펠레는 칼레가 마리아에게 윙크하는 것을 보았다. 그러니까 그들도 모두 알고 있는 것이었다.

"곧 애인을 보여 주지 않을래요?" 칼레가 물었다.

"두 사람이 잘 어울린다고 들었어요."

"자네가 지금 무슨 소리를 하는 건지 도통 모르겠구먼."

라세가 당황해서 말했다.

"그래, 그래. 너무 고를 것 없어요. 그러다 더 안 좋은 선택을 할 수도 있으니까. 내가 아는 바로는 좋은 여자예요. 당신들도 아네르스와 나처럼 서로에게 꼭 맞는 짝이 되면 좋겠어요. 정말 행복한 시간이었죠. 낮에는 밖에 나가서 각자 최선을 다해 일하고, 바람이 부는 밤에는 두 사람이 서로의 언 몸을 녹여 줬지요."

"어르신은 모든 면에서 무척 행복하셨군요." 라세가 탄성을 질렀다.

"그래요. 그리고 난 평화롭게 떠나 무덤에 조용히 누울 수 있어요. 나는 어떤 면에서건 부당한 내우를 낭한 석이 없고, 남을 원망할 일도 없어요. 사람들이 내 몸을 내갈 때 내 발을 먼저 싣고 나가도록 신경 써 준다면, 칼레 자네에게도 문제를 일으키지 않을 거야."

"원하시면 가끔씩 놀러오세요! 우리는 장모님을 맞이하는 게 두렵지 않으니까요. 우리는 여기서 행복했잖아요." 칼레가 말했다.

"아니! 저승에서는 사람 성격이 어떻게 변할지 모르는 일이야. 그리고 내 몸을 실어 나갈 땐 발부터 내간다고 약속하게. 온종일 힘들게 일해야 하는 자네들의 밤 휴식을 방해하고 싶지 않아. 게다가 그동안 나를 충분히 오랫동안 참아 왔지 않나. 한번쯤은 자네들끼리 있는 것도 좋을 거야. 그리고 앞으로 먹을 것도 조금 더 생기겠지."

마리아가 흐느끼기 시작했다.

"이것 보세요!" 칼레가 짜증을 내며 말했다.

"더 이상 그런 말도 안 되는 소리 듣고 싶지 않아요. 우리 중에 누구도 장모님 때문에 먹을 게 부족하지 않았어요. 장모님이 좋은 분이 아니라면, 우린 장모님이 가신 것이 기뻐서 큰 잔치를 벌일 거예요!”

“아니, 그러지마!” 노부인이 날카롭게 말했다.

“사흘씩이나 밤샘을 할 생각일랑 말게! 약속해라, 마리아. 나 같은 늙은이 때문에 법석을 떠느라 집안 말아먹을 생각은 마라! 하지만 오후에 가까운 친척들을 청하렴. 물론 라세와 펠레도 말이야. 그리고 한스 헨릭을 부르면 손풍금을 가져올 거야. 그럼 헛간에서 춤을 출 수 있을 거야.”

칼레는 뒤통수를 긁적였다.

“그럼 기다리세요. 탈곡을 끝낼 때까지 기다리셔야 해요. 지금은 바닥을 청소할 수 없으니까요. 옌스 쿠레에게 말을 빌려서 오후에 황야로 바람 쐬러 나갈까요?”

“그렇게도 할 수 있지만, 자네가 무엇을 하건 아이들도 자기 몫을 누려야 해. 그래서 아이들이 그날 행복하다고 생각하면 위안이 되겠지. 아이들이 휴일을 많이 즐기지 못하니까 말이야. 자네도 알다시피, 그럴 돈은 있으니까.”

“네. 라세 형님. 믿어지세요? 장모님이 장례식 때 쓰라고 아무도 모르게 50크로네를 모으셨어요!”

“그 돈을 20년 동안 모았지. 이 세상을 떠날 때 친척들에게 신세지지 않고 초라하지 않은 모습으로 떠나고 싶네. 수의도 모두 준비되어 있어. 내가 입고 있는 웨딩드레스용 속옷이 있으니까. 결혼식 할 때 처음으로 입었던 거야. 이 속옷과 모자 말고 다른 것들은 입고 싶지 않아.”

“하지만 너무 간소하잖아요? 우리가 엄마 옷을 제대로 입혀 보내지 않으면 사람들이 뭐라고 하겠어요?”

“상관없다!” 노부인이 단호하게 말했다.

“아네르스도 내가 그렇게 입는 걸 제일 좋아했어. 60년 동안 침대에서 내가 입은 것이라곤 이것뿐이야. 저승에서도 그럴 거야!”

그리고 벽을 향해 머리를 돌렸다.

“원하시는 대로 해드릴게요.” 마리아가 말했다.

노부인은 다시 고개를 돌려서 이불 위를 더듬어 딸의 손을 찾았다.

“그리고 늙은이를 위해 푹신한 베개를 만들어야겠다. 이 베개는 딱딱해서 편히 쉬기 힘들구나.”

“아기 베개 하나를 꺼내서 흰색 천을 씌우면 돼요.”

마리아가 말했다.

“고맙다! 그리고 내일 야곱 크리스티앙네 집에 사람을 보내서 목수를 불러와야 할 것 같구나. 마을 어딘가에 있을 거야. 그래서 내 치수를 재서 관을 짜게 해라. 그래야 내가 어떻게 만들어 달라고 말을 할 수 있지. 칼레는 씀씀이가 헤프니까.”

노부인은 눈을 감았다. 마침내 피곤해진 것이었다.

“이제 우리가 다른 방으로 가서 좀 쉬시게 해야겠어요.”

칼레가 일어나며 속삭였지만, 그 소리에 노부인이 눈을 떴다.

“벌써 가시게?” 그녀가 물었다.

“우린 어르신이 잠드신 줄 알았어요.” 라세가 말했다.

“아니. 내가 이승에서 더 이상 잠을 자야 한다고 생각지 않아요. 내 눈꺼풀은 가벼워요. 이렇게 가볍다니까! 그래요. 잘 가요. 라세하고 펠레! 아주 행복하게 살아요! 내가 행복했던 것처럼……. 마리아는 유일하게 살아남은 자식이지요. 하지만 정말 좋은 딸이었어요. 칼레도 애인을 대하듯 내게 친절하게 잘 해줬죠. 그리고 좋은 남편도 있었어요. 일요일이면 땔감을 해오고 밤에 일어나서 내가 누워 있는 동안 아이들을 돌봐 주던 착한 남편이었죠. 우리는 비교적 유복하게 살았어요. 납으로 만든 시계추에 넉넉한 땔감에……. 언젠가 코펜하겐으로 여행을 가자고 약속도 했었죠. 내가 처음 병에다 버터를 만들었을 땐 버터를 빼내려다가 병을 깨뜨리고 말았죠. 그땐 버터 제조기가 없었거든요. 그러자 그이가 웃었어요. 그 사람은 내가 실수를 하면 항상 웃곤 했죠. 그리고 아기가 태어날 때마다 얼마나 기뻐했는지! 아침에 깨어나서 우리는 밖으로 나가 바다에서 해가 떠오르는 것을 보곤 했죠. ‘이리 와봐, 안나.’ 남편은 말하곤 했어요. ‘밤새 헤더 꽃이 피었어.’ 하지만 그건 태양이 사방에 쏟아 내는 붉은빛일 뿐이었어요. 3킬로미터 이상을 가야 가장 가까운 이웃집이 나왔지만, 그이는 나만 있으면 아무래도 상관없었어요. 늘 나한테서 즐거움을 찾았죠. 이 변변치 않은 내게서 말이에요. 동물들도 나를 좋아했어요. 전체적으로 우리는 모든 게 다 좋았어요.”

노부인은 머리를 양옆으로 흔들었고, 그러자 눈물이 두 뺨을 타고 흘러내렸다. 그녀는 더 이상 숨쉬기 힘들어하지 않았고, 한 가지를 말하다 보면 계속 다른 것들이 떠올라서, 입술에서 길게 한 호흡으로 술술 이야기가 나왔다. 노부인은 이제 자신이 무슨 말을 하고 있는지도 몰랐지만 이야기를 멈출 수가 없는 모양이었다. 마치 실성한 사람처럼 그녀는 똑같이 단조로운 목소리로 처음 했던 얘기를 되풀이하고 있었다.

"엄마! 정신 차리세요!"

마리아가 어머니의 떨리는 이마에 손을 대고 걱정스럽게 말했다.

노부인은 말을 멈추고 무슨 일이냐는 눈으로 딸을 쳐다보았다.

"아, 그래!" 그녀가 밀했다.

"기억들이 너무 빨리 몰려와서 말이야! 이제 조금 잠을 잘 수 있을 것도 같구나."

라세가 일어나서 침대 옆으로 갔다.

"안녕히 계세요, 어르신!" 그가 말했다.

"혹시 다시 뵐 수 없으면, 즐거운 여행 되세요!"

펠레가 아버지를 따라 똑같은 말을 반복했다. 노부인은 뭔가를 묻고 싶은 얼굴로 그들을 쳐다보았지만, 움직이지 않았다. 라세는 상냥하게 노부인의 손을 잡았고, 펠레도 그렇게 했다. 그리고 그들은 살금살금 걸어 나와 다른 방으로 들어갔다.

"어르신의 불꽃이 끝까지 활활 타오르고 있어!"

라세가 문을 닫으며 말했다.

펠레는 이제 사람들의 목소리가 다시 자유롭게 울리는 것을 느꼈다.

"그래요. 이제 곧 마지막을 맞으실 텐데 아직도 속에서 장작이 활활 타오르고 있는 거예요. 이곳 사람들은 우리가 장모님에게 의사를 불러 드리지 않는 걸 흉볼 거예요. 어떻게 생각해요? 큰맘 먹고 의사를 불러야 할까요?”

“지금 어르신한테는 오래 사시지 못한다는 것 외에 특별히 문제는 없는 것 같구나.” 라세가 신중하게 말했다.

“그렇죠. 그리고 의사를 부르지 못하게 하실 거예요. 의사가 장모님의 생명을 조금이라도 더 연장시켜 줄 수 있다면 모르지만!”

“그래, 시간은 냉정하지!”

라세가 말하며 아이들을 둘러보러 갔다. 모두들 잠들어 있었고, 아이들의 숨결로 방안이 후텁지근하게 느껴졌다.

“아이들이 점점 더 줄어드는군.”

“그래요. 매년 한두 명씩 둥지를 떠나고 있지요.” 칼레가 대답했다.

“그리고 이제 더 이상 아이를 가질 수 없을 것 같아요. 여기에서 멈추는 건 숫자가 불길하지만 말이죠. 13은 불길한 숫자니까요. 하지만 마리아가 영 내 말을 듣지 않네요. 나 혼자서 할 수는 없는 노릇이지요.”

칼레가 장난스러운 모습을 되찾았다.

“이미 있는 애들만으로도 충분해요.” 마리아가 말했다.

“게다가 안나의 아이까지 치면 열넷이 되잖아요.”

“어, 그래. 그럼 남들의 애들도 세면 더 쉽게 해방되겠군.”

칼레가 아내를 놀리며 말했다.

라세는 칼레의 열세 번째 아이와 나란히 누워 있는 안나의 아기를 쳐다보고 있었다.

"제 이모보다 더 건강해 보이는구먼." 그가 말했다.

"둘이 동갑이라고 생각하기 힘들겠어. 한 명은 혈색이 빨간데, 다른 한 명은 반대로 아주 창백하네."

"그래요, 많이 다르죠."

칼레가 다정하게 아이들을 내려다보며 인정했다.

"우리의 피는 늙어가기 시작하는데, 안나의 애는 젊은 부모한테 태어나서 그런가 봐요. 그리고 원래 엉뚱한 곳에서 태어난 애들이 가장 잘 되죠. 알베르트처럼 말이에요. 그런데 다음 달에 그 애가 자기 배를 갖게 된다는 거 알아요?"

"아니, 금시초문이야! 그 애가 정말 선장이 되는 건가?"

라세가 깜짝 놀라며 말했다.

"물론 우리끼리 얘긴데, 그 배후에는 애비인 콩스트루프가 있지요."

"안나의 애아빠는 양육비를 제대로 주고 있나?" 라세가 물었다.

"그래요. 제법 정직한 친구죠! 우리가 그 아이를 키우는 대가로 한 달에 5크로네를 주고 있어요. 생활하는 데 제법 보탬이 되지요."

마리아가 테이블에 술과 빵, 적셔 먹을 소스를 차리고 자리에 앉을 것을 권했다.

"스톤 농장에 꽤 오래 있네요." 자리에 앉으면서 칼레가 말했다.

"평생 거기 눌러앉을 작정이유?" 그가 짓궂게 윙크하며 물었다.

"믿는 구석도 없이 자리를 박차고 나온다는 게 그리 간단한 문제는 아니야." 라세가 얼버무리며 말했다.

"아, 조만간 무슨 소식이 있겠죠?" 마리아가 물었다.

라세는 대답하지 않은 채, 딱딱한 빵 조각을 먹느라고 씨름하고 있었다.

"너무 딱딱해서 씹기 힘들면 조각내서 드세요." 마리아가 말했다.

그녀는 가끔 어머니의 방에 귀를 기울였다.

"결국 잠드셨어요. 불쌍한 엄마!" 그녀가 말했다.

칼레가 술병을 처음 발견한 척했다.

"이런! 테이블에 진도 있었잖아! 아직 누구 하나 냄새도 못 맡았네!"

그가 탄성을 지르고는 세 번째로 술잔을 채웠다. 그러자 마리아가 술병을 코르크 마개로 막았다.

"이제 음식까지 인색하게 굴 셈이야?"

그가 아내에게 눈을 크게 뜨고 말했다. 참 대단한 장난꾸러기였다! 마리아는 똑같이 눈을 크게 뜨고 남편을 쳐다보며 말했다.

"오호! 지금 싸우자는 건가요?"

이들의 행복을 보고 있노라니 라세의 마음은 따뜻해졌다.

"스톤 농장 주인은 좀 어때요? 이제 최악의 상태는 넘겼을 테죠?" 칼레가 물었다.

"글쎄, 앞으로 사내구실을 하기는 힘들 것 같네." 라세가 대답했다.

마리아가 미소 지었다. 그러나 그들이 쳐다보자 그녀는 얼굴을 돌렸다.

“그래요. 제수씨 입장에서는 웃을 수 있겠죠!” 라세가 말했다.

“하지만 나는 왠지 슬프다는 생각이 듭니다.”

이 말에 마리아는 부엌으로 뛰어가 웃음을 터뜨렸다.

“콩스트루프의 이름을 대기만 하면 여자들 반응이 전부 저래요.”

칼레가 말했다.

“딱하게 됐군요. 오늘은 홍안이요, 내일은 백골이라더니. 어쨌든 안주인이 남편을 옆에 붙들어 둘 수는 있게 되었군요. 하지만 그렇게 된 후에 어떻게 공스트루프가 자기 아내와 살 수 있을까요!”

“두 사람은 전보다 금슬이 좋아진 것처럼 보인다네. 주인은 안주인 없이는 잠시도 살 수 없지. 하기야 이제는 안주인 말고 자신을 사랑해 줄 여자를 찾을 수 없을 테지만. 사랑이란 게 얼마나 끔찍한 장난인지! 그런데 우리는 집에 가봐야 할 것 같네.”

“그럼, 장모님 장례식 때 전갈을 보낼게요.”

집밖으로 나갈 때 칼레가 말했다.

“그래, 그러게! 혹시 장례식 때 10크로네짜리 지폐가 필요하거든 나한테 말하고. 그럼, 잘 있어!”

올센 씨의 귀환

할머니의 장례식은 여전히 사람들의 모든 생각과 행동을 밝게 비추는 빛과 같았다. 그것은 먹은 지 한참 후에도 입속에 즐거운 여운을 남기는 특정한 종류의 음식과 같았다. 칼레는 분명 그날을 축제일로 만들기 위해 만반의 준비를 했다. 좋은 먹을거리와 마실 거리가 풍부했고, 유쾌한 장난도 끝이 없었다. 그리고 교묘하게 올센 부인을 초대할 구실을 찾아냈다. 그것은 그들의 관계를 합법적으로 기정사실화하는 아주 좋은 방법이었다.

장례식은 라세와 펠레가 한 달 동안은 계속 얘기할 수 있을 만큼 깊은 인상을 심어 주었다. 그리고 이제는 충분히 얘기해서 다른 얘깃거리들에 은근히 자리를 비켜 준 뒤에도, 그것은 누구도 그 기원을 알 수 없는 행복감 같은 것으로 배경에 남아 있었다.

하지만 이제 봄이 다가오면서, 골칫거리도 함께 찾아왔다. 그것은 단지 일상적인 사소한 문제들이 아니라, 그 생각을 하지 않을 때조차도 매사에 먹구름을 드리우는 커다란 문제였다. 펠레는 부활절에 견진 성사를 받게 되어 있었고, 라세는 새 옷이며 새 모자며 새 신발이며 아들에게 필요한 모든 것을 어떻게 준비해야 할지 몰라 쩔쩔매고 있었다. 소년은 종종 거기에 대해 말하곤 했다. 아마 그날 교회에 갔을 때 남들 앞에서 망신을 당할까 봐 두려운 모양이었다.

"다 잘될 거다."

이렇게 말했지만, 사실 라세 자신도 이 난감한 상황에서 벗어날 방도를 찾을 수 없었다. 오래된 좋은 풍습을 따르는 다른 농장들에서는, 농장주인과 안주인이 모든 것을 제공해 주었다. 하지만 모든 면에서 옛날 방식을 따르지 않는 이곳에서는 소위 '수시 지급'이 일반화되어 있어서, 돈이 손가락 사이로 술술 빠져나갔다. 언뜻 생각했을 때 일 년에 임금이 100크로네라면 큰돈 같지만, 한 번에 몇 외레씩 찔끔찔끔 받기 때문에 아무 상점에나 성큼성큼 걸어 들어가 물건을 손가락으로 가리키며, "당신들 오늘 큰 수입 잡은 거야!" 하고 당당하게 말할 수 없었다.

"그래, 그래. 다 잘될 거야!"

라세는 궁리에 궁리를 거듭하며 큰소리쳤고, 펠레는 그것으로 만족해야 했다. 난관에서 벗어날 방법은 한 가지, 올센 부인에게 돈을 빌리는 것뿐이었다. 물론 그런 짓을 하기는 죽기보다 싫지만 결국 그렇게 해야 할 것이다. 하지만 펠레에게는 비밀로 해야 했다.

라세는 어떤 예상하지 못한 일이 일어나서 애인에게 돈을 꾸는 치욕적인 짓을 할 필요가 없게 되기를 간절히 바라며, 미룰 수 있을 만큼 미뤄 왔다. 하지만 아무 일도 일어나지 않았고 시간은 계속 흘러갔다.

어느 날 아침 라세는 일을 해결하기로 했다. 펠레는 막 학교에 가려던 참이었다.

"올센 부인에게 뛰어가서 이걸 전해 주겠니?"

그가 아들에게 꾸러미를 건네주며 말했다.

"부인이 수선해 주기로 한 옷가지들이야."

종이 안에는 라세가 저녁에 가겠다는 것을 알리는 커다란 십자가 표시가 있었다.

언덕에서 펠레는 밤사이 얼음이 깨져 있는 것을 보았다. 거칠고 단단한 얼음덩어리가 거의 한 달이나 만을 채우고 있어서 그 위에서 마른 땅처럼 안전하게 놀 수 있었다. 이것은 바다의 새로운 일면이었다. 처음에 펠레는 나막신 발끝으로 조심스럽게 얼음을 더듬으며 엉거주춤 걸어서 남들에게 웃음을 주었다. 그 후로 펠레는 커다란 식인 물고기가 자신이 떨어지기만을 기다리며 나막신 바로 밑에서 돌아다니고 있을 것이라는 공포에 떨지 않고 얼음 위를 자유롭게 걸어 다니는 법을 익혔다. 날마다 펠레는 1.5킬로미터 밖에서 물과 얼음의 경계를 이루는 높다란 성채 같은 얼음덩어리까지 나갔다. 그곳에는 햇빛을 받아 얼음이 얼지 않은 부분의 바닷물이 푸른색 눈처럼 돌고 있었다. 펠레는 남들이 다 하는 것을 하기 위해 얼음 위로 나갔지만, 바다에서는 결코 안전하다는 느낌이 들지 않았다.

이제 얼음이 모두 쪼개져서 만은 온통 넘실대는 유빙들로 가득했다. 유빙들은 딱딱 소리를 내며 서로 마찰하고 있었고, 거대한 성채를 이루었던 얼음 조각들 중 가장 먼 곳에 있는 것들은 이미 바다로 접어들었다. 펠레는 그곳에서 많은 모험을 감행했지만, 이제 그 얼음들이 짐을 꾸려 떠나고 있다는 것이 내심 기뻤다. 이제 마른 땅에 있는 것이 범죄가 되지 않는 시절이 돌아온 것이다.

부쩍 늙은 프리스 교장은 자기 자리에 앉아 있었다. 그는 이제 수업 도중에 자리를 떠나지 않았다. 제아무리 교실에서 끔찍한 일이 일어나도 그저 회초리로 책상을 몇 번 두드리는 것으로 만족했다. 그는 예전 모습의 그림자에 불과한 것처럼 보였다. 교장은 늘 머리가 흔들렸고, 어떤 때는 손으로 뭔가를 잡지도 못했다. 그는 여전히 수업을 시작하면서 신문을 펼쳤지만, 정말로 읽지는 않았다. 그는 책상 위에 손을 얹고 등을 벽에 기댄 채 꼿꼿이 앉아 꿈속으로 빠져 들곤 했다. 그럴 때면 아이들은 실컷 떠들 수 있었다. 그는 움직이지 않았고, 약간의 눈빛 변화만이 그가 여전히 살아 있음을 보여 주었다.

이제 학교는 전보다 조용해졌다. 선생님을 놀려 봐야 그것을 알아차리지 못하니 그럴 가치도 없었고, 장난도 매력을 잃었다. 큰 아이들 사이에 일종의 재판소가 결성되어 그들이 학교 수업의 순서를 결정했고, 권위에 대한 불복종과 항의는 운동장에서 주먹과 나막신으로 처벌되고 해결되었다. 수업은 예전같이 진행되었다. 똑똑한 학생들이 자기가 아는 것을 남들에게 가르쳤다. 프리스 선생이 가르칠 때보다 수학과 읽기 수업이 더 많아졌고 찬송 시간은 줄어들었다.

가끔 교장이 깨어나서 수업에 끼어드는 일도 생겼다.

"찬송가를 불러!"

그는 힘없는 목소리로 고함을 지르고 습관적으로 책상을 두드리곤 했다. 아이들은 노인을 기쁘게 하기 위해 자신이 하던 공부를 치워 두고 찬송가를 반복해서 부르기 시작했다. 때로는 한 시간 동안 한 구절만을 계속 반복해 부름으로써 나름대로 복수를 하기도 했다. 이것이 아이들이 그 노인을 골려 먹는 유일한 진짜 장난이었지만, 사실 아이들에게만 장난일 뿐 교장은 아무것도 알아차리지 못했다.

프리스 선생은 예전에 사직 얘기를 자주 꺼냈지만 이제 그런 생각조차 할 수 없었다. 그저 시간이 되면 다리를 질질 끌면서 학교로 왔다가 갈 뿐이었고, 어쩌면 자신이 그러고 있는 것조차 모르는 듯했다. 학교 관계자들은 차마 그를 해임할 수 없었다. 다소 부당한 평가를 받았던 찬송가 수업만 제외하면 프리스는 교사로서 나무랄 데가 없었다. 학교를 졸업하면서 이름을 쓰지 못하거나 비록 구식 인쇄본이기는 해도 교과서를 읽지 못하는 학생은 한 명도 없었다. 프리스는 젊은 시절에 라틴어를 배웠지만 라틴문자로 된 신식 인쇄본은 가르치지 않았다.

프리스 자신은 그런 변화를 전혀 느끼지 못하는지도 몰랐다. 그는 이미 스스로에 대해서도 남들에 대해서도 무감각해져 있었다. 그 누구도 이제 프리스에게 인간적인 슬픔을 가져다주지 못했고, 그의 동정심에서 위안을 찾지 못했다. 그의 마음은 거기에 없었다. 그것은 그의 몸 바깥에 떠 있었고, 말하자면 반쯤 이탈되어 있었다. 마치 미지의 세계로 긴 비행을 시작하기 위해 오랜 둥지를 떠나기를 꺼리는 새처럼…….

프리스가 멍하니 허공을 바라볼 때 그의 눈이 항상 좇았던 것은 어쩌면 나풀거리는 자신의 마음이었을 것이다. 하지만 겨울이면 고향에 돌아와서 옛 친구로서 프리스 교장을 찾아온 젊은이들은 그러한 변화를 느꼈다. 그들에게는 이제 고향에 텅 빈 공간이 생긴 셈이었다. 그들은 늙은 잔소리꾼이 그리웠다. 프리스는 아이들이 학교에 다닐 때는 학생들을 모두 미워하고, 졸업하고 나시는 그들을 사랑하고, 모범생이선 문제아건 모든 제자들에게 "그 애는 내가 가르친 최고의 학생이었어!"라고 외칠 준비가 되어 있는 사람이었다.

아이들은 마음대로 휴식 시간을 일찍 가졌고, 휴식 시간을 알리기로 되어 있는 펠레가 신호를 내리기도 전에 밖으로 뛰어나갔다. 프리스는 평소처럼 마을로 터덜터덜 걸어가서는 보통 두 시간 동안 돌아오지 않았다. 여자애들은 함께 모여서 점심을 먹었고, 사내애들은 새장에서 풀려난 새들처럼 운동장을 질주했다.

펠레는 아이들의 불복종에 화가 나서, 자신이 존경받을 수 있는 방법을 곰곰이 생각했다. 그날은 다른 덩치 큰 소년들이 자신에게 불복했던 것이다. 펠레는 허공에서 빙빙 도는 갈매기처럼 몸을 앞으로 기울이고 팔은 마치 날개처럼 밖으로 뻗은 채 운동장을 뛰어다녔다. 대부분의 아이들이 펠레를 위해 공간을 만들어 주었고, 자발적으로 움직이지 않는 아이들은 그렇게 하게 만들었다. 그의 입지가 위협받았고,

펠레는 공격 가능성이 나타날 때까지 판단을 보류하려는 듯 끊임없이 움직였다. 이것이 한동안 계속되었다. 권력을 위협받는 느낌이 커지면서, 펠레는 '비행'하며 아이들을 쳐서 넘어뜨리고 공격했다. 펠레는 아이들을 모두 적으로 만들고 싶었다.

어느 날 소년들이 운동 기구 옆으로 모여들기 시작하더니 갑자기 무더기로 펠레를 덮쳤다. 펠레는 일어서서 그들을 떨어내려 했지만 모두 허사였다. 아이들이 들러붙어 있는 와중에 빈 공간 사이로 가차 없이 주먹이 치고 들어와서 펠레는 고통으로 이를 악물어야 했다. 펠레는 끊임없이 벗어나려 했지만 소용이 없었고, 결국 인내심을 잃고 다소 비신사적인 방법에 의존하게 되었다. 손가락으로 눈을 찌르고 코와 목, 그 밖에 손이 닿을 수 있는 취약한 부위들을 공격한 것이다. 덕분에 아이들의 무더기가 줄어들었고, 마침내 펠레는 일어서서 마지막으로 달라붙어 있는 조그만 녀석을 운동장에 내던져 버릴 수 있었다.

펠레는 여기저기 멍이 들었고 숨이 가빴지만 마음은 흡족했다. 아이들은 숨을 헐떡이며 옆에서 펠레가 몸을 털어 내는 것을 지켜보았다. 결국 펠레가 승자였다. 펠레는 찢어진 셔츠 바람으로 여자애들에게 갔고, 여자애들은 핀으로 셔츠를 고정시켜 주고 사탕과자를 건넸다. 그 대신 펠레는 여자애 두 명의 땋은 머리를 묶었고, 두 소녀는 비명을 질렀지만 싫은 기색 없이 펠레가 이끄는 대로 이리저리 끌려 다녔다.

하지만 승리한 이후에도 안전이 확보된 것은 아니었다. 펠레는 한창때의 헨리 보드케르처럼 싸움이 끝나자마자 곧바로 주머니에 손을 찔러 넣고 마치 다른 사람들이 존재하지 않는 것처럼 전체 무리를 통과해 유유히 걸어가지 못했다. 펠레는 해변으로 걸어가는 동안 계속 다른 아이들을 몰래 힐끔거려야 했고, 있는 힘을 다해 숨을 골라야 했다. 숨을 헐떡이는 것은 우는 것 다음으로 창피스러운 일이었다.

펠레는 해변을 걸으면서 승리의 흥분이 아직 남아 있을 때 여세를 몰아 아이들을 다시 공격하지 않은 것을 후회했다. 하지만 이제 너무 늦었다. 만일 그렇게 했더라면, 펠레가 그 반의 전체 아이들을 제압할 수 있다는 소문이 돌 것이고, 펠레는 이제 학교에서 가장 센 소년이 되는 영광을 맛보았을 것이다.

그때 학교에서 전의에 불타는 거친 함성이 들려와 펠레를 깜짝 놀라게 했다. 사내애들이 모두 손에 막대기나 나뭇가지 따위를 들고 학교 건물 끝을 돌아 나오고 있었다. 펠레는 자신이 굴복하면 어떻게 될지 알고 있었고, 그래서 다리가 후들거림에도 불구하고 조용히 서서 기다릴 수밖에 없었다. 그러나 갑자기 그들이 펠레에게 거칠게 돌진하자 단숨에 몸을 돌려 달아나기 시작했다. 떠 있는 얼음들로 빽빽한 바다가 그의 길을 막고 있었다. 펠레는 얼음 조각 위로 뛰어갔다가 폴짝 뛰어서 자신의 몸무게를 지탱해 줄 만큼 큰 다른 얼음 조각으로 건너갔고, 계속 이 과정을 반복해야 했다.

일단 탈출하겠다는 생각에 사로잡히자 추격자들에 대한 두려움이 감당할 수 없을 만큼 커졌다. 시시각각 얼음 덩어리가 발밑에서 꺼졌고, 이 얼음 조각에서 저 얼음 조각으로 계속 옮겨 다녀야 했다. 펠레의 발은 피아노 건반 위를 달리는 손가락처럼 빠르게 움직였다. 이제 그는 항구 방파제 쪽으로 방향을 잡았다. 펠레가 마치 물수제비를 뜨는 돌멩이처럼 물 위에서 춤추는 동안 다른 아이들은 해변에서 입을 딱 벌리고 서 있었다. 얼음 조각들은 펠레가 건드리자마자 아래로 꺼지거나 아슬아슬 뒤집어졌지만, 펠레는 그것을 밟고서 살짝 미끄러지며 번개처럼 빠르게 다른 쪽으로 뛰었고, 마치 한 마리 고양이처럼 도약하는 도중에 착지할 목표 지점을 바꾸었다. 너무도 재빨리 발을 들어 올려 이곳저곳으로 뛰어 다녔기 때문에 마치 빨갛게 달구어진 쇳덩이 위에서 춤을 추고 있는 것 같았다.

얼음 조각을 건드리면 그곳에서 물이 솟아 올라왔고, 펠레의 뒤로 요동치는 얼음들의 꼬불꼬불한 자취가 생기면서 바닷물이 소년들이 서 있는 곳까지 밀려 들어와 숨을 멈추게 만들었다. 펠레 같은 사람은 아무도 없었다. 그들 중 누구도 저기에서 펠레가 하는 것처럼 할 수 없었다. 펠레가 마지막으로 팔짝 뛰어올라 방파제에 도달했을 때, 모두들 그에게 환호를 보냈다. 결국 이 탈출에서 승리한 것이다!

펠레는 기진맥진해서 숨을 헐떡이며 방파제 위에 누웠다. 그리고 그곳에서 마을 가까이에 닻을 내리고 있는 쌍돛대의 범선 한 척을 무심히 바라보았다. 배 한 척이 노 저어 들어오고 있었다. 어쩌면 격리해야 할 환자를 싣고 오는 건지도 몰랐다. 비바람에 시달린 듯한 선박의 행색을 보니, 얼음과 맹렬한 바다를 헤치고 겨울 항해를 떠났던 배가 틀림없었다.

어부들이 오두막에서 나와 배가 들어올 곳으로 걸어갔고, 학교 아이들도 모두 그 뒤를 따랐다. 뱃고물에는 나이가 지긋해 보이는 남자가 앉아 있었다. 그 남자는 얼굴 언저리에 수염이 나 있었고, 온갖 풍상을 겪은 행색에 푸른 제복 차림이었다. 남자의 앞에는 선원 사물함이 놓여 있었다.

"이런, 갑판장 올센 씨잖아!"

펠레는 한 어부가 말하는 소리를 들었다. 그때 그 남자가 뭍에 발을 내딛고 사람들에게 손을 흔들었다. 어부들과 학교 아이늘이 빽빽하게 그의 주변을 에워쌌다.

펠레는 배들과 오두막들을 뒤로 하고 살금살금 걸어 올라갔다. 그리고 학교 건물에 도달해 몸을 숨길 수 있게 되자마자 곧바로 들판을 가로질러 스톤 농장으로 뛰어갔다. 초조함에 목구멍이 타들어 갔고, 수치심 때문에 사람들과 집들로부터 계속 멀리 달아났다. 아침에 올센 부인에게 전달할 기회가 없었던 꾸러미가 모두에게 자신의 치욕을 입증하는 명백한 증거인 것만 같아, 달리면서 진흙구덩이에 던져 버렸다.

펠레는 농장을 통과해 들어가지 않고 쿵 소리를 내며 바깥문으로 외양간에 들어갔다.

"오늘은 벌써 온 거냐?" 라세가 아들을 반기며 말했다.

"지금…… 지금 올센 부인의 남편이 돌아왔어요!"

펠레는 헐떡거리며 말하고는 아버지를 쳐다보지 않고 그 앞을 지나쳐 갔다.

라세는 세상이 산산조각 나는 것만 같았다. 그리고 떨어지는 파편들이 생살을 후벼 파고 들어오는 것 같았다. 모든 것이 라세를 좌절로 몰아가고 있었다. 그는 부들부들 떨면서 서성였고, 어떤 것도 붙잡을 수 없었다. 말도 할 수 없었다. 몸 전체가 굳어 버린 것 같았다. 라세는 밧줄 하나를 집어 들고 위를 올려다보며 앞에서 뒤로, 다시 뒤에서 앞으로 왔다 갔다 했다.

그때 펠레가 아버지에게 다가왔다.

"그걸로 뭘 하시려고요?" 펠레가 냉정하게 물었다.

라세는 손에서 밧줄을 떨어뜨리고 존재의 슬픔과 비참함에 대해 넋두리하기 시작했다. 여기서 깃털 하나가 빠지고 저기에 또 깃털 하나가 빠져서 마침내 깃털이 하나도 없는 새처럼, 행복한 노년의 꿈을 송두리째 잃어버린 채 늙고 지친 몸으로 진흙탕에서 발을 동동 구르는 신세가 되었다는 것이었다. 그는 낮은 목소리로 이런 식의 푸념을 계속 늘어놓으며 안정을 찾아갔다.

펠레는 아무 대꾸도 하지 않았다. 단지 자신에게 닥쳐온 부당함과 치욕에 대해 생각할 뿐이었고 어떤 위안도 찾을 수 없었다.

다음날 아침 펠레는 평소처럼 도시락을 가지고 집을 나섰지만, 학교로 가다가 도중에 가시나무 밑에 누웠다. 펠레는 학교가 마칠 시간까지 반쯤 언 상태로 씩씩거리며 거기 누워 있다가 집으로 돌아갔다. 이 과정은 며칠 동안 계속되었다. 펠레는 아버지에게 아무 말도 하지 않았지만 계속 화가 나 있었다. 라세는 라세대로 넋두리를 하며 돌아다넸고, 펠레는 펠레대로 자기 자신의 문제로 여념이 없었다. 두 사람은 이렇게 각자 자신만의 세계 속에서 움직였고, 누구도 서로에게 따뜻한 말을 건네지 못했다.

그러던 어느 날 펠레가 그런 식으로 몰래 집으로 들어왔을 때, 라세가 밝은 얼굴로 무릎을 휘청거리며 아들을 맞이했다.

"도대체 안달복달해 봐야 좋을 게 뭐냐?"

그가 얼굴을 찡그리고 껌뻑이는 눈으로 펠레를 보며 말했다. 나쁜 소식이 있은 후로 처음이었다.

"이리 와서 새로 얻은 아버지 애인을 봐라! 그녀에게 키스를 하거라, 아들아!"

그는 짚 속에서 술병을 꺼내서 아들에게 내밀었다.

펠레는 화가 나서 술병을 밀어냈다.

"흥, 네가 그렇게 잘났니?" 라세가 소리쳤다.

"그래, 그래. 너한테 좋은 것들을 낭비한 것은 죄이고 부끄러운 일이야."

그는 술병을 입술에 대고 머리를 뒤로 젖혔다.

"아버지, 그러시면 안돼요!"

펠레가 아버지의 팔을 흔들면서 소리쳤다. 그 바람에 술이 밖으로 쏟아져 나왔다.

"허허!"

라세가 손등으로 입을 닦으며 깜짝 놀라 말했다.

“이 여자 정말로 왈가닥이지? 허허!”

그는 양손으로 술병을 잡고, 마치 술병이 자신에게서 달아나기라도 하려는 것처럼 꼭 붙들었다.

“너 무척 시끄럽구나, 그렇지?” 그러더니 펠레를 쳐다보았다.

“울고 있구나! 누가 널 아프게 했니? 네 아버지가 라세 칼손이라는 걸 모르니? 두려워할 것 없다. 라세가 여기에 있으니까. 세상 전체가 대가를 치르게 해줄 거다.”

펠레는 아버지가 빠른 속도로 점점 술이 취해 가고 있으며, 아버지가 여기에 누워 있는 것을 누군가 보기 전에 얼른 침대에 눕혀야 한다는 것을 깨달았다.

“이리 오세요, 아버지.” 펠레가 애걸했다.

“그래, 가야지. 내가 대가를 치르게 해줄 거다. 설사 그게 마왕이라고 해도 말이야. 그러니 울 필요 없어!”

라세는 뜰 쪽으로 향했고, 펠레는 그 앞을 가로막았다.

“이제 저랑 같이 가야 해요, 아버지! 아버지가 혼내 줘야 할 사람은 아무도 없어요.”

“그래? 하지만 넌 울고 있잖아! 그럼 주인이 이 세월들에 대해 보상해야 해. 그래, 모두에게 콧대를 세우는 그 잘난 신사 분 말이야!”

이 말이 펠레를 두렵게 했다.

“하지만 아버지!” 펠레가 소리쳤다.

“올라가지 마세요! 그럼 주인님이 화가 나서 우리를 모두 쫓아낼 거예요! 아버지가 지금 취하셨다는 걸 명심하세요!”

“그래, 물론 난 취했다. 하지만 손해 볼 건 없다.”

그는 외양간 문의 아래쪽을 채우고 있는 빗장을 손으로 더듬고 서 있었다.

아버지에게 함부로 하는 건 잘못이지만, 펠레는 그런 양심의 가책을 모두 잠시 접어 둘 수밖에 없었다. 펠레는 늙은 아버지의 멱살을 단단히 잡고 말했다.

“이제 지랑 같이 가요!”

그리고 아버지를 방으로 끌고 갔다.

라세는 웃다가 딸꾹질을 하다가 몸부림쳤다. 펠레에게 끌려가는 동안 기둥이건 가축의 꼬리건 손에 닿는 건 닥치는 대로 움켜쥐었다. 펠레는 아버지를 뒤에서 끌어안고 반쯤은 들고 들어왔다. 문간에서 노인이 아들을 양손으로 단단히 붙잡았기 때문에 두 사람은 서로 단단히 얽혔다. 펠레는 아버지를 놓고 팔을 떼어 내서 넘어지게 했다. 그런 다음 아버지를 끌고 침대로 갔다.

마치 그것이 게임이라도 되는 양, 라세는 내내 바보같이 웃었다. 펠레가 한두 번 등을 돌렸을 때 라세는 일어나려고 시도했다. 그의 눈은 거의 초점이 사라졌지만 입에는 교활한 표정이 깃들어 있었다. 라세는 장난이 심한 어린애 같았다. 그러다가 갑자기 깊이 곯아떨어졌다.

다음날은 학교가 쉬는 날이어서 펠레는 몸을 숨길 필요가 없었다. 라세는 수치심과 굴욕감 때문에 기어 다니다시피 했다. 그는 전날 어떤 일이 있었는지 똑똑히 기억하는 것이 분명했다. 그는 갑자기 펠레의 팔을 잡았다.

"너는 아버지의 부끄러움을 덮어 준 노아의 착한 아들 같구나!"

그가 말했다.

"하지만 아버지는 괴롭단다. 너도 이해할지 모르지만, 그건 아버지에게 너무 큰 충격이었단다. 하지만 바보처럼 술을 마신다고 문제가 해결되지 않는다는 걸 잘 안다. 술이 할 수 있는 건 그저 문제를 덮어 둬서 결국 썩어 문드러지게 하는 것뿐이지. 옛말에도 있는 것처럼, 눈 속에 숨겨져 있는 건 눈이 녹으면 드러나는 법이니까."

펠레는 대답이 없었다.

"사람들이 어떻게 생각하니?"

라세가 조심스럽게 물었다. 그는 이제 그 문제의 부끄러운 면을 생각하게 되었다.

"농장 사람들이 아직 그 문제를 알고 있을 것 같지는 않지만, 바깥 사람들은 뭐라고 말하든?"

"제가 그걸 알아야 돼요?" 펠레가 부루퉁하게 말했다.

"그럼 아무 소리도 못 들었니?"

"아버지는 제가 모두의 손가락질을 받으면서 학교에 갈 거라고 생각했어요?"

펠레는 다시 거의 울음을 터뜨릴 지경이었다.

"그럼 그동안 헤매고 다니면서 학교에 간 것처럼 속인 거냐? 그건 옳지 않아. 내가 널 창피스럽게 만든 걸 생각해서 널 탓하지는 않겠다. 하지만 무단결석을 하면 네가 곤란해질 거야. 설사 네 잘못이 없다 해도 말이야. 불행은 언제나 한꺼번에 오고, 나쁜 일은 털옷 속의 이처럼 늘어나는 법이다. 우리가 어떻게 해야 할지 생각해 봐야겠구나. 모든 걸 엉망진창으로 만들 순 없잖니!"

라세는 재빨리 방으로 들어갔다가 술병을 들고 나왔다. 그러더니 마개를 뽑아 술을 천천히 쏟아 버렸다. 펠레가 놀란 눈으로 아버지를 지켜보았다.

"신께서 당신의 선물을 낭비하는 나를 용서하시길!" 라세가 말했다.

"하지만 이건 속이 상할 때 나를 자꾸만 유혹하는 악마야. 그리고 내가 어제 같은 꼴을 절대 보이지 않겠다고 약속하면, 너도 내일 다시 학교에 가지 않겠니? 가서 차츰 극복해 보는 거다. 네가 계속 결석하면 치안판사하고도 문제가 생길지 몰라. 이 나라에서는 그런 일들에 대한 무거운 벌이 있거든."

펠레는 약속을 했고, 그 약속을 지켰다. 그러나 최악의 상황에 대비하여 주머니에 쇳조각을 넣고 다녔다. 에릭이 잘나가던 시절 야외 축제나 여자 때문에 싸워야 하는 곳에 갔을 때 주먹에 끼워 사용하던 것이었다. 그러나 쇳조각은 필요 없었다. 사내애들이 어떤 배에 온통 정신을 팔고 있었기 때문이었다. 그 배는 가라앉지 않기 위해 빙글빙글 돌다가, 싣고 온 밀을 마을의 보트에 내리고 있었다. 밀은 벌써 소금물에 젖고 퉁퉁 불은 채로 항구에 산더미처럼 쌓여 있었다.

그리고 며칠 후 이 사건이 시들해졌을 때, 펠레의 학교생활에 영원히 종지부를 찍는 사건이 발생했다. 아이들은 잡담을 하고 석판으로 달가닥 소리를 내면서 산수 문제를 푸느라 바빴고, 프리스 선생은 평소와 다름없이 벽에 머리를 기대고 손을 책상 위에 얹은 채 자리에 앉아 있었다. 그의 흐릿한 눈이 공중 어딘가를 향해 있었고, 그가 살아 있음을 보여 주는 움직임이 전혀 없었다. 평소와 똑같은 자세였고 쉬는 시간 이후로 그는 죽 그 자세로 앉아 있었다.

아이들은 들떠 있었다. 집에 갈 시간이 거의 다 되어 갔던 것이다. 시계를 가지고 있는 한 농장주의 아들이 펠레가 볼 수 있도록 시계를 들어 올리며 큰 소리로 말했다.

"2시야."

그들은 소란스럽게 석판을 치우고 싸우기 시작했다. 하지만 평소 같으면 그 소리에 깨어났을 프리스 선생이 오늘은 꿈쩍도 하지 않았다. 그러자 아이들이 쿵쿵거리며 뛰어나갔고, 지나가면서 여자애들 중 하나가 장난삼아 교장의 손을 쿡 찔렀다. 하지만 아이는 곧 깜짝 놀라 뒤로 물러섰다.

"손이 차가워."

여자 아이는 몸을 떨면서 다른 아이들 뒤로 숨었다.

아이들은 책상 주변으로 반원을 그리고 서서 교장 선생님의 반쯤 감은 눈을 들여다보려 했다. 그때 펠레가 두 발자국 다가가서 자신의 손을 교장 선생님의 어깨에 얹었다.

"선생님, 집에 갈게요."

펠레가 부자연스러운 목소리로 말했다.

프리스 교장의 팔이 뻣뻣하게 책상에서 떨어졌고, 펠레는 그의 몸을 받쳤다.

"돌아가셨어!"

이 말이 전율처럼 아이들의 입술을 스쳤다.

프리스는 죽었다. 사람들이 하는 말처럼 자기 자리에서 죽었다. 펠레는 영원히 하교 공부를 끝냈고, 이제 지유로이 숨 쉴 수 있있다.

펠레는 집에서 아버지를 도왔다. 그들 사이에 제3의 인물이 없어지자 두 사람은 다시 가까워졌고 함께 있어서 행복했다. 농장의 다른 사람들의 놀림은 신경 쓸 가치가 없었다. 라세는 이제 오랫동안 농장에 있었고, 그들 하나하나를 너무도 잘 알기에 그들의 말을 받아칠 수 있었다. 라세는 아들의 아이다운 본성에 흠뻑 젖어 들었고, 입을 쉬지 않고 떠들어 댔다. 그리고 모든 이야기는 늘 한 가지 말로 귀결되었다.

"네가 있어서 얼마나 다행인지 모른다. 내가 올센 부인의 집으로 들어갈 생각을 했을 때 네가 말리지 않았다면 우리는 난처하게 되었을 거다. 아마 남편이 화가 나서 우리를 죽였을지도 몰라. 넌 항상 그렇듯이 나의 수호천사야."

라세의 말은 펠레를 기분 좋게 어루만져 주었다. 그런 말을 들을 때면 펠레는 무척 행복했고, 제 나이보다 더 아이 같아졌다.

그러나 어느 토요일 펠레가 목사의 집에서 돌아온 후부터 모든 것이 바뀌었다. 펠레는 마치 죽은 청어처럼 모든 것에 느리게 반응했으며, 점심을 먹으러 가지도 않고 바깥문을 통해 곧바로 들어와 건초 더미에 얼굴을 묻고 엎드렸다.

"무슨 일이냐?" 라세가 다가와서 물었다.

"누가 너한테 고약하게 굴더냐?"

펠레는 대답하지 않고 건초를 잡아 뜯었다. 라세는 아들의 얼굴을 자신에게 돌리려 했지만 펠레는 건초 속에 얼굴을 파묻었다.

"아버지를 못 믿는 거냐? 나는 이 세상에 네가 잘되는 것 말고는 바라는 게 없다는 거 알잖니." 라세의 목소리가 슬펐다.

"견진 반에서 쫓겨나게 됐어요."

펠레는 간신히 말하고는 눈물을 참기 위해 건초 속으로 파고들었다.

"아니, 그럴 리가!" 라세가 떨기 시작했다.

"대체 무슨 짓을 했기에?"

"목사님 아들을 반쯤 죽여 놨어요."

"이런, 네가 할 수 있는 최악의 행동이로구나! 목사님 아들에게 손을 대다니! 틀림없이 그놈이 맞을 짓을 한 거겠지. 하지만 그래도 그렇게 하지 말았어야 했는데. 그 애가 너를 도둑이라고 몰지 않았다면 말이다. 정직한 남자는 누구한테도, 설사 그것이 왕이더라도 그런 모욕을 참을 필요는 없지."

"그 애가 아버지를 올센 부인의 기둥서방이라고 했어요."

펠레는 어렵사리 이 말을 입 밖으로 꺼냈다.

라세의 입이 굳어지며 주먹을 불끈 쥐었다.

"어, 그랬단 말이지! 그래, 그랬단 말이지! 지금 그놈이 이 자리에 있다면 내가 있는 힘껏 걷어차 줄 거다. 원숭이 새끼! 넌 그 애가 오래도록 잊지 못하도록 맛을 보여 줬겠지?"

"어, 아니요. 그렇게 심하게는 안 했어요. 그 애가 나한테 덤비지 않았거든요. 한 대 맞고 쓰러지더니 비명을 질렀어요. 그때 목사님이 오셨어요."

한동안 라세의 얼굴이 분노로 일그러졌고, 계속해서 위협의 말을 쏟아냈다. 그러더니 펠레를 쳐다보았다.

"그래서 너를 내쫓았니? 단지 네가 늙은 애비를 편들었다는 이유로? 나는 늘 너에게 불행만 가져다주는구나. 내가 생각하는 건 네가 잘되는 것뿐인데 말이다! 하지만 이제 어떻게 해야 하지?"

"저는 여기에 더 이상 머물 수 없어요." 펠레가 단호하게 말했다.

"그래, 여기서 떠나자. 여기서는 우리에게 근심 말고는 늘어나는 게 없다. 어쩌면 저 밖에서 새로운 행복한 날들이 우리를 기다리고 있을지도 몰라. 목사야 어디에건 있지. 좋은 일자리를 잡아서 우리 둘이 함께 일한다면 많은 돈을 벌 수 있을 게야. 그럼 어느 날 목사에게 가서 목사의 얼굴 앞에 50크로네를 던지는 거다. 그 자리에서 너에게 견진성사를 주지 않는다면 웃기는 일이지. 어쩌면 덤으로 걷어차여 줄지도 몰라. 그런 사람들은 돈이라면 환장을 하거든."

라세는 분노로 점점 더 몸이 굳었고, 눈에는 예리한 빛이 드러났다.

그는 여물 주는 통로를 빠르게 걷다가 물건들을 아무렇게나 여기저기 던져 버렸다. 펠레의 모험적인 제안으로 인해 젊음이 감염되었기 때문이었다. 일하는 틈틈이 그들은 작은 물건들을 모두 모아 초록색 궤짝에 담았다.

"내일 아침에 사람들이 와서 여기가 비어 있는 것을 발견하면 얼마나 놀랄까요!"

펠레가 즐겁게 말했고 라세는 키득거렸다.

그들의 계획은 칼레네 집에서 하루 이틀 은신하면서 세상에 어떤 일감들이 있는지 조사하는 것이었다. 저녁에 모든 일을 마치고 난 뒤, 그들은 초록색 궤짝을 함께 들고 바깥문을 통해 들판으로 몰래 빠져나갔다. 궤짝은 무거웠고, 어둠 때문에 걷기가 수월치 않았다. 그들은 조금 걸어가다가 손을 바꾸어 들고 쉬었다.

"우리 앞에 밤이 있나니!" 라세가 쾌활하게 말했다.

그는 꽤나 생기발랄했고 궤짝에 기대어 앉아 얘기를 하는 동안 그들을 기다리고 있는 모든 것에 대해 이야기했다. 라세가 얘기를 멈추면 펠레가 시작했다. 두 사람 모두 미래에 대한 뚜렷한 계획을 세우지 않았고, 상상할 수 없을 만큼 놀라운 일들로 가득한 동화 속 얘기를 막연히 기대하고 있었다. 이 부자가 상상할 수 있는 모든 결정적인 가능성들은 실제로 일어날 일들과는 상당히 거리가 있는 것이었고, 그래서 그들은 자신들의 예지력을 넘어서 존재하는 것들에 대해서는 그저 운명에 맡길 뿐이었다.

라세는 어둠 속에서 자신 있게 발을 디딜 수 없었고, 점점 더 자주 짐을 내려놓았다. 그는 점점 지치고 숨이 가빴으며, 쾌활한 말들도 입술에서 사라졌다.

"어휴, 정말 무겁구나!" 그가 한숨을 쉬었다.

"그동안 대체 얼마나 많은 쓰레기들을 긁어모은 게냐?"

그리고는 궤짝 위에 앉아 숨을 헐떡였다. 그는 더 이상 갈 수 없었다.

"마차가 있다면!" 그가 힘없이 말했다.

"게다가 오늘 밤은 너무 어둡고 음침하구나."

"제가 등으로 지게 도와주세요. 조금 지고 가볼게요."

펠레가 말했다.

라세는 처음에는 그렇게 하려 들지 않았지만 결국 항복했다. 그리고 두 사람은 다시 걸었다. 라세가 앞서 걸으며 도랑이나 걸림돌이 있으면 경고해 주었다.

"칼레가 우리를 받아들여 주지 못하면 어쩌지!"

그가 갑자기 말했다.

"분명히 그렇게 해주실 수 있을 거예요. 할머니의 침대가 있잖아요. 그 침대는 우리 두 사람이 잘 만큼 충분히 크다고요."

"하지만 우리는 할 수 있는 일이 없을 텐데. 그럼 칼레에게 짐이 될 거야."

"뭔가 할 일이 있을 거예요. 어디서나 노동력은 부족하니까요."

"그래, 너한테는 다들 달려들겠지. 하지만 나는 너무 늙어서 어디다가 내놓을 형편이 못돼.”

이제 라세는 모든 희망을 잃었고, 그것이 펠레의 희망까지 흔들리게 했다.

“더는 못하겠어요!”

펠레가 궤짝을 내려놓으며 말했고, 그들은 팔을 늘어뜨리고 서서 공허하게 어둠 속을 응시했다. 라세는 다시 궤짝을 잡고 싶은 마음을 보이지 않았고, 펠레도 너무 지쳤다. 어둠은 그들의 주위에 캄캄하게 내려앉았고, 모든 것을 감싸는 밤의 외로움은 두 사람이 우주 공간에 홀로 떠돌고 있는 것처럼 느껴지게 했다.

“계속 가야 하잖아요.”

펠레가 궤짝 손잡이를 잡고 소리쳤지만 라세는 움직이지 않았다. 펠레도 손잡이를 놓고 다시 앉았다. 그들은 서로 등을 맞대고 앉았다. 누구도 적절한 말을 찾을 수 없었고, 그들 사이의 거리는 커져 갔다. 라세는 밤의 한기로 몸을 떨었다.

“지금 우리가 우리 집 포근한 침대 속에 있다면 얼마나 좋을까!”

그가 한숨지었다.

펠레는 차라리 혼자였으면 하는 생각까지 들려고 했다. 그랬으면 어떻게든 끝까지 갔을 것이다. 노인은 궤짝만큼이나 끌고 가기 무거웠다.

“내가 다시 돌아가야 한다고 생각하고 있는 거 아니?”

마침내 라세가 맥 빠진 목소리로 말했다.

“내가 불확실한 길을 걸어갈 수 있을지 두렵구나. 그리고 우리가 이런 식으로 계속 간다면 넌 견진을 받지 못할 거야. 돌아가서 주인 내외한테 목사님에게 잘 말해 달라고 부탁하면 어떨까?"

라세가 일어나서 궤짝 손잡이 하나를 잡았다.

펠레는 못 들은 것처럼 계속 앉아 있다가 조용히 손잡이를 잡았다. 두 사람은 들판을 가로질러 집을 향해 지루한 길을 힘겹게 걸어갔다. 펠레는 지쳤고 쉬어야 했다. 이제 집으로 가고 있으니 라세는 좀 더 참을 힘이 났다.

"내가 짐을 짊어지는 걸 도와준다면, 내가 조금은 혼자서 지고 갈 수 있을 것 같구나."

하지만 펠레는 그 말을 들으려 하지 않았다.

"푸하!"

그들이 다시 따뜻한 외양간에 서서 나른한 안락함 속에 동물들의 숨 쉬는 소리를 듣게 되었을 때, 라세는 기쁨의 한숨을 쉬었다.

"이곳은 안락하구나. 마치 옛집에 온 것 같아. 만일 세상 어디서건 눈을 가리고 이곳에 들어오면, 공기 냄새만으로 이 외양간을 알 수 있을 거야."

이제 그들은 집에 왔고, 펠레 역시 이곳이 정말 쾌적한 곳이라고 생각하지 않을 수 없었다.

견진성사

일요일 아침에 소에게 물을 주는 시간과 점심 먹이를 주는 시간 사이에 라세와 펠레는 높은 돌계단을 올랐다. 그들은 복도에서 나막신을 벗고 사무실 문 밖에서 발을 털어 냈다. 두 사람이 신은 회색 스타킹 발에 왕겨와 흙이 잔뜩 묻어 있었기 때문이다. 라세는 노크를 하려고 손을 들었다가 다시 뒤로 물러섰다.

"코를 제대로 닦았니?"

그가 걱정스러운 얼굴로 소곤소곤 물었다. 펠레는 한 번 더 코를 닦고 셔츠 소매로 마지막 마무리를 했다.

라세가 다시 손을 들었다. 잔뜩 주눅이 든 모습이었다.

"조용해야 한다."

그는 쥐처럼 가만히 서 있는 펠레에게 초조하게 말했다. 라세의 주먹이 허공에서 어정쩡하게 오락가락한 뒤에 비로소 문에 닿았다. 그리고 이마를 문 가까이에 대고 귀를 기울였다.

"아무도 없나 보네." 그가 우유부단하게 속삭였다.

"그냥 들어가요!" 펠레가 소리쳤다.

"하루 종일 여기 서 있을 순 없잖아요."

"어떻게 행동해야 할지 그렇게 잘 알면 네가 먼저 들어가렴."

라세는 불쾌해져서 말했다.

펠레가 재빨리 문을 열고 들어갔다. 사무실에는 아무도 없었지만 거실 문은 열려 있있고, 그곳에서 콩스트루프의 편안한 숨소리가 들려왔다.

"거기 누구야?" 그가 물었다.

"라세하고 펠레입니다."

라세가 패기라고는 없는 목소리로 대답했다.

"이리 들어오시오."

콩스트루프가 소파에 앉아 잡지를 읽고 있었다. 그의 옆에 있는 테이블 위에는 오래된 잡지 더미와 조그만 케이크가 가득 담긴 접시가 놓여 있었다. 콩스트루프는 심지어 접시로 손을 뻗어 먹을 것을 입에 집어넣을 때조차도 잡지에서 눈을 떼지 않았다. 그는 잡지를 읽는 동안 케이크를 조금씩 베어 삼켰고, 라세와 펠레를 쳐다보지도, 그들이 무엇 때문에 왔는지를 묻지도, 그들이 말을 시작할 수 있도록 뭔가 말을 걸지도 않았다. 여기가 어딘지도 모르면서 쟁기질을 하러 보내진 형국이었다. 아마도 한참 매우 흥미로운 무언가에 빠져 있는 모양이었다.

“그래, 무엇 때문에 왔소?” 마침내 콩스트루프가 천천히 물었다.

“저…… 그게…… 농장과 관계없는 일로 이렇게 오게 된 것을 사과 드립니다. 하지만 문제가 생겼는데 달리 찾아갈 사람이 없어서, 제가 이 애한테 말했습니다. ‘주인님은 화내시지 않을 거야. 분명해. 그분은 우리 같은 불쌍한 거지들에게 좋은 일을 많이 하시니까.’ 제 아무리 남의 더러운 일을 하는 불쌍한 영혼이라도 하느님께서는 아버지의 가슴을 주셔서, 아버지의 죄로 인해 아들의 앞길이 가로막히는 것을 보면 가슴 아픈 게 이 세상의 이치지요.”

라세는 말을 멈추었다. 그는 사전에 이 모든 말을 생각했고, 날카롭고 위엄 있게 내용이 전달되도록 많은 연습을 했다. 그러나 지금 모든 것은 단정치 못한 여자의 손수건처럼 엉망진창이 되었고, 농장주는 그 말을 단 한 마디도 이해하지 못하는 것 같았다. 그는 그저 누워서 이따금 케이크를 먹으며 무기력하게 문 쪽만 보고 있었다.

“남자가 독신으로 사는 게 지겨워질 때가 종종 있습죠.”

라세가 다시 한 번 입을 열었지만, 곧 더 이상 얘기하는 것을 포기했다. 그가 어떻게 시작하건 콩스트루프는 같은 짓만 되풀이할 뿐 아무것도 이해하지 못했다. 그리고 다시 잡지를 읽기 시작했다. 아주 사소한 질문이라도 그의 입에서 나왔다면 곧 핵심으로 치고 들어갈 수 있었을 것이다. 그러나 그는 입에 먹을 것을 한가득 넣고 열심히 우적우적 씹을 뿐이었다.

라세는 겉으로는 낙심했고 속으로는 화가 나서 나갈 준비를 했다. 펠레는 그림들과 오래된 마호가니 가구들을 쳐다보며, 속으로 물건 하나 하나에 대해 나름대로 품평을 했다.

갑자기 이 방 저 방에서 활기찬 발자국 소리가 들렸다. 부엌에서 시작되어 올라오는 그 발자국의 경로를 귀로 좇을 수 있었다. 콩스트루프의 눈이 밝아졌고, 라세는 몸을 똑바로 했다.

"당신들 둘이로군요."

콩스트루프 부인이 특유의 분명한 어조로 말했다.

"앉으세요! 이 사람들한테 왜 앉으라고 권하지 않았어요, 여보?"

라세와 펠레는 자리를 찾았고, 안주인은 남편의 베개에 팔을 기대고 남편 곁에 앉았다.

"좀 어때요, 여보? 쉬고 있었어요?"

그녀는 남편의 어깨를 토닥이며 동정어린 말투로 말했다. 콩스트루프는 살짝 웅얼거렸는데 그것은 긍정의 표시일 수도 부정의 표시일 수도, 아니면 아무 의미 없는 것일 수도 있었다.

"두 사람은 어때요? 돈이 필요해서 왔나요?"

"아닙니다. 이 애 때문입니다. 이 애가 견진 반에서 쫓겨나게 생겨서 말입니다." 라세가 간단히 말했다.

안주인과 함께 있으면 똑똑하게 말하지 않을 수 없었다.

"쫓겨나게 생겼다고?"

그녀가 오랫동안 알아온 사람으로서 펠레를 쳐다보며 소리쳤다.

"네가 무슨 짓을 했는데?"

“목사님의 아들을 발로 찼어요.”

“그래, 왜 그랬지?”

“그 애는 싸우려 들지 않고 혼자 넘어져 버렸어요.”

콩스트루프 부인이 웃으며 남편을 쿡쿡 찔렀다.

“그래, 그랬겠지. 하지만 그 애가 너한테 뭘 어쨌는데?”

“아버지에 대해 나쁜 말을 했어요.”

“무슨 말을 했지?”

펠레는 그녀를 잔뜩 노려보았다. 그녀는 무엇이건 바닥까지 파헤치려 했다.

“말할 수 없어요!” 펠레가 단호하게 말했다.

“그래? 알았다. 그럼 우리도 거기에 대해 아무것도 해줄 수 없어.”

“제가 말씀드리면 어떨까요.” 라세가 끼어들었다.

“그 애가 나를 올센 부인의 기둥서방이라고 했답니다. 아마 성경이야기에서 따온 것이겠죠.”

마치 누군가 귀에 대고 상스러운 농담을 속삭인 것처럼 콩스트루프가 웃음을 억누르려 애썼다. 그는 웃음을 참을 수 없었다. 하지만 안주인은 꽤 진지했다.

“무슨 말인지 이해를 못하겠군요.”

그녀가 이렇게 말하며, 남편을 제지시키기 위해 콩스트루프의 팔에 자신의 손을 올렸다.

“라세가 설명해야겠어요.”

“모두들 과부라고 생각했던 올센 부인하고 제가 사귀었던 적이 있기 때문이죠. 그런데 얼마 전에 부인의 남편이 돌아왔습니다. 그래서 사람들이 제게 그런 별명을 붙인 모양입니다.”

콩스트루프는 억눌렀던 웃음을 다시 터뜨렸고, 라세는 당황스러워 눈을 껌뻑였다.

“케이크 좀 드세요!”

콩스트루프 부인이 접시를 그들 앞으로 밀며 매우 큰 목소리로 말했다. 이것이 콩스트루프를 조용하게 만들었고, 그는 누워서 주의 깊은 눈으로 그들이 케이크 접시를 습격하는 것을 지켜보았다.

그들이 케이크를 먹는 동안 콩스트루프 부인은 가운데 손가락으로 테이블을 두드리고 있었다.

“그래서 그 착한 펠레가 화가 나서 차버렸다, 이거군요?”

그녀가 갑자기 눈을 반짝이며 말했다.

“그렇습죠. 절대로 그렇게 하지 말았어야 하는데 말입니다!”

라세가 애처롭게 대답했다.

콩스트루프 부인은 그에게 눈을 고정시켰다.

“아니요. 초라한 새들이 하는 거라곤 남들에게 쪼이는 것뿐이죠. 나는 아무리 초라해도 쪼이면 자기도 쪼고, 자기 둥지를 보호할 수 있는 새가 더 좋아요. 자, 자, 봅시다! 이 애가 견진을 받을 예정이라고요? 아, 당연하겠죠! 제가 이렇게 깜빡깜빡 한답니다. 그럼 이 아이의 옷을 어떻게 해야 할지도 생각해야겠군요.”

“일석이조로구나!” 외양간으로 다시 내려오며 라세가 말했다.

“내가 마님에게 네가 견진을 받을 거란 걸 얼마나 멋지게 알렸는지 눈치 챘니? 거의 마님 스스로 알아차린 것 같았지. 새 옷을 입으면 아주 멋질 거야. 주인님이나 안주인 같은 사람들은 일단 지갑을 열면 뭘 사야 할지 잘 알거든. 그 사람들은 모든 진실을 똑바로 파악하고 있어. 역시! 저들도 인간일 뿐이란다. 항상 솔직하게 말하는 게 최선이다.”

라세는 일이 어떻게 이렇게 잘 풀렸는지 믿을 수 없었다.

펠레는 노인이 떠벌이도록 내버려 뒀다.

“제게 가죽 구두도 해주실까요?” 펠레가 물었다.

“당연하지! 그분들이 너를 위해 견진 파티도 열어 줄 게 분명해. 내가 ‘그분’들이라고 하지만, 이 모든 걸 하는 사람은 안주인이야. 우리는 고맙게 생각해야 해. 안주인이 늘 ‘우리’라고 말하는 걸 눈치 챘니? 정말 좋은 여자야. 남편이라는 사람은 누워서 먹기나 하고 모든 일을 자기한테 맡기는데 말이다. 하지만 주인은 얼마나 좋은 세월을 보내고 있는지! 안주인은 주인을 기쁘게 하기 위해서라면 불 속에라도 뛰어들 거다. 하지만 맹세코, 그곳의 주인은 안주인이야. 그래, 그래. 우리는 누구에 대해서도 나쁘게 말해서는 안 되지. 너한테는 안주인이 엄마와도 같다!”

콩스트루프 부인은 목사에게 다녀온 결과에 대해 아무 말도 없었다. 사후에 이런저런 얘기를 하는 것은 그녀의 방식이 아니었다. 하지만 라세와 펠레는 다시 불안한 마음 없이 땅을 밟게 되었다. 그녀가 어떤 문제를 처리하기로 하면, 그 문제는 반드시 해결되었다.

며칠 후 어느 날 아침, 재단사가 가위와 줄자, 다리미를 가지고 절뚝거리며 왔다. 펠레는 하인 식당으로 내려가서 마치 포획된 짐승처럼 사방에서 치수를 재어야 했다. 지금까지는 늘 어림잡아 만든 옷만 입어 왔다. 스톤 농장에 기술자가 출장을 오는 것은 새로운 일이었다. 콩스트루프가 권력을 잡은 후부터 구두장이도 재단사도 하인 식당에 발을 들여놓은 적이 없었다. 이것은 다시 오래된 좋은 풍습으로 돌아가는 것이었고, 스톤 농장을 다시 한 번 다른 농장과 동등하게 위치시키는 것을 뜻했다. 사람들은 이 특별한 사건을 즐겼고, 틈만 나면 기분 전환 삼아 하인 식당으로 내려와서 재단사가 실을 잣는 소리를 듣곤 했다.

"이제 안주인이 대장이야!"

사람들이 서로에게 말했다.

그녀의 몸에는 좋은 농부의 피가 흘렀고, 그녀는 모든 것을 예전의 좋았던 관례대로 되돌렸다. 펠레는 마치 신사처럼 하인 식당으로 걸어 들어갔다. 펠레는 하루에도 몇 번씩 치수를 재기 위해 옷을 입어 보았다.

그는 정장 두 벌에 대해 치수를 쟀는데, 한 벌은 이번에 함께 견진을 받게 될 루드의 옷이었다. 이것이 아마도 루드와 그 어머니가 농장에서 얻을 수 있는 마지막 선물일 것이다. 콩스트루프 부인이 자신의 주장을 관철시켜 그들이 5월에 오두막을 떠나기로 한 것이다. 그들은 다시 스톤 농장에 발을 들일 생각을 하지 않을 것이다. 콩스트루프 부인은 두 모자가 받을 것을 제대로 받도록 조처했지만 돈을 주지는 않았다.

펠레와 루드는 이제 함께 놀지 않았고, 목사에게도 거의 같이 가지 않았다. 먼저 발을 뺀 것은 펠레였다. 루드의 계속되는 거짓말과 배반을 지켜보는 데 점점 신물이 났던 것이다. 펠레는 루드보다 키도 크고 힘도 셌다. 그의 특성, 아마도 신체적인 우월성 때문에 펠레는 루드보다 솔직한 방식을 택해 왔는지도 몰랐다. 어떤 과제를 통달하거나 암기하는 능력에 있어서도 루드가 뒤떨어졌다. 하지만 루드도 실용적인 상식 면에서는 펠레와 다른 소년을 깜짝 놀라게 할 수 있었다.

마침내 견진성사 의식이 있는 날, 카를 요한은 말 한 필이 끄는 마차에 펠레와 라세를 태우고 갔다.

"오늘은 우리도 고상한 신사들 같구나!"

라세가 환한 얼굴로 말했다.

그는 독한 술을 입에 댄 것도 아닌데 기분이 얼떨떨했다. 신성한 예식이 끝난 뒤 남자들에게 한턱내기 위한 술병이 궤짝 속에 들어 있었다. 그러나 라세는 교회에 가기 전에 술을 입에 대는 남자가 아니었다. 펠레도 음식을 입에 대지 않았다. 하느님의 말씀은 그런 조건에서 최고의 효과를 발휘할 것이다.

배가 고픔에도 불구하고 펠레의 얼굴에서는 광채가 났다. 펠레는 새 옷을 입고 있었고, 덕분에 움직일 때마다 옷에서 사각사각 소리가 났다. 발에는 옆에 고무를 덧댄 구두를 신고 있었다. 그 구두는 콩스트루프가 신던 것이었다. 펠레에게는 크기가 너무 컸지만, 라세는 "작은 건 몰라도 큰 건 문제 될 게 없다"라고 말했다. 구두에 두꺼운 깔창을 깔고 스타킹을 두 켤레 신으니 펠레의 발에 맞춘 것처럼 꼭 맞았다. 그리고 머리에는 자신이 상점에서 직접 고른 파란색 모자를 쓰고 있었다. 모자는 웬만큼 더 자라도 쓸 수 있을 만큼 넉넉했는데, 가장자리가 귀에 걸쳐져서 펠레의 두 귀가 이따금 두 송이 장미처럼 붉어졌다. 모자 둘레에는 엮어 놓은 넓은 리본이 둘러져 있었다. 리본에는 갈퀴며 낫이며 도리깨며 도르래 바퀴 등의 무늬가 얼기설기 수놓여 있었다.

"아버지도 오시길 잘했어요."

마차가 교회에 도착해서 많은 사람들 틈에 있게 되었을 때 펠레가 말했다. 라세는 행사에 참석할 생각을 포기할 뻔했다. 그가 나가 있는 동안 가축들을 돌봐 줄 사람이 막판에 수의사에게 가야 했기 때문이었다. 하지만 카르나가 와서 가축들에게 물과 점심 먹이를 주겠다고 호의를 베풀었다. 라세도 펠레도 카르나에게 친절하게 대하지 못했음에도 불구하고 말이다.

"그거 지금 가지고 있니?"

교회 안에 들어가서 라세가 속삭였다. 펠레가 주머니를 만져 보고는 고개를 끄덕였다. 그날의 어려움을 극복할 수 있도록 인도해 줄 작고 둥그런 행운의 나뭇조각이었다.

"그럼 크고 똑똑하게 말하기만 해라!"

라세가 뒤쪽에 있는 신도 좌석으로 들어가면서 속삭였다.

펠레는 똑똑하게 대답했다. 교회가 넓었지만 라세에게도 목소리가 잘 전달되었다. 목사는 펠레에게 보복적인 행동을 조금도 취하지 않았고, 다른 아이들과 똑같이 펠레를 대해 주었다. 예식에서 가장 경건한 부분에서 라세는 카르나를 생각했다. 그녀의 헌신은 얼마나 감동적인가! 그는 낮은 목소리로 스스로를 꾸짖으며 경건하게 맹세했다. 이제 다시는 그녀를 헛되이 한숨짓게 하지 않으리라.

사실 한 달 내내 라세의 머릿속은 온통 카르나에 대한 이런저런 생각들로 복잡했다. 하지만 펠레가 미래를 향해 커다란 발걸음을 내딛고 있는 이 엄숙한 순간, 그리고 라세가 여러 면에서 가슴 뭉클해지는 순간, 카르나의 헌신에 대한 생각은 마치 무시당한 사랑이 마침내 결실을 보게 되는 사랑의 노래처럼 라세에게 모든 슬픔을 씻어 주었다.

라세는 펠레와 악수했다.

"행운과 축복이 함께 하기를!" 라세가 떨리는 목소리로 말했다.

그 소망은 자기 자신의 맹세를 포함하는 것이기도 했다. 라세는 자신의 결의를 소중히 여기며 침묵하고 있기가 어려웠다. 그는 너무도 감명을 받았다. 사방에서 말소리가 들렸고, 펠레는 돌아다니며 친구들과 악수를 했다. 그리고 그들은 집으로 돌아왔다.

"오늘은 모든 게 유난히 잘 풀렸구나."

라세가 가슴이 뿌듯해서 말했다.

"이제 너도 남자가 되었다."

"맞아. 이제 너도 애인을 찾기 시작해야지!" 카를 요한이 말했다.

펠레는 웃기만 했다.

오후에 그들은 휴일을 가졌다. 펠레는 제일 먼저 주인 내외에게 올라가 옷을 장만해 준 것에 대해 감사를 표하고, 두 사람의 축하를 받았다. 콩스트루프 부인은 산머루 포도주와 케이크를 주었고, 주인은 2크로네짜리 동전을 주었다.

다음으로 그들은 채석장 옆 칼레의 집으로 갔다. 펠레는 새 옷을 입은 모습을 자랑하고 그들에게 작별 인사를 할 예정이었다. 오월절까지는 겨우 두 주가 남았다. 라세는 황무지에 있는, 팔려고 내놓은 집에 관한 정보를 은밀하게 입수할 기회를 잡으려 애쓰고 있었다.

세상을 정복하기 위하여

여전히 그들은 남아 있는 짧은 시간 동안 날마다 그 얘기를 했다. 마음속으로 늘 떠날 생각을 품어 왔지만 아들의 행복을 생각해서 한 해 한 해 눌러 있었던 라세는 이제 움직여도 될 때가 되었음에도 움직일 마음이 없었다. 라세는 펠레를 잃고 싶지 않았고, 그 아이를 곁에 두기 위해 할 수 있는 모든 것을 했다. 하지만 이제 그 어떤 것도 펠레가 세상으로 다시 나가는 것을 막지 못했다.

"여기 있어라!" 라세가 펠레를 설득하려 하며 말했다.

"안주인에게 얘기하면 너한테 적절한 급료를 주실 거야. 너는 힘도 세고 재주도 좋아서 안주인이 늘 너를 좋아하셨잖니."

하지만 펠레는 농장에서 일할 생각이 없었다. 이 일은 아무런 전망도 없었다. 펠레는 뭔가 대단한 일을 하고 싶었다. 하지만 시골에서는 그럴 가능성이 없었고, 온종일 소나 쫓아다닐 것이 뻔했다. 펠레는 도시로 나갈 생각이었다. 어쩌면 더 멀리, 바다 건너 코펜하겐까지 갈 수도 있었다.

"아버지도 함께 가면 좋을 텐데요." 펠레가 말했다.

"그럼 우리는 훨씬 더 빨리 부자가 되어서 큰 농장도 살 수 있을 거예요."

"그래, 그래." 라세가 천천히 머리를 끄덕이며 말했다.

"너는 그럴 수 있겠지. 나는 어떨지 몰라도 말이야. 하지만 목사님이 설교하는 내용이 실제로 늘 일어나는 건 아니다. 어쩌면 빈털터리가 될 수도 있어. 미래가 어떻게 될지 누가 알겠니?"

"난 잘해 낼 수 있어요! 나는 원하는 걸 넘볼 수 없다는 말씀이세요?"

펠레가 확신에 차서 고개를 끄덕이며 말했다.

"게다가 나는 주인에게 떠나겠다고 제때 알리지도 못했어."

라세가 변명하며 말했다.

"그럼 달아나면 되죠!"

그러나 라세는 그렇게 할 생각이 없었다.

"아니다. 난 여기 머물면서 열심히 일해서 이 근처에 내 집을 마련하겠다." 그가 다소 얼버무리며 말했다.

"그럼 너한테도 좋을 거야. 이따금 들를 수 있는 집이 생기는 거니까. 그리고 네가 나갔다가 일이 잘 안 풀리면 돌아올 곳이 있다는 것도 나쁘지 않고 말이야. 갑자기 병이 날 수도 있고, 아니면 다른 무슨 일이 생길지도 모르지. 세상은 믿을 만한 게 못되니까. 바깥 세상에 나가면 여기저기 굳은살이 박이는 법이야."

펠레는 대답하지 않았다. 집이라는 소리가 듣기 좋았고, 아버지의 마음을 기울게 만든 것이 바로 카르나라는 것을 잘 알고 있었다. 카르나는 펠레가 나갈 때 옷매무시를 만져 주곤 했고, 항상 좋은 사람이었다. 펠레로서는 반대할 이유가 없었다.

아버지와 떨어져 사는 건 힘들겠지만 펠레는 가야 한다고 느꼈다. 어서 떠나! 봄이 그의 귀에 이렇게 소리치는 것 같았다. 그는 이곳에 있는 돌 하나하나, 나무 하나하나, 그리고 나뭇가지 하나하나까지 샅샅이 알고 있었다. 여기에는 이제 펠레의 푸른 눈과 긴 귀를 채워 주고 마음을 충족시켜 줄 수 있는 게 아무것도 없었다.

오월절 전날 그들은 펠레의 짐을 쌌다. 라세는 푸른 궤짝 앞에 꿇어앉았다. 그는 물건 하나하나를 얌전히 개고 그 위에 표시를 해서 삼베 자루에 집어넣었다. 이 자루는 말하자면 펠레의 여행 가방인 셈이었다.

"뚫어진 스타킹을 수선하지 않고 너무 오래 신지 마라. 명심해."

라세가 말했다.

"물건을 제때 고치면 수고도 덜 들고 망신도 면할 수 있단다."

"잊지 않을게요." 펠레가 조용히 말했다.

라세는 한 손에 잘 접은 셔츠 한 장을 들고 있었다.

"네가 입고 있는 건 세탁한 지 얼마 안 된 거다."

그가 생각에 잠긴 듯 말했다.

"하지만 집을 떠나 있으면 셔츠 두 장으로는 부족할 거다. 그렇겠지? 내 셔츠를 한 장 가져가거라. 나야 갈아입고 싶으면 언제든 다른 걸 구할 수 있으니까. 그리고 명심해라. 셔츠를 두 주 이상 입으면 안 돼! 젊고 건강한 사람은 쉽게 더러워져서, 도시 전체의 비웃음을 살 거야. 잘나가고 싶은 사람은 절대 그래서는 안 된다. 심하게 더러워지면 네가 직접 빨래를 할 수도 있을 거다. 정 방법이 없으면 저녁에 바닷가로 가서 빨면 돼.”

“도시에서도 나막신을 신나요?” 펠레가 물었다.

“잘나가고 싶은 사람은 안 신지! 네 나막신을 나한테 맡기고 내 부츠를 가져가는 게 좋겠다. 비록 낡았지만 언제나 멋져 보이니까. 내일 갈 때 신도록 해. 좋은 구두를 아껴야 하잖니.”

새 옷은 더러워지지 않도록 낡은 셔츠에 싸서 자루 맨 위에 놓았다.

“이제 짐을 다 싼 것 같구나.”

초록색 궤짝을 들여다보며 라세가 말했다. 이제 궤짝 안에는 남아 있는 게 많지 않았다.

“좋아. 그럼 신의 이름으로 자루를 동여매고 네가 어딜 가건 안전하게 도착할 수 있게 해달라고 기도하자.”

라세가 자루를 동여맸다. 그는 풀이 죽어 있었다.

“농장에 있는 모든 사람들에게 작별 인사를 잘 해야 한다. 나중에 애비가 욕먹지 않게 말이다.”

조금 있다가 라세가 말했다.

“네가 카르나에게 짐 정리를 도와줘서 감사하다고 정중하게 인사하면 좋겠구나. 그런 수고는 누구나 할 수 있는 게 아니니까 말이다.”

“네, 그렇게 할게요.” 펠레는 낮은 목소리로 말했다.

오늘은 목소리를 제대로 낼 수 없을 것 같았다.

＊＊

펠레는 동틀 녘에 일어나 옷을 입었다. 바다를 뒤덮은 안개가 그날 하루의 날씨를 예고해 주고 있었다. 펠레는 몸을 깨끗이 닦고 빗질을 한 뒤, 주머니에 손을 넣은 채 눈을 크게 뜨고 차림새를 구석구석 살폈다. 견진성사 때 입었던 파란 옷은 세탁해서 새로 다림질해 놓았기 때문에 여전히 보기 좋았다. 라세가 잘나가던 시절의 자취인 낡은 가죽 부츠의 끝은 자신의 귀처럼 옆으로 튀어나와 있었다.

“안녕히 계세요. 그동안 베푸신 모든 친절에 감사드려요.”

펠레는 농장에 있는 모든 사람들과 작별 인사를 했다. 그리고 베이컨으로 근사한 아침식사를 했다. 식사를 마친 뒤 펠레는 외양간 안에서 이리저리 돌아다녔다. 펠레는 소뿔을 잡아 흔들고 송아지가 자기 손을 빨도록 해주며 마음을 가다듬었다. 이것도 일종의 작별 인사였다. 암소들은 펠레가 앞을 지나갈 때 코를 가까이 대고서 길고 편안한 숨을 내쉬었다. 수소들은 장난스럽게 머리로 펠레를 받았다. 바로 뒤에서 걷고 있던 라세는 별로 말을 하지 않았지만 계속 펠레 가까이에 있었다.

이곳에 있으니 너무 좋았다. 암소가 자신을 핥거나 금방 싼 소똥에서 따뜻한 김이 올라올 때마다 기분이 가라앉았다. 모든 소리가 어머니의 어루만짐 같았고 모든 것이 익숙한 장난감이었다. 기둥들에는 온통 펠레가 새겨 놓은 그림들이 있었다. 라세는 혹시 농장주가 와서 모든 것을 망쳐 놓았다고 나무랄까 봐 그림 위에 흙을 발라 놓았다.

펠레는 아무 생각 없이 몽롱한 상태로 돌아다녔다. 모든 것이 어린 마음에 따스하고 묵직하게 스며들었다. 펠레는 칼을 꺼내 수소의 뿔을 잡았다. 거기에 뭔가를 새기려는 것 같았다.

"그 녀석이 가만히 놔둘 것 같으냐?" 라세가 깜짝 놀라 말했다.

"차라리 어린놈을 골라잡아라."

그러나 펠레는 칼을 도로 주머니에 집어넣었다. 사실 아무 짓도 할 생각이 아니었다. 펠레는 아무런 목적이나 생각 없이 한가로이 여물 주는 통로를 걸었다. 라세가 다가와서 손을 잡았다.

"여기 조금 더 머물면 좋겠구나." 그가 말했다.

"이곳은 참 편안하잖니."

하지만 이 말에 펠레는 정신이 퍼뜩 들었다. 펠레는 믿음이 가는 눈을 크게 뜨고 아버지를 한참동안 바라보다가 방으로 들어갔다. 라세가 따라 들어갔다.

"꼭 가야겠다면 하는 수 없지!"

라세가 쉰 목소리로 말하고는 자루를 들어 올려 펠레가 등에 매도록 도와주었다.

펠레는 손을 내밀었다.

“안녕히 계세요. 그리고 그동안 베푸신 모든 친절에 감사드려요!”

소년이 점잖게 말했다.

“그래, 그래, 그래, 그래!”

라세가 머리를 흔들면서 말했다. 할 수 있는 말은 이것뿐이었다.

라세는 펠레와 함께 바깥채까지 걸었다. 그들은 거기에서 멈추었고, 펠레는 자루를 등에 메고 둑길을 따라 큰길 쪽으로 올라갔다. 펠레는 두세 번 뒤돌아서 고개를 끄덕였다. 라세는 무기력하게 서서 손으로 햇빛을 가리며 아들의 뒷모습을 바라보았다. 그가 이렇게 늙어 보인 적은 없었다.

밭에서는 사람들이 씨를 뿌리기 위해 써레질을 하고 있었다. 올해는 스톤 농장이 일을 일찍 시작했다. 콩스트루프와 그의 아내가 도랑 옆에서 팔짱을 끼고 한가로이 걷다가, 이따금 걸음을 멈추고 안주인이 손으로 무언가 가리키곤 했다. 아마도 농작물 얘기를 하는 듯싶었다. 함께 걸으면서 안주인은 남편에게 몸을 기댔다. 그녀는 드디어 자신의 사랑 속에서 안식을 찾은 것이다.

이세 라세는 몸을 돌려 집으로 들어갔다. 그 모습이 얼마나 쓸쓸해 보이던지! 펠레는 자루를 집어던지고 집으로 달려가서 아버지에게 다정한 말을 해주고 싶은 충동을 느꼈다. 그러나 그러한 충동은 곧 상쾌한 아침 바람 속에 사라졌다. 펠레의 발은 곧게 뻗은 길을 따라 펠레를 멀리, 더 멀리 이끌었다. 저 위의 언덕마루에서 농장감독이 밭으로 나오고 있었고, 에릭이 그 뒤를 바짝 쫓아 나오며 바보 같은 동작으로 농장감독을 흉내 냈다. 바위들이 끝나 가는 곳에서 펠레는 넓은 길로 들어섰다. 펠레는 이 길부터는 스톤 농장과 농장에 딸린 땅들이 더 이상 보이지 않는다는 것을 알았다. 그는 잠시 짐을 내려놓았다.

저기 바다 옆에 모래언덕들이 있었다. 나무 끄트머리들이 보였다. 저기에 항상 노랑촉새가 둥지를 짓는 전나무가 있었다. 얼마 전에 얼음이 녹아서 개울물이 우윳빛처럼 하얗게 흘렀다. 풀밭은 푸르게 자라나기 시작했다. 하지만 돌무더기는 사라졌다. 닐스 콜레르가 물에 빠져 죽은 데다, 그의 애인도 곧 감옥에서 나올 것이었기 때문에 착한 사람들이 그것을 몰래 치웠던 것이다.

아침 햇살에 농장이 선명하게 모습을 드러냈다. 높은 흰색 집 하며, 길게 늘어선 헛간들, 그리고 바깥채들……. 저 아래에 보이는 모든 곳이 그에게 너무도 친숙하게 빛났다. 그동안 겪었던 역경들은 모두 잊혔거나, 아니면 더 큰 안도감으로 인해 좋았던 것들을 돋보이게 했다.

펠레의 어린 시절은 이 모든 것들 덕분에 행복했다. 그것은 울음이 섞인 노래였다. 슬픔은 기쁨과 마찬가지로 노랫가락이 되었고, 멀리서 들려오는 노래가 되었다. 자신의 어린 시절의 세계를 내려다보고 있으니, 밝은 하늘을 통해 그를 비추는 것은 하나같이 즐거운 추억들뿐이었다. 다른 어떤 것도 존재하지 않았고, 언제나 그래 왔다.

펠레는 역경과 불행을 겪을 만큼 겪었지만, 모든 것에서 잘 벗어났다. 어떤 것에서도 피해를 입지 않았다. 펠레는 아이다운 왕성한 식욕으로 그 모든 것에서 자양분을 찾았다. 이제 펠레는 건장한 모습으로 여기에 섰다. 선지자와 판관들과 열두 제자와 십계명, 그리고 120곡의 찬송가로 단단히 무장하고서! 그리고 이제 땀이 흐르는 넓은 승자의 이마를 세상을 향해 돌리고 있다.

그의 앞에 남쪽으로 기울어진 바다와 접한 땅이 놓여 있다. 한참 아래에 바다를 배경으로 두 개의 검은 굴뚝이 서 있었고, 더 남쪽으로는 도시가 있었다! 그 너머로 바다를 통해 스웨덴과 코펜하겐으로 가는 항로가 펼쳐져 있었다. 이것이 바로 세상이었다. 거대하고 넓은 세상!

큰 세상을 보자 정신없이 허기가 몰려왔다. 펠레가 처음 한 일은 앞과 뒤의 전망을 모두 볼 수 있는 언덕마루에 앉아서 카르나가 싸준 하루치 도시락을 모두 먹어 치운 것이었다. 이제 펠레의 뱃속은 아무 문제가 없었다.

펠레는 기운을 차리고 일어서서 자루를 등에 짊어지고 뛰어 내려갔다. 세상을 정복하기 위해, 맑은 공기 속에 목청껏 노래를 쏟아 내면서…….

나는 영국인들 틈에서 방랑하는 이방인.
　아프리카 흑인과 운명을 같이 하고
그러다 보면 이 땅에서 포르투갈 사람들도 만나겠지.
　천국의 하늘 아래서 모든 나라들이 그렇게 파랗다네.

정복자 펠레 들여다보기

작가 알아보기

작품 깊이 보기

관련 지식 쌓기

생각 펼치기

글쓴이 **김영욱**
동화작가이자 번역자. 현재 월간지 《어린이와 문학》 편집인이며,
충주 MBC 라디오 《책으로 만나는 아침》의 '음악이 있는 그림책' 코너 진행자.

순박한 노동자들의 곤궁했던 삶을
정교하게 그려 낸 마르틴 안데르센 넥쇠

1869년 6월 26일, 덴마크 코펜하겐 빈민가의 어느 누추한 집에서 아이 울음소리가 터져 나왔습니다. 훗날 작가가 될 운명을 손바닥에 쥐고 태어난 남자 아이에게 석공인 아버지는 마르틴이란 이름을 지어 주었습니다. 게르만의 후손인 어머니 마틸다 마인즈는 무려 열한 명의 아이를 낳았는데, 마르틴은 그중 네 번째 아이였습니다.

이야기의 펠레처럼, 마르틴이 여덟 살 때 가족들은 넥쇠라는 마을로 이사를 합니다. 『정복자 펠레』에서 잠시 소개된 바에 따르면, 넥쇠 마을이 위치한 보른홀름 섬은 사람들이 몸을 구부려 돈을 주우려 하지 않을 정도로 돈이 흙처럼 길가에 널려 있다고 알려진 곳이었습니다. 그러나 마르틴이 그곳에서 겪은 현실은 척박하고 잔인했습니다. 대가족이 함께 이주한 넥쇠에서 어린 마르틴은 닥치는 대로 일해야만 했으니까요. 농장 머슴, 목동, 신발제조공 조수, 석공 보조 등, 제대로 학교에 다닐 틈도 없이 하루하루가 일에서 일로 이어졌습니다. 그럼에도 불구하고 훗날 작가로 성공한 마르틴은 목동으로 지냈던 때가 인생에서 가장 행복한 시절이었다고 회상했습니다. 그래서일까요? 마르틴은 1894년에 그곳을 떠나면서 자신의 본명에 넥쇠라는 이름을 덧붙였습니다.

청년이 된 마르틴은 후원자 덕분에 농업 고등학교를 다닐 수 있게 되었지만, 더 넓은 세상을 알고 싶어 스페인과 이탈리아 일대로 여행을 떠났습니다. 물론 여행 중이라도 가난한 청년은 신발제조공의 견습생으로 들어가 일을 해야만 했습니다. 이때 경험했던 모든 것이 1903년에 출판된 『솔다게, Soldage』의 토대가 되었고, 이 책은 나중에 『태양 아래 나날들, Days in the Sun』이라는 제목으로 영미문화권에 소개되었습니다.

여행을 마치고 덴마크로 돌아온 마르틴은 벽돌 나르는 인부 일을 시작하며 노동자로 살아가는 동시에 의식 있는 사회주의자로 변모해 갔습니다. 농업 고등학교를 졸업한 그는 교사 자리를 얻어 비교적 안정된 생활을 하면서 『스키거, Skygger』라는 제목의 소설집을 펴냈습니다. 1898년에 출판된 이 처녀작에서는 부패하고 타락한 세상의 모습을 본격적으로 다루었습니다. 2년 후 『파밀리엔 프랑크, Familien Frank』가 연이어 성공하자 마르틴은 교직을 그만두고 마침내 전업 작가의 길에 뛰어듭니다.

요하네스 빌헬름 옌센을 비롯한 당대의 많은 작가들이 그랬듯이, 마르틴도 처음에는 세상을 싫어하고 부정하는 시각을 보여 주지만, 사회민주화 운동에 적극적으로 참여하면서 그의 작품들은 세상사에 관심을 드러내는 쪽으로 변모해 갔습니다.

고전 문학의 반열에 오른 덴마크 문학 『정복자 펠레, Pelle Erobreren』는 총 네 권으로 구성된 대하소설로, 1906년에서 1910년 사이에 차례로 발표되었습니다. 당시의 수많은 비평가들은 작가의 삶과 흡사한 이 작품을, 러시아의 문호인 막심 고리키의 소설들과 견주어도 손색이 없는 사회주의 사실주의 계열의 명작이라고 칭찬을 아끼지 않았습니다. 이 책은 펠레가 아버지 라세와 헤어지고 보른홀름의 농지를 떠나는 장면까지를 다룬 대하소설의 1부입니다. 2부에서는 실제 작가의 삶처럼 펠레가 이탈리아에서 겪은 시련들이 주로 다뤄지고, 3부에서는 신발제조공 조합장이 된 펠레가 노동자의 권익을 보호하기 위해 투쟁하는 이야기가 이어집니다. 그리고 폭동의 주동자로 투옥된 펠레가 감옥에서 나와 아내와 함께 농촌에서 새 삶을 개척하는 과정을 담은 4부로 대서사는 막을 내리지요.

1917년부터 1921년 사이에 쓴 『사람의 딸 디테, Ditte Menneskebarn』에서 다시 한 번 마르틴은 사회에 희생된 노동자 여인의 가련한 삶을 그려 냈습니다. 이후 『정복자 펠레』로부터 이어지는 자서전 격인 소설 삼부작을 기획하고 『시인 모르텐, Morten hin Røde』, 『잃어버린 세대, Den fortabte generation』, 『자네트, Jeanette』를 썼지만 완결하지는 못했습니다.

2차 세계대전 중 나치의 지배 아래, 공산주의자라는 이유로 덴마크 경찰에게 두 차례나 검거되었던 마르틴은 석방 후 스웨덴을 거쳐 구소련으로 건너갔습니다. 그 후 1949년 구동독의 드레스덴에 정착했는데, 지금도 드레스덴에는 명예시민이었던 그의 이름을 딴 고등학교가 있다고 합니다. 이처럼 마르틴 안데르센 넥쇠의 명성은 유럽 사회주의 국가들로부터 점차 서방 세계로까지 퍼져 나갔습니다.

현실에서는 사회주의 혁명을 열렬히 지지하고, 작품에서는 자본주의 사회의 어두운 면을 집요하게 파헤쳐 왔던 마르틴 안데르센 넥쇠는 1954년 6월 1일 드레스덴에서 세상을 떠났습니다. 『스칸디나비아 문학사』를 펼쳐 낸 스벤 로셀은 사회주의자 마르크스의 영향을 받은 문학관을 개척한 유일한 덴마크 작가로 그를 높이 평가했습니다. 다시 말하면 1930년대에 활동했던 다른 작가들과 달리, 다양한 사람들의 모습을 여러 각도에서 세밀하게 관찰하고 충실하게 묘사해서 마침내 선량한 사람들이 승리하게 되는 훌륭한 이야기를 쓴 위대한 작가라는 뜻입니다.

처녀작 『스키거』를 시작으로 반백 년 동안 30여 편의 소설들을 세상에 내놓은 마르틴 안데르센 넥쇠는 지금까지 우리에게 낯선 작가였습니다. 물론 빌 어거스트 감독의 영화 〈정복자 펠레〉를 통해 아름다운 영상 속에서 만나 볼 수는 있었지요. 바야흐로 2009년 봄, 우리는 19세기 덴마크 농장에서의 고단한 일상을 정교한 문체로 풀어낸 마르틴 안데르센 넥쇠의 대표작 펠레의 진면목을 만나게 되었습니다. 펠레가 세상에 알려진 지 백 년이 지나서야 이루어진 한국어 번역이란 점에서 더욱 가슴 뭉클합니다.

작가의 유년 시절이 생생하게 살아 있는 자전적 성장소설

이 대하소설은 원래 네 개의 큰 덩어리로 구성되어 있고, 고향을 떠나 보른홀름 섬의 농장에서 지낸 펠레의 유년기 이야기가 1부에 해당한다고 앞서 설명하였습니다. 아내를 잃은 스웨덴 출신 노동자 라세는 여덟 살 난 아들 펠레를 데리고 일자리를 찾아 덴마크 땅에 도착합니다. 항구를 서성이다 스톤 농장에 간신히 일자리를 얻은 부자는 낮은 임금과 형편없는 끼니로 하루하루를 견디며 비루한 노동자의 삶을 살아갑니다. 농장주 콩스트루프는 콜레르 가문의 상속녀와 결혼하여 보른홀름 섬에서 가장 오래된 농장을 소유하게 되었습니다. 하지만 바람기로 뭇 여인들을 임신시키고 버리는 일을 다반사로 하는 남편에 지친 여주인은 알코올 중독에 빠져 세월을 보냅니다.

지금까지 스톤 농장은 이웃의 불행을 통해 부를 확장해 왔습니다. 대대로 콜레르 가문 사람들은 흉작이나 질병에 시달리는 이웃들이 땅을 포기하도록 만들어 오늘날의 막대한 땅덩어리를 소유하게 된 것이지요. 어엿

한 자작농에서 스톤 농장의 농노로 전락한 이웃들의 노동력을 토대로 스톤 농장은 갈수록 번창합니다. 그러니 이 농장에 마을 사람들의 저주가 서린 불길한 분위기가 감도는 것도 이상한 일은 아니지요.

한편 악랄한 농장 감독의 횡포가 계속되어도 일꾼들은 아무런 불평도 하지 못합니다. 혈기왕성한 젊은 일꾼 에릭이 그의 부당함에 대항했다가 머리를 다치고 쫓겨났을 뿐입니다. 이처럼 대농장은 철저히 힘과 서열에 의해 모든 것이 좌지우지됩니다. 어린 펠레는 늙고 힘없는 아버지 라세와 주변 인물들을 통해 부당한 대우를 받으면서도 항의할 수 없는 어른들의 무력함을 보며 성장합니다. 펠레가 겪는 세상 역시 잔인하고 비정하기는 마찬가지입니다. 하지만 마지막 장면에서 독자들은 비합리적인 봉건사회를 대표하는 스톤 농장을 떠나, 자신의 야망을 펼칠 더 넓은 세상으로 출발하는 펠레의 뒷모습을 바라보게 됩니다.

19세기 덴마크 농장을 무대로 어린 펠레의 눈에 비친 인간 군상의 여러 모습을 웅장한 분위기 속에서도 섬세하게 써내려간 이 작품은, 다양한 사건에 얽힌 진중한 주제들을 독자에게 생각거리로 제공하고 있습니다. 제법 부피감이 있는 이 성장소설을 읽으며 예리한 시선을 놓지 않기를 권합니다. 그래야만 소설 속에 펼쳐진 삶의 여러 단면들 속에 깔린 비극성을 포착해 낼 수 있을 테니까요.

스톤 농장, 반복되는 가난과 악의 구렁텅이

"두 사람이 힘들게 일해서 1년에 겨우 100크로네를 벌었고, 그것으로는 수지가 맞지 않았다. 게다가 자유도 없었다. 그들은 사실상 노예나 다름없었다."

먼저 독자들이 절반은 노예 같은 신분인 농노들의 생활상을 어느 정도 이해하고 있어야, 이 작품의 무대가 되는 스톤 농장과 그 안에서 펼쳐지는 시기, 다툼, 연애, 살인 등의 사건을 보다 쉽게 납득할 수 있습니다. 18세기 후반 농노제가 폐지되고 자유무역 원칙에 입각한 관세법이 성립된 덴마크의 경제 상황이 이 책의 전반에 녹아 있습니다. 1877년 5월 1일자로 시작되는 이 이야기에도 서서히 붕괴되어 가는 봉건제의 모습과 산업화 사회의 초기 현상들이 나타나 있습니다. 그러나 실제로는 많은 독립 자영 농민이 막강한 부를 소유한 부자들에게 땅을 빼앗기고 값싼 임금을 받으며 여전히 농노처럼 근근이 생활을 유지했습니다.

펠레의 아버지 라세는 소가죽을 팔아 마련한 크로네 은화 두 닢을 가지고 보른홀름 섬에 왔지만, 당장 입에 풀칠을 하려면 무슨 일이든 해야 했습니다. 그런 라세에게 콩스트루프는 1년에 100크로네를 줄 것을 약속하며, 자신의 대농장에서 소 돌보는 일을 제안합니다. 스톤 농장에 머물며 일을 시작한 라세의 힘겨운 노동은 이른 새벽부터 늦은 밤까지 지속되었지요. 허드렛일과 여자들의 심부름을 떠맡은 펠레의 하루하루도 힘겨웠습니다.

한편 주위에는 방탕한 농장주가 건드린 여자들의 사생아들도 많았습니다. 탐욕스런 루드 역시 콩스트루프의 사생아였는데, 그의 어머니는 라세의 고향 마을 이웃집 딸로 한때 상냥하고 아름다웠던 소녀였습니다. 운명의 소용돌이에 휘말려 순수함과 미모를 잃고 돈벌이에만 혈안이 된 루드의 엄마, 계속되는 남편의 부정으로 밤마다 귀신 우는 소리를 내어 농장사람들의 마음을 심란하게 만드는 농장 안주인, 탈곡기에 세 손가락을 잃게 된 키다리 올레. 이와 같이 농장은 여러 사람들이 일으키는 사건으로 하루도 조용할 날이 없습니다.

또 매년 가을 재계약을 기다리는 농장 민심은 흉흉합니다. 십장 및 제2서열과 제3서열의 일꾼들이 뽑히고, 농장을 떠나야 하는 사람들도 생겨나기 때문입니다. 외부의 핍박이 클수록 사람들은 두 개의 입술로 말하는 경향이 있습니다. 설령 행복한 일이 생겨도 감정을 겉으로 드러내면 위험에 처하게 되기 때문에 거짓말을 모르는 펠레도 자신의 감정을 드러내지 않는 영악한 일꾼으로 성장해 갑니다. 펠레의 아버지 라세는 부쩍 늙어 가며 마음도 덩달아 나약해집니다. 그러나 아들을 위해 실제로는 아무것도 해 줄 수 없는 아버지의 심한 허풍을 펠레는 비난하지 않습니다. 오히려 좀 더 부지런히 소떼를 몰고, 미래를 위해 학교도 열심히 다녔습니다.

육지에서 바다로 – 더 넓은 세상을 향한 첫걸음

"뱃사람들과 농부들은 평화로운 관계를 유지하기 힘들었다. 그들은 바다와 육지처럼 서로 달랐다."

바이킹의 전설이 남아 있는 덴마크를 배경으로 하고 있어서인지, 이 이야기에서 바다는 언제나 용기 있는 자들의 것으로 그려지고 있습니다. 수영을 할 줄 모르는 펠레는 바다와 친한 베도라치파 아이들과 어울리고 싶지만 번번이 무시만 당합니다. 펠레가 속한 황소파 아이들이 항구를 어슬렁거리기라도 하면, 베도라치파 아이들은 '저리 꺼져, 황소파야!'라고 외치며 이들을 무시했습니다. 드넓은 바다를 마주하며 자란 아이들은 자연스럽게 영어를 하고, 아버지와 형제들이 지구 반대편에서 집으로 가져온 아프리카와 중국 물건들을 학교에 가져왔습니다. 또한 빈 배에서 밤을 보내고 결석하는 날에는 낚시를 다녔습니다. 그러니 늘 위험이 도사리는 바다를 상대로 노는 이 아이들에게 펠레는 주눅이 들 수밖에 없었겠지요.

경계가 분명한 땅에서 소를 치거나 곡물을 가꾸며 살아가는 농부의 삶이 광활하고 거친 바다에 목숨 걸고 살아가는 뱃사람들의 삶보다 하찮아 보이는 것은 어쩌면 당연한 것인지도 모릅니다. 더구나 야망이 큰 펠레에게는 바다의 안개 너머에서 대단한 기회가 손짓을 하는 것처럼 느껴졌을 테니까요. 따라서 '촌뜨기'에 '맥주병'이라는 놀림을 받아 오던 펠레가 얼음 낀 겨울바다로 뛰어든 데는, 놀림에서 벗어나고 싶은 일차적 욕망뿐 아니라 더 큰 세계로 향하고 싶은 야망이 도사리고 있었던 것으로도 해석됩니다. 마침내 이 무모한 도전으로 펠레는 맥주병이라는 별명을 떼어 내고, 자신의 입지를 마련하게 되지요.

이 이야기는 항구에서 시작되어 항구에서 끝납니다. 성난 바다는 바람과 파도를 일으켜 배들을 난파시키고 마을에 압력을 가하기도 합니다. 하지만 더 넓은 세상으로 나아가기 위해서는 바다에 목숨을 걸어야 한다는 사실을 펠레는 잘 알고 있습니다. 난파선을 구하기 위해 작은 배를 노 저으며 가다 물에 잠겨 버린 닐스가 싸늘한 시체가 되어 항구로 돌아왔을 때, 순간 펠레는 정신을 놓고 맙니다. 상상력을 자극하던 멋진 바다의 난폭함에 희생된 친구를 보며 펠레는 잠시 도전을 망설입니다. 하지만 바다를 건너야 고향이든 신대륙이든 갈 수 있다는 것을 누구보다 잘 아는 펠레는 결국 떠날 결심을 합니다.

"나는 영국인들 틈에서 방랑하는 이방인.
아프리카 흑인과 함께 운명을 같이 하고,
그러다 보면 이 땅에서 포르투갈 사람들도 만나겠지.

천국의 하늘 아래서 모든 나라들이 그렇게 파랗다네.”

다시는 돌아오지 못할지도 모르지만 꿈을 이루기 위해서는 바다로 나가야 합니다. 바다를 통해 스웨덴과 코펜하겐으로 가는 항로가 펼쳐진 곳이 바로 펠레가 느끼는 세상이므로, 정복자 펠레는 바다로의 모험을 기꺼이 선택합니다.

희망을 꿈꾸는 소년

“세상의 중심이 하나 있었는데, 그건 바로 펠레 자신이었다. 모든 것이 그를 중심으로 모였고, 모든 것이 그를 위해 존재했다.”

자주 세상을 정복하는 상상에 빠져드는 소년의 현실은 늘 고달프지만, 펠레는 이것을 피할 수 없는 상황으로 받아들이고 최선의 것을 얻기 위해 노력합니다. 나아가 펠레는 자신의 세계 안에 안주하지 않고 돌아다닙니다. 드디어 자신의 세계가 거대하다는 것을 발견하게 된 펠레는, 그 세계를 무한하게 만들고 싶어 빠른 인지능력으로 모든 것을 공략하며 끊임없이 앞으로 돌진하여 무언가를 따라잡으려고 노력합니다. 아버지 라세도 ‘소가 핥은 머리’와 뒷목의 잔털, 그리고 엉덩이 반점이 행운을 부르는 특징이라며 아들의 야망을 부추겼습니다. 야심이 컸던 펠레였지만 비열하지는 않았습니다. 양심이야말로 가장 든든한 재산임을 명심했던 펠레는 다른 사람들을 속이지 않았고, 오히려 자기 자신에게 철저했습니다. 거짓말과 배반으로 주변 사람들을 속이는 루드와 달리 솔직한 방식으로 살아가는 생활태도야말로 성공의 문을 열어 줄 열쇠임을 잊지 않았습니다.

새벽 다섯 시부터 밤 아홉 시까지 온종일 뭔가를 하느라 분주한 소년은 대부분 즐거운 마음으로 지내며 항상 노래를 하고 다녔습니다. 그런 부지런함과 서글서글한 성격으로 농장 안주인에게 인정받은 펠레는 견진성사에 입고 갈 근사한 새 양복까지 선물 받습니다. 펠레는 자신에게 주어진 행운을 잡기 위해서는 부단히 노력해야 한다는 것을 잘 아는 소년이었습니다.

오월절 동틀 녘에 펠레는 스톤 농장을 떠납니다. 어머니가 묻힌 고향땅을 떠나 더 나은 삶을 찾아 이곳에 왔을 때 펠레에게는 은신처 같은 아버지가 곁에 있었지만, 아버지 라세가 정성껏 싸준 자루 하나를 달랑 들고 나선 지금 펠레는 혼자입니다. 하지만 지금까지의 많은 시련이 펠레를 강건하게 해주었고, 펠레는 더 이상 어린 소년이 아닙니다. 선지자와 열두 제자와 십계명, 그리고 120곡의 찬송가로 단단히 무장한 펠레의 넓은 이마에는 드넓은 세상으로 떠나는 정복자의 패기가 빛납니다. 이 야망에 찬 젊은이는 혼돈과 미지의 세상으로 향하는 증기선에 곧 오를 것입니다. 그것이 현실에 안주하지 않는 자의 운명입니다.

바이킹과 동화의 나라 덴마크

우리에게 동화의 나라 혹은 낙농의 나라로 알려진 덴마크는 북유럽의 스칸디나비아 반도에 위치해 있습니다. 북위 55~71°에 걸쳐 있기 때문에 여름에는 해가 길어 백야현상을 볼 수 있지만 겨울에는 하루 종일 해가 뜨지 않는 곳도 있는 우울한 땅입니다. 이야기 속에서 라세 칼손과 그의 아들 펠레가 가난한 고향 토멜릴라를 떠나 도착한 항구는 덴마크 본토의 서쪽에 위치한 섬 보른홀름인데, 이곳은 덴마크 반도와는 크게 다르며 오히려 스웨덴 남부와 비슷합니다.

『정복자 펠레』는 19세기 후반 보른홀름 섬의 대농장을 배경으로 하고 있습니다. 하지만 흔히들 농업국가로 알고 있는 것과 달리 20세기 덴마크의 농업 인구는 전체 인구의 4%에 불과했으며, 농촌인구와 도시인구가 거의 비슷했습니다. 1901년 총인구 245만 명이던 것이 2005년에는 542만 명을 넘어 섰지만, 노년층 인구의 증가로 다른 중북부 유럽의 국가들과 마찬가지로 인구의 노령화 현상이 심각한 나라입니다.

이 나라 사람들은 아리안계 덴족과 고트족이 97%를 차지하고 있으며 3%만이 유럽계 이민자들입니다. 이 작품의 작가 마르틴 안데르센 넥쇠의 어머니는 식민 독일인의 후손으로, 이들의 인구는 약 4만 명에 이르지요. 덴마크인은 보통 큰 키와 금발 머리, 청색 또는 회색의 눈을 갖고 있습니다.

덴마크 왕국에 관한 역사 기록은 바이킹 시대로 불리는 800년경에 최초로 나타납니다. 그 후 예링에 있는 암석각문에 룬 문자로 새긴 덴마크 왕국의 명칭이 발견되기도 했습니다. 8~11세기까지 북유럽 바다를 누비며 무자비한 싸움과 약탈 행위로 악명이 높았던 바이킹은 인구 증가에 따라 토지가 좁아지자 따뜻하고 비옥한 땅을 얻기 위해 일종의 대이동을 합니다. 일찍부터 뛰어난 항해술을 가졌던 바이킹들은 바다를 무대로 모험과 전쟁, 식민, 교역 등 다양한 활동을 펼쳤습니다. 어쩌면 소년 펠레가 베도라치파 아이들을 보며 느끼는 열등감은 자신의 모험심 부족을 자각했기 때문이고, 마지막 장면에서 더 넓은 세상으로 나아가기 위해 배를 기다리는 모습은 바이킹의 진취적 기상을 회복한 것으로 이해할 수도 있을 것입니다.

작품에 기본적으로 깔려 있는 기독교적인 분위기는 덴마크의 국교인 루터파 신교와 관련이 깊습니다. 16세기 중반 크리스티안 3세에 의해 추진된 종교개혁으로 덴마크에도 루터파 신교가 들어왔습니다. 또한 왕이 절대적인 권력을 휘두르던 절대군주제 시기를 거쳐 1788년에는 농노제가 폐지되었습니다. 작가 마르틴 안데르센 넥쇠가 태어난 1869년은 덴마크 사회가 안정되고, 농목업과 해운업을 주축으로 하는 경제발전이 이루어진 시기였습니다. 하지만 아직 국민 모두가 잘살지는 못했습니다. 차츰 사회복지제도의 기초가 만들어지긴 했지만 유감스럽게도 당시 사람들은 이야기 속의 칼손 부자처럼 아무런 혜택을 받지 못했습니다. 그렇다면 오늘날처럼 세계적으로 유명한 덴마크의 사회복지제도는 어떻게 정착되었을까요?

4부로 구성된 『정복자 펠레』 전 권을 훑어보면 어떻게 해서 다른 나라보다 덴마크에 먼저 노동자, 노약자, 장애인, 실업자를 보호하는 제도가 만들어지게 되었는지 알 수 있습니다. 용감하고 정의로운 펠레처럼 불합리한 현실에 맞서 싸웠던 사람들의 투혼과 이웃사랑을 실천하려는 기독교 정신이, 유럽에 거세게 몰아쳤던 사회주의 사상 등의 영향을 받아 사회보장제도의 튼실한 기초를 마련하는 밑거름이 되었던 것입니다.

또 너무 멀리 있어서 우리에게는 생소하게 느껴지는 바이킹의 나라지만 조금만 관심을 기울여 보면 우리가 이미 알고 있는 지식들을 확인하게 됩니다. 이를테면 여러분들이 어린 시절 가지고 놀았을 레고 장난감이나 세계적으로 유명한 로열 코펜하겐 도자기의 본고장이 덴마크입니다. 수도 코펜하겐에는 세계에서 제일 먼저 문을 연 놀이동산 티볼리가 있습니다. 셰익스피어의 4대 비극 중 하나인 『햄릿』의 무대로 유명한 크론보르그 궁전도 그리 멀지 않은 외곽에 있지요. 그뿐인가요? 빛의 속도를 측정한 과학자 올레 레마와 베링 해를 처음 발견한 탐험가 베링도 덴마크가 자랑하는 위대한 인물들이지요.

무엇보다도 덴마크를 떠올리면 〈인어공주〉와 〈성냥팔이 소녀〉로 유명한 동화작가 한스 크리스티안 안데르센을 빼놓을 수 없겠지요. 풍부한 공상과 감수성으로 무려 156편의 동화를 완성하고 근대 동화의 기틀을 마련했으니까요. 물론 안데르센 이전에도 북유럽에는 아주 오래전부터 전해 내려오는 무수한 구전전설이 있었습니다. 이것을 니콜라이 그룬트비가 정성을 다해 북유럽 신화로 집대성했습니다. 이처럼 18세기의 덴마크는 낭만주의 문예사조가 도입되고 '고독은 죽음에 이르는 병'이라 말했던 키에르케고르 같은 철학자가 활동했던 문화부흥기입니다.

20세기를 대표하는 덴마크의 작가로는 노르만족의 발전사를 그린 작품 『긴 여행』으로 1944년 노벨문학상을 수상한 요하네스 빌헬름 옌센과 바로 이 작품 『정복자 펠레』를 쓴 마르틴 안데르센 넥쇠를 꼽을 수 있습니다. 바다를 사랑하거나 동화를 사랑하는 사람이라면 꼭 한 번쯤, 북유럽의 매력적인 나라 덴마크로 떠나고 싶어질 것입니다. 자, 그럼 『정복자 펠레』의 무대인 보른홀름섬으로 떠나 볼까요?

영화로 감상하는 〈정복자 펠레〉

스웨덴과 덴마크의 합작으로 1987년에 제작된 영화 〈정복자 펠레〉는 1988년 제41회 칸영화제 황금종려상 및 1989년 아카데미 외국어영화상, 그리고 골든글로브 외국어영화상을 수상했습니다. 덴마크 출신의 빌 어거스트가 감독을 맡고, 막스 폰 시도우가 아버지 라세 역을, 아역 배우 펠레 베네가르드가 펠레 역을 맡았습니다. 마르틴 안데르센 넥쇠의 원작을 각색한 이 영화는 실제로 덴마크의 보른홀름 섬 세트장에서 완성되었지요. 척박한 땅과 거친 바다를 담아 낸 빼어난 영상 덕분에 무려 157분의 상영 시간조차도 길게 느껴지지 않는 작품입니다. 뉴욕타임스가 선정한 '역사상 위대한 1000편의 영화' 중 한 편인 〈정복자 펠레〉를, 책을 읽으신 독자 여러분도 놓치지 말고 보시길 권합니다.

영화는 스산한 바람이 부는 부둣가에 입항을 알리는 거대한 종이 울리는 장면에서 시작합니다. 고향을 떠난 펠레와 아버지 라세는 갑판 위에 서서 곧 도착할 나라에서 펼쳐질 희망에 부푼 미래를 이야기합니다. 하지만 소설에서와 마찬가지로 이들 부자가 겪게 되는 농장에서의 하루하루는 가혹하기만 합니다.

영화 속 펠레는 신대륙 미국에 대한 강한 동경심을 드러냅니다. 늙은이라고 사람들에게 무시당한 아버지를 '달아나면 돼요. 아무도 쫓아올 수 없는 미국으로 도망가면 돼요'라는 말로 위로합니다. 또 영화는 생일선물로 받은 주머니칼로 헛간 기둥에 배를 새기는 펠레의 모습을 클로즈업해 보여 줍니다. 이것은 농장 안주인이 제공해 준 견습감독의 자리마저 마다하고 바다로 향하는 펠레의 비장한 모습을 예고하는 장면이라 하겠습니다.

그리고 농장주인 콩스트루프의 사생아 루드는 소설에서보다 좀 더 참혹한 모습입니다. 소설 속에서는 비록 외모는 볼품없다 해도 얄미울 정도로 약삭빠른 인물이지만, 영화에서는 서커스단의 어릿광대가 된 루드를 쓸쓸하고 불쌍하게 보여 줍니다. 이처럼 영상 문법을 통해 소설은 영화로 다시 태어났습니다. 또한 소설을 읽으며 독자들이 상상했던 19세기 덴마크 사회와 스카디나비아 반도의 대자연을 필름에 담아 낸 영상 미학은 참으로 빼어납니다.

영화 〈정복자 펠레〉에 제41회 황금종려상을 안겨 준 칸영화제는 1946년부터 프랑스 남부 휴양도시 칸에서 열리는 국제영화제입니다. 베를린영화제, 베니스 영화제와 함께 세계 3대 영화제로 꼽히는 칸영화제는 예술적 수준과 상업적 효과를 균형 있게 평가하여 그해에 제작된 우수영화를 가려냅니다. 한국영화로는 임권택 감독의 〈춘향뎐〉이 처음으로 제52회 칸영화제 경쟁부문에 진출하였고, 2002년 〈취화선〉으로 임권택 감독은 제55회 칸영화제 감독상을 수상하였습니다.

마르틴 안데르센 넥쇠의 소설 『정복자 펠레』를 읽고 나서 빌 어거스트 감독의 영화로 그 감동을 되새김해 보는 것도 문화적 감수성을 훈련하는 좋은 방법이 될 것입니다. 나아가 황금종려상을 두 번이나 받은 빌 어거스트 감독의 또 다른 영화 〈최선의 의도〉도 찾아보며, 우리에게 익숙한 헐리우드 영화들과 무엇이 어떻게 다른지 생각해 보는 것도 좋을 것입니다.

하나 – 근로 이주민들의 삶

우리는 작품을 통해 고향을 떠나 낯선 세계에서 서럽고 고단한 삶을 살아가는 펠레와 늙은 아버지 라세의 애틋한 정을 발견할 수 있었습니다. 그런데 이 이야기는 과연 19세기 북유럽에 한정된 것일까요? 이들 부자처럼 우리의 친척들 중에도 '아메리칸 드림'을 꿈꾸며 이국땅에서 새 삶을 개척하신 분들이 많이 있습니다. 부당한 대우와 인종 차별을 극복하고 꿋꿋하게 일어선 사람들의 노력 덕분에 대한민국 이민사는 상당히 높게 평가를 받습니다. 하지만 요즈음 우리와 함께 살아가는 외국인 이주노동자들의 삶은 어떨까요? '코리안 드림'을 품고 우리 땅에 와서 열악한 근로환경과 악덕 업주의 횡포, 민족적 멸시 등을 참고 견디는 동남아시아나 아프리카 사람들의 고된 하루하루가 가끔씩 매스컴을 통해 소개됩니다.

이 작품에서처럼 비인간적인 대우를 받는 노동자를 지금 이 땅에서 쉽게 볼 수 있다는 것은 안타까운 일입니다. 비정규직 노동자들의 값싼 임금과 불안한 미래도 심각한 문제입니다. 참다운 노동과 인간의 가치를 중심으로 이주노동자와 비정규직 노동자의 문제와 그 대안을 생각해 봅시다.

둘 – 여성을 비하하는 봉건적인 시각

농장주 콩스트루프는 아내가 상속받은 재산을 흥청망청 다른 여자들과 노는 데 씁니다. 그런 남편의 불륜을 참아온 안주인은 급기야 알코올 중독자가 되어 밤바다 귀신이 곡하는 듯한 소리로 울지요. 일부일처제의 결혼 제도 안에서 남편과 아내가 서로에게 충실한 것은 당연한 의무인데도 소설 속에서 라세는 이를 안주인의 탓으로 돌리고 비난합니다. 라세의 태도는 현대의 기준으로 볼 때, 여성의 인권을 무시하는 것으로 생각될 수도 있습니다.

이 작품 속에서는 여성을 가족제도의 부속물 정도로 생각하여, 여성에게 감정을 억압하고 수동적이 되어줄 것을 요구하는 대사와 장면이 자주 나타납니다. 따라서 훌륭한 작가 마르틴 안데르센 넥쇠도 여성 인권에 대해서는 여전히 보수적인 자세를 취하고 있음을 의심해 보게 됩니다.

작품 속에서 여성들을 대하는 남성들의 태도를 찾아보면서, 작가의 여성관과 나의 여성관을 비교해 보고, 잘못된 점이 있다면 비판해 봅시다.

을 파 소   레 인 보 우   북 클 럽
책 속에서 만나는 더 넓은 세상

레인보우 북클럽은 10세~15세의 아동과 청소년들을 위한 품격 있는 세계문학 시리즈입니다.
일곱 빛깔 무지개처럼 다채로운 주제의 작품들이 어우러져 평생 잊지 못할 감동과 추억,
간직하고 싶은 꿈과 희망을 선물할 것입니다. 열린 세상을 위한 다양한 문화적 가치를 추구하는
레인보우 북클럽과 함께 책 속에 펼쳐진 더 넓은 세상을 만나 보세요.

일곱 빛깔 책 읽기

Red Book 　모험과 열정 —— 일상을 벗어난 모험과 도전
Orange Book 　성장과 자아 —— 오늘과 다른 내일의 나
Yellow Book 　우정과 사랑 —— 마음과 마음이 만나는 풍경
Green Book 　가족과 인생 —— 나의 인생, 나의 가족
Blue Book 　사회와 인류 —— 더불어 사는 열린 세상
Indigo Book 　역사와 전설 —— 시간 속에 사라진 신비를 찾아서
Violet Book 　SF와 판타지 —— 현실을 뛰어넘는 상상의 지평선